Gallmeister

LA CITÉ DES MARGES

DU MÊME AUTEUR, CHEZ LE MÊME ÉDITEUR

L'Amitié est un cadeau à se faire, 2020 ; totem n°192

Le Témoin solitaire, 2018, totem n°139

Tout est brisé, 2017, totem n°113

William Boyle

LA CITÉ DES MARGES

Roman

Traduit de l'américain
par Simon Baril

Gallmeister

FICTION

Ouvrage publié sous la direction de François Guérif

Titre original: CITY OF MARGINS

ISBN 978-2-35178-240-8
ISSN 1956-0982

Photo de l'auteur © Katie Farrell Boyle
Illustration de couverture © Emmanuel Polanco
Conception graphique : Aurélie Bert

À la mémoire de David Berman
Merci pour les chansons et les poèmes

Vue de loin,
La ville ressemble à du verre brisé.

JOE BOLTON, *Little Testament*

Je suis les flammes, je suis le reflet des flammes
Je suis un avertissement constant
Qu'il faut prendre l'autre direction.

JIM CARROLL, *City Drops Into the Night*

Elle croyait que la vie entière, du ventre de la mère à la tombe, relevait de la coïncidence. À n'en pas douter tout dans le ventre de la mère relevait de la coïncidence ; et même plus largement tout ce qu'il y avait autour du ventre de la femme, ce qui y entrait comme ce qui en sortait. Elle croyait à la coïncidence comme le pilote croit à l'air. Il ne le voit pas, mais il y fait voler plusieurs tonnes d'acier, donc l'air doit être là.
Toute sa vie n'était qu'une série de coïncidences, s'enchaînant maladroitement les unes après les autres.

CHESTER HIMES, *Pinktoes*

PROLOGUE

JUILLET 1991 – AU SUD DE BROOKLYN

DONNIE PARASCANDOLO

— J'ÉTAIS AVEC SUZY quand c'est arrivé, dit Donnie Parascandolo en s'écartant du comptoir de la cuisine tandis que sa bière se réchauffe dans sa main. Je vous jure, je ne sais pas quel est le problème de cette nana. Elle adore les matchs de boxe. Elle adore les sandwichs au fromage fondu. Elle adore Rudolph le renne au nez rouge. Elle est toujours là quand il se passe des choses bizarres.

— Tu m'étonnes qu'elle adore Rudolph, lance Sottile depuis le canapé avant de se frapper la poitrine. Moi aussi j'adore Rudolph.

— Tu adores Rudolph ? demande Pags, qui s'approche du frigo pour en sortir une autre Bud.

— Regarde-le, dit Donnie. Bien sûr qu'il adore Rudolph. Il se branle probablement en pensant à Rudolph. Tu te branles en pensant à Rudolph, Sottile ?

— J'ai essayé une fois, répond Sottile sans hésiter. C'était pas terrible.

Tout le monde éclate de rire.

Ils sont dans le salon de Donnie. C'est une bien grande maison pour un gars qui vit seul. Autrefois, il avait une famille – une femme et un gamin. Sa femme s'appelait Donna. Donnie et Donna. Parfait. Leurs prénoms gravés sur une plaque accrochée au mur, l'union rêvée de deux Ritals. Et leur gosse s'appelait Gabe. C'était le choix de Donna. Donnie avait toujours trouvé que ça sonnait comme le nom d'un joueur de première base aux statistiques médiocres – moyenne à la batte de .232, six *home runs* et une quarantaine de points par saison – qu'on conservait dans l'équipe parce qu'il se montrait plutôt habile avec son gant. Gabe était un gosse tourmenté. Lunatique. Voilà un peu plus d'un an, en seconde, il s'est suicidé. Autant que Donnie sache, rien ne s'était produit de suffisamment grave pour motiver son geste. Un truc dans le sang de Gabe, alors, une espèce de dépression. Il s'est pendu à un tuyau dans la cave. C'est Donna qui l'a trouvé. Après les funérailles, ils ont tenu environ deux mois, puis ils ont divorcé.

Donna habite encore dans le quartier, sur la 84ᵉ Rue. Elle lui a dit qu'elle ne voulait rien de lui, financièrement parlant. Elle voulait juste essayer de recommencer à zéro. Elle a pris ses disques – ses disques tant adorés – et quelques cartons d'affaires ayant appartenu à Gabe et elle a emménagé dans un petit appartement loué à une dame qui jouait autrefois à la belote avec sa mère. Il l'a laissé partir. Qu'aurait-il pu faire d'autre ? À l'exception des objets de leur fils que Donna a emportés – livres, cartes de base-ball, jouets remontant à son enfance et même quelques vêtements –, la chambre de Gabe est restée telle quelle. Donnie garde la porte fermée et n'y entre jamais.

Depuis environ six mois, il voit Suzy par intermittence. Rien de sérieux. Pas question de la laisser s'installer ici. À quarante-quatre ans et avec dans le rétro un gamin mort, autant conserver sa liberté. Il est plutôt content de son boulot de flic. Il aime boire avec Sottile et Pags. Il aime se nourrir uniquement de bouffe chinoise, de pizza et de brioche au beurre. À dire vrai, il aime ne plus avoir un gamin sur les bras. Élever un gosse, c'était du stress. L'école, les médecins, des tonnes de frais en tous genres. Sans parler de devoir gérer la douleur d'un autre être humain. Ça, avec Gabe, il l'a appris à ses dépens.

Sottile et Pags n'ont pas d'enfants, Dieu merci. Ils ne sont jamais tombés dans ce piège-là. Enfin si, c'est arrivé brièvement à Sottile. Avant qu'ils se connaissent. Son bébé est mort-né. Sa femme n'a pas tardé à suivre. Donnie ne sait pas comment elle s'appelait. Sottile n'a jamais eu l'impression d'avoir un truc en commun avec Donnie, vu que son gamin à lui n'a pas vécu. Quant à Pags, il a toujours été allergique à l'idée de devenir trop proche d'une femme. Voilà pourquoi Donnie est à l'aise avec ces types. S'ils étaient mariés et pères, il lui faudrait étouffer ses émotions. Il n'en parle pas, mais les souvenirs sont là. Gabe bébé dans ses bras, endormi sur sa poitrine, jouant par terre dans le salon, déguisé en lutin pour Noël. On ne peut pas tout effacer comme ça.

Désormais il a ses habitudes avec Sottile et Pags. Le boulot, pour commencer. Les virées au Blue Sticks Bar ou au Wrong Number à la fin de la journée, ou les matchs des Yankees qu'ils regardent ici en picolant. Puis il y a les extras qu'ils font pour Big Time Tommy Ficalora. Donnie trempe là-dedans depuis toujours, mais ça s'est accentué depuis la mort de Gabe. Tommy est le chef d'une des bandes du quartier. Il aime compter des flics et des ex-flics parmi ses employés. Des gros bras pour s'occuper de recouvrer des dettes, ce genre de choses. Parfois ils transportent des trucs.

Parfois ils se débarrassent des trucs dont il faut se débarrasser. Parfois ils font le vraiment sale boulot. Donnie est doué pour ça, casser un bras, étrangler un type à moitié, aller plus loin encore quand on le lui demande. Il n'éprouve aucune difficulté à concilier le fait d'être pourri et celui d'être flic. La quasi-totalité des flics qu'il connaît sont corrompus d'une manière ou d'une autre. Soit ils acceptent des pots-de-vin, soit ils volent carrément. La plupart se font payer en échange de leur protection. Certains se livrent à la fraude aux assurances, par exemple en incendiant des bars pour la mafia. Les flics mariés trompent ou battent leur femme, ce que Donnie n'a jamais fait. Il en connaît au moins un qui aime violer des putes, et personne ne coffrera cet enfoiré de malade pour ça. Nombre d'entre eux bossent pour la partie adverse pendant leur temps libre, et nombre d'entre eux bossent pour la partie adverse pendant leur service. Ils sont pourris d'un million de façons différentes. Leur code moral de jadis, ils le trahissent sans sourciller. C'est la culture du milieu.

En fin de compte, Donnie est plutôt content d'avoir cette grande maison pour lui tout seul. Après le départ de Donna, il a pensé à la vendre pour emménager comme elle dans un petit appartement, mais il aime déambuler, ouvrir et fermer les portes, dormir dans différentes pièces, regarder par différentes fenêtres sous différents angles le trottoir et la cour de l'école P.S. 101 en face. En revanche, il ne met pas les pieds au sous-sol ni dans la chambre de Gabe.

— Tu disais ? demande Sottile.

— Je disais quoi ? demande Donnie.

— Tu nous parlais de quelque chose qui s'est passé quand Suzy était là.

— Ah oui, merde.

Donnie avale ce qu'il reste de sa bière et lâche un rot tonitruant.

Pags applaudit, cognant sa canette contre sa paume. Il retourne s'asseoir à côté de Sottile sur le canapé. Derrière eux, la télé est allumée, la pause publicitaire se termine. C'est la fin de la dixième manche. Les Yankees s'efforcent de remporter sur le fil un match très serré contre les Angels.

— Regardons ça d'abord, et je vous raconterai ensuite, dit Donnie.

Il se dirige vers le frigo pour prendre une autre bière. À l'intérieur, ce n'est pas réjouissant. Plus que six Bud. Un truc aux olives de chez Pastosa. Du parmesan. Un quart de sandwich au rosbif. La barquette du *lo mein* de la veille a fui et laissé des traces marron sur l'étagère. Il ouvre la bière, claque la porte du frigo et rejoint Sottile et Pags sur le canapé.

Les Yankees font sortir Howe pour le remplacer par Farr.

— Maintenant ? demande Sottile.

— OK, dit Donnie. On est assis chez Lombardo's. Je prends le veau. Suzy le poisson. On picole un peu de vin.

— C'est là qu'il se pointe ?

— Enculé de Dunbar. Il débarque dans le restau en se pavanant, une jolie petite nana à son bras.

— Et alors, il te dit quoi ? demande Pags.

— Il me dit : "Bravo Parascandolo, tu t'es mis sur ton trente et un." Puis il se tourne vers Suzy et il lui fait : "Combien il vous paie ? Ce n'est pas assez." Et il se tord de rire.

— Tu lui as rien répondu ?

— Je lui ai dit : "Bonsoir, capitaine." Un truc très poli dans le genre.

— T'es resté la queue entre les jambes, quoi.

— Putain, qu'est-ce que tu voulais que je fasse ?

Le match reprend. Donnie martèle l'accoudoir du canapé. Les Yankees n'ont besoin que d'un seul point. *Allez !*

— Alors ? C'est tout ? demande Sottile.

— C'est que le début, dit Donnie.

— C'est quoi la suite ?

— Attends, attends. Il tient le bon bout. Plus que deux joueurs à éliminer.

— Bon Dieu, arrête de nous faire poireauter !

Farr élimine les deux batteurs. Donnie se lève, pose sa bière sur la table basse, à côté des cassettes qu'il a louées chez Wolfman's. *Fenêtre sur Pacifique*, *Cobra*, *Young Guns 2* – encore. Il loue souvent les mêmes films.

— On t'écoute, dit Pags.

— Voilà la suite : quand je vais aux chiottes après le dessert, je tombe sur Dunbar en train de pisser. Il me dit qu'il sait ce que je pense de lui, ce que vous deux vous pensez de lui, ce que tous les flics blancs de la ville pensent de lui. Ce sont ses mots. "Tous les flics blancs." Pour lui on est tous des "flics blancs".

— Alors t'as enfin eu les couilles de lui dire d'aller raser la chatte de Sharpton*, j'espère ?

— Je lui ai dit : "Je suis un type réglo. Je traite tout le monde de la même façon." Il m'a répondu : "Tu te prends pour un gros dur. Tu te prends pour Stallone."

— C'est vrai que tu ressembles à Sly. Mais à une version assez décrépite. Avant de jouer ton rôle dans un film, il faudrait que Sly se laisse aller pendant plusieurs années.

* Pasteur, militant pour les droits civiques et homme politique. Né en 1954, Al Sharpton est une figure emblématique de la communauté afro-américaine new-yorkaise. (Toutes les notes sont du traducteur.)

— Va te faire foutre, claque Donnie même si en réalité il trouve ça drôle.

Sottile et Pags se moquent souvent de son apparence. OK, il est un peu décrépit, mais encore beau gosse. Avec leur donut autour du bide, ces enfoirés de Sottile et Pags sont plutôt du genre Dennis Franz : taches de sueur sous les aisselles, moustache broussailleuse parsemée de miettes et caleçons qui puent comme s'ils les avaient laissés tremper dans du jus de corned-beef.

— Allez, reviens-en au capitaine Dunbar, dit Sottile.

— Voilà que Dunbar me plante son doigt sur la poitrine. Ses yeux sont injectés de sang. Il ressemble à Yaphet Kotto. Ça se voit qu'il a bu quelques verres de trop.

— Sly et Yaphet Kotto, dit Sottile. Duel aux chiottes. La tension est à son comble.

— C'est qui, Yaphet Kotto ? demande Pags.

— Tu connais pas Yaphet Kotto ? Il joue dans *Alien* et *Midnight Run*.

— Ah, oui, dit Pags en hochant la tête.

Donnie reprend :

— Il me dit : "Je sais que t'as eu une année difficile, mais t'as intérêt à te ressaisir si tu veux pas te retrouver à laver des pare-brise au coin d'une rue." Puis il prend un accent italien que je qualifierais d'insultant et il me fait : "*Capisce* ?"

— Sans blague, lâche Pags.

— Je le jure devant Dieu, dit Donnie.

— Couillu, le type. Tu lui as répondu quoi ?

— Au moment où il s'apprête à m'appuyer à nouveau sur la poitrine, je lui sors : "Passez une bonne soirée, capitaine Dunbar" et je lui fais un grand sourire faux cul.

— Tout cool, tout tranquille, dit Pags. Je parie que ça l'a rendu fou.

— T'es un sacré numéro, déclare Sottile, faut le reconnaître.

Donnie s'approche de la télé, se penche pour l'éteindre au moment où retentit le générique assourdissant des infos. Il s'arrête parce que la présentatrice se trouve être celle qu'il aime bien ; ce soir, elle a mis une robe écarlate et un rouge à lèvres sanglant. Mais elle disparaît aussitôt, remplacée par une scène de crime où un reporter en trench-coat se tient devant un feu de signalisation qui clignote. Donnie éteint l'appareil.

Il se traîne jusqu'à la fenêtre derrière la télé et écarte les rideaux. Si ça ne tenait qu'à lui, il n'aurait pas des rideaux comme ça. Il aurait des stores ou même rien du tout. Ces rideaux, c'est sa mère qui les a fabriqués. Ils sont fragiles, aussi fins que du papier. S'il ne s'en débarrasse pas, c'est à cause d'elle, mais aussi parce qu'après tout il s'en fout et ne veut pas s'emmerder à les enlever.

Il observe la cour de récréation en face. Un réverbère fixé à côté du panier de basket projette un cône de lumière vers le sol. Sur le bitume, un graffiti tracé à la craie. Ça lui fait penser à une peinture, un tableau triste. L'obscurité tout autour, le panneau à moitié cassé, le cercle lumineux, l'immobilité.

C'est à ce moment-là qu'il voit la petite Antonina Divino qui émerge de l'obscurité. En réalité, elle n'est plus si petite que ça. Elle habite juste à l'angle avec son père Sonny et sa mère Josephine. Autrefois, Donnie la regardait faire des tours de pâté de maisons sur son vélo. S'entraîner au hula-hoop dans la cour de l'école ou jouer à la marelle avec ses copines. Mignonne comme tout. Toujours pleine d'énergie. Maintenant elle doit avoir quatorze ou quinze ans et ne porte qu'un soutien-gorge blanc et un short rose. Elle rit, ses cheveux châtains drapés autour de son cou. Il n'en revient pas. Peut-être qu'elle a pris de la drogue. Il est sur le point d'appeler Sottile et Pags.

Et voilà Mikey Baldini qui sort de l'ombre et enlace Antonina. Le père de Mikey, c'est ce Giuseppe qui doit vingt-cinq mille dollars à Big Time Tommy. Pur hasard, au programme de demain est inscrite une visite à Giuseppe – Big Time Tommy a dit qu'il était temps de lui péter les rotules, si nécessaire. Les rotules, c'est que le début. Ensuite il faudra lui briser les deux bras. Et si ça ne suffit pas, un petit plongeon. Tant qu'à faire, Donnie préférerait sauter les deux premières étapes. Giuseppe n'est qu'un sac à merde pitoyable. Et visez un peu son gamin. Un putain de clown. Donnie ne le connaît que de loin. Et maintenant il revient dans le quartier après son premier trimestre de fac, avec ces machins – ces écarteurs – dans les oreilles et un trait noir tatoué sur le menton. À quoi ça rime, putain ? Il était plutôt beau garçon, autrefois, avec son uniforme d'Our Lady of the Narrows, mais maintenant il a l'air d'un vrai pouilleux, avec ses cheveux tout emmêlés, son sweat-shirt à capuche sale. Un type comme ça fricote avec la petite Antonina ? Sans parler du fait qu'elle est mineure.

— Qu'est-ce qui se passe ? demande Sottile alors que Donnie fonce dans la chambre à coucher vide à l'arrière de la maison.

Donnie ne prend pas la peine de lui répondre, attrape la Louisville Slugger qu'il planque derrière la commode.

— Qu'est-ce que t'as vu ? demande Pags.

— Nom de Dieu, dit Sottile en se levant à contrecœur. J'essaie de me saouler la gueule, moi.

— Antonina qui habite juste derrière, explique Donnie. Quinze ans à tout casser. Le fils de Giuseppe Baldini est avec elle. Il a l'air d'être sur le point de la baiser à même le béton sous le panneau de basket.

— Tu déconnes ? dit Sottile.

— Allons-y, dit Pags.

Les voilà sortis, Donnie en tête, la batte pendant au bout de son bras, Sottile et Pags déployés derrière lui. Ils traversent la chaussée, contournent un van garé dans la rue et se dirigent vers l'entrée principale de la cour.

À travers le grillage, Donnie voit Mikey en train d'embrasser Antonina dans le cou, les mains sur ses hanches. Entendant le bruit de leurs pas, Mikey lève la tête. Antonina aussi.

Les trois hommes franchissent le portail, traversent une partie sombre de la cour.

— Qui est là ? demande Antonina.

— Pas un geste, dit Donnie.

— Putain mais qu'est-ce qui se passe ? s'alarme Mikey.

Donnie atteint la zone éclairée, Sottile et Pags à ses côtés.

— Écarte-toi de la fille. Lève les mains en l'air.

Mikey semble à deux doigts de se chier dessus, probablement à cause de la batte.

Antonina reconnaît Donnie.

— Monsieur Parascandolo, dit-elle en croisant les bras devant sa poitrine. Tout va bien. C'est mon ami.

— C'est ton ami ? s'étonne Donnie. Quel âge il a, ton ami ? Toi, tu as quoi, quinze ans ? Lui, il en a dix-huit ou dix-neuf, non ? Pas très catholique, tout ça.

— C'est qui ces types ? dit Mikey.

— Tu sais pas qui je suis ? demande Donnie.

— Ce sont des flics, dit Antonina à Mikey. (Puis, à Donnie :) Laissez-le tranquille, s'il vous plaît. On s'amusait un peu, c'est tout.

— Il t'a filé quelque chose ? demande Donnie.

— Comment ça ?

— T'as pris de la drogue ?

— Je ne me drogue pas, monsieur Parascandolo.

— Tu vas au lycée Kearney, pas vrai ?

— Oui.

— C'est ça qu'on t'apprend là-bas ? À baiser le premier clown qui se pointe ? Regarde-moi cet enfoiré.

Donnie peut désormais voir le visage de Mikey en entier. Le trait vertical qui relie sa lèvre à la pointe de son menton est entouré de petits points noirs.

— C'est quoi, ce tatouage ? demande-t-il.

— Je suis devenu pote avec des *crust punks* de New Paltz, dit Mikey. C'est eux qui me l'ont fait. Ça déchire, hein !

Il se détend, comme s'il ne prenait pas la batte au sérieux.

— Un *crust punk* ? C'est quoi ce truc ? demande Donnie. Ma parole, ce gamin a perdu la boule. À partir de maintenant je vais t'appeler Chin*. Et c'est quoi ces saletés que t'as dans les oreilles ? Tu les as trouvées à la casse ?

Mikey hausse les épaules, touche les écarteurs noirs grâce auxquels ses lobes ont la taille de pièces de cinq cents.

— "Ouah, Mikey aime ça" ! s'exclame Donnie en singeant le petit môme dans les pubs pour les céréales Life.

Pags et Sottile s'esclaffent.

* "Menton" en français.

Ce Mikey-ci, cette espèce de clown qu'on ne risque pas de confondre avec le gosse joyeux de la pub, sort une bouteille de MD 20/20 de la poche de son sweat-shirt, dévisse le bouchon et avale une grande lampée. Une lampée qui dure trois, quatre secondes. Ce clochard, ce clodo qui boit son vin de clodo, est en vie et en bonne santé alors que Gabe est mort à jamais – voilà ce que Donnie pense après ses quelques bières.

Sans lâcher la batte, Donnie s'approche et lui arrache la bouteille des mains.

— Vous en voulez ? demande Mikey. Allez-y. Je suis d'humeur à partager.

— Un petit malin, lance Donnie à Pags et Sottile.

— Un gros malin, même, dit Pags.

Donnie examine la bouteille. Saveur raisin noir. Il a bu du MD 20/20 plusieurs fois, bien sûr, mais seulement celui à l'orange et celui à la pêche. Adolescent, il préférait s'empoisonner au Thunderbird. Il retire le bouchon et avale une longue gorgée. Puis il la passe à Pags, qui boit un petit coup et la passe à Sottile, qui hésite, essuie le goulot avec sa manche avant d'y goûter comme s'il s'agissait de Dom Pérignon.

— T'en as bu ? demande Donnie à Antonina. Il t'a filé de ce truc ?

— Non, répond Antonina.

Donnie brandit la batte.

— T'as refilé du vin de clodo à une fille de quinze ans ? dit-il à Mikey.

— Quinze ans ? Je croyais qu'elle en avait seize, je vous jure.

Donnie reprend la bouteille des mains de Sottile. Il vide ce qui reste d'un trait, lâche un rot et jette la bouteille derrière lui. Le verre se brise sur le béton, au pied du grillage derrière le panneau de basket.

Mikey déglutit. Il est en sueur.

— Laissez-nous partir, d'accord ? dit Antonina.

— Où est ton haut ? demande Donnie.

— Juste là, dit-elle en désignant un coin dans l'obscurité.

— Va le chercher. Tu veux que tout le quartier te prenne pour une petite *puttana* ?

Les bras toujours croisés devant la poitrine, Antonina file vers le bâtiment. Donnie arrive à distinguer ses gestes. À peine. Près de l'embrasure d'une porte, elle se penche et ramasse un T-shirt. Elle l'enfile, revient vers eux. Le T-shirt est rose, avec ASTROLAND imprimé dessus en caractères blancs.

— Tes parents savent où tu es ? lui demande Donnie.

Elle secoue la tête.

— Peut-être que je devrais aller parler à ton papa. Je parie qu'il aimerait être au courant de ce que tu fabriques ici.

— Ne faites pas ça, je vous en prie. Posez cette batte. Mikey est gentil.

— Je te fais peur, hein ? Peut-être que c'est ça dont tu as besoin.

— Laisse-la, Donnie, dit Sottile. C'est une gamine.

— Et *lui*, alors ? demande Donnie en pointant la batte vers Mikey. Il étudie à l'université, notre Mister Chin. C'est du sang de pétochard qui coule dans ses veines, je peux vous le dire.

Il parle du père dégénéré de Mikey, mais sans le mentionner explicitement. Mikey ne connaît pas Donnie, ne sait pas qu'il fait des à-côtés pour Big Time Tommy, ne sait peut-être même pas à quel point Giuseppe est dans la merde.

Antonina garde son sang-froid :

— Écoutez, monsieur Parascandolo, c'est moi qui ai demandé à Mikey de venir ici, en pensant que la cour de l'école serait un bon endroit, sombre et tranquille. Je suis sortie en catimini pour le retrouver. C'était idiot de ma part.

— *Très* idiot, confirme Donnie.

— On ne vous manque pas de respect, on ne vous cause pas de problème. Alors laissez-nous partir.

— Ouais, allons-y, dit Sottile. L'incident est clos.

Donnie se tourne vers Pags.

— Qu'est-ce que t'en penses ?

— Y a pas à dire, c'est pas normal, juge Pags. Le vin. Ces merdes dans ses oreilles. Il est trop vieux pour elle, je suis d'accord.

Donnie s'approche d'Antonina.

— Les filles comme toi, vous vous servez pas de votre cervelle. C'est regrettable. T'es jeune. T'auras encore beaucoup d'occasions de faire beaucoup d'erreurs. Tu devrais *réfléchir*. La prochaine fois, tu croiseras peut-être pas des flics aussi gentils que nous.

— Je réfléchirai, promet-elle.

Donnie fixe Mikey.

— T'aurais pas dû venir ici. Tu le sais, non ?

Mikey hoche la tête, vacille légèrement. Il a peut-être un peu trop bu de cette piquette.

— Tu m'entends ? insiste Donnie. T'as rien à faire avec une fille comme elle. Tu t'en doutes, pas vrai ? Elle est trop jeune. Ses parents sont des gens bien.

Nouveau hochement de tête.

— La prochaine fois t'auras pas la chance de tomber sur des flics comme nous, crois-moi. Tu te feras menotter et jeter en taule. Un type qui baise une fille de quinze ans, c'est un délinquant sexuel... Mais peut-être que tu t'en fous. Peut-être même que tu te fous des flics. Peut-être que toi et tes potes les *crust punks* vous nous crachez à la gueule ? Hein ? C'est ça ? (Il fait mine de cracher par terre.) “Enculés de poulets”, je t'imagine bien dire ça.

Donnie aime voir la peur dans les yeux de Mikey. Il aime l'idée que ce gosse, qui au départ s'attendait à tirer son coup, en est pratiquement à chier dans son froc, calmé par un dur à cuire avec un insigne. Ça faisait longtemps que Donnie ne s'était pas senti aussi bien. Pags s'éclate, lui aussi. S'amuser à terrifier ce clown, rien de plus sain comme divertissement. Sottile semble moins enthousiaste. Pas grave. Sottile est peut-être un peu trop gentil, un peu trop doux, mais c'est un des trucs que Donnie apprécie chez lui. Parfois, c'est utile d'avoir sur l'épaule un bon gros ange qui vous empêche de vous attirer trop d'ennuis.

— Allez, dit Sottile en poussant Donnie du coude. C'est fini, maintenant.

Antonina paraît soulagée, comme si grâce à Sottile ils allaient bientôt être tirés d'affaire, avec un peu de chance.

Donnie se dit qu'il ne devrait peut-être pas leur permettre de s'en sortir aussi facilement.

— Tu comptais laisser ce petit voyou te baiser, pas vrai ? demande-t-il à Antonina.

À ce stade, elle a compris qu'il ne valait mieux pas lui répondre.

Lorsque Mikey ouvre la bouche et se met à parler, Donnie lève instinctivement la batte et le frappe sur le côté du crâne.

Mikey tombe à genoux, une main plaquée sur son oreille, sa tempe et son front, l'autre main appuyée sur le béton pour ne pas s'écrouler.

Du sang dans ses cheveux. Donnie l'a bien sonné.

— Nom de Dieu, dit Sottile.

Antonina se précipite vers Mikey, lui touche le dos. Donnie la regarde. Le visage de l'adolescente exprime un million de choses, sans que sa bouche parvienne à former le moindre mot. Dans ses yeux se mêlent la peur et le regret.

— Ça va ? finit-elle par demander à Mikey.

— Ce soir tu as appris un truc, dit Donnie au garçon. Ce qu'il ne faut pas faire. Ce qu'il ne faut pas être. Ressaisis-toi avant qu'il soit trop tard.

— C'était n'importe quoi, Donnie, le tance Sottile.

Aussitôt Donnie s'emporte contre lui :

— Tu serais pas en train de virer pédé, par hasard ?

— Mikey, ça va ? répète Antonina.

Toujours agenouillé, il garde les yeux fermés et grimace.

— Il survivra, déclare Donnie.

Puis il tourne le dos et, talonné par Pags et Sottile, part en direction de la rue en laissant Antonina au chevet de Mikey.

— Allons au Wrong Number, dit-il à ses collègues.

— Bonne idée, dit Pags en riant. Hé, Donnie, c'était trop marrant comme tu lui as explosé le ciboulot, à ce gamin. Peut-être que le choc lui remettra les idées en place.

— Putains d'imbéciles, dit Donnie.

Il repense au visage tatoué de Mikey, à ses lobes déformés, à son sweat-shirt sale, à ses potes les *crust punks* et à ses bras autour de la petite Antonina Divino. Comment ces deux-là pourraient échapper à un avenir tragique, il ne voit pas.

— Je me sens prêt à boire au moins dix millions de bières, déclare-t-il.

Le Blue Sticks, leur autre grand repaire, est un bar de flics, mais le Wrong Number n'est qu'un vieux bouge de quartier. C'est là que Donnie a rencontré Suzy. Depuis la mort de Gabe et le départ de Donna, il y passe de plus en plus de temps. Ce n'est qu'à quelques pâtés de maisons de chez lui.

Et les voilà maintenant qui y débarquent, Pags, Sottile et lui, l'air triomphant, à croire qu'ils viennent de remporter un match de softball. Donnie pose sa batte à côté de la porte comme s'il s'agissait d'un parapluie.

Recroquevillée sur un tabouret près de la caisse, Maddie, la barmaid, fume cigarette sur cigarette. Physique maigre et nerveux, chevelure grise, paquet de Pall Mall sans filtre dans la poche de sa chemise de bowling, elle porte un bonnet en laine bien qu'il ne fasse pas froid et se verse du gin dans une boîte d'olives noires vide. Trois autres paumés sont assis au comptoir devant des Bud. Seuls les logos en néon de marques de bière et les faibles ampoules pendouillant du plafond éclairent un peu la salle. Une ligne blanche tressaute en travers de l'écran de la télé, qui diffuse des infos. Le babillage des journalistes est l'unique bruit dans le bar.

— Alors, bande d'enfoirés, vous venez de sauver un chat coincé en haut d'un arbre ? demande Maddie en grimaçant un sourire derrière sa cigarette.

— Ça, c'est les pompiers, la corrige Pags.

— On vient de donner un petit cours de bonnes manières gratuit à des jeunes, dit Donnie en collant son ventre contre le comptoir. Sers-nous trois shots de Jack et trois Bud.

Pags et Sottile s'installent sur des tabourets de chaque côté de lui.

Avec des gestes lents, Maddie sort leurs bières puis remplit de whiskey des petits verres que Donnie espère à peu près propres.

Il lève le sien, attend que Pags et Sottile en fassent autant.

— Tchin-tchin, dit-il en trinquant.

Il avale son shot et enchaîne directement avec une gorgée de bière.

Pags et Sottile, eux, prennent leur temps avec le whiskey.

— Vous avez compris ce que j'ai fait ? demande Donnie. Tchin-tchin en l'honneur de notre cher ami Chin.

— Vous croyez que c'est un truc sexuel, ce tatouage ? s'enquiert Pags.

— De quoi tu parles, putain ? Comment ça, un truc sexuel ?

— J'en sais rien. Un truc de sorcellerie. Il traîne avec ces hippies du nord de l'État, Dieu sait ce qu'ils foutent. Peut-être qu'ils baisent des chèvres dans les bois ?

Donnie rit et se laisse enfin choir sur un tabouret, lui aussi.

— C'est juste des pauvres connards qui se bourrent la gueule, font n'importe quoi, puis se rendent compte en se réveillant qu'ils ressemblent à des monstres. Où tu veux dégoter du boulot avec une merde pareille sur la face ?

— Et t'as vu ses oreilles ? Ça doit les foutre en l'air pour de bon d'y enfoncer ces machins.

— Peut-être qu'il se fait baiser par les gros trous de ses lobes, suggère Donnie.

Ils éclatent de rire.

— T'avais pas besoin de l'assommer comme ça, déclare Sottile.

— Je commence à en avoir marre de ton manque d'enthousiasme, dit Donnie, le sourire aux lèvres. De toute façon c'est qu'une question de temps avant que ce gamin se retrouve dans la même merde que son père. À ce propos, considérez ce qu'on a fait aujourd'hui comme un échauffement pour ce qui nous attend demain avec Giuseppe.

Il fait signe à Maddie de remplir leurs verres. Elle revient avec la bouteille de Jack. Donnie jette deux billets de vingt dollars sur le comptoir. Maddie les sert, encaisse le total pour les deux tournées et laisse la monnaie devant lui. Donnie adore voir de l'argent entassé sur un comptoir. C'est ce que son oncle Pencil Pat* – maigre comme un clou, l'enfoiré, mais toujours très chic – avait l'habitude de faire dans son QG, le Cockroach Inn. Poser un petit tas de billets et laisser le barman prélever ce qu'il faut à chaque tournée. Pour une raison ou une autre, ça file à Donnie l'impression d'être le roi du monde.

— Tchin-tchin, répète-t-il en descendant ce deuxième shot.

Pags et Sottile l'imitent.

À la télé, c'est la fin du journal. Le logo de la chaîne WPIX apparaît sur l'écran. Donnie se laisse envoûter par ce graphique, deux I ressemblant aux Twin Towers entourées d'un cercle. Ça l'hypnotise, putain. C'est sûrement fait exprès. Peut-être que c'est juste ça, la télé. De l'hypnose.

* Pat le Crayon.

Pags et Sottile regardent, eux aussi, tout en sirotant leurs bières.

Une publicité pour les salles de sport Lucille Roberts. Des nanas en lycra qui font de l'exercice. Apparaît ensuite un vieux aux lunettes ridicules qui se verse des céréales Total en prononçant des paroles que Donnie ne distingue pas.

Quelle heure peut-il bien être ? Onze heures ? Il n'y a pas d'horloge sur les murs du Wrong Number, et c'est une bonne chose. Maddie finit toujours par verrouiller la porte, même s'il y a des soirs où en réalité elle ne ferme pas. Certains types dorment contre le comptoir ou dans un box, ou alors ils continuent de boire toute la nuit. Cette nuit, ça va peut-être se passer comme ça pour Pags, Sottile et lui. Ils ne bossent pas demain. Leur seule obligation, c'est de s'occuper de Giuseppe pour Big Time Tommy.

Le générique de *Cheers*. Voilà, c'est confirmé, il est onze heures. Encore tôt. Donnie regarde avec attention les deux premières minutes de la série. Décidément, cette Kirstie Alley lui plaît.

— J'aimerais qu'ils diffusent la pub pour Lucille Roberts en boucle, dit Sottile. Je pourrais passer ma vie à la mater. Surtout la nana sur la machine.

— Bientôt il y aura des films pornos sur les chaînes normales, déclare Pags. Vous verrez.

— Je me ferais bien Rebecca, dit Donnie.

— Qui ça ? demande Sottile.

Donnie pointe l'écran du doigt. Kirstie Alley en robe bleue, cheveux tombant sur les épaules, en train d'engueuler Sam Malone devant les marches de Cheers, le bar.

— Mon genre à moi c'est plutôt Diane, dit Sottile.

— Ça m'étonne pas.

Encore des shots, suivis par une nouvelle tournée de bières. Ils ont trouvé le bon rythme. Les muscles de Donnie se sont détendus, il se sent apaisé.

Mais avec ce troisième shot lui vient une idée.

— On devrait s'occuper de lui tout de suite.

— S'occuper de qui ? demande Pags.

— Je suis bourré, dit Sottile. On peut pas rester tranquilles un moment ?

Donnie leur parle à voix basse, bien que Maddie ne puisse pas les entendre et de toute façon se fiche de leur conversation :

— Allons nous occuper de Giuseppe maintenant. À tous les coups, il est en train de jouer aux cartes avec Pete Wang dans l'arrière-boutique de chez Augie's.

— Tu crois ? dit Pags.

— À cette heure-ci, il n'est pas encore rentré à la maison auprès de sa femme, ça c'est sûr. Et il doit plein de fric à Big Time Tommy, donc il n'est pas en train de jouer au club. Alors où est-ce qu'il peut se trouver ? Vous étiez avec moi la semaine dernière quand on l'a suivi. Faites-moi confiance. Il joue aux cartes avec Pete Wang.

— Il a pas un rond, comment il peut se taper l'incruste dans une partie avec Wang ? demande Sottile.

— Toi et tes putains de questions, soupire Donnie.

Il descend sa troisième bière et la fin de celle de Pags, avant de pousser les billets qui restent au bord du comptoir. Un joli pourboire pour cette vieille Maddie toute grisonnante avec sa boîte d'olives remplie de gin et ses Pall Mall sans filtre. Puis il se lève et les conduit vers la sortie du Wrong Number, attrapant sa batte avant de franchir la porte.

Sottile proteste tout du long, affirme que lui commençait juste à se sentir bien et qu'ils feraient mieux de consacrer leur énergie à lever des prostituées à Coney Island.

Augie's se trouve deux avenues plus loin, c'est une épicerie de quartier avec une arrière-boutique où Pete Wang, le propriétaire, organise des parties de cartes plusieurs soirs par semaine. Donnie n'y connaît rien aux cartes. Peut-être qu'ils jouent au poker, au black-jack ou même pourquoi pas à la bataille, putain.

Mais la question de Sottile n'était pas stupide : si Giuseppe est ruiné, comment il paie son ticket d'entrée ?

Peu importe, Donnie continue de parier sur la présence de Giuseppe chez Augie's. Ces espèces de dégénérés se débrouillent toujours, Donnie en a suffisamment croisé pour le savoir. Il les a croisés en service et il les a croisés en bossant pour Big Time Tommy. S'il y a un train qui peut les amener plus bas encore, ils trouveront le moyen de frauder pour monter à bord. Comme disait son père : *A chi vuole, non mancano modi.* Quand on veut, on peut. La femme de Giuseppe – Rosemarie, elle s'appelle – est probablement assise dans leur cuisine, courbée au-dessus de la table, en train de réciter son chapelet pendant que son bon à rien de mari est occupé à jouer et perdre tout ce qu'ils possèdent et son minable de fils à essayer de baiser une fille qui vient à peine d'acheter son premier soutien-gorge.

Les lumières de chez Augie's sont éteintes quand ils arrivent, mais ça ne veut rien dire. Ils se postent en face, à l'angle, s'adossant au mur en brique d'un salon de coiffure.

— Alors, on fait quoi ? demande Sottile. On reste plantés là à attendre ? Ou on lance l'assaut ?

Donnie tapote le trottoir avec sa batte.

— Laissez-moi réfléchir.

Au bout du compte, ils se contentent de poireauter tandis que Sottile s'impatiente, regrettant ouvertement qu'ils n'aient pas au moins eu la présence d'esprit d'apporter une bouteille de Jack. Le plan de Donnie consiste à sauter sur Giuseppe dès qu'il sort de chez Augie's, puis à le ramener chez Donnie, le fourrer dans le coffre de sa Ford Tempo et le conduire jusqu'au pont de la Marine Parkway. Pas la peine de lui péter les rotules, à cette pitoyable merde. Autant le balancer direct dans l'eau, voilà ce que pense Donnie. Régler le problème une fois pour toutes. Que ce petit enculé de Mikey se retrouve orphelin de père et hérite d'une bonne grosse dette. Il veut faire perdre à quelqu'un ce que lui-même a perdu quand on lui a pris Gabe.

— C'est n'importe quoi, dit Sottile.

— T'as qu'à rentrer chez toi, lui claque Donnie. Et n'oublie pas de retirer ton tampon hygiénique avant de te mettre au lit.

Pags éclate de rire.

— Ha-ha, fait Sottile.

Il s'écoule encore une demi-heure avant que Giuseppe sorte de chez Augie's par la porte de derrière, casquette plate à la main, épaules voûtées, démarche titubante. L'attitude de l'éternel loser. Probablement qu'il allume des cierges devant l'autel de Notre-Dame de l'Éternel Loser, ce raté. Il a une barbe de trois jours et des cercles noirs sous les yeux. Dire que dans la vraie vie il est prof de maths – il se pointe au boulot comme ça ?

— Vous voyez ? dit Donnie. J'ai un sixième sens.

— Et maintenant ? demande Pags. Tu comptes frapper un nouveau *home run* ?

— Suivez-moi.

Batte en avant, Donnie fond sur Giuseppe. Avec un temps de retard, Pags et Sottile lui emboîtent le pas. Donnie entend le whiskey dans leur façon de marcher.

Le voyant arriver, Giuseppe tombe à genoux, serre sa casquette contre sa poitrine. Panique sur son visage. Il les reconnaît, bien sûr. C'est loin d'être leur première petite visite.

— Dites à Big Time Tommy que je le payerai dans quinze jours ! Deux semaines, c'est tout ce qu'il me faut !

Parvenu devant Giuseppe, Donnie lui appuie doucement la batte contre le bout du nez. Ce loser a un de ces pifs ! Donnie l'avait déjà remarqué, mais de près il est plus crochu, plus tordu, plus tout. Giuseppe ferme les yeux, lâche sa casquette qui tombe par terre.

— Tu vas trouver vingt-cinq mille dollars en quinze jours ? demande Donnie.

Sottile balaie du regard les deux côtés de l'avenue, les rideaux métalliques des autres boutiques, les ombres où il guette des visages. Il n'aime pas l'idée de s'occuper de ce type au vu et au su de tous, et il a peut-être raison.

— Lève-toi, dit Donnie à Giuseppe.

Ils marchent jusque chez Donnie, quelques rues plus loin. Tout du long, Donnie pousse Giuseppe dans le dos avec la batte. Ils croisent deux personnes, un type d'une vingtaine d'années avec des écouteurs sur les oreilles et un autre, la cinquantaine, qui semble à moitié bourré. Aucun des deux ne prête attention à eux ou à la batte. Giuseppe essaie de se tirer de ce mauvais pas avec de belles paroles, des promesses, mais chaque fois qu'il ouvre la bouche Donnie le pousse plus fort.

En face de chez lui, la cour d'école est maintenant déserte. Antonina est sûrement rentrée se coucher. Donnie se demande si Mikey a dû se rendre à l'hôpital, ou s'il est à la maison avec sa mère, en train de s'inquiéter pour ce vieux Giuseppe ici présent.

La Ford Tempo de Donnie est garée dans la pénombre, au bout de son allée. Ils montent dedans : Donnie à l'arrière avec la batte sur les cuisses et Giuseppe recroquevillé à côté de lui, Pags derrière le volant, Sottile sur le siège passager qu'il recule jusqu'à ce qu'il heurte les genoux de Giuseppe. La voiture pue la gnôle.

— On va où ? demande Pags qui abaisse le pare-soleil, trouve la clé près d'un papier que Donnie a scotché là, une prière imprimée à l'occasion des funérailles de Gabe.

Pags sait à quoi s'en tenir, lui qui s'est installé automatiquement derrière le volant.

— Prends la direction de Riis Park, dit Donnie.

Pags hoche la tête et démarre la voiture. Il a compris.

Donnie coince la batte entre ses genoux. Il garde deux ou trois trucs dans la voiture pour les situations de ce genre. Notamment un rouleau de gros ruban adhésif. Il songe à scotcher les jambes et les mains de Giuseppe, à lui en coller un morceau sur la bouche. Puis il se ravise. Si le type est scotché des pieds à la tête, jamais on ne croira qu'il a sauté, ce qui est le but recherché, quand même.

Pags enclenche la marche arrière et sort lentement de l'allée, manquant de racler la voiture contre le mur de la maison.

— Qu'est-ce que vous allez faire de moi ? demande Giuseppe.

— Tu verras, dit Donnie.

— Je vais trouver le fric, je vous le jure.

Ils sont parvenus à la chaussée, mais Pags manœuvre un peu trop près d'une voiture garée contre le trottoir. Donnie connaît cette voiture. Une Citation. Elle appartient à un voisin, M. Papia. Les phares de la Tempo ne sont même pas allumés. Donnie engueule Pags, lui dit de faire gaffe, putain. Pags les allume. Sottile s'est endormi et il ronfle comme un porc.

Ils prennent la première à droite, puis à nouveau à droite sur la 24e Avenue, puis à gauche sur Cropsey et ils s'engagent enfin sur la Belt Parkway en direction de l'est. Pas le moindre bouchon, toujours les mêmes enfoirés qui roulent à cent cinquante.

Ils prennent la sortie Flatbush Avenue South vers la péninsule de Rockaway. Le trajet n'est pas long, moins d'un quart d'heure dans des conditions normales, mais ils mettent presque vingt-cinq minutes parce que Pags roule plus lentement que d'habitude, dérivant sans cesse vers le bas-côté. Ils n'ont pas peur de se faire arrêter.

— Le pont ? s'inquiète Giuseppe. Je ne suis pas un bon nageur. Je vous en prie.

— *Chi ha fatto il male, faccia la penitenza*, articule difficilement Donnie, imitant son père qui avait un proverbe pour tout. Comme on fait son lit on se couche.

— Je suis un type bien, dit Giuseppe. J'ai une famille. J'enseigne. Je donne même des cours l'été. Vous pouvez pas faire ça.

— T'es un type bien ? Mes couilles sont des types bien, lui lance Donnie en se marrant. T'as élevé un fils qui est une sacrée merde, laisse-moi te le dire.

Giuseppe semble pris au dépourvu.

— Qu'est-ce que vous savez de mon fils ? demande-t-il d'une voix encore plus désespérée, croyant percevoir une menace contre sa famille. Laissez mon fils en dehors de ça. Et mon épouse. Je dois de l'argent, c'est tout. Faites-moi ce que vous voulez, mais laissez ma famille en paix.

Quelle soudaine grandeur d'âme de la part de ce connard, ce *stronzo* !

Ils s'arrêtent au milieu du pont, sur le bord côté est. Aucun autre véhicule à cette heure-ci. Honnêtement, Donnie s'attendait à ce que le pont soit plus haut. Ça fait un bail qu'il n'est pas venu dans le coin, et la dernière fois aussi il avait bu.

En réalité, c'est un pont levant. Il lui arrive d'être plus haut, mais en position normale comme maintenant, il ne surplombe l'eau que d'une quinzaine de mètres. Si Giuseppe survit, il survit. Sinon tant pis. Pas grave d'une manière ou d'une autre. Donnie s'en fiche. N'empêche que le type affirme ne pas savoir nager, alors avec un peu de chance il coulera comme une pierre.

Donnie lève la tête vers les piliers du pont, illuminés par le clair de lune. Il contemple le Verrazano au loin. Ç'aurait été un meilleur choix question hauteur, c'est sûr, sauf que sur ce pont-là il y a trop de passage.

— Réfléchissez, dit Giuseppe. Vous êtes des flics, non ? Vous êtes censés protéger les gens comme moi.

— C'est mal nous connaître, rétorque Donnie.

Les ronflements de Sottile emplissent la voiture.

Plus de temps à perdre. Donnie ordonne à Giuseppe de descendre, puis le suit en lui appuyant le bout de la batte dans le dos. C'est là qu'il se rend compte que la batte n'est pas son flingue. Dommage qu'il n'ait pas pensé à le prendre.

Si dans les secondes qui viennent le type décide de se barrer en courant, qu'est-ce que Donnie pourra faire ? Remonter en voiture et demander à Pags de le prendre en chasse, ce qui serait au mieux pénible, au pire catastrophique. Mais Giuseppe ne s'enfuit pas. Pensant sans doute que ce sont des menaces en l'air. Qu'ils vont lui montrer qu'il est passé très près de mourir, le suspendre au-dessus de l'eau avant de le laisser partir avec un dernier avertissement. Comme tous les condamnés, il se raconte qu'il va avoir droit à un sursis. Donnie est prêt à parier un million de dollars qu'il est convaincu que dès demain il va se ressaisir. Fini le jeu, priorité à la famille. Dans sa tête il est en train de prier Dieu, de faire tout un tas de promesses.

Au moment où Giuseppe approche de la rambarde, il est sur le point d'ajouter quelque chose, mais Donnie le pousse brutalement avec la batte. Giuseppe vacille puis bascule par-dessus la rambarde, son torse part en avant, ses mains cherchent quelque chose à agripper, ses jambes décollent. Il suffit que Donnie le pousse encore une toute dernière fois pour qu'il s'envole. Le tissu bon marché de son pantalon effleure la main de Donnie, la jambe de Giuseppe passe par-dessus la rambarde à la suite du reste de son corps, il tombe tête la première dans le détroit de Rockaway en hurlant tout le temps que dure sa chute. Donnie n'attend pas de voir s'il s'en sort. Il remonte dans la voiture et dit à Pags de le ramener chez lui, il est fatigué.

JUILLET 1993

AVA BIFULCO

QUAND SA NOVA se remet à produire ce cliquetis caractéristique, Ava Bifulco sait qu'il y a de quoi s'inquiéter. Roulant sur la Belt Parkway, un sac Macy's sur le siège passager, elle rentre chez elle après un passage express au centre commercial Kings Plaza. La dernière panne de la voiture date d'il y a quinze jours. Elle venait de rendre visite à sa cousine Janet à Staten Island et la voiture s'est mise à faire ce même bruit avant de caler en plein milieu du Verrazano. Heureusement, parce qu'elle était sur le pont, on lui a vite porté secours. On l'a remorquée jusque chez Flash Auto, où Sal et son frère Frankie lui ont facturé six cents dollars de réparation. Elle ne se souvient même plus de ce qu'ils ont réparé exactement. La facture est à la maison. Après ça, elle espérait au moins quelques mois de répit. Marre de tous ces trucs qui tombent en panne. La voiture. Le chauffe-eau, le lave-linge, le réfrigérateur, les toilettes de la vieille baraque défraîchie qu'elle partage avec son fils, Nick. Elle veut des choses qui ne tombent pas en panne. À cinquante et un ans, elle pense avoir mérité un peu de tranquillité. Elle en a, des amies de son âge qui se sont installées en Floride et passent leurs journées à se prélasser à la plage, lire des bouquins, jouer au bingo, prendre leurs repas dans des buffets, se tartiner d'huile solaire. Mais elle sait que la tranquillité n'est qu'un rêve lointain. Il y a le boulot – elle dirige Sea Crest, une maison de retraite doublée d'un centre de désintoxication qui s'effondrerait sans elle –, son emprunt immobilier qui ne sera pas remboursé avant quelques années, et Nick, qui à vingt-neuf ans n'est toujours pas marié et compte beaucoup trop sur sa mère.

Elle dépasse la sortie Knapp Street. Le bruit a augmenté. Des rubans de fumée s'élèvent du capot. Ava a envie de frapper le volant et de crier : *Putain fait chier!* Au lieu de quoi elle s'efforce de rester calme. Inspirer, expirer. Ne pas trop serrer le volant. Elle récite deux *Ave Maria*, puis sent le moteur lâcher et, résignée, se range sur l'accotement étroit à sa gauche. Toujours plus de fumée. Elle se rapproche au maximum de la rambarde. Sur sa droite, les voitures la frôlent à cent dix kilomètres à l'heure. Inspirer profondément, encore. Il faut qu'elle élabore un plan d'action. Descendre de la Nova, marcher jusqu'à la première sortie, chercher un téléphone public ? Un peu plus loin se trouve une aire de repos, non ? Mais c'est de l'autre côté. Peut-être pourrait-elle quand même traverser et aller voir s'il n'y a pas un téléphone. Oui, c'est bien son genre. Sauter par-dessus la barrière, slalomer entre les voitures en pantalon tailleur noir et mules assorties.

Elle tend le bras, ouvre la boîte à gants, sort ses Viceroy. Enfonce l'allume-cigare et attend. Ça pourrait être pire. Ça pourrait être la nuit. L'allume-cigare s'éjecte brutalement, lui fait peur. Elle le retire, sent la chaleur de la résistance rougeoyante contre sa paume. Le grondement de la circulation secoue la voiture, Ava tremble un peu. Elle coince une cigarette entre ses lèvres et l'allume. Tire une grande bouffée. *OK. Et maintenant ? Commence déjà par terminer ta clope.*

Un véhicule se gare derrière elle. Dans le rétroviseur, elle voit qu'il s'agit d'une Ford Tempo grise à la peinture abîmée et au pare-brise sale. Pour l'instant le conducteur n'est qu'une forme sombre. Ça l'angoisse. On ne sait jamais à quoi s'attendre. Cette putain de ville. Ce type s'est peut-être arrêté rien que pour l'étrangler.

Il sort de sa voiture. Blanc. Italien, on dirait. Quelques années de moins qu'elle, environ quarante-cinq ans. Nez crochu, cheveux bruns. Il porte un T-shirt blanc, un jean bleu et des chaussures de chantier. Dans le rétroviseur extérieur elle le regarde qui s'approche côté conducteur, loin de la circulation. Elle baisse sa vitre.

— Vous avez besoin d'aide ? demande-t-il.

Elle écrase sa cigarette dans le cendrier sous l'allume-cigare, au milieu d'un monticule de filtres.

— C'est très gentil. Cette vieille caisse pourrie vient de me lâcher. Ces derniers temps j'ai eu beaucoup d'ennuis avec.

Il hoche la tête.

Elle attend qu'il suggère quelque chose.

Il ne dit rien.

— Je ne sais pas quoi faire, avoue-t-elle. Mon fils est probablement inquiet pour moi. Je devrais déjà être rentrée depuis longtemps.

— Je peux vous conduire jusqu'à un téléphone public. Vous habitez près d'ici ? Je pourrais vous ramener chez vous. Vous appellerez une dépanneuse et le type transportera la bagnole chez votre garagiste. (Il regarde passer les voitures.) Vous êtes membre du triple A*?

— Oui. Et je n'habite pas loin.

— Où se trouve votre garagiste?

— C'est Flash Auto sur Bath Avenue.

— Sal et Frankie.

— Voilà.

— Des gars réglos.

— J'aurais bien aimé qu'ils réparent mieux ma voiture il y a quinze jours.

— Ça peut arriver. Je vous emmène?

— D'accord. Laissez-moi juste attraper mes affaires.

Elle prend son sac Macy's et son sac à main, puis descend et le suit jusqu'à sa Tempo sans s'écarter de la rambarde.

— Vous n'avez qu'à vous asseoir à l'arrière, dit-il. Côté passager ce sera trop difficile.

— Bonne idée.

Il ouvre la portière arrière. Elle se glisse entre lui et la voiture, monte et il referme derrière elle. La banquette arrière est jonchée de vieux journaux et de fragments déchirés de jeux à gratter. Elle pose le sac Macy's entre ses jambes et, pas encore rassurée, serre son sac à main contre elle. C'est un inconnu, et on ne monte pas dans la voiture d'un inconnu sans craindre que ça puisse être le début de la fin. Elle en a entendu, des histoires d'enlèvements, de viols, de meurtres. *Mais il semblait si gentil.*

Il s'installe derrière le volant et ferme sa portière, qui grince aussi fort que la porte du lave-linge d'Ava.

* AAA = American Automobile Association. Association qui défend les droits des automobilistes américains et fournit à ses membres divers services, telle l'assistance dépannage.

— Je ne suis pas un dangereux psychopathe. Rassurez-vous. Je veux juste vous aider.

— N'est-ce pas ce que dirait un dangereux psychopathe ?

— Sans doute. Bien vu.

Il démarre le moteur et les voilà qui réintègrent le flux de la Belt Parkway.

Elle lance un dernier regard à sa Nova. C'est bizarre de la laisser là comme ça. Et si quelqu'un l'emboutissait, ou brisait une vitre pour voler la radio, par exemple ? Non qu'il y ait grand-chose à l'intérieur. A-t-elle verrouillé les portières ? Mon Dieu, elle n'arrive pas à s'en souvenir.

— Je ne sais pas si j'ai verrouillé les portières.

— Ça va aller. Elle ne va pas rester ici longtemps. Si vous l'abandonniez toute la nuit, là, il y aurait de quoi se faire du souci.

Elle fouille dans son sac à main. Autre problème.

— Merde. J'ai oublié mes cigarettes.

— Vous pouvez prendre une des miennes.

Il se penche au-dessus du siège passager, puis se redresse avec un étui à cigarettes argenté qu'il tend derrière lui.

— Merci, dit-elle.

L'étui ressemble à celui que la mère d'Ava emportait avec elle autrefois. Ça fait longtemps qu'elle n'en a pas vu un de ce genre. Elle l'ouvre et sort une cigarette. Des Pall Mall sans filtre.

— Des cigarettes de papy, déclare-t-elle.

Il rit.

— Ah bon ? Je me suis mis à fumer il y a seulement un an. Au début, j'achetais des Marlboro dont j'arrachais les filtres, puis grâce à ma barmaid j'ai découvert celles-ci.

— Vous avez du feu ?

— Oui. Bien sûr. (Il fouille dans ses poches et lui tend un Bic jaune.) Désolé, l'allume-cigare ne fonctionne pas.

Elle allume la cigarette, baisse la vitre et crache sa fumée vers les autres voitures. Cette cigarette-là, elle la sent vraiment dans ses poumons.

— Dites-moi où je dois aller, demande-t-il.

— Vous pouvez prendre la sortie Bay Parkway.

— Moi aussi, c'est ma sortie. Vous habitez où ?

— Vous connaissez le cinéma Marboro ?

— Bien sûr. Je vais souvent au ciné.

— J'habite juste à côté.

— D'accord. Je m'appelle Don, au fait. Autant que vous sachiez avec qui vous voyagez.

— Moi c'est Ava, dit-elle en crachant un autre nuage de fumée.

La sortie approche. Il jette un coup d'œil dans le rétroviseur, sous lequel est suspendu un vieux désodorisant vert en forme de sapin. Enroulé autour du cordon, un morceau de feuille de palmier, souvenir du dimanche des Rameaux. Elle se demande s'il va à St Mary's, à Most Precious Blood, à St Finbar ou peut-être à Saints Simon and Jude. En tout cas, la présence de cette feuille est un bon signe. Tout en fumant, elle se détend et essaie de ne pas imaginer le pire en ce qui concerne sa Nova. Elle se sent reconnaissante d'être tombée sur ce Don. Un bon Samaritain.

NICK BIFULCO

NICK S'INQUIÈTE pour sa mère. Elle tarde à rentrer du boulot. Peut-être est-elle simplement passée faire des courses chez Pathmark ou Meats Supreme, mais la voiture n'est pas en bon état et il ne peut s'empêcher de l'imaginer en rade quelque part. La maison de retraite où elle travaille est à Coney Island, et il n'aimerait pas qu'elle se retrouve bloquée sur Mermaid Avenue, le capot relevé, à espérer que quelqu'un lui vienne en aide. Il fixe le téléphone jaune à cadran sur le mur, s'attendant à l'entendre sonner d'un instant à l'autre.

La fenêtre est ouverte et il est assis à la table de la cuisine devant une assiette de fleurs de courge froides aux bords dorés, croustillants. Parfaitement frites, ces fleurs que leur voisin Larry leur a apportées de son jardin et qu'Ava a préparées hier soir. La radio est allumée. WCBS. La circulation, les infos, le sport… mais impossible de se concentrer. Il a mis le petit ventilateur en marche. Il devrait se changer, enfiler un short et un T-shirt. Il porte encore sa tenue de travail : une chemise jaune en lin, une cravate bleue desserrée autour du cou, un blazer bleu, des Dockers bleues. Au lycée Our Lady of the Narrows de Bay Ridge, il enseigne le journalisme et l'anglais. Cet été, il donne des cours de rattrapage. Chaque jour il prend le bus, le B1 puis le B64, partant le plus tôt possible pour éviter de croiser des élèves pendant le trajet. Ils n'ont qu'une voiture, sa mère et lui ; habiter encore chez elle alors qu'il fêtera ses trente ans fin août ne lui cause aucune honte. Sa petite amie Alice enseigne la biologie à Our Lady et veut qu'il emménage chez elle, dans le quartier de Bay Ridge, au-dessus du Pipin's Pub. Mais il aime habiter chez sa mère. Il aime avoir l'impression d'être encore un gamin.

Nick avait quitté la maison pour étudier à l'université SUNY Geneseo. Il a vécu là-bas pendant quatre ans. Ça ne s'est pas trop mal passé, mais Brooklyn lui manquait. Il prenait souvent le car pour rentrer. Après la mort de son père, au cours du dernier trimestre, il est revenu tous les week-ends. Cela ne faisait plus aucun doute qu'il se réinstallerait chez Ava, et elle semblait reconnaissante de l'avoir auprès d'elle. Elle ne se lassait pas de sa présence, en tout cas elle n'en montrait aucun signe. Elle aimait le voir nourri, diverti, heureux. Nick a voulu se lancer dans une carrière de journaliste, devenir le nouveau Jimmy Breslin, Pete Hamill ou Mike Lupica, mais ça n'a rien donné. Il n'est arrivé à se faire une place nulle part. Alors il a pris un poste à Our Lady of the Narrows, son *alma mater*, où il travaille depuis sept ans. Le temps file comme l'éclair ; voilà tout d'un coup qu'il a trente ans. Un de ces profs qui ne suscitent ni l'affection ni la haine des élèves – ils le trouvent ennuyeux. De temps à autre, il y en a bien un ou deux pour voir en lui un mentor potentiel, mais ils se rendent vite compte qu'il n'a rien à leur offrir.

Ce qu'il veut vraiment, c'est écrire un scénario. Il adore le cinéma. Leurs voisins Paulie et Nina Puzzo ont un fils,

Phil, qui habite au centre de Brooklyn dans un *brownstone* de Boerum Hill, a publié un gros bouquin sur les meurtres du Diamond Den et s'apprête à en sortir un autre sur les Brancaccio, cette famille mafieuse. Phil interviewe plein de monde, fait beaucoup de recherches. Son livre sur le Diamond Den a été un best-seller, De Niro a même acheté les droits et confié à Phil l'écriture du scénario. Du moins c'est ce que raconte Paulie. Nick veut écrire une histoire de gangsters, quelque chose que Scorsese pourrait mettre en scène, mais il n'arrive pas à choisir un sujet. Il prend des notes, essaie de trouver une approche intéressante, mais ça ne mène à rien.

Le téléphone sonne. Il se précipite pour décrocher, s'attend à entendre la voix stressée d'Ava. Mais c'est Alice.

— J'ai besoin d'aller prendre un verre, dit-elle.

— Je ne peux pas venir à Bay Ridge maintenant.

— Qu'est-ce qui se passe ?

— Ava n'est pas encore rentrée. Je commence à m'inquiéter.

— À chaque fois c'est la même chose. Elle va bien, sois tranquille.

— La voiture, tu comprends…

— Elle va bien, je te promets. J'aimerais que tu viennes. Merde, j'aimerais que tu emménages avec moi. Imagine comme ce serait agréable. On pourrait aller à pied au boulot tous les jours. On pourrait descendre boire un verre chez Pipin's n'importe quand. Aller au ciné à l'Alpine. Dîner chez Colucci's. Baiser non-stop.

Il rit.

— Baiser non-stop, ça donne envie.

— Tu n'aurais plus besoin de te branler avec la lotion hydratante de ta mère. Tu sais ce que je porte, là ? Rien. Et je fume une cigarette. Je parie que tu as encore ta tenue de prof sur toi.

— Tu es vraiment nue ?

— Je te le jure.

Our Lady of the Narrows est un lycée de garçons, et tous les élèves en pincent pour Alice. Les autres profs aussi. M. Maroney et M. Miller la déshabillent du regard dès qu'elle passe près d'eux. M. Sechiano, le proviseur, rougit dès qu'elle lui adresse la parole. Ce n'est pas une prof comme les autres. Un peu plus âgée que lui – trente-deux ans. Jupes crayon. Lunettes de bibliothécaire. Super calée en sciences. Une poitrine qui fait hurler à la lune même les Frères chrétiens cachés parmi eux. Un jour, Nick a confisqué un cahier à Gianluca Spara, un élève de première boutonneux. Il était rempli de portraits d'Alice plus ou moins dénudée. Un véritable artiste, ce Gianluca. Des dessins franchement réussis, parfois même de bon goût. Et ceux qui représentaient Alice totalement nue, Nick devait bien l'admettre, s'avéraient très proches de la réalité.

— Demain soir, dit Nick. Je serai tout à toi demain soir.

— J'ai ma main entre mes jambes, souffle Alice.

— Alice.

— Contente-toi d'écouter. D'accord ? Tu peux au moins écouter ?

Il se tait, l'écoute gémir comme une actrice porno et lui décrire ses gestes par le menu : comment elle écrase lentement sa cigarette dans un cendrier transparent qu'elle a volé dans le *diner* de la 4e Avenue, où elle met ses mains, à quel point sa peau est douce et son entrejambe humide pour lui. Il n'en peut plus. S'il avait une voiture, il partirait la retrouver tout de suite. Peut-être devrait-il appeler un taxi. Mais penser qu'Ava essaie peut-être de le joindre l'empêche de profiter pleinement du numéro d'Alice. *Elle va bien.*

— Ce téléphone appartenait à mes grands-parents, l'interrompt Nick. Je revois ma grand-mère le nettoyer avec de l'alcool à 90° quand mon grand-père était enrhumé.

Silence à l'autre bout de la ligne.

— C'est ta façon à toi de dire des cochonneries ? finit par lancer Alice avec un petit rire. Je continue ou pas ?

Nick déglutit. Et si Ava débarquait les bras chargés de sacs de courses alors qu'il se branle furieusement, le pantalon baissé ? En vingt-neuf ans, elle ne l'a pas encore surpris une seule fois en train de se masturber. Il n'a pas envie que ça commence maintenant, même si une conversation téléphonique coquine avec sa petite amie est une scène bien moins embarrassante que de se branler dans la salle de bains ou de se frotter contre un des coussins du salon.

— OK, dit-il.

— Je suis sur mon lit. Et je ne mens pas, je suis nue. Je crève de chaud. Tu sais que j'ai vite très chaud quand la clim n'est pas allumée.

— Allume la clim.

— Putain t'es trop nul à ce jeu.

À l'avant, la porte de la maison s'ouvre brusquement.

— Nick ? crie Ava.

Le bruit d'un sac qu'on pose dans l'entrée.

— Je dois y aller, dit-il à Alice.

— Vraiment ? Je suis nue. *Entièrement* nue. Je ne blague pas. Ce ne sont pas que des mots.

— Ava vient d'arriver.

Nick raccroche et remet son érection en place sous sa ceinture, espérant qu'elle va dégonfler avant qu'il se retrouve en présence d'Ava. Rien de pire que de bander devant sa mère.

— Nick ?

Il gagne le vestibule, les mains croisées à hauteur du bassin. Ava est là, vêtue de son pantalon tailleur, un sac Macy's à ses pieds. Un homme se tient derrière elle. Sa tête lui dit quelque chose.

— Qu'est-ce qui s'est passé ? demande Nick. Je m'inquiétais.

— La voiture est tombée en panne sur la Belt Parkway, explique Ava.

— Merde. Encore ?

— Je te présente Don. Il a eu la gentillesse de s'arrêter et de me ramener à la maison.

L'érection de Nick s'est rabougrie, mais il ne peut s'empêcher de penser à Alice sur son lit. Il s'avance vers Don et lui tend la main.

— Merci beaucoup d'avoir aidé ma mère.

Don sourit. Ils se serrent la main.

— Rien de plus normal. C'est des moments pas faciles. J'ai déjà vécu ça.

— Je vous connais, non ? demande Nick en lâchant la main de Don.

— Je ne crois pas.

— Il faut qu'on appelle la triple A, dit Ava. J'ai abandonné la voiture là-bas.

— Elle ne craint rien, dit Don.

— Entrez, Don. Il faut juste que je passe ce coup de fil, puis je vous préparerai quelque chose à manger. Je peux décongeler de la sauce au jus de viande. C'est l'heure du dîner. Vous devez avoir faim.

— Je ferais mieux d'y aller.

— Vous êtes marié ?

Don secoue la tête.

— Alors vous n'avez rien à manger chez vous. Laissez-moi vous préparer un bon repas. Et après ça, café et biscuits. C'est le moins que je puisse vous offrir.

Don hésite, puis dit :

— Allez, volontiers.

Ava emmène Don dans la cuisine. Nick les suit. Il étudie le type. Chaussures de chantier, jean, T-shirt. Démarche pavanante de Rital, propre à la génération de ses parents. Son visage est familier, mais Nick n'arrive pas à se souvenir où il l'a vu.

Ava appelle l'AAA. Elle est soulagée, une dépanneuse va remorquer la Nova. Ils déposeront la voiture directement chez Flash Auto, et demain matin Sal et Frankie s'en occuperont en priorité. Elle parvient à joindre Frankie dans leur bureau avant qu'ils ne ferment boutique, et Nick comprend que Frankie se répand en excuses, promet de trouver ce qui cloche avec la voiture.

Nick s'assoit en face de Don à la table de la cuisine. Ava raccroche puis dispose des assiettes, des serviettes et des fourchettes devant eux.

Don examine d'abord la nappe au motif estival, puis le portrait de la Vierge Marie accroché au mur.

Ava s'approche de la cuisinière et se met au travail, décongelant un bloc de sauce dans une casserole au fond brûlé et à la poignée branlante. Elle fait bouillir de l'eau pour les spaghettis.

— Vous êtes divorcé, Don ? demande-t-elle par-dessus son épaule.

— Ah, laisse ce pauvre homme tranquille, dit Nick. (Puis, à Don :) En rendant service à cette dame, vous ne vous attendiez pas à devoir répondre à toutes ces questions.

— Pas de souci. Oui, je suis divorcé.

Ava marque une pause, puis donne des coups de fourchette dans la sauce qui commence à fondre.

— Mon mari est mort. Cancer du pancréas, pendant que Nick était à l'université. Je n'aime pas être veuve. Les hommes de mon église, ils veulent qu'on aille se balader ensemble ou qu'on prenne un café. Ça ne me tente pas. On me drague pas mal sur mon lieu de travail, aussi. Tous ces vieux schnoques.

— Depuis deux ans, j'ai une relation intermittente avec une fille, dit Don.

— Elle doit vouloir se marier. Les remariages, c'est dur. Enfin, à ce qu'il paraît.

— En ce moment on n'est pas ensemble.

— Ava, dit Nick. Arrête cet interrogatoire.

— Mon fils ne veut pas se marier, dit Ava. Il a une petite amie adorable. Splendide. Tous les garçons lui courent après. Et il ne veut toujours pas l'épouser. Je l'ai prévenu : "Tu ferais bien de te méfier. Elle ne va pas rester éternellement jeune, et toi non plus."

— Qu'est-ce que vous voulez ? dit Nick. J'aime vivre à la maison avec ma mère. J'aime les bons petits plats qu'elle cuisine.

Il se tapote le ventre.

— Dieu sait qu'il a de l'appétit, dit Ava, mais il reste tout maigre. Et vous, Don ? Vous aimez manger ?

— Ça dépend.

— Ça dépend de quoi ? demande Nick.

— Je mange quand j'ai faim. Un sandwich par-ci, une pizza par-là. J'y réfléchis pas trop.

— Chacun son style, dit Ava.

— Vous voulez boire quelque chose, Don ? demande Nick. Je crois qu'il nous reste du scotch de mon père. Personnellement, j'aime le bourbon. Depuis que je suis allé au Kentucky, je suis fan de bourbon.

— Ça, ça m'intéresse, dit Don. Du scotch, volontiers.

Nick lui adresse un clin d'œil.

— C'est parti, mon ami.

Il se lève, ouvre le placard où est rangé l'alcool, sort une bouteille à moitié pleine de Johnnie Walker Red et une autre toute neuve de Maker's Mark qu'il a achetée chez Liquor One quelques jours plus tôt. Il les pose sur la table.

— Des glaçons ? Du soda ?

— Deux ou trois glaçons, pourquoi pas, dit Don.

Les verres se trouvent dans le placard au-dessus de la cuisinière. Nick écarte Ava en la poussant délicatement du coude, en attrape deux et les rince. Il sort une plaque de glaçons du congélateur, fait dégringoler quelques cubes dans les verres, en pose un devant Don. Don se verse lui-même du scotch. Nick se rassoit, arrache la cire du bouchon du Maker's Mark et se sert.

L'eau gronde sur la plaque. Ava ouvre un paquet de spaghettis, le vide dans la casserole et remue avec une cuillère en bois pour que les pâtes ne collent ni entre elles ni sur les parois. Elle ajoute quelques cuillerées de sauce dans l'eau.

— Tu as dit que tu étais allé au Kentucky ? demande Don à Nick. Pour quoi faire ?

— À votre avis ?

— Une fille ?

— Gagné. Mallory. Je l'avais rencontrée à la fac. Quelques années plus tard, on est à nouveau sortis ensemble quand elle habitait à Park Slope. Puis elle est partie faire un doctorat à Lexington. Je l'ai poursuivie jusque là-bas. Ça n'a duré qu'une semaine. Mais j'ai eu le temps de tomber définitivement amoureux du bourbon. Le Kentucky est un endroit plutôt chouette. *The Bluegrass State*, il porte bien son nom. C'est vrai, l'herbe y est vraiment bleue.

— Je n'ai jamais mis les pieds en dehors de cette ville, déclare Don.

— Moi non plus, dit Ava. Sauf pour aller dans le New Jersey. Mais ça ne compte pas. (Elle remue la sauce de manière théâtrale, en goûte une cuillerée.) J'ai toujours eu envie de visiter l'Italie.

— Mes grands-parents des deux côtés sont des émigrés.

— Pareil, dit Ava. On a beaucoup de famille là-bas. En Calabre. À Naples. En Sicile.

Don boit son verre d'un trait, s'en verse un autre et dit :

— Du côté de mon père, ils viennent de Potenza. Il était maçon, comme tous les hommes de sa famille. Du côté de ma mère, ils viennent de Bari.

— Vous avez vos cigarettes sur vous ? lui demande Ava.

— Bien sûr.

Il sort l'étui de sa poche, le pose sur la table et l'ouvre, dévoilant une belle rangée de Pall Mall.

— J'ai oublié mes Viceroy dans la voiture, explique Ava à Nick. Don a eu la gentillesse de partager ses cigarettes avec moi.

Nick remarque l'étui. Argenté et ancien. Un motif floral gravé à la surface.

— Il est beau, cet étui, déclare-t-il.

— Il me plaît, dit Don en le prenant dans sa main.

— Vous l'avez trouvé où ?

— Dans la poche d'un cadavre quelconque, dit Donnie avant de lâcher un sourire.

Nick rit. Drôle de bonhomme, ce Don.

— "D'un cadavre quelconque". C'est marrant.

Ava s'approche de la table. Don lui tend une cigarette, elle se penche et il la lui allume avec un Bic jaune. Elle le remercie, retourne du côté de la cuisinière où elle crache sa fumée loin de la sauce et des spaghettis.

— Je crois que je fume parce que j'aime me balader avec cet étui, avoue Don qui prend lui aussi une cigarette et l'allume. T'en veux pas une ?

— Je ne fume pas, dit Nick.

— Pour Don, c'est une nouvelle habitude, précise Ava. Voilà comment il faut faire. Ne pas fumer quand on est jeune puis s'y mettre après quarante ans. Rien à perdre.

Il y a quelque chose qui démange Nick au sujet de Don.

— Vous êtes sûr qu'on ne s'est pas déjà vus quelque part ?

Don crache sa fumée vers le plafond.

— Je ne crois pas, non.

Ava prend la passoire accrochée au-dessus de la cuisinière, enroule un spaghetti autour de la cuillère en bois, souffle dessus puis l'aspire pour vérifier la cuisson.

— Parfait, dit-elle.

Elle écrase sa cigarette dans une boîte de tomates pelées Cento posée sur le plan de travail, puis égoutte les spaghettis dans l'évier, avant de les remettre dans la casserole et de les mélanger à la sauce au jus de viande. Elle remplit trois bols, rajoute de la sauce et du parmesan fraîchement râpé de chez Pastosa. Nick est ravi. Il s'en veut, mais doit admettre qu'il préfère peut-être ça à la douce Alice. Don éteint sa cigarette et attaque ses pâtes.

MIKEY BALDINI

L'EMPLOYÉE de la Williamsburgh Savings Bank est une Russe à la beauté empreinte de lassitude. Mikey l'a remarquée la dernière fois que sa mère l'avait chargé de récupérer quelque chose dans son coffre. Il s'est juré de revenir pour lui demander de sortir avec lui. Et maintenant il se tient devant elle, la regarde à travers la vitre qui les sépare. Les deux boutons du haut de son chemisier rouge en tissu léger sont ouverts. Elle a la peau pâle, des taches de rousseur sur le nez, des yeux bleus et des cheveux blonds. Sur son badge on lit LUDMILLA. Elle attend qu'il parle. Devant lui, il a posé une enveloppe de dépôt où il écrit, avec un stylo retenu au comptoir par une chaînette : *Accepteriez-vous de sortir avec moi ?* Puis il lui glisse l'enveloppe.

Elle rit.

— Tu es muet ?

Il hausse les épaules.

— Comment tu t'appelles ? demande-t-elle.

Il reprend l'enveloppe et écrit son nom. Derrière lui, une vieille dame avec un caddie s'impatiente. Une autre vieille dame vient d'entrer, l'air hautain, franchissant la porte tambour avec son sac de provisions. Assis sur une chaise pliante à côté de l'escalier qui descend à la salle des coffres, le garde bâille. D'autres employés vaquent à leurs différentes conneries bancaires.

Ludmilla secoue la tête.

— Désolée, mon gars.

Il soupire.

La vieille dame derrière lui grommelle quelque chose en italien. De toute évidence, il lui fiche sa journée en l'air. Elle a du monde à nourrir, d'autres courses à faire. Il la ralentit.

Mikey se retourne, lève une main.

— Pardon, madame, j'en ai pour une minute.

— Ah, mais tu sais parler, en fait, dit Ludmilla.

— Tu peux prendre une pause cigarette ? demande-t-il. Viens avec moi dehors. Accorde-moi cinq minutes. Si je n'arrive pas à te convaincre de sortir avec moi, oublie-moi. Je ne t'embêterai plus.

Ludmilla l'étudie. Il est vêtu d'un T-shirt élimé acheté dans une friperie et d'un jean froissé, troué au niveau des genoux. Comme il ne s'est pas rasé depuis deux mois, il a une vraie barbe. Au départ, il s'agissait avant tout de couvrir le tatouage au menton que des *crust punks* lui ont fait quand il était à New Paltz. Ses lobes sont abîmés à cause des écarteurs qu'il a portés pendant deux ans. Il peut passer un doigt à travers les trous dans ses oreilles. C'est assez bizarre. Mais il sait qu'il n'est pas moche. Il a une chance et serait prêt à parier que Ludmilla le trouve mignon.

— Jimmy, remplace-moi un moment ! lance-t-elle à un collègue allant et venant derrière elle. Je sors fumer !

Jimmy hoche la tête, se rapproche d'un pas lourd.

Ludmilla passe de l'autre côté du comptoir. Mikey la suit à travers le hall. Ils franchissent la porte à tambour ensemble, se tenant tout près l'un de l'autre.

La 86e Rue grouille de monde. C'est le milieu de l'après-midi, et les gens vont de magasin en magasin avec leurs sacs et caddies chargés de fruits, de pain, de légumes. Il fait bon dehors, pas trop chaud, vingt-cinq ou vingt-six degrés. Sous le pont aérien des voitures klaxonnent, bataillant pour se garer en double file.

Ludmilla s'adosse au mur de la banque et extirpe un paquet de cigarettes de la poche de son pantalon. Elle lui en offre une, mais il secoue la tête.

— Tu m'as proposé qu'on aille fumer mais toi tu ne fumes pas ? s'étonne-t-elle.

— Non.

— Et tu t'appelles Mikey ? Tu ne ressembles pas à un Mikey.

— À quoi ressemble un Mikey ?

— Je ne sais pas. À un gros bêta. (Elle lui souffle de la fumée dessus.) Tu as l'air paumé, mais tu es beau. Quel âge tu as ?

— Vingt ans ?

— Tu n'es pas sûr ?

— J'aurai vingt et un ans demain.

— Joyeux anniversaire.

— Bon, ça te dit de sortir avec moi ?

— Je croyais que tu avais un plan pour me convaincre.

Mikey hausse les épaules.

— Où comptes-tu m'emmener ? demande Ludmilla.

— Je ne sais pas. Sur Bath Avenue il y a un restau chinois que j'aime bien, qui s'appelle Sixth Happiness. Ou on pourrait aller au Spumoni Gardens ?

— Chinois ou pizza ?

Mikey ne s'est pas suffisamment préparé. En vérité, il n'a jamais pensé qu'il irait aussi loin. Ludmilla est une fille classe. Elle sort probablement avec des types friqués qui l'emmènent dans des grills.

— Tu ne vas pas à l'université ? demande Ludmilla.

— J'ai abandonné mes études.

— Tu devrais quand même obtenir un diplôme.

Mikey ne saurait pas dire l'âge de Ludmilla. Elle doit avoir entre vingt-cinq et trente ans, pas plus, mais une grande maturité émane d'elle, comme si elle avait traversé un océan, vu des choses difficiles et survécu pour les raconter.

— Tu as été recalé ? Quelqu'un t'a brisé le cœur ? demande Ludmilla.

— Un peu des deux, répond Mikey.

Et il essaie de ne pas penser à Ginny, qui lui a bel et bien fracassé le cœur. Elle s'est tirée dans le Maine sur un coup de tête avec un hippie rencontré lors d'un concert de Phish. Les gens aiment ce putain de groupe, cette musique les rend heureux. Sûrement qu'ils vont bien dans leur tête, qu'ils sont rarement aussi déprimés que lui, avec leurs putains de danses hippies et leurs putains de couronnes de fleurs. Ginny était une fille plutôt chouette. Plusieurs aspects de sa personnalité lui manquent, mais pas sa manière de prononcer certains mots avec son accent du nord de l'État ni son insistance à l'appeler Michael au lieu de Mikey.

— Est-ce que tu as seulement de quoi m'inviter quelque part ? demande Ludmilla.

— En ce moment, je suis entre deux boulots.

Elle farfouille dans sa poche et sort deux billets froissés de vingt dollars. Elle les plaque dans la paume de Mikey.

— Ce n'est pas grand-chose, mais c'est cadeau.

Il regarde l'argent.

— Tu n'es pas obligée de faire ça.

— Invite une autre fille, quelqu'un de ton âge. Emmène-la dans un endroit correct.

— Non, vraiment. Je n'ai pas besoin de pitié.

Mikey essaie de lui rendre l'argent. Elle refuse.

— Tu as une famille ? demande-t-elle.

— Je ne suis pas orphelin !

— Tu as des yeux si tristes, dit Ludmilla.

Elle jette sa cigarette sur le trottoir, l'écrase sous son talon puis rentre dans la banque.

Mikey porte les billets à son visage. Rien qu'à les sentir, on sait qu'ils ont passé toute la journée dans la poche d'une belle femme. Quelle odeur auraient-ils s'ils sortaient de sa poche à lui ? À coup sûr, une odeur âcre de transpiration.

Il s'éloigne de la banque et traverse la 86e Rue en évitant un bus. Cette séance de psychothérapie avec Ludmilla, il ne s'y attendait pas du tout. Il ne s'attendait pas non plus à ce qu'elle lui fasse l'aumône. D'habitude, seuls sa mère ou son oncle Alberto lui font la charité, jamais des inconnus. Aujourd'hui il doit vraiment ressembler à un clochard.

Il se rend directement au Spanky's Lounge sur Cropsey Avenue pour boire un verre. Parmi les bars miteux du quartier, le Spanky's n'est pas son préféré, mais il n'en fréquente plus d'autre depuis qu'il sait que le flic qui l'a assommé avec la batte il y a deux ans traîne au Wrong Number. Il a découvert ça de façon brutale. Un soir, il buvait des coups avec son ami Matteo – ils en étaient à leur sixième ou septième bière – quand le flic et ses deux potes ont débarqué au Wrong Number. Donnie Parascandolo, voilà le nom de ce type. L'année dernière, Mikey a lu des articles sur lui dans les journaux : Donnie s'était fait virer de la police pour avoir frappé son capitaine. Ce soir-là, dans le bar, il ne s'est rien passé. Dès qu'il l'a vu, Mikey est sorti par la porte de derrière. De toute façon, le Spanky's se trouve plus près de chez lui.

Il n'a plus jamais revu Antonina après ce qui s'est passé dans la cour de l'école. Mikey s'est dit que Donnie devait en pincer pour elle, ça expliquait qu'il ait pété un câble. Et puis c'est vrai qu'elle était trop jeune. C'est ce même soir que son père a disparu. Sa mère a passé trente-six heures épouvantables avant de recevoir un coup de fil de la police. Le corps de son père avait échoué dans la baie de Dead Horse. Il avait sauté du pont de la Marine Parkway, dont Mikey ignorait jusque-là l'existence. Au début, ce suicide leur avait paru incompréhensible. Ils savaient qu'il aimait jouer et avait siphonné leurs économies, mais ils ne se doutaient pas qu'il devait vingt-cinq mille dollars à Big Time Tommy Ficalora. C'est à eux qu'il incombait désormais de régler cette dette. Mikey a assisté aux funérailles en arborant une grosse ecchymose violette causée par la batte du flic. Il est resté auprès de sa mère tout l'été avant de remonter à New Paltz pour le début de l'année universitaire. Il sautait les cours, buvait, fumait beaucoup d'herbe, essayait toutes les drogues qui lui tombaient sous la main, héroïne, opium, champignons, cocaïne… Il a tenu comme ça jusqu'en troisième année, puis a abandonné et a squatté à droite à gauche pendant un moment avant de rentrer à Brooklyn en mai.

On est en plein milieu de l'après-midi et, à cette heure-ci, le Spanky's est assez calme. Bennie Gibson, le barman, lit un journal hippique tandis que tout au bout du comptoir deux vieilles alcooliques craignos se bourrent la gueule. Gibson est sans âge. Il pourrait avoir trente-cinq ou cinquante-cinq ans. Des fanions sont suspendus au-dessus du mur de bouteilles. Un flipper *K 2000* est coincé dans un angle de la salle, à côté d'un juke-box débranché.

Mikey commande une bière. Gibson la lui apporte sans piper. Demain, c'est son anniversaire – il ne mentait pas. Il aura vingt et un ans, ce qui signifie qu'il pourra s'asseoir ici et boire en toute légalité. Sa mère a invité à "dîner" son frère Alberto, l'oncle de Mikey. Il s'agit moins d'un dîner que d'un gros festin dans l'après-midi. Elle préparera tous les plats préférés de Mikey. Des raviolis, du poulet *parmigiana*, du pain à l'ail. Oncle Alberto ramènera probablement une nouvelle petite amie et voudra parler d'Atlantic City. Ils en viendront à évoquer son père et sa mère fondra en larmes, regrettant qu'il ne soit pas présent à leurs côtés.

Son père lui manque, oui, mais il est aussi furieux contre lui. Sauter comme ça. Espèce de lâche. Leur léguer sa dette. Bien sûr, Mikey n'a pas levé le petit doigt pour aider sa mère. Mais qu'aurait-il pu faire ? Sa mère est obligée de la rembourser petit à petit. Elle a un boulot correct, aide-soignante dans une maison de retraite de Coney Island, mais tout repose sur ses épaules – les impôts, les réparations de la maison, la voiture, les courses, les factures, cette dette de jeu – et lui, il vit à ses crochets.

— Hé, Gibson, dit Mikey.

Gibson le regarde par-dessus son journal.

— Quoi, petit ?

— Demain, c'est mon anniversaire. Bois un shot avec moi. c'est ma tournée.

Gibson hoche la tête.
— Qu'est-ce que tu prends ?
— De la Jägermeister, répond Mikey.
— Bon Dieu.
Gibson verse deux shots.
Mikey lève son verre, Gibson lève le sien.
— Bon anniversaire à moi-même, dit Mikey.

ROSEMARIE BALDINI

ROSEMARIE ÉGOUTTE des macaronis au-dessus de l'évier. À l'heure qu'il est Mikey devrait être là. Elle est inquiète, mais elle s'inquiète toujours. Question de tempérament. Un coup d'œil à l'horloge. Sept heures moins le quart. Ça fait une heure qu'elle est rentrée de Sea Crest, la maison de retraite où elle travaille. Son bus était en retard. Avant ça, la journée a été longue. Mme Rindone, dans tous ses états, lui a donné des coups et l'a traitée de salope. Ava Bifulco, sa chef, est restée introuvable alors que Rosemarie avait besoin de son aide. Pendant qu'elle déjeunait, le gardien patibulaire la fixait avec ses sourcils broussailleux et quelque chose de marron et visqueux collé sous le nez. Quand Rosemarie a démarré sa carrière d'aide-soignante il y a près de vingt ans, elle imaginait faire un métier utile, mais c'est difficile et triste, et ça l'a épuisée, et elle enchaîne les journées à Sea Crest en pilote automatique, évitant de plonger son regard dans les yeux perdus de telle ou telle vieille dame à laquelle sa fille ne rend visite que pendant les vacances.

Il est trop tôt pour dîner. Même si Mikey franchit la porte à l'instant, il n'aura pas faim. Il n'a presque plus jamais faim. Il est devenu tellement maigre. Il ne s'en doute pas, mais elle sait qu'il boit trop. C'est dur d'être une mère. Personne ne vous le dit. Ou alors on vous le dit quand vous êtes ado, et vous n'écoutez pas.

Sur la cuisinière, elle ajoute aux macaronis un peu de sa sauce au jus de viande, mélange, puis met le couvercle pour tenir le plat au chaud. Si besoin, elle le réchauffera. Pourquoi s'embête-t-elle encore à cuisiner comme ça, elle qui ne mange que des toasts et des fruits ? L'habitude. Comme si en cuisinant elle pouvait faire revenir le père de Mikey, son Giuseppe.

Elle traverse le couloir et écarte le rideau qui masque la vitre de la porte d'entrée, s'attendant à voir son fils ouvrir le portail et gravir les marches d'un bond. Mais toujours rien.

Élever Mikey seule ces deux dernières années n'a pas été facile. Elle n'anticipait pas tous les différents ennuis que la mort de Giuseppe a entraînés. Comme si devoir faire le deuil de son mari ne suffisait pas. Bien sûr Mikey est adulte, maintenant. Vingt et un ans demain. Comment est-ce arrivé ? Elle devrait le laisser voler de ses propres ailes plutôt qu'essayer de le retenir, mais il a abandonné ses études, il est revenu vivre à la maison et, selon elle, aucune mère ne devrait jamais rejeter son fils.

L'université. Elle aurait dû insister pour qu'il s'inscrive au Brooklyn College ou à St Francis au lieu de le laisser partir à New Paltz. Elle s'en méfiait, de cette ville. Son frère Alberto a vécu là-haut un moment et, d'après lui, c'est un endroit où, au lieu d'étudier, les gamins new-yorkais prennent du LSD, se font tatouer et finissent par vivre sous des tentes dans les bois avec des chiens enragés. Mikey a-t-il déjà pris du LSD ? Elle ne sait même pas exactement ce qu'est le

LSD. Mais il s'est bel et bien fait tatouer, sur le menton, comme un imbécile, et dorénavant il doit cacher ça sous une barbe hirsute. Et ce qu'il a fait à ses oreilles avec ces écarteurs ! Ses lobes pendouillent comme ceux d'un vieillard de quatre-vingt-dix ans. Ses oreilles ont des trous à travers lesquels on peut passer un doigt. D'ailleurs c'est ce à quoi il s'amuse quand il veut la faire enrager.

De retour dans la cuisine, elle s'assoit à la table et gribouille sur un bloc-notes. Comme souvent, elle en veut à Giuseppe d'avoir eu la lâcheté de se suicider. Un lâche, voilà comment elle le voit maintenant. C'était un acte de pur égoïsme. Bien sûr, le jeu l'avait plongé au fond du trou, mais il devait bien exister une autre solution. Si seulement il l'avait accompagnée plus régulièrement à l'église, plaçant sa foi en Dieu au lieu de laisser la peur lui faire croire qu'il n'existait pas d'issue.

Vingt-cinq mille dollars, c'est beaucoup d'argent, mais pas la fin du monde. Désormais elle le sait. Big Time Tommy Ficalora, l'homme qui avait prêté cette somme à Giuseppe, est passé la voir une semaine après les funérailles pour lui expliquer qu'elle pouvait rembourser petit à petit.

— Cette dette ne va pas s'effacer, a-t-il dit, mais je vais vous accorder du temps parce que je suis un type raisonnable et que j'éprouve de la compassion pour vous.

Et nous voilà deux ans plus tard : elle a remboursé un cinquième de la dette et Big Time Tommy ne lui demande toujours pas d'intérêts. Elle estime qu'il s'est comporté respectueusement.

Peut-être devrait-elle haïr Giuseppe, cracher sur la mémoire de son mari, mais elle n'y arrive pas. Il avait tellement d'humour. Il aurait voulu être un comique, d'ailleurs c'est ce qu'il était. Il enseignait les maths à l'école P.S. 231, mais deux soirs par semaine, avant que sa passion du jeu ne devienne incontrôlable, il se rendait dans des cafés-théâtres de Manhattan pour faire du stand-up. Jamais il ne lui permettait de l'accompagner. Il disait qu'il préférait attendre de maîtriser parfaitement son numéro. Pendant quinze ans il a répété ça. Il ne buvait pas beaucoup, mais il se créait des ennuis dans les bars en pariant sur le base-ball, le basket et le football américain. Les ennuis ont atteint un sommet quand il a parié sur les Bills contre les Giants au Super Bowl. En ratant ce *field goal* à la dernière seconde, le *kicker* a sonné le glas de Giuseppe. Les mois suivants, il a quand même réussi à s'enfoncer encore davantage, jusqu'à ne plus entrevoir d'autre solution que d'en finir, comme un lâche.

Rosemarie n'a pas l'impression d'avoir quarante-six ans. Elle se souvient que, petite, des nombres comme quarante-six lui semblaient se dresser au-dessus d'elle. Sa mère lui a donné naissance à dix-sept ans ; cela signifie que lorsqu'elle avait l'âge que Rosemarie a maintenant, Rosemarie avait presque trente ans. Sa mère est morte d'un infarctus à cinquante-cinq ans. Son père est mort d'une rupture d'anévrisme à cinquante-deux ans. À quarante-six ans, elle est à la fois orpheline et veuve : en matière d'antécédents familiaux, ce n'est pas terrible. La nuit, elle n'arrive pas à fermer l'œil, angoissée à l'idée de n'avoir plus que six ou neuf ans à vivre. Sans cesse elle prie Dieu de lui accorder une longue vie. Elle veut voir Mikey sortir de cette phase dans laquelle il se trouve. Elle veut qu'il se dégote une gentille Italienne et démarre une relation sérieuse. Elle veut qu'il ait un bon boulot et deux ou trois gamins et que sa famille habite dans cette maison. Elle s'installera dans la chambre du fond, à côté de la cuisine, tandis que lui et sa femme prendront la chambre parentale. Elle s'imagine dorlotant ses petits-enfants, les bébés de Mikey, dans le fauteuil inclinable du salon. Elle s'imagine en train de leur chanter des berceuses, *Ninna Ninna* ou *That's Amore*.

La porte d'entrée s'ouvre brutalement et Mikey déboule dans la maison. Il a bu quelques bières, ça se voit. Même pas encore sept heures et il est déjà saoul, un mercredi soir. Vacillant, il s'arrête pour prendre appui sur le radiateur près de l'escalier qui mène au sous-sol.

Rosemarie se lève, racle contre sa paume le bouchon de son stylo, l'enfonçant profondément dans la peau, puis retombe sur sa chaise.

— Où étais-tu passé ?

— Je braquais une banque.

— Très drôle. Tu as faim ? J'ai préparé des macaronis.

— Je n'ai pas faim.

Mikey s'assoit de l'autre côté de la table, en face d'elle. Ses yeux sont injectés de sang. Il dégage une odeur de bière bon marché.

— Tu ne veux vraiment pas de macaronis ? Il faut que tu manges. Tu es en train de dépérir.

— Arrête, Ma, s'il te plaît.

— Demain c'est ton anniversaire.

— Je sais.

— Oncle Alberto vient. Il apportera des *sfogliatelle*, des biscuits arc-en-ciel et des *cannoli*. Je préparerai des raviolis, du poulet *parmigiana* et du pain à l'ail. Tout ce que tu adores.

Mikey hoche la tête.

— Tu comptes nourrir une armée entière ?

— Oncle Alberto a un sacré appétit.

— Tu devrais apporter ça à un refuge pour les sans-abris.

— Un refuge ? De quoi tu parles ? C'est ton anniversaire. Ce sont tes plats favoris. Tu peux au moins manger le jour de ton anniversaire, non ?

— Nourris les gens qui en ont besoin, c'est tout ce que je dis.

— *Toi* tu as besoin d'être nourri. Prends un bol de macaronis.

Mikey lâche un énorme soupir.

— OK. Je vais manger. Tu veux que je mange ? Je vais manger.

— C'est bien, dit Rosemarie.

Mikey se lève, s'approche de la cuisinière et retire le couvercle de la casserole. Il fouille dans le placard au-dessus et sort un saladier rouge, le préféré de Rosemarie. Avec la grosse cuillère en bois qu'elle a laissée dans un plat posé sur la plaque, il se sert des macaronis. Puis il ouvre le frigo, sort le petit pot de mozzarella râpée Locatelli et en vide la moitié sur ses pâtes.

— Tu fais quoi, là ? demande Rosemarie. C'est mon saladier. Prends un bol normal. Et tu as mis trop de fromage. C'est cher, la Locatelli. Il faut qu'il nous en reste pour demain.

Mikey sourit.

— Ce que je fais ? Tu voulais me nourrir. Ben voilà, je mange.

À l'aide de la cuillère en bois, il s'enfourne des plâtrées de macaronis dans la bouche. Son T-shirt se retrouve couvert de fromage râpé – on dirait des cendres de cigarettes.

Deux ou trois bouts de pâtes à moitié mâchées tombent sur le linoléum.

— Assieds-toi. Mange correctement.

Rosemarie lui montre la chaise.

Il obéit, mais persiste à tenir le saladier contre lui et à se goinfrer de macaronis. Il n'y prend aucun plaisir. C'est juste pour le spectacle.

— À quoi ça rime ? demande Rosemarie. À quoi bon manger, dans ce cas-là ? Tu manges pour t'alimenter, ou pour faire passer ta mère pour une conne ?

— Une conne ? s'étonne Mikey, la bouche débordant de pâtes.

— C'est ce que tu penses de moi, non ? Je suis juste une conne qui te nourrit, te donne de l'argent et fait ton lit.

Mikey avale péniblement, manquant de s'étouffer.

— Tu files tout ton fric à Big Time Tommy, s'exclame-t-il. Parce que Papa n'était qu'un raté.

— Ne dénigre pas ton père.

— Si seulement tu étais plus maligne.

— C'est affreux ce que tu es cruel.

Mikey écarte le saladier et se réfugie dans la salle de bains à l'autre bout de la cuisine, claquant la porte derrière lui. Il faut qu'elle fasse remplacer la porte, au moins les gonds. Un choc un peu trop fort et le battant risque de se décrocher. Elle entend le robinet couler à plein débit, puis des haut-le-cœur. Peut-être Mikey est-il boulimique. Elle a vu des émissions sur le sujet. On mange et on vomit, c'est une vraie maladie. Ou peut-être a-t-il trop mangé trop vite. Ou peut-être a-t-il trop bu, et la nourriture n'est pas passée.

— Ça va là-dedans ? demande Rosemarie.

Le bruit s'arrête.

— Ça va, dit Mikey.

— Tu veux du ginger ale et des bretzels ?

— Mon Dieu, non.

La porte se rouvre brusquement. Il est là, debout, en train de s'essuyer la bouche.

— Tu n'as pas froid comme ça, avec ce petit T-shirt de rien du tout ? Descends au sous-sol et prends une des vieilles vestes de ton père.

— On est en été.

— Il a une jolie veste en velours marron, tu te souviens ? Elle t'ira bien. J'adorais le voir avec. Sa façon d'enfoncer ses mains dans les poches. Je parie que tu y trouveras encore un de ses cure-dents.

— Tu es sûre qu'il ne la portait pas quand il a sauté ?

— Mais qu'est-ce qui t'arrive ? Ça ne va pas de dire des choses pareilles ? Ça ne rime à rien d'être en colère contre l'univers entier.

Mikey passe devant Rosemarie et sort du frigo une canette de Coca. Il l'ouvre, boit une longue gorgée.

— Tu vas encore vomir, prévient-elle. C'est ça que tu veux ? Finir à l'hôpital ?

— Parce que j'ai vomi ?

— Tu te crois malin. Un jour tu te rendras compte que tu ne l'es pas autant que tu le crois.

— Je ne me suis jamais cru malin. Putain, loin de là !

— Surveille ton langage ! *Disgraziato.*

— Peut-être que je vais descendre chercher une des vieilles vestes de Papa. Peut-être que je vais la mettre et me jeter du haut d'un pont, comme lui.

Rosemarie se signe.

— Dieu Tout-Puissant ! Retire ce que tu as dit.

— Ça va, on n'est pas dans une cour de récré.

— Retire ce que tu as dit.

Les jambes flageolantes, elle s'assoit à la table, prend sa tête entre ses mains et se balance d'avant en arrière.

— Pourquoi dire une chose pareille ? Tu crois que c'est drôle ? Tu crois que je n'ai pas peur de te perdre toi aussi ?

Mikey pose sa canette sur le comptoir – le métal heurte le bois, le Coca gicle, un bruit terrible et solitaire emplit la pièce.

— Je ne compte pas passer à l'acte, lâche-t-il.

Avant même d'avoir eu une chance de se retenir, voilà qu'elle pleure. Repense à ce qu'elle éprouvait au cours des longues heures où elle n'avait aucune nouvelle de Giuseppe et craignait qu'il soit étendu dans un fossé, abattu par un des sbires de Big Time Tommy. Repense au moment plus difficile encore où la police lui a annoncé que le corps de son mari avait échoué sur la plage de la baie de Dead Horse parmi tous les tessons de bouteilles et toutes les vieilles chaussures. Elle connaissait la réputation de cette baie. C'est là où l'on déversait des tonnes d'os de cheval bouillis, au début du siècle, quand il y avait des usines d'équarrissage à proximité. C'est devenu un site d'enfouissement des ordures. Et enfin l'endroit où Giuseppe Baldini a échoué. Peu importe ce qui lui a traversé l'esprit au cours de ces derniers moments, peu importe qu'il se soit senti coincé, elle est convaincue qu'il a au moins pensé à elle, à leurs premières années de bonheur dans cette maison. Une fois dans l'eau, a-t-il eu des doutes ? De savoir qu'il n'était pas un bon nageur la rendait malade. Elle est persuadée que l'impact ne l'a pas tué, qu'il a lutté pour se maintenir à flot avant de se noyer. Son pauvre Giuseppe.

Mikey se penche vers elle, pose une main dans son dos, sans vraiment tapoter, sans vraiment chercher à la réconforter, une main qui est juste *là*, comme une plaque chaude sur son omoplate.

— Oh, Ma... Pardon d'avoir dit ça.

— Est-ce que tu me détestes ?

Elle se tourne vers lui et se souvient du petit garçon qui jouait dans l'allée de la maison, lançait joyeusement une balle rebondissante contre la porte du garage, écoutait des matchs de base-ball à la radio avec Giuseppe. C'était un petit garçon qui n'aimait rien tant, après s'être amusé dehors, que de rentrer manger les plats de Rosemarie – des fleurs de courge, des *spedini*, des boulettes de viande –, jusqu'au jour où il n'a plus été ce petit garçon, mais un jeune homme qui filait dans sa chambre, fermait la porte et mettait sa musique à fond.

— Je ne te déteste pas, dit Mikey.

— Ça m'étonnerait, vu la façon dont tu me parles.

Elle s'essuie les yeux, goûte une larme parvenue sur sa lèvre. Un souvenir : pleurer devant le cercueil fermé de Giuseppe. Un autre souvenir : Mikey assis sur une chaise, à côté du père Borzumato qui était présent mais écœuré par Giuseppe. On pouvait le comprendre. Son mari venait de jeter à l'eau le plus beau cadeau de Dieu, la vie.

Dans son dos, la main de Mikey bouge, se contracte, Rosemarie sent ses doigts appuyer puis se relâcher, redevenir plats et raides.

— Je ne te déteste pas, répète-t-il.

Puis il se redresse et retire sa main qui s'éloigne en direction du Coca sur le comptoir.

— Ton ventre, ça va ? demande-t-elle.

— Ça va. Tout va bien. C'est parce que j'ai mangé vite, c'est tout.

— Je ne crois pas que tu me détestes.

— Je ne te déteste pas.

— Tu peux me parler plus gentiment ? S'il te plaît. Essaie.

Il termine son Coca et jette la canette dans la poubelle sous l'évier. Il lâche un rot retentissant.

— Je vais essayer.

Elle se tamponne les joues avec une serviette en papier roulée en boule qu'elle ramasse sur la table.

— Merci.

Il retourne vers la porte d'entrée.

— Je sors, annonce-t-il.

— Où ça ?

Elle a tenté de masquer l'inquiétude dans sa voix, en vain. C'est au bar qu'il compte sûrement se rendre.

— À la bibliothèque. Puis peut-être chez Wolfman's. Je veux emprunter des livres et des films.

— Tu as besoin d'argent ?

— Non, c'est bon.

Sur ce il franchit la porte, disparaît, et se retrouvant seule dans la cuisine elle déchire en petits morceaux la serviette qui lui a servi à sécher ses dernières larmes.

AVA BIFULCO

APRÈS LE DÉPART de Don, Ava fait la vaisselle tandis que Nick s'assoit à la table avec une pile de copies, soupirant sans cesse, barrant des passages entiers avec son stylo rouge. L'AAA a téléphoné pour la prévenir que la Nova avait bien été déposée chez Flash Auto. Le bourbon et le scotch n'ont pas encore été rangés. Don a laissé deux cigarettes pour Ava afin qu'elle n'ait pas à descendre à l'épicerie du coin de la rue.

— Qu'il est gentil, cet homme, dit-elle.

La dernière assiette lavée, elle retire ses gants jaunes avec un claquement sec, les suspend au bord de l'évier puis allume une Pall Mall en utilisant une pochette d'allumettes du restaurant La Palina. Elle prend la boîte de conserve vide et s'assoit en face de Nick pour fumer.

— C'était gentil de sa part de t'aider, en effet, dit Nick. Il a bu presque tout le scotch de Papa. Et pour quelqu'un qui n'aime pas manger, il ne nous a pas laissé beaucoup de spaghettis.

— Tais-toi, dit Ava. Tu es toujours tellement critique.

— Tu n'en pincerais pas un peu pour lui ?

— Il est gentil.

— Soyons clairs : je n'en veux pas pour beau-père.

— Sans lui je serais encore coincée là-bas. De nos jours, dans cette ville, peu de gens auraient pris la peine de s'arrêter pour m'aider. Pendant ce temps je risquais de mourir.

— Ça arrive à tout le monde de tomber en panne. J'étais inquiet, mais toi, tu exagères. Je ne pense pas que tu risquais de mourir.

— Qui sait, c'est n'importe quoi cette Belt Parkway.

— Tu as pris son numéro ? Il vit dans le coin ?

— Près de l'école, d'après ce qu'il a dit.

— P.S. 101 ou St Mary's ?

Ava fait tomber des cendres dans la boîte.

— P.S. 101.

— Si seulement je me rappelais où je l'ai déjà vu.

— Sûrement dans le quartier. À force de croiser toujours les mêmes personnes le long de la 86e Rue, leurs visages finissent par devenir familiers.

— Oui, c'est possible.

— C'était si gentil de me donner ces cigarettes.

— OK, Ava, j'ai compris. Tu es amoureuse.

— Arrête.

Elle souffle sa fumée vers lui.

— Je te signale que j'essaie de bosser, dit-il en agitant la main pour chasser la fumée.

— Comment va Alice ?

— Elle est probablement fâchée. Elle voulait que je vienne chez elle.

— Tu devrais t'acheter une voiture. Sal et Frankie ont rentré quelques nouvelles occasions.

— Peut-être.

Se frottant l'arête du nez, Nick s'acharne à essayer de comprendre quelque chose à ce qui est écrit sur la feuille.

Ava ne se serait jamais doutée qu'il deviendrait prof. Il a toujours aimé lire, mais elle ne l'imaginait pas face à un groupe de gamins. Ça requiert un certain type de personnalité. Nick est détendu avec elle et avec Alice, mais sinon il reste sur son quant-à-soi. Elle ne l'a jamais vu faire cours. Ça lui plairait. Elle serait fière de le voir devant un tableau noir, en train de façonner tous ces jeunes esprits. Son mari, Anthony, n'aurait jamais imaginé que Nick devienne prof, lui non plus. Il voulait que Nick travaille pour la municipalité, comme lui. Mais Nick n'aurait pas pu. Grâce à l'enseignement, ses journées se terminent à quinze heures.

— Bon, dit Ava en se levant, sa cigarette coincée entre deux doigts, je vais me doucher.

— Oui, retire cette tenue de businesswoman.

— En ce moment le boulot m'épuise. Il y a cette Rosemarie qui est toujours à me courir derrière. Je l'évite. Elle est incapable de prendre la moindre initiative sans mon autorisation expresse.

— La mère de Mikey Baldini, c'est ça ?

— Oui, tu l'as eu comme élève, tu te rappelles ?

— Ouais. Pas une lumière, ce garçon.

— Et après ça, cette fichue voiture. Je te jure.

— Au moins tu as rencontré ce bon vieux Don.

Ava se penche au-dessus de la table et fait mine de gifler Nick avec sa main qui tient la cigarette.

— Non mais quel pitre !

Des cendres tombent sur la feuille qu'il corrige.

— Attention ! dit Nick en riant. Je ne voudrais pas mettre le feu à ces copies. Enfin si, mais il ne vaut mieux pas.

La chambre d'Ava est adjacente à la cuisine. Après la mort d'Anthony, elle a changé de lit, acheté un cadre et un matelas neufs. Elle ne supportait pas l'idée de dormir toute seule dans leur lit. Elle a demandé à Nick d'envelopper le matelas dans une bâche en plastique, de le descendre au sous-sol puis de démonter le vieux cadre et d'en ranger les morceaux dans des cartons. Nick trouvait ça fou. Un lit de si bonne qualité. Il ne comprenait pas. Son nouveau lit n'est même pas particulièrement confortable. Elle l'a acheté chez un vendeur de matelas discount de la 86e Rue.

Passant dans la chambre, elle s'assoit sur le lit, tire une longue bouffée de cigarette, déboutonne son chemisier mais ne l'enlève pas, retire ses chaussures sans se baisser. Quand elle aura terminé sa cigarette, elle massera ses pieds fatigués puis prendra une douche froide. Elle apprécie les douches froides en été. Mais elle veut que la cigarette – sans filtre – dure encore un peu.

Penser à Don, se dire qu'elle aime sa voix, son visage, ses cheveux et les cigarettes qu'il fume, lui donne un sentiment de culpabilité. Elle essaie plutôt de penser à Anthony, et promène son regard dans la chambre à la recherche de traces de lui. Une chaîne en or entortillée sur la commode. Dans une enveloppe juste à côté, son chapelet aux grains usés à force d'être frottés. Leur photo de mariage accrochée au mur. Prise sur le parking de St Mary's. Elle avait vingt ans. C'était l'été 1962. Une photo de mariage sur un parking de nos jours ne pourra jamais rivaliser avec une photo de mariage sur un parking dans les années 1960. Les voitures étaient longues, propres, étincelantes. Il s'agit de la vieille église, celle qui a brûlé six ans plus tard. Anthony porte un smoking classique. Il avait un petit côté Sinatra. Quant à elle, elle paraît si jeune, si incroyablement jeune, avec ses cheveux bruns retenus par le peigne de son voile, son doux visage, sa jolie robe.

Elle a eu de la chance de se marier à cette époque. Avant que la mode change et que tout le monde ait l'air taré. Les photos de mariage des années 1970 et 1980, personne ne veut les voir. Moustaches et velours. Épaulettes énormes. Coupes de cheveux et paires de lunettes impossibles.

Elle entre dans la petite salle de bains moquettée au fond de la chambre, une extension construite par Anthony quelques années après l'achat de la maison et la naissance de Nick. Ils avaient besoin de leur propre salle de bains. L'hiver, il y fait froid ; elle doit laisser le robinet goutter quand la température descend en dessous de zéro. Les joints de la douche sont moisis, les carreaux crasseux, mais jamais ne lui vient l'envie de se mettre à récurer tout ça. Elle jette ce qu'il reste de sa cigarette dans les toilettes, tire la chasse, ferme la porte, ôte sa veste et son pantalon et les accroche à une patère. Elle retire son chemisier, le jette par terre puis, en culotte et soutien-gorge, regarde les lignes rouges que son pantalon a imprimées sur ses hanches. Elle a oublié de se masser les pieds. Elle s'assoit sur les toilettes, replie sa jambe gauche sur sa jambe droite et se masse vigoureusement la plante du pied. Une fois de plus, c'était stupide de ne pas porter de chaussettes. Le contact de l'abattant lui rafraîchit les cuisses. Tout à l'heure, n'oublie pas de prendre un cachet de Tylenol, se dit-elle en attaquant l'autre pied. Le Tylenol se trouve dans l'armoire à pharmacie au-dessus du lavabo, à côté de ses flacons de parfum Alyssa Ashley Musk. Toutes ces courbatures, toutes ces douleurs. Vieillir, quelle horreur ! Et dans vingt ans ? Elle ne reconnaîtra même plus son corps.

Quand elle en a terminé avec ses pieds, elle se lève, écarte le rideau de douche et ouvre les robinets, un peu d'eau chaude et beaucoup d'eau froide. Elle dégrafe son soutien-gorge et le retire, une épaule après l'autre, puis le lance sur l'abattant des W-C. Soutenant sa poitrine avec un bras, elle enlève son alliance et la pose sur l'appui de la fenêtre. Les filles au boulot lui ont dit de ne plus la porter, mais elle ne peut pas, ne veut pas.

Elle ôte sa culotte, grimpe sous la douche, se verse du shampoing dans la main et se masse les cheveux du bout des doigts, fermant les yeux et laissant l'eau cingler sa peau. Don occupe à nouveau ses pensées.

Elle imagine ses mains sur elle.

Elle imagine lui baisser son pantalon et son caleçon – il porte sûrement un caleçon –, puis le toucher, le prendre dans sa main comme elle prenait jadis Anthony dans sa main.

Elle imagine qu'il embrasse ses bras, ses cuisses et ses pieds fatigués.

Anthony tombait à genoux et serrait le corps d'Ava, lui embrassait le ventre, l'embrassait partout, jamais elle ne s'est sentie aussi bien. De tels moments lui faisaient oublier la difficulté de son boulot, l'échec, la mort, la sensation que le monde l'écrasait. Elle pense à Don, l'imagine en train de la serrer comme ça.

L'eau froide lui fait du bien. Elle ouvre la bouche, laisse l'eau ruisseler sur sa langue, fouetter ses dents.

Des coups contre la porte de la salle de bains.

— Quoi ? grogne-t-elle, ouvrant soudain les yeux.

Nick ne peut pas attendre, un vrai gamin.

Il lui parle à travers la porte.

— Je ne t'entends pas, crie Ava sous le jet d'eau.

La porte grince, elle sent un courant d'air. Nick est là, près des toilettes. Le corps bien caché derrière le rideau, elle sort la tête.

— Qu'est-ce que tu fais ici ? Après une journée pareille, je n'ai pas droit à une minute de tranquillité ?

— J'ai trouvé, dit Nick en mordant le capuchon de son stylo rouge. Pendant que je corrigeais toutes ces copies, ça n'arrêtait pas de me tarauder.

— Qu'est-ce qui te taraudait ?

— J'étais persuadé de l'avoir déjà vu.

— Qui ?

— Don. Qui d'autre ?

— Tu peux attendre une seconde que j'aie terminé dans la salle de bains, s'il te plaît.

Nick hoche la tête.

— Bien sûr, bien sûr. J'étais excité, c'est tout.

Il sort et referme la porte derrière lui.

Elle essaie de se perdre à nouveau dans le rêve, de laisser l'eau froide l'emporter loin d'ici, mais c'est fini. Elle ne peut pas le retrouver. À cause de Nick, elle l'a perdu. Elle ferme les robinets et reste là à dégouliner dans la baignoire. Puis elle attrape deux serviettes propres sur une étagère, s'enroule les cheveux dans l'une et se sèche le corps avec l'autre. Dans la pile de serviettes il y a également son peignoir en tissu éponge, bien plié. Elle le planque là car à deux reprises, en rentrant du boulot, elle a surpris Nick en train de le porter.

— Quoi ? lui a-t-il rétorqué la première fois. C'est dingue ce qu'il est confortable !

La seconde, il s'est contenté de hausser les épaules.

— On ne touche pas au peignoir d'une femme, l'a-t-elle sermonné.

Elle l'enfile puis, habitude très importante après la douche, remet son alliance. Un jour, quand Anthony était encore de ce monde, Ava l'avait posée près de la fenêtre et la bague était tombée derrière les toilettes, se coinçant dans un interstice profond entre la moquette et le mur et il lui avait fallu un long moment pour la retrouver même si elle savait qu'elle ne pouvait pas être loin. Ça l'avait mise dans tous ses états, alors Anthony lui avait dit que si elle ne la retrouvait pas il lui en achèterait une neuve mais elle avait déclaré qu'elle n'en voulait pas une neuve, elle voulait celle qu'il lui avait donnée le jour de leur mariage.

Dans la cuisine, Nick a poussé ses copies pour déplier devant lui deux exemplaires du *Daily News*. Sous le lit de sa chambre, il conserve des piles de vieilles éditions où il cherche des histoires, de vraies histoires new-yorkaises susceptibles d'être adaptées au cinéma. Il dit qu'il va écrire un scénario et le vendre pour un million de dollars. Reste qu'elle ne l'a jamais vu s'asseoir et écrire le moindre mot.

Ava a toujours la serviette dans les cheveux, et son peignoir bien serré autour d'elle.

— OK, dit-elle. Qu'est-ce que tu avais à dire ?

— Sers-toi du bourbon, répond Nick avant de terminer son verre et de croquer les glaçons.

— Non merci. Et toi tu ferais bien d'y aller mollo. Demain tu dois travailler.

Travailler. Nick prend le bus, mais elle, comment va-t-elle se rendre à Coney Island ? En métro, ce sera sûrement le plus simple. Au moins, une fois descendue, elle pourra emprunter la promenade en planches jusqu'à Sea Crest.

Nick tapote un des journaux sur la table.

— Ce n'est pas le *Daily News* d'aujourd'hui.

— Et alors ? demande Ava.

— Il date de l'été dernier. Un flic s'est pris une grosse cuite et a frappé son capitaine.

— Je ne m'en souviens pas.

— Ça n'a pas fait les gros titres, mais comme je lis tout. Ton mec, Don… c'était lui le flic.

Ava plisse le front et s'assoit à la table.

Nick retourne le journal, le pousse vers elle en pointant du doigt le portrait de police officiel de Don. Pas de sourire. Des cheveux plus courts. Mais c'est lui. Aucun doute.

— Donnie Parascandolo, dit Nick. 'Don', désormais. Ton petit ami est un ex-flic disgracié.

— Pour commencer ce n'est pas mon petit ami, rétorque Ava en se penchant sur la photo.

— Si je m'en suis souvenu, c'est parce que tu as mentionné Mikey Baldini. C'est le même type, ton Don, qui l'a assommé avec une batte alors qu'il essayait de se faire Antonina Divino.

— Où tu as entendu ça ?

— Au lycée. Des bruits de couloir.

— C'est arrivé quand ? Rosemarie n'en a jamais parlé.

— Il y a deux ans. Je suis sûr qu'elle ne l'a pas su.

— Ça devait être pile au moment où son mari s'est suicidé. Les Divino, je les connais de St Mary's. Antonina devait avoir quatorze ou quinze ans. M'est avis que Mikey méritait une bonne correction.

— C'est sûrement pour ça que personne n'est allé demander des comptes à Don.

Elle désigne les journaux d'un geste de la main.

— Ces histoires ne font pas baisser Don dans mon estime, si c'est ce que tu espérais.

— Ce n'est pas tout.

— Ah bon ?

— Gabe Parascandolo. Ce nom te dit quelque chose ?

— Non.

— Le fils de Don. Il s'est pendu au sous-sol de leur maison. C'est pour ça que lui et sa femme ont divorcé. Deux mois après le suicide du gamin, c'était fini entre eux. Elle vit encore dans le coin, elle aussi. Donna Rotante – elle a repris son nom de jeune fille. Donnie et Donna, c'est mignon. Tu la connais ?

Ava prend la dernière cigarette que Don a laissée. Tout ça la rend mal à l'aise, c'est beaucoup à digérer. Et Nick a l'air tellement content de lui.

— Je ne la connais pas, non. Changeons de sujet.

— Quel sacré numéro, ce type. J'ai touché le jackpot. C'est lui, mon scénario. Ça va s'écrire tout seul. Fini le lycée, finis les bouquins, je n'ai pas besoin de te faire un dessin.

— Tu es saoul, dit Ava en tripotant la cigarette entre ses doigts.

— Et comment ! dit Nick, l'œil brillant. Cet enfoiré va me rendre riche. Qui de mieux placé pour écrire sur ce type, sur ce quartier ?

— Ne sois pas stupide.

— Ton bon Samaritain a un passé compliqué. Mais il a dévoré tes spaghettis. Il s'est extasié sur ta sauce.

— Tu crois que tu le connais alors que tu ne sais rien de lui.

Grand sourire satisfait de Nick, qui se verse un nouveau bourbon.

— Je devrais te remercier, vraiment, dit-il à sa mère.

— Réfléchis bien avant de faire une bêtise.

Ava se lève, disparaît dans sa chambre pour se mettre de la crème sur les jambes et regarder les infos.

DONNIE PARASCANDOLO

Donnie a beau se présenter en tant que Don depuis qu'on l'a viré de la police, il reste Donnie. Dans sa tête, quand il se parle à lui-même, c'est Donnie ceci, Donnie cela. Rien n'a changé. Être Don pour les gens dont il fait la connaissance lui permet de prendre un tant soit peu ses distances avec la version de lui qui s'est retrouvée dans les journaux après ces mois de beuverie conclus par l'agression du capitaine Dunbar au Blue Sticks Bar, ce coup de poing suivi d'un licenciement avec pertes et fracas parce qu'il avait refusé de bosser derrière un bureau et de suivre une psychothérapie. Sottile et Pags continuent de l'appeler Donnie. Ce sont les seules personnes qui subsistent de son ancienne vie à l'exception de Suzy, et il ne reste désormais plus grand-chose de Suzy et lui. Tous les flics qu'il considérait comme des amis estiment qu'avec l'affaire Dunbar, il s'est déshonoré tout en couvrant de honte la police new-yorkaise. Tant pis.

Il pense à ça parce que c'était quand même étrange d'être Don avec la femme qu'il a secourue sur la Belt Parkway et son fils. C'était étrange d'être dans leur maison. Qu'est-ce qui lui a pris de la secourir, d'ailleurs ? C'est quelque chose que l'ancien lui aurait peut-être fait. Avant Gabe. Il arrivait à l'ancien lui de bien se conduire, au moins de temps à autre, de se comporter en gentleman. Le nouveau lui, c'est plus rare.

Cette femme, Ava, possède un truc qu'il a beaucoup aimé. Sa façon de porter son tailleur et de fumer les cigarettes qu'il lui a offertes. Probablement un peu plus âgée que lui – une cinquantaine d'années, mettons –, elle paraît presque plus jeune. En tout cas elle a remué quelque chose en lui. Ce charme italien. Sexy comme les mères de certains de ses amis quand il était gosse. Il voulait sentir les mains d'Ava dans ses cheveux. Il voulait poser la tête sur sa poitrine. Le genre de femme capable de vous remettre sur pied. Il ne savait pas tout ça au moment de s'arrêter, mais maintenant il se demande si le destin ne l'a pas guidé. Depuis que Donna l'a quitté il y a quelques années, il n'a eu que Suzy, et il en a marre de Suzy, de sa dent de devant cassée, du mascara qui lui dégouline sur les joues. Lui-même n'est pas l'affaire du siècle, il le sait. Un ex-flic en disgrâce, alcoolo. Mais il peut toujours bander quand l'envie le prend, et hélas au lit Suzy n'est qu'une masse inerte aux yeux de merlan frit. Grâce à Ava, pour la première fois depuis longtemps, le voilà qui rêve de séances de baise.

Donnie est en caleçon, affalé dans son canapé, étui à cigarettes et bouteille de scotch à côté du téléphone sur la table basse, menu de *Super Mario World* affiché sur l'écran de la télé. L'étui à cigarettes, il l'a pris à une petite raclure de Bay Ridge dont il a dû casser le bras. La petite raclure a affirmé que c'était un bien de famille.

— Qu'ils aillent se faire foutre, ta famille et ses biens, lui a répliqué Donnie.

Il aime beaucoup cet étui. Y trouve du réconfort. C'est cet objet qui lui a donné envie de fumer.

Chez Ava le scotch est descendu facilement, mais maintenant Donnie est coincé avec sa merde bas de gamme habituelle. Il sort une cigarette, l'allume, crache la fumée vers le plafond.

Le téléphone sonne. Il décroche, espérant que ce sera peut-être Sottile ou Pags pour lui parler d'une nouvelle mission qu'ils ont dégotée. Depuis qu'on l'a débarqué de la police, il bosse de plus en plus souvent pour Big Time Tommy, avec ou sans Pags et Sottile. La plupart du temps, il s'agit de jouer les gros bras. Parfois, d'effectuer une livraison. Un jour, il a suivi la maîtresse d'un baron de la drogue pour voir qui d'autre elle baisait. Big Time Tommy n'avait pas du tout apprécié la manière dont il s'était occupé de Giuseppe. Tommy voulait simplement qu'on lui pète les rotules, à cette espèce de raté. Avant Giuseppe, Donnie avait déjà tué deux types pour le compte de Tommy, mais avec son autorisation, et c'étaient de bien plus gros salopards. Au cours des deux dernières années, Donnie a regagné la confiance de Big Time Tommy à force de loyauté, de discrétion et d'efficacité dans le travail. Les types qu'il a tués plus récemment, il l'a fait en se pliant aux règles. Seul Big Time Tommy peut prononcer une condamnation à mort. C'est agréable de savoir qu'on peut être utile en dehors de la police. Mais Big Time Tommy ne serait sûrement pas content d'apprendre que Donnie prélève une petite partie du fric qu'il récupère pour lui. L'arnaque de Donnie : forcer ces crétins à payer un peu plus, et se mettre le supplément dans la poche. Ça finit par faire une jolie somme, sans que ça revienne à voler directement le gang de Ficalora.

C'est Suzy au téléphone, qui demande :

— Où tu es ?

— Tu sais où je suis, dit Donnie. Je suis là où j'ai répondu au téléphone.

— Qu'est-ce que tu fais chez toi ?

— J'habite ici.

— Je croyais que tu venais chez moi. J'ai loué un film.

— Je suis trop saoul pour reprendre ma voiture.

Silence de Suzy.

— Espèce de putain d'enculé de merde, lâche-t-elle enfin. J'ai perdu beaucoup de temps à cause de toi. Je t'ai jamais laissé tomber. Ce soir je veux qu'on me tienne compagnie, tu peux au moins faire ça, non ?

— Où est ton vibro ? T'as plus de piles ?

— Nom de Dieu. T'es pas fatigué de tes conneries, des fois ?

— Oh si je suis fatigué, Suzy.

Grognant de rage, elle raccroche brutalement. Il l'imagine, assise sur son canapé, vêtue d'un T-shirt HILL VS. HEARNS – le fameux match entre ces deux boxeurs mi-lourds – et du caleçon qu'il a oublié chez elle un soir, les jambes pas rasées, sans déodorant, un bol de chips à portée de main et dans les bras son petit Rudolph en peluche. Et elle voudrait qu'il rapplique pour la baiser un bon coup.

Ce qui pourrait l'exciter, c'est plutôt la vue d'Ava dans son tailleur. Il y a fort à parier qu'elle cache de jolies formes, là-dessous. Un corps bien entretenu, plus doux que mou.

Dehors, il commence à faire nuit. Le genre de pénombre triste de fin d'été qui s'insinue à travers les rideaux et prend possession de la pièce. La seule lumière vient de la télé. Il glisse son mégot dans une canette de Bud vide posée sur la table basse. Les cendres grésillent dans une dernière gorgée de bière oubliée au fond. De la fumée s'échappe par le trou. Il attrape la bouteille de scotch, dévisse le bouchon et avale une nouvelle lampée.

On frappe à la porte. Qui ça peut bien être, bon sang ? L'espace d'un instant, il espère voir débarquer Ava, vêtue seulement d'un manteau de vison, la peau hérissée par la chair de poule.

— Qui est là ? demande-t-il depuis le canapé.

De l'autre côté de la porte :

— C'est Nick.

Pourquoi le fils d'Ava se ramènerait-il chez lui ? Alors que lui-même revient tout juste de chez eux. D'ailleurs comment connaît-il son adresse ? Sans souffler mot, Donnie se lève, longe tranquillement le couloir. Il ouvre la porte en laissant la chaîne de sûreté. C'est bel et bien Nick, l'air de s'être saoulé au bourbon.

— Qu'est-ce que tu veux ?

— Je peux vous parler une seconde ?

— De quoi ?

— Je peux entrer pour vous parler ?

— Comment t'as su que j'habitais ici ? Pourquoi tu viens frapper à ma porte ?

Nick soupire.

— OK, on n'a qu'à faire ça ici. Il m'a fallu quelques minutes, après votre départ, mais j'ai fini par me rappeler qui vous étiez. Le flic qui a cassé la gueule de son capitaine.

— Et alors ? Tu veux une putain de médaille ?

— Non, vous ne comprenez pas, dit Nick. Ce qu'il y a, c'est que vous êtes *intéressant*.

— Ah ouais ?

— Ava est fan de vous, mon ami. Je ne plaisante pas.

— C'est vrai ?

— Je vous le jure.

Donnie gonfle la poitrine.

— Qu'est-ce que tu me veux ?

— Vous êtes ce qu'il me fallait, Donnie, dit Nick d'une voix traînante. Vous êtes exactement ce que j'attendais. Vous devriez repasser chez nous. Ava vous aime beaucoup.

— M'appelle pas Donnie.

— Pardon, Don. Enfin voilà, vous plaisez beaucoup à Ava, Don. Elle est très seule.

— T'es bourré. (Donnie s'interrompt, réfléchit.) Pourquoi tu me racontes tout ça, t'es en train de te foutre de moi ?

— Peut-être que j'ai trop bu, c'est vrai, dit Nick en reculant d'un pas mal assuré vers le portail, l'éclat des réverbères lui donnant l'air pâle, malade. Mais je suis d'*ici*. Je suis *la* bonne personne. Cette fois-ci ça va le faire. Merci d'avoir aidé Ava, Donnie. Don.

— De quoi tu parles ? Je comprends rien.

Nick ouvre le portail et s'éloigne à reculons sur le trottoir.

Donnie secoue la tête et regarde Nick disparaître à l'angle du pâté de maisons.

Il décide d'aller au Wrong Number. Après cet échange avec Nick, un petit remontant s'impose. Il rentre chercher ses cigarettes et son portefeuille, puis se rend directement au bar.

Lorsqu'il entre, Maddie se trouve à sa place habituelle. L'endroit est bondé. Il reconnaît certains visages croisés dans le quartier. D'autres non. Parmi ceux qu'il connaît, ce petit enculé de Dice, le bras droit de Big Time Tommy.

Presque un nain. Un mètre soixante à tout casser. Il porte un bas de survêtement et un maillot de Patrick Ewing trop grand pour lui. Deux minables lui tiennent compagnie, le genre à parcourir la 86e Rue au volant de voitures scintillantes, vitres baissées, caissons de basses poussés à fond tandis qu'ils hèlent les filles comme les animaux qu'ils sont.

Donnie commande à Maddie une bière et un shot de whiskey, et voilà que deux secondes après Dice se plante derrière lui. Ce type est un emmerdeur-né. Ses potes les minables sont restés à leur table. Ils sont plus malins.

— Quoi de neuf? demande Dice.

Donnie avale le shot, aspire la mousse de sa bière.

— Je suis pas d'humeur à bavarder avec toi.

— C'est pas gentil de dire ça. On se voit demain, non? Tu bosses?

— Va te faire foutre. Laisse-moi boire tranquille.

La main de Dice se pose sur son épaule. Donnie ne veut pas s'embrouiller avec ce connard, mais si ça doit arriver, tant pis. Ce type passe son temps à lécher le cul de Big Time Tommy, qui le prend pour un bouffon, Donnie le sait. C'est comme ces chiens stupides qu'on accepte de nourrir et garder à ses côtés. Donnie ne sait pas vraiment d'où vient Dice. Ça doit être le fils ou le neveu de quelqu'un. Si Donnie lui flanque une raclée, personne ne lui en voudra.

— Retire tout de suite ta main de mon épaule, l'avertit Donnie.

La main n'a pas bougé. Dice continue de jacasser:

— Raconte-moi quelque chose de drôle. Je veux rigoler, ce soir. J'ai déjà pas mal bu, et on m'a dit que t'étais un marrant. Il paraît que t'as des histoires à raconter. Des trucs de flic, par exemple. Des trucs que t'as vus. C'est quoi, le plus dingue ? T'as déjà vu un type coincé dans un égout ? Ou une nana qui s'enfonce un rat crevé dans la chatte ?

Donnie lui envoie son poing dans la gueule.

Dice bascule en arrière et atterrit sur le cul, les mains plaquées sur la bouche.

— Ça va pas la tête ? Tu te prends pour qui ? Je vais le dire à Tommy.

Donnie termine sa bière, commande à Maddie un autre shot. Il pivote sur son tabouret, brandit le shot. Dice ne répliquera pas, il le sait. C'est toujours comme ça avec les charlots comme Dice – ce sont des lâches.

— Celui-là, je le bois en ton honneur, espèce de gros sac à merde, lance Donnie tandis que Dice se redresse laborieusement, accroupi, défait.

Donnie vide le shot d'un trait et éclate de rire.

MIKEY BALDINI

MIKEY FRÉQUENTE beaucoup la bibliothèque d'Ulmer Park. C'est d'ailleurs là qu'il se rend, remontant Bath Avenue la tête baissée, tâchant de ne pas trébucher sur une des nombreuses fissures dans le trottoir. Il lit assez lentement, mais il aime la SF. Quand il avait neuf ans, sa mère l'a emmené se faire faire une carte et emprunter son tout premier livre, *La Machine à explorer le temps*.

Sa mère. Il n'aurait pas dû revenir vivre à la maison aussi rapidement. Se disputer avec elle comme ça, c'est une perte de temps et après il se sent coupable. Quand il a déclaré regretter qu'elle ne soit pas plus maligne, il voulait juste dire qu'il préférerait ne pas être son unique centre d'intérêt. Il aimerait qu'elle ait des amis, et que ses amis l'emmènent au cinéma ou boire des verres. Il aimerait que s'inquiéter pour lui ne soit pas sa seule passion. Dans la vie elle n'a que l'église et le travail. Et quand votre boulot consiste à vous occuper de personnes âgées, les habiller, leur torcher le cul, les regarder trembler de confusion et de terreur, il n'y a pas grand-chose à quoi vous puissiez vous raccrocher. Plus jeune, Mikey l'avait accompagnée une fois ou deux dans cette maison de retraite, et l'expérience s'était avérée très perturbante pour lui.

Pour arrêter de penser à sa mère, il se concentre sur la jolie employée de banque, Ludmilla. Il est toujours aussi vexé qu'elle l'ait pris en pitié. Peut-être est-il devenu un de ces jeunes types qui ne se rendent pas compte qu'ils ont déjà l'air lessivé. Il devrait retenter sa chance avec elle.

Son père. Qui avait lancé le sujet ? Lui ? Sa mère ? En tout cas c'était idiot. Maintenant elle va pleurer toute la nuit, et lui, il va déprimer comme à chaque fois qu'il imagine le cadavre de son père au milieu des détritus sur le rivage de la baie de Dead Horse.

Quand Mikey arrive à la bibliothèque, elle est fermée. Juste devant le portail, il y a un petit carton de livres. Les gens déposent sans cesse des bouquins dont ils veulent se débarrasser. La bibliothèque en a déjà plus qu'elle ne peut gérer. Elle en met certains en vente pour vingt-cinq ou cinquante cents. D'autres finissent à la poubelle. En donnant leurs livres, les gens pensent faire une bonne action, mais c'est surtout que l'idée de jeter des choses les effraie.

Fouiller dans ce carton ne lui cause pas la moindre gêne. S'il trouve un bon bouquin, dès qu'il pourra repasser il leur filera un peu d'argent.

Dans le carton, deux piles de quatre livres de poche chacune. Des pièces d'un cent jonchent le fond. Le plus souvent, ce genre de cartons ne contient que de la merde, mais cette fois-ci il y a de la qualité, des classiques, même un ou deux romans de SF. Il extrait du milieu d'une pile un exemplaire de *L'Autre Côté du rêve*, puis décide d'emporter tout le carton.

Un peu plus loin dans la rue, il s'assoit sur un banc, examine les livres et découvre, glissée entre *L'Homme invisible* et *Le cœur est un chasseur solitaire*, une feuille pliée aux bords perforés. Il la déplie sur sa cuisse. C'est une lettre qui semble avoir été tapée à l'ordinateur. Interligne simple, caractères pâles, décolorés. Il lit :

> Chère Maman,
> Je ne me sens pas bien. Ça me ronge de l'intérieur, cette sensation. Il faut croire que ça ne s'arrangera jamais. C'est comme ça. Ce n'est pas ta faute. Pardon de ce que je t'inflige. Pardon de n'avoir pas pu être un meilleur fils, le fils que tu méritais. Je t'aime.
> Gabe

Mikey retourne la feuille pour voir s'il y a quelque chose au verso. Il relit. On dirait une lettre de suicide. Ou peut-être qu'il s'agit simplement d'excuses. Peut-être ce Gabe a-t-il contrarié sa mère d'une façon ou d'une autre et ensuite voulu s'expliquer par écrit. Mais Mikey ne peut s'empêcher de penser que ça va bien au-delà, que c'est un au revoir, une déclaration solennelle et finale, le genre de mot que sa mère et lui auraient souhaité que son père leur laisse avant de disparaître.

Comment cette lettre a-t-elle pu atterrir ici ? Est-il possible que la mère de Gabe ne l'ait jamais vue ? Qu'elle soit passée inaperçue, coincée entre ces deux livres ?

Il feuillette les pages de tous les bouquins, espérant trouver un indice. Un autre bout de papier. Quelque chose, peu importe quoi. Au verso de la couverture de *Frankenstein*, il tombe sur GABE 9-F en grosses lettres capitales, puis vérifie tous les autres livres, persuadé que le nom de famille de Gabe doit être marqué quelque part. Mais tout ce qu'il trouve, collé à la quatrième de couverture de *Salem*, c'est un Post-it jaune sur lequel est noté d'une écriture de fille, pleine de fioritures : *Nouveau numéro tel 372-4276*. Bon, c'est un début.

Mikey répète ces chiffres en boucle dans sa tête. Il se demande ce qui se passera s'il appelle. Il y a un téléphone public à côté du delicatessen, un peu plus loin dans la rue. Il l'a déjà utilisé. Un jour, quand il avait quatorze ans, il s'en est servi pour appeler un numéro de téléphone rose inscrit sur une carte trouvée sur le trottoir. Un défi lancé par son pote Mig. L'expérience a vite tourné court. Avec seulement quelques pièces de vingt-cinq cents, on ne dépasse pas le stade du *bonjour*.

Le carton sous son bras, il se dirige vers le delicatessen. Le téléphone est fixé au mur de brique sur le côté de la boutique. Tout autour de l'appareil, des tags peints à la bombe, mais aussi le genre de commentaires qu'on a l'habitude de voir griffonnés au-dessus des téléphones. Mikey cherche une pièce dans sa poche. Après son passage au bar avec les quarante dollars de Ludmilla, il ne manque pas de monnaie.

Il glisse la pièce dans la fente et compose le numéro de mémoire. Il a toujours été doué pour apprendre les numéros par cœur – non qu'il en ait eu beaucoup à retenir. Quelques types qui ont été de bons amis un moment, puis ont petit à petit disparu de sa vie. Ginny. Avant ça, en terminale, Kristy. Il n'a jamais mémorisé le numéro d'Antonina. Ils n'en étaient qu'au tout début quand il y a eu l'épisode de la cour de l'école.

Le téléphone sonne quatre fois, puis une femme décroche. Sa voix est douce. On reconnaît la petite musique du quartier. Mikey, lui, a perdu son accent. À la fac, il a fait un effort pour s'en débarrasser. Il voulait un accent de nulle part.

— Oui ? dit la femme.

— Bonjour, est-ce que Gabe est là ?

— Qui est à l'appareil ?

— Je cherche à joindre Gabe.

Une longue pause. Des larmes dans la voix de la femme.

— Je suis sa mère. Qui êtes-vous ? Gabe est mort. C'est quoi, ces conneries ?

La tristesse s'est soudain transformée en colère.

Mikey s'apprête à raccrocher, ne le fait pas. Il maintient le combiné contre son oreille, écoute la respiration de cette femme, le bruit de sa langue qui lèche ses lèvres, et jurerait même entendre ses dents mordre sa lèvre inférieure.

— Je suis vraiment désolé, dit-il.

— Vous êtes désolé ?

— Je viens de trouver un carton de livres à la bibliothèque. Dans un des livres il y avait un Post-it avec ce numéro. Dans le carton je suis aussi tombé sur une lettre. Je ne sais pas si c'est ce que je crois.

— Quelle lettre ?

— Une lettre d'adieu. De Gabe. Je ne savais pas si… J'espérais que ce n'était pas… En tout cas, je ne pense pas qu'on l'ait laissée intentionnellement dans ce carton.

— Oh mon Dieu.

Un silence suspendu entre eux. Vingt secondes, qui semblent durer dix minutes.

— Vous voulez que j'en fasse quelque chose de particulier ? demande Mikey. Vous voulez que je vous l'apporte ?

— Oui, s'il vous plaît, murmure-t-elle.

— Dites-moi où. Je vous l'apporte tout de suite.

Elle lui donne l'adresse. Elle habite sur la 84e Rue, juste à l'angle de la 23e Avenue. Ce n'est pas loin. Il retient le numéro de la maison.

— Qui êtes-vous ? lui demande-t-elle.

— Juste un type normal. Je viens de rentrer de la fac. J'habite dans le coin. Je m'appelle Mikey Baldini.

— Merci, Mikey. Je m'appelle Donna. Donna Rotante.

— OK, Donna. Je serai là dans quinze, vingt minutes.

Il raccroche, traverse la chaussée et remonte Bay 41e Rue en direction de Benson Avenue. Ça fait du bien d'avoir un but.

DONNA ROTANTE

DONNA RACCROCHE. L'appel lui a fait l'effet d'un coup de massue en plein cœur.

Son fils Gabe s'est suicidé il y a trois ans, et elle a enfin eu le courage d'apporter certains de ses livres à la bibliothèque, se disant qu'ainsi elle disséminerait un peu de lui dans le monde. Mais c'était fermé quand elle est arrivée, alors elle a déposé le carton devant et, par hasard – *par hasard* –, le dernier mot de Gabe rien que pour elle, sa lettre de suicide, se trouvait dans le carton et cet inconnu est tombé dessus, l'a lu puis l'a appelée parce que son nouveau numéro se trouvait – par hasard, lui aussi – dans ce carton, noté sur un Post-it. Comment ce Post-it a-t-il atterri là ? De manière générale, comment les choses atterrissent-elles là où elles atterrissent ? Il est tombé dans le carton ou, plus probablement, elle l'a collé sur un des livres, pour une raison ou pour une autre. Voilà comment ça se passe.

Elle se prend la tête entre les mains et écoute le vide de son appartement. À une époque, elle vivait dans une maison pas loin d'ici. Elle avait un mari, Donnie, et ils ont eu un bébé, Gabe, et ce dernier a appris à ramper puis à marcher sur le parquet de leur maison, et dans leur cuisine. Donna nourrissait Gabe de purée de carottes, de petits bouts de pâtes et de mozzarella, puis elle lui essuyait la bouche et lui faisait boire du jus de pomme dans un gobelet. Il a grandi et il est allé à l'école St Mary's où il portait sa petite cravate à clip et sa chemise bleue et son pantalon noir et ses chaussures Thom McAn. Donnie était flic. Il buvait trop et ne rentrait pas à la maison, même quand il avait fini de bosser. Au fil des ans, Gabe s'est renfermé de plus en plus. Il pleurait souvent. Donnie l'engueulait à cause de ça. Gabe avait toujours son casque sur les oreilles, il écoutait du heavy metal. Il a commencé à se taillader les bras avec des rasoirs. Donnie n'était pas au courant, Donna si. Elle a essayé d'en parler à Gabe, mais il refusait de se confier. Elle voulait qu'il aille voir un psy. Il a refusé. Elle aurait dû l'obliger. À quinze ans, il s'est pendu au sous-sol à l'aide d'une ceinture. Le découvrir comme ça, c'était horrible. Elle ne peut pas revivre cette scène dans sa tête. Elle ne peut pas penser à son corps contre elle quand elle le tenait et s'efforçait de le décrocher de ce tuyau. Cette fois-ci il était parti pour de bon. Rien ne vous prépare à ça.

Elle a quitté Donnie et loué cet appartement à Suzette Bonsignore, une vieille amie de sa mère. Suzette habite au-dessus avec ses trois chats. Les parents de Donna sont tous deux morts. Sa mère d'un AVC il y a dix ans. Son père d'une crise cardiaque un an avant Gabe. En ce qui concerne Donnie, elle a renoncé à tout. Elle ne voulait pas de la maison, ne voulait pas d'une pension, rien, zéro. Il a poursuivi dans une voie encore plus sombre, perdant son boulot et du même coup sa pension de retraite. Elle a décidé d'essayer de survivre toute seule, à sa manière. Pas le choix.

Cet appartement est celui où habitait la fille de Suzette avant de déménager à Long Island. Suzette n'est pas en bonne santé. Sa fille vient rarement la voir. Donna a pris le logement en l'état et n'a rien fait pour l'arranger. Elle a emménagé avec seulement deux valises de vêtements, ses disques, sa platine et quelques cartons remplis d'affaires de Gabe. Tout le reste, elle l'a laissé à la maison avec Donnie. L'appartement est au rez-de-chaussée. Il y a des barreaux aux fenêtres. Il manque une vis à la boîte aux lettres, qui pendouille près de la porte. Le canapé est déchiré. Sur la 86e Rue elle a trouvé un joli tapis pas cher, pour cacher le parquet éraflé du salon. Le cadre de son lit menace de s'effondrer. Des fuites d'eau ont taché le plafond du salon et de la chambre. Les ampoules diffusent une lumière vacillante. Les canalisations grognent. Il n'y a pas de lave-linge, elle doit utiliser la laverie automatique au coin de la rue.

Gabe adorait la lecture, mais ce n'est pas le cas de Donna, voilà pourquoi elle a voulu se débarrasser de ses livres. Ça lui faisait trop mal de les regarder, de l'imaginer en train de les lire, recroquevillé dans son lit, un grand verre d'eau sur sa table de nuit. Elle les avait emportés avec elle parce qu'ils la reliaient à Gabe, mais ce lien s'est perdu.

Ce que Donna adore, c'est la musique. Dans son salon, elle a deux caisses en plastique remplies chacune d'une cinquantaine de disques. Elle a la même platine depuis plus de vingt ans. Le son est encore excellent. Elle n'aime pas regarder la télé. Ce qui lui plaît, quand elle rentre de son boulot – réceptionniste au lycée Bishop Kearney sur Bay Parkway –, c'est se verser un verre de vin et écouter ses albums. Parmi ses préférés : Bruce Springsteen, Linda Ronstadt, Jackson Browne, Joni Mitchell, Otis Redding,

Carly Simon et Garland Jeffreys. La musique est sa seule source de réconfort. Actuellement, le silence autour d'elle est terrible.

Quand la sonnerie de la porte retentit, Donna est brutalement ramenée au moment présent, face à sa cuisine bordélique, son évier rempli de tasses et d'assiettes – les restes de ses trois ou quatre derniers repas, composés uniquement de café et de *crumb cake*.

Elle porte encore sa tenue de travail – pantalon noir, blazer noir et chemisier blanc qu'elle aurait dû laver il y a des jours –, mais elle a ôté ses chaussures.

Pieds nus, elle traverse le salon jusqu'à la porte d'entrée. La dernière fois qu'elle a reçu quelqu'un dans son appartement, c'était il y a des mois, et encore, il s'agissait de sa collègue Roberta. Doit-elle inviter ce Mikey à entrer ? Elle promène son regard autour d'elle. Un miroir qui mériterait un bon coup de chiffon. Des couvertures roulées en boule sur le canapé. Des caisses de disques et une pile de ceux qu'elle a écoutés. Une platine et des enceintes poussiéreuses. Un clavier Casio qui appartenait autrefois à Gabe, sur lequel elle pianote de temps à autre. Dans son enfance elle a pris des cours et, sur le piano du lycée, il lui arrive de jouer quelques morceaux de la comédie musicale *Les Misérables*.

Quand elle ouvre, l'inconnu est là avec le carton de livres dans ses bras. Guère plus qu'un adolescent. Étudiant, il a dit ? Il porte un T-shirt miteux et un jean froissé, troué à hauteur des genoux. Il a les cheveux bruns, des yeux foncés et une barbe. Un monosourcil et un grand nez italien. On jurerait qu'il a bu – un truc dans le regard qui ne trompe pas –, mais ça n'empêche qu'il semble inoffensif et même tendre.

— Salut, je suis Mikey. C'est moi qui ai appelé.
— Tu veux entrer ? demande Donna.
— Il vaut mieux pas.
Il lui tend le carton de livres.
Elle le prend et le pose à ses pieds.
— Cette lettre… dit-elle.
— Je m'excuse, je n'aurais pas dû la lire.
— Tu ne pouvais pas savoir de quoi il s'agissait.
— Peu importe, je m'excuse.
— Je ne sais pas comment elle a atterri dans le carton.

En le disant, elle se rend compte que c'est absolument vrai, et dans sa tête elle se repasse la scène qu'elle a vécue plus tôt dans la journée, quand elle a pris la pile de livres sur l'étagère de sa chambre parce qu'il était temps de se séparer de certaines affaires de Gabe. À ce moment-là, la lettre devait sûrement déjà se trouver entre les livres. Quand l'a-t-elle vue pour la dernière fois ? Elle l'avait souvent relue au cours des mois qui suivirent le suicide de Gabe, la tenant dans ses mains tremblantes rien que pour toucher ce que son fils avait lui aussi touché. Il l'avait laissée pour elle au sous-sol, dans une enveloppe posée bien en vue sur le lave-linge. Elle a toujours regretté qu'il n'ait pas écrit davantage, qu'il n'ait pas pris le temps de partager plus de choses avec elle. À quinze ans, il était devenu un mystère pour Donna. Elle aurait voulu pouvoir lui dire – bien qu'elle l'ait fait, de plein de façons différentes – que tout le monde traverse des périodes compliquées et que l'adolescence en est une particulièrement dure. Elle aurait voulu qu'il écrive davantage parce que l'écriture peut aider les gens à surmonter leurs difficultés, c'est une forme de thérapie, une source d'apaisement. Mais Gabe était descendu dans des ténèbres trop profondes, qu'il ne pouvait plus quitter, et il n'écrivit pas davantage, il n'écrivit rien d'autre que ces quelques lignes. Mais c'était toujours ça, et elle a sorti et ressorti cette lettre jusqu'à finir par l'égarer, et la revoilà maintenant dans ce carton de livres.

— Si vous ne voulez plus des livres, dit Mikey, je les garde.

Elle se penche sur le carton, sort le mot de Gabe, le défroisse contre sa cuisse et laisse son doigt courir sur les lettres.

— Oui, bien sûr. Ça me fait plaisir de les donner à quelqu'un qui les appréciera. Gabe adorait lire.

— J'aime ça, moi aussi.

— Et il aimait écrire. Il voulait écrire des pièces, en tout cas pendant un moment ça l'a tenté. Tu aimes écrire ?

— Non, je ne suis pas doué pour l'écriture. Je me prenais toujours des C ou des D en cours de création littéraire.

Donna se lève.

— Ça te dit d'entrer ? Je peux nous préparer du café. Ça me ferait plaisir d'avoir un peu de compagnie.

— D'accord.

Elle plie la lettre et la glisse dans la poche de son blazer.

— Laisse le carton là. Tu le récupéreras en sortant.

Mikey s'essuie les pieds sur le paillasson et entre.

En le conduisant à travers le salon, elle remarque que la première chose qu'il regarde, ce sont ses disques.

Dans la cuisine, elle lui tire une chaise. Il s'assoit, se rapproche de la table, semble ne pas savoir quoi faire de ses bras, puis décide de poser les coudes sur la table.

Donna remplit la cafetière. L'extérieur est tout humide de condensation. Elle verse plusieurs cuillérées de Folgers dans le filtre, puis visse le couvercle et fait chauffer la cafetière à feu moyen tout en réfléchissant à ce qu'il y a dans son frigo. Un vieux pot de yaourt à la vanille, une boîte de raisins secs, un dernier morceau de *crumb cake* Entenmann's.

— Tu veux du *crumb cake* ?

— Ça va, merci. Je viens de dîner. J'ai le ventre bien rempli.

Donna s'assoit en face de lui.

— Tu as un appartement ?

— J'habite avec ma mère.

— Tu es étudiant ?

— Je l'étais. J'ai laissé tomber. J'allais à l'université dans le nord de l'État.

— Où ça, dans le nord ? J'ai des cousins éloignés à Coxsackie.

— New Paltz.

Elle hoche la tête.

— À propos de la lettre…

— On n'est pas obligés d'en parler, dit-il avec douceur.

— Merci. Je sais.

Elle tourne la tête pour jeter un coup d'œil vers la cuisinière. Le café n'est pas encore passé.

— Mais je veux en parler, reprend-elle. Gabe… il avait quinze ans.

La larme est là, sur sa joue, avant même qu'elle se rende compte qu'elle pleure.

— Je suis désolé, dit Mikey.

— Ça va. Ne t'inquiète pas. Tu es jeune. Gabe était jeune. Il rencontrait des difficultés. Il était triste. J'ai essayé de lui trouver de l'aide.

C'est incroyable comme, brusquement, elle s'est ouverte à ce garçon étrange. Elle qui était incapable de parler de Gabe à personne. Ni au boulot. Ni au psychothérapeute qu'elle a essayé les trois premiers mois. Mikey a presque l'âge de Gabe, c'est peut-être ça, la raison. S'il était vivant, Gabe irait à la fac. Mikey aurait pu être son ami. Peut-être est-ce le destin, qu'elle oublie la lettre, que Mikey la découvre et la lui rapporte.

— Mon père s'est suicidé, dit Mikey.

L'absence d'hésitation dans sa voix surprend Donna.

— C'est affreux, dit-elle en s'avançant sur sa chaise.

Mais elle est encore plus intriguée. Voilà un autre élément qui lui fait penser que cette rencontre était écrite.

— Je suis vraiment désolée, ajoute-t-elle.

— J'avais dix-huit ans quand c'est arrivé. Il avait des ennuis.

L'eau dans la cafetière se met à bouillonner. Donna se lève, réduit la flamme bleue. Avant-hier, elle a laissé le brûleur allumé, s'est réveillée en sentant l'odeur du gaz et s'est dit que ce serait tellement simple si l'appartement explosait avec elle dedans. Mais cette pauvre Suzette et ses chats seraient probablement emportés, eux aussi.

Elle prend deux tasses propres sur l'égouttoir et les pose sur une planche à découper à côté de la plaque de cuisson.

— Tu mets quelque chose dans ton café ? demande-t-elle à Mikey.

— Je le prends noir.

Penchée au-dessus de la cafetière, devant la plaque, elle attend en se massant la nuque.

— J'ai perdu espoir, déclare-t-elle.

Mikey ne dit rien.

— Après la mort de Gabe, j'ai perdu espoir. C'est difficile de garder espoir. Avant, j'allais à l'église. Et maintenant, comment est-ce que je peux aller à l'église ? Tu sais ce que le père Borzumato m'a dit ? Il m'a dit qu'on ne pouvait pas enterrer Gabe dans la concession de ma famille. Il m'a dit que Gabe était en enfer. Je n'y crois pas. Je ne sais pas ce que je crois, mais ça je ne le crois pas.

— Il a dit la même chose à ma mère. Mais ma mère l'accepte. Elle pense que ça se passe comme ça.

— Tu vas à l'église ?

— Plus maintenant. J'y allais quand j'étais petit.

— Tu as perdu espoir, toi aussi ?

— Il faut croire. Encore faudrait-il que j'en aie déjà eu. Je ne suis même pas sûr de savoir ce que c'est.

Le café passe depuis plusieurs minutes déjà. Donna retire la cafetière et la pose sur une manique noircie par les flammes. Elle remplit les tasses, en tend une à Mikey puis prend l'autre et s'assoit.

— C'est une bonne question, dit-elle. Comment définir l'espoir.

— Je ne sais pas, dit Mikey qui porte la tasse à ses lèvres et aspire une gorgée. Je ne suis pas doué pour réfléchir à ce genre de choses. Je ne suis pas très malin, en fait.

— Ah bon ? Ce n'est pas l'impression que tu donnes.

Donna se penche en arrière sur sa chaise tandis qu'un filet de vapeur s'élève du café devant elle.

— Tu bosses, depuis que tu as abandonné tes études ?

— Pas en ce moment.

— Tu veux mon boulot ? Je ne le supporte plus.

— Vous travaillez où ?

— À Bishop Kearney. Mais j'ai pris quinze jours de congé.

— À Bishop Kearney, c'est vrai ? J'allais à Our Lady of the Narrows.

— J'aurais dû m'en douter. Au lycée, Gabe est allé à Lafayette. Je ne sais pas pourquoi. Ça a changé, par rapport à quand j'y étais. Si, peut-être que je sais. Il a dit qu'il ne voulait pas un lycée réservé aux garçons.

— J'ai détesté.

Donna repense au père de Mikey.

— Je peux te poser une question ? Tu as dit que ton père avait des ennuis. Quel genre d'ennuis ?

— Des dettes de jeu, dit Mikey.

— C'est pas lui, l'homme qui a sauté du pont de Marine Parkway ?

— Si, c'est mon père.

Elle se souvient de cette histoire. On racontait que le père de Mikey – elle ne se rappelle pas son nom, alors même qu'elle se rappelle avoir entendu des gens le prononcer – devait du fric à Big Time Tommy Ficarola. Autrefois, Donnie travaillait pour Big Time Tommy de temps à autre. Il ne se doutait pas qu'elle était au courant, mais si. Sûrement qu'il continue. Peut-être même que c'est son seul boulot depuis qu'il n'est plus flic. Elle pense au père de Mikey, acculé par de mauvaises décisions, si désespéré qu'il a dû sauter. Elle n'avait pas lu d'article dans le journal, c'était plutôt le genre de situation où l'on croise quelqu'un dans la rue qui vous demande si vous êtes au courant, puis vous parle de cet inconnu qui s'est donné la mort. Ça s'est passé comme ça avec Gabe, aussi. Il est devenu un sujet de conversation pour tous les gens qui n'avaient rien de mieux à faire que de colporter des ragots.

— Je suis vraiment désolée.

— C'est comme ça, dit Mikey. Il a fait ce qu'il a fait.

— Je peux te demander autre chose ?

— Oui.

— J'ai appris pour ton père… comment s'appelait-il ?

— Giuseppe.

— J'ai appris pour Giuseppe en entendant les commérages des gens. Ça t'est arrivé d'entendre des choses comme ça sur Gabe ?

— Non, jamais.

— Tu es sûr ? Ça cancane pas mal, dans le quartier.

— Ça cancane pas mal, mais je n'écoute pas. (Il s'interrompt pour boire une gorgée de café.) Vous savez, il y a beaucoup de… (Il regarde en l'air, comme pour chercher la suite de sa phrase.) Je ne sais pas quel est le bon mot. Il y a beaucoup de *quelque chose* entre nos histoires.

— Synchronisme ?

— Peut-être. Ça sonne juste. Qu'est-ce que ça veut dire ?

— J'ai suivi des cours de psychologie à la fac. En gros, ça veut dire que les coïncidences peuvent avoir du sens. Les choses se répondent entre elles, tu vois ? Je crois que c'est ça que ça veut dire. Que ce n'est pas purement le hasard.

— Vous avez parlé de Gabe, mais pas de votre mariage. Qu'est-ce qui s'est passé ?

— On s'est séparés après la mort de Gabe. Je ne pouvais plus regarder cet homme. Notre seul lien, c'était Gabe. On est restés mariés pendant seize ans. Ne m'en veux pas, je n'ai pas trop envie de parler de mon ex.

— Ça ne vous dérange pas si je vous demande votre âge ?

Donna rit.

— Je trouve ça chouette que tu me le demandes. Tu es suffisamment jeune pour ne pas savoir.

— Ne pas savoir quoi ?

— Qu'on ne pose pas cette question aux femmes.

— Désolé.

— Ce n'est pas grave. J'ai trente-neuf ans. J'en fais plus.

Elle ne le dit pas sous forme de question parce qu'elle sait que c'est vrai. Ces trois dernières années l'ont épuisée, elle a l'impression d'avoir pris dix ans.

— Au boulot, quelqu'un pensait que j'allais sur mes cinquante ans.

— Vous ne faites pas vieille.

— Aucune importance. Ça ne me vexe pas. Paraître mon âge ne me gêne pas. Paraître plus âgée ne me gêne pas non plus. Je n'ai pas envie de ressembler à une jeunette. Même quand j'en étais une, je n'avais pas envie de ressembler à une jeunette.

— J'ai vingt ans, dit Mikey, soudain nerveux. J'en aurai vingt et un demain.

Donna s'illumine.

— Eh bien bon anniversaire.

— Merci. Ça ne veut pas dire grand-chose pour moi, de toute façon.

— Tu as une petite amie ?

— Ça fait déjà un moment qu'elle a rompu avec moi.

— Gabe était amoureux d'une fille qu'il n'osait pas aborder. Carissa, elle s'appelait. Il ne s'est même pas donné une chance de se faire briser le cœur… Tu es sûr que tu ne veux pas de *crumb cake* ? Je regrette de ne rien pouvoir te proposer d'autre. Ma mère aurait trouvé ça honteux. Recevoir quelqu'un et ne rien avoir de bon à proposer.

— Ça va, merci.

— Mes parents sont morts tous les deux.

— Mes quatre grands-parents sont morts.

— Entre toi et moi, ça fait pas mal de morts, non ?

Mal à l'aise, Mikey remue sur sa chaise. Il serre sa tasse de café dans sa main et dit :

— C'est bizarre, la mort est bizarre.

— Absolument, confirme Donna avant de rire à nouveau.

Mikey rit, lui aussi. Il se lève, s'écarte de la table.

— Je devrais probablement y aller. Merci pour le café.

— C'était sympa de discuter avec toi. Vraiment. Demain je ne travaille pas. Je sais que c'est ton anniversaire, mais passe, si tu veux. Je serai là avec mes disques.

Les yeux de Mikey se posent à nouveau sur les caisses pleines de 33 tours dans le salon.

— Vous en avez beaucoup.

— J'aime écouter de la musique. Et toi ?

— J'ai des cassettes.

— Si tu passes, on pourra écouter de la musique ensemble.

Elle n'en revient pas de ce qu'elle vient de dire, mais elle l'a dit.

Mikey hoche la tête.

Elle le raccompagne à la porte d'entrée.

— N'oublie pas les livres.

— Vous êtes sûre ?

— Je veux que tu les aies. Surtout maintenant que je te connais un peu. Je suis contente que quelqu'un de bien les prenne chez lui.

Mikey se penche et ramasse le carton.

Donna ouvre la porte.

— Encore merci d'avoir rapporté la lettre.

Mikey franchit le seuil et s'arrête.

— Si je viens demain, je peux juste passer ? Ou je dois appeler avant ?

— Pas la peine d'appeler, dit Donna en souriant. Je ne compte pas sortir.

Une fois qu'il est parti, elle regagne la table et s'assoit sur la chaise qu'occupait Mikey. Encore chaude. Elle touche la poignée de sa tasse, contemple ce qu'il reste de son café, et ressent quelque chose qu'elle n'a pas ressenti depuis longtemps.

C'est du désir. Elle le sait. Mais elle a du mal à distinguer quel genre de désir. Est-il un substitut potentiel de Gabe ? Quelqu'un qu'elle espère materner ?

Ou s'agit-il de l'autre possibilité ?

Ce n'est guère plus qu'un gamin, mais elle a aimé la façon dont il l'a regardée, et elle a aimé leur conversation, et elle est bouleversée par tout qu'ils ont en commun.

Ce qu'elle pense maintenant, c'est qu'il y a une ligne entre eux, quelque chose qui va de A à B, et que peut-être ce lien a toujours existé – bien que Donna ait presque quarante ans et lui pas encore vingt et un – mais n'a pris vie qu'au moment de leur rencontre.

Elle pousse un profond soupir et boit les quelques gouttes de café tiède dans la tasse de Mikey.

NICK BIFULCO

NICK FAIT LA TOURNÉE. D'abord Donnie et maintenant Mikey Baldini. Il veut savoir ce qui s'est vraiment passé ce soir-là dans cette cour d'école. Il pense tenir la scène d'ouverture de son scénario : Donnie qui s'en prend à Mikey avec la batte. Était-il saoul ? En pinçait-il pour Antonina Divino ? Était-il sincèrement inquiet pour elle, cherchant à jouer les pères car son propre gosse était mort et enterré ?

Il se souvient de l'adresse de Mikey parce qu'un jour il l'a raccompagné en voiture depuis Bay Ridge. Ça fait loin, à pied. Il y a toujours eu quelques garçons du quartier à Our Lady of the Narrows. Dans le bus Nick les évite, mais s'il a la voiture – surtout quand il est tard, après un match de basket, une pièce de théâtre montée par les élèves ou une connerie dans le genre –, ça ne le dérange pas d'en ramener un ou deux. Le trajet en bus peut être affreusement long, et c'est pire la nuit, lorsqu'en plus il faut attendre.

Le soir où il a raccompagné Mikey, il ne s'est rien passé d'important. Ils ont dû bavarder, mais il ne sait plus de quoi. C'était après un match de basket. Peut-être ont-ils parlé du match. Ça remonte probablement à cinq ou six ans, avant que Mikey parte à New Paltz et suive la pente qu'il a suivie, avant l'incident avec Donnie Parascandolo, avant le suicide de son père. Il savait que Mikey était de retour dans le quartier parce qu'il l'avait entendu de la bouche d'Ava, qui le tenait de Rosemarie, qui ne cessait de répéter à quel point elle s'inquiétait pour l'avenir de son fils.

La maison des Baldini est triste, avachie, un revêtement extérieur criblé de taches verdâtres, des bardeaux décollés sur le toit, une galerie en train de pourrir, une couronne de Pâques encore accrochée à la porte d'entrée.

En sonnant à la porte, il ne sait pas exactement à quoi s'attendre. Il s'imagine que Mikey va lui ouvrir, être super content de discuter.

Mais c'est Rosemarie qui ouvre.

— Le fils d'Ava ? s'étonne-t-elle. Qu'est-ce que tu veux ?

— Bonjour, madame Baldini. J'espérais pouvoir parler à Mikey.

— Lui parler de quoi ?

— Oh, un projet d'écriture sur lequel je travaille. Rien de grave.

— Tu es saoul ? Tu es comme mon fils. Il était saoul la dernière fois que je l'ai vu, lui aussi.

— Il n'est pas à la maison ?

Elle agite une main, dégoûtée.

— Qui sait où il est allé ? Tous ces mensonges, je n'en peux plus.

— Désolé. Je repasserai une autre fois.

— Vingt et un ans demain. Il me causait moins de souci quand il était ado.

Nick recule.

— Au revoir, dit-il.

Elle gifle l'air, comme pour tuer un insecte invisible, et ferme la porte.

L'idée de génie suivante de Nick consiste à rendre visite à Antonina Divino. Comme Antonina et ses parents, Sonny et Josephine, habitent juste à l'angle de chez Donnie, il revient sur ses pas. Il aurait dû commencer par là. Si ses calculs sont bons, Antonina est en terminale. Nick l'a aperçue dans son uniforme de Bishop Kearney. Belle comme un mannequin. De longs cheveux, généralement teints en rose ou violet. Ce n'est peut-être pas une si bonne idée, un type saoul qui passe voir une lycéenne chez elle, mais il est tellement excité qu'il n'arrive pas à se réfréner. Il parlera d'abord à Sonny. Il se montrera ultra-respectueux. Sonny comprendra.

Les Divino habitent sur Bay 34e Rue, au milieu du pâté de maisons. De chez eux, il n'y a qu'à lancer une pierre pour toucher l'arrière de la baraque de Donnie. Nick franchit le portail en titubant, oublie de le refermer derrière lui, manque renverser leurs poubelles en métal. La moto de Sonny est garée à côté d'une statue de Marie qui se dresse sous un dôme de verre. Des fleurs poussent dans le jardin. Ces petites fleurs pourpres qu'on peut faire éclater en les pinçant entre ses doigts. DIVINO est écrit au marqueur sur un morceau de ruban adhésif collé à la boîte aux lettres. Nick appuie sur la sonnette trois fois de suite. Puis il tambourine contre le cadre de la porte-moustiquaire.

Lorsque enfin Josephine Divino ouvre, Nick recule pour ne pas trop l'intimider. Elle porte un short de gym et un T-shirt Bart Simpson. Elle n'est pas beaucoup plus vieille que lui. Trente-trois ou trente-quatre ans. Elle en avait dix-sept à la naissance d'Antonina, un scandale dans le quartier. Sonny n'avait pas terminé le lycée, il travaillait dans un garage de McDonald Avenue et sortait avec plusieurs filles. Antonina devait déjà avoir douze ans quand Josephine avait l'âge de Nick. Il n'imagine pas être responsable d'un gosse en ce moment, encore moins d'une ado. Cheveux bruns, traits fins, Josephine est presque aussi jolie que sa fille. On pourrait lui donner vingt-cinq ans. À St Mary's, ils avaient trois niveaux d'écart. Lorsqu'il était en CM2 et elle en quatrième, il se rappelle qu'il l'observait dans la cour. Tous les garçons de l'école craquaient pour elle parce qu'elle était douce comme un ange et ressemblait à une vraie femme. Il se souvient de sa jupe en tissu écossais portée haut sur la taille, qui lui arrivait au-dessus des genoux, et de ses leggings bleu pâle que les bonnes sœurs appréciaient si peu.

Elle s'adresse à lui à travers la moustiquaire.

— Nick Bifulco ?

— Tu te souviens de mon nom. Je suis impressionné.

— Qu'est-ce que tu veux ?

— Je n'ai rien à vendre, je le jure.

S'efforçant de se tenir le plus droit possible, il vacille, perd l'équilibre et bascule contre la porte.

— Tu es ivre ? demande Josephine.

— J'ai bu quelques verres. Un truc à fêter. Est-ce que Sonny est là ? Je peux parler à Sonny ?

— Sonny n'est pas là.

— Sa moto est là.

— Elle ne marche plus.

— Peut-être que je peux te parler à toi ?

— De quoi ?

— D'Antonina… Elle est là ?

Josephine le fixe d'un air soupçonneux.

— Qu'est-ce que tu as à me dire sur ma fille ?

— Rien de grave. Tout va bien. Fais-moi confiance. Il s'agit de bonnes nouvelles.

Elle ouvre la porte-moustiquaire et lui fait signe d'entrer. Il sourit, hoche la tête, passe à côté d'elle puis attend qu'elle le conduise le long d'un grand couloir, à travers un salon avec une télé cassée, un canapé couvert d'une housse en plastique et une épaisse moquette verte, jusque dans une cuisine qui sent fort l'escalope de poulet. Il la regarde marcher. Ses pieds nus. Les plis tendres derrière ses genoux. Elle a des jambes de folie.

— Ne mate pas mon cul, l'avertit Josephine. J'ai ma dose de ces conneries-là dans la journée.

— Je l'avoue, je regardais tes jambes, dit Nick en écrasant un petit rot contre la paume de sa main. Désolé.

Elle se retourne.

— Les jambes, ça va. Le cul et les nichons, tu gardes tes yeux dans tes poches.

Mais maintenant ses yeux sont attirés par les formes qu'elle cache sous Bart Simpson.

— Nick?

— Pardon.

— Assieds-toi.

Du doigt, elle désigne la table de la cuisine. Un bol de sucre et un régime de bananes mûres, à côté d'une pile de jeux à gratter attachés avec un élastique.

— Tu veux du café? Je crois que tu en as besoin.

Nick s'assoit.

— Avec grand plaisir, merci.

Josephine s'approche de la cuisinière. Quand elle sort la cafetière du placard au-dessus de la hotte, il la regarde s'étirer, se dresser sur la pointe des pieds, perchée sur ses jambes aux muscles si bien dessinés. Elle s'empare de la cafetière comme si elle volait un oisillon dans son nid. Par-dessus son épaule, elle lance un regard à Nick et constate qu'il est encore en train de l'observer. Il baisse les yeux, regarde la table, le bol de sucre, les jeux à gratter.

— Dis-moi de quoi tu veux parler à Antonina.

— Elle est là ?

— Elle est dans sa chambre.

Josephine remplit la cafetière sous le robinet de l'évier, puis verse quelques cuillerées de Folgers dans le filtre, le plonge dans le réservoir d'eau et visse le couvercle. Elle pose la cafetière sur la plaque, la met à chauffer à feu vif et retourne s'asseoir en face de Nick.

— Ça devrait être prêt dans quelques minutes.

— Ah, génial.

Elle plante ses coudes sur la table, joint ses mains et appuie son menton sur ses doigts.

— J'attends, dit-elle.

— Quoi ?

— Que tu t'expliques. Qu'est-ce que tu veux à Antonina ? Tu sais, en ce moment ma fille n'a pas besoin qu'on l'emmerde. Elle a vécu une année difficile. Elle broie du noir.

— C'est vrai ? Je suis désolé. Elle est si jolie, je l'imaginais heureuse.

— Être jolie ne suffit pas.

La cafetière gronde. Josephine se lève et baisse le feu. Le café commence à passer tranquillement.

On entend du mouvement derrière la porte au fond de la pièce.

— C'est l'escalier qui mène au grenier, dit Josephine. C'est là qu'Antonina est installée, maintenant.

Des pas qui dévalent les marches. La porte s'ouvre en grand. Antonina se tient sur le seuil, encadrée par la lumière de l'ampoule fluorescente suspendue au-dessus d'elle. Des rangers, une jupe en laine et un crop top violet. Des cheveux roses comme de la barbe à papa. Des bracelets en cuir cloutés. Du rouge à lèvres noir. Des yeux noyés dans le mascara.

Nick se lève.

— Salut Antonina. Sympa, ton style.

Josephine secoue la tête.

— Ne l'encourage pas, OK ?

— Vous êtes ce prof d'Our Lady, non ? dit Antonina. Qu'est-ce que vous voulez ?

Inquiète, Josephine le fusille du regard. Elle ne sait toujours pas ce qu'il fout là.

La bouche de Nick s'affaisse.

— Je suis ce prof, en effet. Je suis aussi écrivain. Je travaille sur un scénario. C'est mon rêve. Écrire un scénario, le faire lire à Martin Scorsese ou quelqu'un dans le genre. Enfin, je n'en suis qu'au stade préparatoire, mais j'ai besoin de te parler.

Avec une indifférence totale, Antonina se dirige vers le réfrigérateur, ouvre la porte et sort une canette de Coca. Elle arrache la languette et boit.

— Je compte m'inspirer de Donnie Parascandolo pour le personnage principal.

— Elle n'a pas envie de parler de cet enfoiré, tranche Josephine qui ne s'est pas éloignée de la cuisinière.

Elle verse du café dans une tasse portant le logo du casino Harrah's et la tend à Nick.

— Noir ? demande-t-elle.

— Noir c'est parfait, dit Nick en prenant la tasse. Merci.

Il souffle sur la vapeur, puis boit une gorgée brûlante.

— Qu'est-ce que je pourrais bien vous raconter ? dit Antonina.

— Ce soir, Donnie a secouru ma mère sur la Belt. Elle était tombée en panne, et lui s'est comporté en bon Samaritain. Incroyable, non ? Il m'a fallu une seconde pour me rappeler d'où je connaissais ce type. Quand ça m'est revenu, j'ai pensé : “Voilà qui est drôlement intéressant.” Je me suis souvenu de sa réputation. Je me suis souvenu des histoires que j'avais entendues au lycée, comme quoi il avait frappé Mikey avec une batte.

Tout en tenant la tasse de café en équilibre sur sa paume, Nick parle avec enthousiasme à Antonina, mais il s'adresse aussi à Josephine. Pourvu qu'il n'articule pas trop mal... Mais peu importe.

— S'il y a bien quelqu'un qui peut écrire sur lui, qui peut disséquer sa psychologie, c'est moi.

— Antonina n'aurait jamais dû se trouver là-bas, le soir où c'est arrivé, dit Josephine. Elle avait quinze ans. Mikey Baldini est revenu de New Paltz complètement détraqué. Sonny lui aurait flanqué une bonne dérouillée, s'il en avait eu l'occasion. Je n'ai pas une haute opinion de Donnie, mais qu'il ait frappé Mikey ce soir-là ne me pose aucun problème, ça c'est sûr.

— Il a probablement secouru ta mère parce qu'il espère la baiser, suggère Antonina.

— C'est vrai que ta mère est jolie, dit Josephine. (Puis, à Antonina :) Surveille ton langage, OK ?

— Je viens de passer chez Donnie. Don. En effet, c'est possible qu'il s'intéresse à Ava.

— Vous étiez chez lui ? s'étonne Antonina.

— J'étais chez lui. Enfin, sur le seuil de sa maison.

— Vous croyez qu'il va vous laisser écrire un film sur lui ? Ça me paraît stupide. Et dangereux. Ce n'est pas un type bien. J'ai entendu d'autres histoires.

— Du genre ?

— Du genre il casse des bras pour le compte de Big Time Tommy Ficalora.

— Ne t'avise pas de te mêler de ça, dit Josephine à sa fille.

— Où est-ce que tu as entendu ces choses ? demande Nick.

— Ici ou là, dit Antonina.

— Tu ferais mieux de partir, dit Josephine à Nick. Sonny va bientôt rentrer. Ça ne lui fera pas plaisir de te voir ici. Il a un coup-de-poing américain, et il aime s'en servir.

Nick retire un des jeux à gratter de la pile et essaye d'écrire son numéro au dos, mais son crayon n'imprime pas sur le carton. Il se rabat sur un bloc de Post-it jaunes.

— Vous êtes complètement saoul, dit Antonina.

— Ma démarche n'a rien de malséant, dit Nick. Si jamais tu penses à quelque chose qui pourrait m'être utile, appelle-moi. Tu as parlé à Mikey récemment ?

— Je n'ai pas revu Mikey depuis ce soir-là.

— Il est temps que tu partes, dit Josephine à Nick.

Il pose la tasse sur la table – du café gicle et forme une flaque autour du bol de sucre. Il met sa main sur sa poitrine, adopte une posture lyrique :

— À lui seul, Donnie résume notre quartier. Et moi, je suis le gars le mieux placé pour écrire sur lui et sur cet endroit. Nous parlons de la réalité la plus brute. C'est l'Histoire, et nous avons une chance de la raconter.

Il part en titubant le long du couloir et franchit la porte d'entrée, omettant de la refermer et manquant arracher avec son coude la moustiquaire qui claque derrière lui. Il s'arrête pour contempler la moto de Sonny, puis Marie dans son dôme de verre.

Lorsqu'il se retourne, Antonina se tient derrière la moustiquaire, son visage strié d'ombres, ses cheveux comme un néon derrière la fenêtre d'un bar. L'air de vouloir peut-être en dire davantage. Elle se mord la lèvre et ferme la porte.

ANTONINA DIVINO

ASSISE SUR L'ESCALIER de secours, devant la fenêtre de sa chambre au grenier, son Walkman sur les genoux, Antonina fume. Elle écoute une compilation que sa meilleure amie, Lizzie, lui a faite. Siouxsie and the Banshees, The Cure, This Mortal Coil, Cowboy Junkies, Patti Smith, Television, Joy Division, Wire, Gang of Four, The Fall, Echo and the Bunnymen. C'est la meilleure compil qu'on lui a jamais faite. Elle en est à la fin de la chanson *Tarantula* de This Mortal Coil sur la face A, qui enchaîne ensuite avec *Sweet Jane* des Cowboy Junkies. Lizzie est super douée pour les enchaînements. Antonina l'imagine penchée au-dessus de son magnétophone, prête à bondir sur les touches. Lizzie adore faire des compils, rester éveillée toute la nuit, une cafetière à portée de main, ses cassettes et ses disques étalés sur son lit. Antonina a essayé. Elle n'a pas la patience. Elle merde toujours à un moment, coupe une chanson trop tôt ou brusque une transition. C'est un art qu'elle ne maîtrise pas.

Elle n'en revient pas que ce prof soit venu l'interroger sur ce qui s'est passé avec Mikey dans la cour de l'école. Il regarde probablement plein de films de Woody Allen et croit qu'il a une chance avec elle. Quel bouffon ! Il doit avoir trente ans. Sortir avec un mec plus âgé, elle n'est pas contre, mais sûrement pas un putain de prof loser d'Our Lady of the Narrows.

Un scénario de film ? Ce gros con a probablement vu *Mean Streets* une fois puis s'est dit : Je pourrais écrire quelque chose comme ça. Antonina adore *Mean Streets*. C'est son film préféré, à n'en pas douter. De Niro dans ce film, mon Dieu. Elle adore quand il entre dans le bar en caleçon, quand il présente les filles juives du Café Bizarre à Harvey Keitel.

Un coup d'œil à la maison de Donnie Parascandolo, plongée dans l'ombre. Elle se souvient de l'époque où sa femme y habitait encore. Donna. Elle travaille à Bishop Kearney, son lycée. Antonina ne la croise pas souvent ; de temps à autre, elle tourne à l'angle d'un couloir et tombe sur Donna, mais elles s'ignorent. De toute évidence, Donna n'aime pas repenser à la vie qu'elle a vécue dans cette maison. Ça lui rappelle Gabe. Une vraie tragédie, son suicide. Gabe avait un an de plus qu'Antonina. Ils ont été élèves à St Mary's à la même époque. Elle ne le fréquentait pas – une année d'écart, ça fait une grosse différence à l'école primaire –, mais elle le voyait souvent dans le gymnase à la récré et se demandait comment il pouvait être le fils d'un Donnie Parascandolo. Il semblait si doux, si mûr, le genre de garçon qui se comporte davantage comme un adulte que la plupart des adultes alentour. Ça, elle ne l'a pas compris en lui parlant ou quoi que ce soit. C'était juste sa façon d'être. Toujours avec un livre. Une grande maturité. Tenant la porte pour les bonnes sœurs quand les autres garçons de sa classe crachaient sur les filles pour attirer leur attention ou misaient cinq dollars au bras de fer ou prenaient des paris pour savoir lequel d'entre eux parviendrait à persuader Sara Desiderio de le sucer dans les toilettes.

Et Mikey Baldini. Depuis quelque temps elle ne pensait plus à lui, et à l'épisode étrange de la cour de l'école. Après sa première année à l'université, il est rentré pour l'été, et c'est là qu'ils ont commencé à passer du temps ensemble. Ils se sont rencontrés dans une soirée chez Gina D'Aniello, sur la 78e Rue. C'est à cette occasion qu'Antonina a commencé à sortir en catimini par l'escalier de secours. Mikey était si différent. Il était du quartier, mais il avait changé. Ces écarteurs dans ses oreilles, ce tatouage, ce sweat-shirt à capuche. Et son odeur : il ne sentait pas la ville, il sentait la campagne. Il parlait des groupes de hardcore qu'il avait vus jouer dans des bars miteux de Kingston et Poughkeepsie. Il parlait des *crust punks* qu'il connaissait, qui voyageaient à bord de trains de marchandises et vivaient avec leurs chiens sous des tentes dans les bois. Il racontait qu'il s'était shooté à l'héroïne mais n'aimait pas les aiguilles. Deux heures après leur rencontre, ils se pelotaient. Après ça, elle l'a encore vu cinq ou six fois. Lizzie venait de perdre sa virginité avec un étudiant, et Antonina s'est dit allez, à mon tour. La cour de l'école lui semblait le lieu idéal. Elle s'imaginait la scène se déroulant sur le béton froid et fissuré. Peut-être étaitelle cinglée de trouver ça romantique. En plein air, un soir d'été, tous les bruits de la ville autour d'eux. Mais ça ne s'est pas passé comme ça. Donnie est arrivé. Quand il a frappé Mikey, elle n'a pas su quoi faire. Elle voulait appeler une ambulance. Mais Mikey lui a crié de se tirer, et lui-même s'est barré en courant et en se tenant le visage. Il ne lui a plus jamais reparlé, pensant que tout contact avec elle lui était désormais interdit. Maintenant qu'il est rentré pour de bon, elle le croise ici ou là, mais ils s'ignorent. Elle a fini par perdre sa virginité à l'arrière d'une Toyota Tercel 1984 garée sur Shore Parkway, près du parc d'attractions Nellie Blye, avec un terminale de Bishop Ford dénommé Rico Ruiz. Un truc rapide, maladroit, plutôt triste, mais Rico n'était pas le pire des cons.

Elle jette sa cigarette dans la cour et retourne dans sa chambre. Son lit est sens dessus dessous. Le sol est jonché de vêtements roulés en boule. Sur le mur, des affiches de films : *Pink Flamingos* et *Carrie*. Le popriétaire de Wolfman's, le vidéoclub du quartier, voulait s'en débarrasser. Dans le coin de la pièce, elle a une petite télé avec un magnétoscope posé dessus. Elle adore le cinéma. Depuis son plus jeune âge, elle aime se perdre dans les films, regarde tout ce qu'elle peut à la télé, loue des cassettes chez Wolfman's, les emprunte à la bibliothèque et se rend à Manhattan pour dénicher des films d'auteur, étrangers ou cultes chez Kim's Underground.

Et pourquoi pas en regarder un maintenant ? Le week-end dernier, elle en a enregistré plusieurs sur HBO : *Light of Day*, *Frantic* et *Christine*. Pourquoi pas *Light of Day* ? Elle a un faible pour Joan Jett.

Son téléphone sonne. Elle a sa propre ligne. Elle ôte son casque, arrête la compil de Lizzie et décroche, enroulant le cordon autour de son poignet et appuyant le combiné contre son oreille. Elle s'attend à entendre la voix de Lizzie, mais c'est Ralph Sottile.

Ralph a été un étrange effet secondaire de cette scène dans la cour de l'école avec Mikey et Donnie il y a deux ans. C'est un des potes flics de Donnie. Avant ça, elle n'avait fait que l'apercevoir ici ou là. Mais il n'a clairement pas approuvé le comportement de Donnie ce soir-là, premier signe qu'il était différent. Second signe, environ une semaine après, il a débarqué devant l'entrée de Bishop Kearney à la fin des cours et lui a remis une enveloppe. À l'intérieur, cent dollars. Pour les ennuis qu'ils lui avaient causés, a-t-il expliqué. Il a noté son numéro sur l'enveloppe et lui a dit de l'appeler si jamais elle avait besoin de quoi que ce soit. Elle l'a appelé quelques jours plus tard, il lui a donné rendez-vous à deux rues de chez elle et l'a emmenée en voiture au Crosstown Diner, dans le Bronx, suffisamment loin du quartier. Ralph n'est pas beau. Il est gros, porte des costumes fatigués et perd ses cheveux. Mais ce n'est pas un mauvais bougre.

Elle ne baise pas avec Ralph. Il n'a jamais tenté un truc dans le genre. Il aime simplement lui parler du lycée et de ce qu'elle veut faire dans la vie. Et lui filer de l'argent. Elle ne lui demande pas d'où il provient, ce fric, elle le met de côté. Grâce à ça, une fois qu'elle aura obtenu son diplôme au printemps elle pourra se barrer plus facilement. Elle veut se tirer de Brooklyn au plus vite. Peut-être atterrira-t-elle à Manhattan ou ira-t-elle dans le nord de l'État ou plus loin encore. Peut-être poursuivra-t-elle sa route jusqu'à ce que quelqu'un lui dise de s'arrêter. Elle n'est pas sûre de s'inscrire à l'université. Tout ce qu'elle sait, c'est qu'elle ne laissera pas ses parents décider pour elle en l'envoyant à Hofstra, Fordham ou St John's. Si elle va à la fac, c'est elle qui choisira. Peut-être une université d'État comme celle où a étudié Mikey; elle payera elle-même ses frais de scolarité en bossant comme serveuse.

Qu'elle se serve ou non de Ralph, ce qui est bizarre c'est que personne ne la connaît aussi bien que lui, à l'exception de Lizzie. Sans doute qu'elle lui tient lieu de la fille qu'il n'aura jamais. À moins que ça l'excite carrément de jouer les papas.

— On peut se voir ? lui demande-t-il maintenant.

— OK. Tu passes me prendre ?

— Je serai là dans un quart d'heure. À l'endroit habituel.

Elle raccroche puis verrouille sa porte de l'intérieur. Ses parents ne viendront pas frapper. C'est rare qu'ils la dérangent, ces temps-ci. Elle regagne l'escalier de secours en se coulant à travers l'encadrement de la fenêtre, puis descend avec aisance l'étroite échelle. Sa maîtrise de la science de l'évasion est totale.

La prochaine étape consiste à sauter par-dessus la clôture qui la sépare du jardin de Jane Rafferty, envahi par les mauvaises herbes. Âgée de plus de soixante-dix ans, Jane vit en recluse et son jardin n'est pas éclairé. Antonina rase le mur de la maison de Jane et sort sur Bay 34e Rue. De là, elle file le long de Bath Avenue puis tourne à droite sur Bay 32e. Ralph la récupère toujours devant une maison blanche à deux étages avec, dans le jardin, des tomates, des poivrons, des courgettes et six statues de la Vierge Marie.

Antonina arrive la première, juste avant Ralph qui range contre le trottoir sa Cadillac Brougham rouge 1988 à la calandre grillagée. Grâce à son père, elle s'y connaît en voitures. Celle de Ralph lui plaît.

Elle prend place sur le siège passager, referme la portière. Ralph porte une chemise de bowling noire et un beau pantalon bleu. Il lui tend une enveloppe. Toujours le même rituel. Parfois cent dollars, parfois plus.

— Un petit quelque chose, dit-il.

— Merci beaucoup.

Elle glisse l'enveloppe dans la poche très serrée de sa jupe en laine.

Ralph réintègre le flot des voitures.

Le Crosstown Diner est devenu leur repaire. Selon la circulation, ils peuvent mettre trente minutes ou deux heures pour s'y rendre. L'itinéraire habituel de Ralph : prendre la Belt Parkway puis la Cross Island Parkway et franchir Whitestone Bridge. Le Bronx, c'est la même ville mais un autre monde. Antonina n'était jamais allée là-bas avant Ralph, même pas pour assister à un match des Yankees.

Aujourd'hui, ça roule bien sur la Belt.

— Regarde-moi cette espèce de gros enculé de merde, dit Ralph en pointant du doigt la Ford Mustang qui vient de leur faire une queue-de-poisson.

Le conducteur de la Ford semble assez petit.

— Sa tête dépasse à peine le volant. Foutu imbécile, il a qu'à se mettre deux ou trois annuaires sous le cul.

Ralph a tendance à beaucoup jurer quand il conduit. Antonina trouve ça touchant.

— Excuse-moi, ma chérie.

Il tend le bras et lui tapote le genou, la touchant aussi innocemment qu'un homme qui va sur ses cinquante ans peut toucher une gamine de dix-sept ans.

— J'aime ta nouvelle coupe, je te l'ai déjà dit ?

— Merci.

— Ton père t'emmerde pas trop avec ça ?

— Un peu.

Elle repense à Nick Bifulco et décide de ne pas mentionner sa visite pour le moment. Peut-être même jamais. À quoi ça servirait ? Pour Ralph, il n'y aurait pas trente-six façons d'interpréter la visite de Nick. Antonina a dix-sept ans, l'âge de la majorité sexuelle à New York, et nul doute que ce petit minable de Nick est un gros chaud lapin. Ralph aurait peut-être tout à fait raison de voir les choses comme ça.

La circulation se densifie près de l'aéroport JFK, puis ça s'arrange. Ils ne tardent pas à franchir Whitestone Bridge et Ralph se fraye un chemin à travers les petites rues avant de tourner sur Bruckner Boulevard. Les voilà garés sur le parking du Crosstown Diner. Ralph fait deux fois le tour de sa voiture pour s'assurer qu'elle est bien fermée, puis ils se dirigent vers la façade chromée du *diner* et ses néons rouges qui se découpent contre le ciel sombre.

À l'intérieur, on les conduit à leur box préféré. Les stores sont remontés, ils peuvent regarder les voitures passer dans la rue. Gilet noir, cheveux noirs plaqués en arrière, le serveur les reconnaît et leur tend des menus. Ralph dit qu'ils n'ont pas besoin de menus. Il sait ce qu'ils veulent. Escalopes de poulet façon *Chicken Française* et Amstel Light pour lui, gaufre et milk-shake à la vanille pour elle. Le serveur file transmettre la commande en cuisine.

— Allez, raconte-moi un truc chouette, dit Ralph.

— Je ne sais pas. Il n'y a pas grand-chose à raconter.

— Comment va Lizzie ?

— Comme d'habitude.

— Elle t'a fait une nouvelle compil ? Si je savais comment faire une compil, je t'en ferais une. Sinatra, Dion and the Belmonts, Frankie Valli and the Four Seasons, Bobby Darin, ça c'est de la qualité. Au fait, je t'ai jamais demandé : qu'est-ce que tu penses de Madonna ? Je l'ai vue dans *Dick Tracy* et *Une équipe hors du commun*. Sacrée bonne actrice. Je ne connais pas bien sa musique. À part *Like a Prayer*, que j'ai entendue plusieurs fois à la radio.

— Avant, je l'aimais beaucoup. *Papa Don't Preach* était ma chanson préférée quand j'avais genre dix ans.

— Madonna Louise Ciccone. Une Italienne. Tu le savais sûrement déjà.

Antonina hoche la tête.

— Toi qui adores le cinéma, dit Ralph, je parie que tu l'as aimée dans *Recherche Susan désespérément*.

— Oui, c'est vrai, j'aime bien ce film.

— Je demande parce que, si je pouvais t'avoir des billets pour le concert de Madonna au Madison Square Garden, ça t'intéresserait ? Tu pourrais emmener Lizzie.

— Le Girlie Show ? C'est un truc de fou.

— OK, je vais prendre des billets. Tu auras les meilleures places. Je connais un type.

— Merci, monsieur Sottile.

— Qu'est-ce que je t'ai dit ? Appelle-moi Ralph. J'aime t'entendre prononcer mon prénom.

Le serveur apporte leur commande. Antonina sirote d'abord du milk-shake, puis avale un petit bout de gaufre. Ralph coince une serviette dans le col de sa chemise, prend sa fourchette et son couteau, sourit et attaque. Sa première bouchée semble le combler de bonheur.

— Nous revoilà ici, dit-il tout en mâchant. Notre chez-nous loin de chez nous.

Antonina s'imagine emmener Lizzie à Manhattan pour un concert de Madonna. Peut-être que le petit ami de Lizzie, Chip, leur filera de quoi se défoncer avant.

— Je suis contente, moi aussi, dit Antonina, et elle se rend compte qu'elle ne ment qu'en partie.

ROSEMARIE BALDINI

AGENOUILLÉE dans la salle de bains, Rosemarie est en train de nettoyer les toilettes quand à nouveau on sonne à la porte. Mikey n'avait pas fait trop de dégâts, mais autant récurer la cuvette avant qu'elle oublie. Elle retire ses gants jaunes en caoutchouc, les pose sur le rebord de la baignoire et se lève en prenant appui sur l'évier.

— Un instant ! crie-t-elle. J'arrive.

Pourvu que ce ne soit pas encore ce Nick Bifulco. Se pointer comme ça, saoul, quel culot ! Elle se demande s'il ne serait pas homosexuel.

Mais en ouvrant, elle se retrouve face à Big Time Tommy et un de ses acolytes. Physiquement, Big Time Tommy est imposant. Il a un cou épais comme un tronc d'arbre. Sa peau est foncée à force de séances en cabine de bronzage, ses cheveux sont gras. Il a des sourcils broussailleux. Il porte un coupe-vent aux couleurs patriotiques, un ample pantalon noir et des mocassins noirs.

L'acolyte est petit. Rosemarie ne croit pas l'avoir déjà vu. Il arbore un blouson en cuir des Yankees, une croix en or qui pend sur sa poitrine par-dessus un débardeur bleu de bodybuildeur. Il est jeune, vingt-cinq ans peut-être, et a de grosses lèvres.

Dans la rue, le réverbère est allumé, sa lumière se reflète sur le capot de la DeVille de Big Time Tommy, garée en double file.

— Rosemarie, dit Tommy en guise de salutations. Vous vous souvenez de Dice ?

— Ça gaze ? dit ce dernier en hochant la tête.

— Je ne savais pas que vous viendriez aujourd'hui, dit Rosemarie en s'avançant sur le perron tout en maintenant la porte ouverte.

Elle n'invite jamais Big Time Tommy à entrer. Un petit acte de défiance et de résistance, même si c'est à Giuseppe qu'elle en veut vraiment, parce qu'il a amené ces gens dans leur vie et permis à cette situation de perdurer au-delà de sa mort. Sans doute croyait-il que son suicide les en libérerait. Pas de bol.

— Je passais dans le coin, dit Big Time Tommy. Vous connaissez Slimeball Sally, juste à l'angle ? Il avait besoin qu'on lui remonte les bretelles.

— Je n'ai rien pu préparer pour vous, dit Rosemarie.

Big Time Tommy regarde la rue. Dice observe son patron.

— Est-ce que j'ai pas été bon avec vous ? demande Tommy. Est-ce que c'est pas gentil de ma part de venir en personne, plutôt que d'envoyer un de mes sbires ? Mes sbires, mieux vaut pas avoir affaire à eux. Dice ici présent, c'est rien. Un accessoire. Et est-ce que j'ai pas tiré un trait sur les intérêts ? Est-ce que j'ai pas dit que le seul capital suffirait à éponger les dettes de votre famille ? Peut-être que c'était une erreur. Peut-être que je suis trop généreux. Je vois une veuve éplorée, mon cœur s'ouvre. Mais ça fait deux ans, Rosemarie. Deux ans, et vous avez à peine commencé à me rembourser.

— J'ai des factures, Tommy. Les funérailles m'ont ruinée. J'ai l'emprunt de la maison. Le fioul et j'en passe. Je travaille soixante-dix heures par semaine à Sea Crest. Pas moyen de joindre les deux bouts. J'ai besoin d'un peu de compassion.

— Et votre bon à rien de fils ? Toujours au chômage ? Il pourrait gagner de l'argent, ce gamin. Je pourrais lui en faire gagner.

— Non.

— C'est une bonne solution. Mikey bosse pour rembourser la dette de votre mari, et ça ôte ce poids-là de vos épaules.

— C'est très généreux, renchérit Dice.

— Très généreux, en effet, dit Big Time Tommy. Ce n'est plus un gamin. C'est un homme. Qu'il fasse un boulot d'homme !

Comme s'il obéissait à un signal, Mikey apparaît au coin de la rue. Tommy et Dice ne l'ont pas encore vu et Rosemarie est saisie d'une bouffée de panique. Elle ne veut pas que Big Time Tommy fasse cette proposition à Mikey. Dans l'état d'esprit où il se trouve, Dieu sait ce qu'il répondra. *Bien sûr, quelle super idée !* Et voilà, c'en serait fini de son fils, transformé en truand qui rackette les gens et leur brise les jambes – non qu'il soit physiquement capable de briser des jambes.

Quand le portail s'ouvre en grinçant et que Mikey entre dans le jardin, un carton de livres sous le bras, Big Time Tommy sourit de le voir débarquer.

— Oh, regardez qui voilà. Quand on parle du loup… Freak Show Mikey!

— Ne l'appelez pas comme ça, s'il vous plaît, dit Rosemarie.

L'attitude de Mikey envers Big Time Tommy a toujours été marquée par un mélange de peur, de dégoût et de vénération. Encore maintenant, Rosemarie lit toutes ces choses sur son visage alors qu'il s'arrête au bas du perron et lève les yeux vers eux.

— Vous n'êtes pas censé être ici, dit Mikey.

— Tu contrôles mes allées et venues? demande Big Time Tommy.

— Non, c'est juste…

— Juste mes couilles.

— Ouais, juste ses couilles, répète Dice en ricanant.

— Je pourrai vous donner quelque chose bientôt, dit Rosemarie. Demain, c'est l'anniversaire de Mikey. Mon frère Alberto viendra et je lui demanderai de m'aider. Repassez dans quelques jours, d'accord?

— Alberto? dit Big Time Tommy en éclatant de rire. Il aura quoi pour vous, deux ou trois petits billets poissés de sueur, qu'il a oublié de fourrer dans la chatte de sa strip-teaseuse préférée?

— J'aurai quelque chose, affirme-t-elle. Maintenant laissez-nous.

Mikey gravit le perron, contourne Big Time Tommy et Dice puis se plante près de Rosemarie, à côté de la porte.

Tommy s'avance vers Mikey, lui passe un bras autour des épaules et lui dit:

— Ça gaze, Mikey? Alors, demain c'est le grand jour? Vingt et un ans. Je me souviens quand j'ai eu vingt et un ans. Mon oncle m'a emmené dans une maison de mauvaise réputation à Manhattan. Vic le Tendre était là. C'est lui qui a payé pour moi. La classe, ce Vic Ruggiero. Une soirée inoubliable.

— Ça va, répond Mikey, tout raide, mal à l'aise avec ce bras épais qui l'entoure.

— T'as l'air d'être un putain de gros lecteur, non ?

Big Time Tommy tripote le carton, lit les titres des livres posés sur le dessus.

— *Salem*... de quoi ça parle, ce truc ?

— De vampires.

— Laissez-le tranquille, dit Rosemarie.

— Ta mère est inquiète parce que j'évoquais à l'instant la possibilité que tu viennes bosser pour moi. Un moyen d'effacer la dette de ton père, comme je le lui ai expliqué. Et, en plus, une expérience précieuse. Tu apprendrais à être un dur, à survivre dans cette jungle urbaine.

— Moi, travailler pour vous ?

— Qu'est-ce que t'en penses ?

— Non, dit Rosemarie. Absolument pas. On va vous le trouver, votre argent.

— Laissez M. Mikey répondre, voyons.

— Je ne sais pas, dit Mikey.

— Je ne sais pas, dit Big Time Tommy en l'imitant. Le refrain des lâches. Tu *devrais* savoir. Répondre oui sans hésiter. Ça te fera pousser des couilles.

Mikey ne réagit pas. Rosemarie tire sur la manche du T-shirt de son fils.

— Dans le temps, il y a quelque chose que je répétais souvent à ton père, reprend Big Time Tommy. "Giuseppe, je lui disais, tu peux pas vivre la queue entre les jambes."

Pour un prof de maths, pour un type aussi malin, c'était pas un petit joueur, et je l'ai toujours respecté pour ça.

Il relâche Mikey d'un geste théâtral et lui pince les joues. Mikey essaie en vain de lui échapper, puis finit par se laisser faire tel un gamin qu'un oncle ivre vient taquiner le jour de sa communion.

— Laissez-le tranquille, dit Rosemarie.

— Joyeux anniversaire, dit Big Time Tommy. Mange. Bois. Fais ce que t'as envie de faire, putain !

— Merci, dit Mikey.

Big Time Tommy descend les marches, suivi par Dice.

— Si tu changes d'avis, lance Big Time Tommy par-dessus son épaule, tu sais où me trouver. Quatre-vingt-dix pour cent du temps, je suis au Twentieth Century sur Bath Avenue. Tu connais ? Une vieille discothèque abandonnée.

Rosemarie pose une main sur l'épaule de son fils ; à son contact, Mikey a un mouvement de recul. Ils retournent à l'intérieur. Cette rencontre a perturbé Rosemarie, mais Mikey, lui, n'a pas l'air particulièrement troublé. Il pose le carton de livres sur la table.

— Où as-tu trouvé ça ?

— Quelqu'un voulait s'en débarrasser, dit Mikey.

— C'est quoi le problème, ils ont pris l'eau ?

— Pas du tout.

— Ne commence pas à collectionner les détritus.

— Ce sont des livres. En bon état.

— On n'a pas besoin d'accumuler encore des trucs.

Elle s'en rend compte, si elle l'embête au sujet de ces bouquins, c'est pour éviter d'en venir au sujet qui la préoccupe, Big Time Tommy.

— Tu ne songes pas à t'acoquiner avec Tommy, quand même ?

— Peut-être que je devrais, dit Mikey sans qu'elle sache s'il plaisante. Peut-être que je suis fait pour ce genre de boulot.

— Ne t'avise même pas de plaisanter.

— Je pourrais nous aider. Je pourrais nous sortir du pétrin dans lequel Papa nous a fourrés.

Rosemarie se laisse choir brutalement sur une chaise. Les coudes sur les genoux, elle inspire de manière bruyante et contrariée.

— Ne me fais pas ça, d'accord ? S'il te plaît ne me fais pas ça. J'en ai assez bavé avec ton père. Tu vas m'achever.

— Je plaisante, Ma. Je ne bosserai jamais pour cet animal. Je voudrais seulement qu'il arrête de nous harceler. Je voudrais que quelqu'un le pousse sous un train.

— Tu ne devrais pas souhaiter des choses comme ça. Si Dieu permet à des types comme Tommy d'exister, c'est qu'Il a Ses raisons.

— Ah ouais ?

— Forcément.

Mikey s'approche de l'évier, ouvre le robinet et remplit un verre.

— Comment va ton ventre ? demande Rosemarie.

— Ça va. (Il boit une gorgée d'eau.) Pardon d'avoir sali les W-C.

— Ce n'est pas grave du tout. Je suis contente que tu te sentes mieux. Où étais-tu ? Je me faisais du souci.

— Je suis juste sorti marcher.

— Un ancien prof à toi est passé, il te cherchait.

— Quel ancien prof ?

— Le fils d'Ava.

— Quoi ? Ava ta patronne ?

— Oui, Nick Bifulco.

— Il me cherchait ? Pourquoi ?

— Je ne sais pas. Un type très étrange. Tu comptes ressortir, ce soir ?

— Je vais juste m'asseoir sur le canapé et lire. Tu penses qu'oncle Alberto pourra te prêter de l'argent pour rembourser Tommy ?

Elle hausse les épaules.

— On verra ça demain.

— Il amène une nouvelle petite amie ?

— Avec lui, on ne sait jamais.

Mikey sort un livre du carton, se traîne jusqu'au salon et allume la lampe. C'est une lampe qui est dans la famille de Rosemarie depuis un demi-siècle. L'abat-jour est déchiré. Une espèce de scène pastorale est peinte le long du pied : une vaste prairie, des enfants et des chiens courant dans l'herbe, un coucher de soleil à l'horizon. Rosemarie n'a jamais vu une prairie pareille. Ni un coucher de soleil pareil, d'ailleurs. La lumière du crépuscule qui descend sur le quartier, la manière dont elle se reflète sur les toits, ça, elle connaît. Mais rien qui ressemble à ce pied de lampe.

Mikey s'affale sur le canapé.

Postée dans l'encadrement de la porte, Rosemarie l'observe.

— Et toi, qu'est-ce que tu comptes faire ce soir ? lui demande Mikey par-dessus son livre ouvert. Me regarder lire ?

— Non, gros malin, dit-elle en se retirant dans la cuisine. Je vais prendre une douche et me mettre du vernis. Peut-être écouter les infos.

— Passionnant.

— Ça l'est.

Elle s'assoit à la table et tâche de ne pas penser à Big Time Tommy, se concentrant plutôt sur le repas qu'elle préparera demain. Devrait-elle appeler Albert pour lui parler de la visite de Tommy et lui demander tout de suite de l'argent, plutôt que de le surprendre demain au cours du repas ? Oui, mieux vaut faire comme ça.

MIKEY BALDINI

L'INTÉRIEUR de l'appartement de Donna lui avait paru chaleureux et triste. Mikey avait aimé voir tous ses disques. Ça lui plaît qu'elle soit branchée musique. Il l'imagine, en ce moment même, assise devant sa platine et ses enceintes, écoutant un album et rêvassant. Il aurait dû l'interroger sur ses goûts musicaux. Elle n'a probablement jamais entendu parler des groupes qu'il aime. Il a juste aperçu deux pochettes, mais n'a rien reconnu.

La plupart des gars de son âge ne la trouveraient sans doute pas belle. Lui, oui. Il en tire une certaine fierté. C'est génial qu'elle revendique de ne pas ressembler à une jeunette et dise aimer faire son âge. Elle sait qui elle est et ça lui donne confiance en elle. Elle arbore son échec sur son visage et ça la rend épatante. Il aime qu'elle soit divorcée. Il aime ses cheveux bruns parsemés de gris et sa peau pâle. Il aime qu'elle ne se maquille pas beaucoup. Il aime qu'elle ait des rides, des petites lignes autour des yeux et de la bouche. Et elle a une silhouette qu'aucune fille de vingt ans ne pourrait avoir.

Mikey n'a pas bougé du canapé et se sent seul. Il doit être à peu près onze heures. Il a lu une centaine de pages de *Salem.* Rosemarie est restée un moment dans la cuisine à se vernir les ongles en écoutant la station WINS. Maintenant elle est couchée, et il se demande si elle dort. Elle ne dort jamais bien. Sans cesse elle se retourne, s'inquiète. Après la visite surprise de Big Time Tommy, c'est probablement encore pire. Mikey pourrait se mettre au lit, lui aussi, mais il préfère le canapé car ça lui semble moins permanent. Quand il est sur le canapé, il a l'impression qu'un jour prochain il pourrait se retrouver à dormir dans un lieu moins déprimant, pourquoi pas un lit de motel en compagnie d'une femme dont il serait amoureux.

Souvent il rêve d'habiter dans des motels. Dommage que tout soit une question d'argent. Si le monde était comme il devrait l'être, les gens pourraient voyager à leur guise, faire ce qu'ils veulent, être heureux. Dans son cas, ça consisterait simplement à posséder une voiture, sillonner le pays, découvrir de nouveaux lieux, manger dans des *diners* au bord de la route et séjourner dans le genre de motels où vivent les personnages tourmentés au cinéma.

Mikey a la tête qui tourne. Quelle journée de dingue ! Draguer Ludmilla à la banque, s'arrêter au Spanky's et s'enivrer un peu, tomber sur la lettre de Gabe devant la bibliothèque, rencontrer Donna, rentrer chez lui et trouver Big Time Tommy. Sans compter ce que sa mère lui a appris : ce prof d'Our Lady of the Narrows qui le cherche. Honnêtement, il avait oublié que M. Bifulco vivait dans le quartier. En revanche il se souvient que, l'année où il a suivi son cours de journalisme, Bifulco parlait beaucoup d'Hunter S. Thompson. Ce n'était pas rien. Ça le distinguait du reste des minables qui enseignaient dans cet établissement, les profs de gym adeptes de la gonflette, les fanatiques religieux, les salopards et les trouillards. Mais qu'est-ce que Bifulco pouvait bien lui vouloir ?

Mikey repense à Big Time Tommy. Il charriait sa mère lorsqu'il lui avait dit qu'il réfléchissait à accepter sa proposition, mais après tout peut-être que bosser pour Tommy n'est pas une si mauvaise idée. Quelle autre possibilité s'offre à lui ? Il a tenté sa chance au magasin de vins et spiritueux sur Bay Parkway. Quant à la bibliothèque, elle n'embauche jamais. Le problème, c'est qu'il ne sait rien faire. Rosemarie lui a conseillé de se rendre dans une agence d'intérim de Manhattan. Elle lui a dit qu'avec sa passion de la lecture il pourrait peut-être trouver un job dans l'édition. Commencer en bas de l'échelle, au service courrier, puis la gravir jusqu'à finir par diriger la société.

Il pose le livre sur la moquette, ouvert à la page où il vient de s'arrêter. Le dos est fendillé. Il imagine Gabe en train de le lire. Il imagine les derniers instants de quelqu'un qui a décidé de se pendre. Comment peut-on faire ce choix-là ? Des comprimés, encore, il pourrait comprendre. Prendre un flacon dans l'armoire à pharmacie et en avaler le contenu avec du whiskey. Ce qui peut effrayer avec cette méthode-là, à la rigueur, c'est l'idée d'étouffer dans son vomi. C'est vrai que ce serait une façon pourrie de partir.

Il ferme les yeux et voit Gabe – bien qu'il ne sache pas vraiment à quoi ressemblait Gabe – pendu à une canalisation.

Quelques heures plus tard, le bruit de sa mère éteignant la lampe le réveille. Elle se lève toujours à quatre heures et demie, prend une douche, prépare du thé et fait une réussite à la table de la cuisine en écoutant la radio. Il ne lui vient apparemment pas à l'esprit qu'elle pourrait le réveiller.

Ce matin, pendant qu'elle enchaîne tout ça, il reste allongé dans la pénombre à contempler les fissures au plafond. Puis il finit par se lever, va dans sa chambre et se change.

Sa chambre consiste en un lit défait avec des cartons empilés très haut dans un angle et des affiches sur les murs. Ces cartons rapportés de New Paltz, il ne les a jamais déballés. En revanche, il s'est débarrassé de presque toutes les affaires qu'il avait accumulées au lycée et avant, toutes ses merdouilles de fan de base-ball, toutes ses figurines de catcheurs et de personnages de *Star Wars*. Il a une caisse de vêtements – T-shirts, sweat-shirts et jeans –, mais se dit qu'il a peut-être intérêt à aller chercher la veste en velours de son père, celle dont sa mère lui a parlé. Il veut revoir Donna et lui faire bonne impression.

Les posters dans sa chambre sont ceux qu'il avait affichés au lycée. Elle Macpherson en couverture du numéro spécial maillots de bain de *Sports Illustrated*. *Invasion Los Angeles* de John Carpenter, avec en gros plan l'œil de Rowdy Roddy Piper et la paire de lunettes de soleil sur son nez, un de ces enculés d'aliens squelettiques se reflétant dans le verre. *Darklands* du groupe The Jesus and Mary Chain. Les bords de ces posters sont recroquevillés, et aucun des trois n'est droit. Sa mère a essayé de les remettre d'aplomb, mais à chaque fois le résultat s'est avéré pire.

Le plafond de la pièce est bas, ce qui la fait paraître petite. Un vieux radiateur massif qu'il a toujours trouvé beau est fixé sous la fenêtre. Celle-ci donne sur l'arrière de la maison du voisin, son jardin envahi par les mauvaises herbes, ses haltères alignés sur un carré de ciment. Parfois, tôt le matin, Mikey observe ce voisin qui soulève ses haltères au milieu des mauvaises herbes. Mais, aujourd'hui, il est encore trop tôt pour lui.

Mikey s'assoit sur son lit, promène son regard à travers la pièce. Une chambre comme ça, dans laquelle il a passé une si grande partie de sa vie, contient des histoires, des secrets, des choses que même sa mère ne pourrait pas deviner. C'est ici qu'il a caché son premier sachet d'herbe. Ici qu'un jour lui et sa première petite amie, Gia, se sont tripotés sur son lit pendant une heure après avoir quitté leur collège tôt pour rentrer avant Rosemarie – Gia s'est ensuite éclipsée par la fenêtre, se servant de l'escalier de secours tout rouillé pour descendre. Ici qu'il planquait ses cigarettes et ses mini bouteilles de scotch. Ici qu'il a amené Sarah Williams du lycée Fort Hamilton alors que Rosemarie était au travail ; il s'est agenouillé devant le lit pour lui bouffer la chatte et il se souvient du ticket de caisse froissé, un ticket de station-service, qui est tombé de sa poche quand elle a baissé son pantalon.

Un jour, peu après le coup de batte de Donnie Parascandolo et le suicide de son père, Mikey s'est assis ici et a envisagé d'en finir, lui aussi. Ça n'a duré qu'une minute. Il n'a même pas réfléchi à la méthode. Pendaison, cachets, couteau, pont – rien de tout ça ne lui a traversé l'esprit. Ce qu'il a essayé d'imaginer, en revanche, c'est ce que ça ferait d'être mort, si ensuite il verrait des choses, éprouverait de la satisfaction ou du regret. Il se souvient des questions qu'il se posait au sujet de son père, se demandant si la mort signifiait n'être plus rien pour l'éternité, ou éventuellement être un fantôme dans la rue.

Il devrait prendre une douche, mais y renonce. Il se contente de se changer, d'enfiler un caleçon et un jean que sa mère a lavés au sous-sol et fait sécher sur la corde à linge du jardin. Il trouve une chemise jaune. La dernière et unique fois qu'il l'a portée, c'était au lycée, pour la cérémonie de remise des diplômes.

Quand il revient dans la cuisine, toutes les lumières sont allumées. Sa mère s'occupe du poulet *parmigiana*, préparant la pâte à frire tandis que l'huile chauffe.

— Joyeux anniversaire, dit-elle.

Les mains toutes poissées d'œuf et de miettes de pain, elle s'approche et lui dépose une bise sur la joue.

— Tu es très élégant comme ça.

— Merci. Je vais chercher la veste de papa. Celle dont tu as parlé.

— Tu te fais beau pour ton anniversaire ?

Il hausse les épaules, ne lui dit pas que ce n'est pas pour son anniversaire, mais parce qu'il retourne voir Donna. Il devrait lui apporter quelque chose, d'ailleurs. C'est ce qu'un homme ferait. Des fleurs ? Peut-être est-ce prématuré. À part ça qu'est-ce qui pourrait lui plaire ? Un disque ? Peut-être qu'il peut en trouver un au sous-sol. Son père rangeait des albums de jazz sous son établi, et sa mère a remisé en bas les disques de son oncle. Qu'est-ce qu'il y a, dans la collection d'Alberto ? Il se souvient que, petit, il regardait les pochettes et parfois les découpait pour faire des collages dans ses cahiers.

— Tu vas quelque part ? demande sa mère, soudain méfiante.

— Non.

— Il y a une fille ?

— Il n'y a pas de fille.

— Quand est-ce que tu l'as rencontrée ? Hier ? Tu es différent, aujourd'hui. Avec cette chemise.

— Oh, arrête.
— Elle est italienne ?
— Arrête. S'il te plaît.

Il ouvre la porte du sous-sol, allume la lumière et, se tenant à la rampe, descend les marches branlantes susceptibles de s'effondrer à tout instant. Le réservoir de fioul se dresse tel un engin antique appartenant à une civilisation perdue. L'établi de son père est jonché d'outils. Le lave-linge gronde – sa mère a dû lancer une machine très tôt ce matin. Au fond de la pièce, un placard. La veste en velours marron de son père est là. Il la met et elle lui va mieux qu'il ne s'y attendait. Elle sent l'odeur de son père. Aftershave bon marché, bière pas chère. Il fouille dans les poches et en sort deux pastilles à la menthe tombées là, des cure-dents dans leurs enveloppes de cellophane et un bout de papier où sont notés des paris qu'il avait faits ou comptait faire.

En bas du placard, les disques. Ceux d'oncle Alberto sont dans un carton de vin, tandis que ceux qui appartenaient au père de Mikey sont dans une mallette bleue. Contrairement à ce qu'il croyait, les disques de son père ne se trouvent donc pas sous l'établi où ce dernier réparait des radios – Mikey descendait rien que pour sentir l'odeur du fer à souder. C'est sa mère qui a dû les ranger ici. Il ouvre d'abord la mallette ; le bon état des disques le surprend. Certains des noms lui sont familiers. Son père n'arrêtait pas de parler de Monk, de Miles, de Coltrane. Quant au carton, il est rempli des disques qu'oncle Alberto écoutait dans sa jeunesse, des choses que Mikey connaît mieux. Oncle Alberto a environ le même âge que Donna. Autant que Mikey le sache, la musique ne lui tient plus trop à cœur, mais à l'époque il adorait les Beatles, les Rolling Stones et Cat Stevens. Les albums du carton sont en moins bon état que ceux de la mallette.

Il ne sait pas quoi choisir. Peut-être est-ce stupide de se pointer avec un album. Donna a probablement déjà tout ce qu'elle veut. L'idée de faire semblant de connaître un disque et de lui dire, *Tiens, je pense que tu aimeras ça*, lui paraît détestable.

Pourquoi pas Neil Young ? Une valeur sûre. Il prend un album intitulé *Comes a Time* et l'emporte dans la cuisine, où il remarque que sa mère a empilé les livres de Gabe par terre dans un coin.

— Qu'est-ce que tu fais avec ce disque ? demande-t-elle.

Les mains luisantes de gras, elle souffle sur un cheveu qui lui colle au visage.

— Je vais l'écouter, répond-il.

— Tu n'as pas de platine.

— Je vais en trouver une à l'Armée du Salut.

— J'en avais deux. L'une était à ton père, l'autre à oncle Alberto. Je les ai jetées. Mais j'ai gardé les disques. Je ne sais pas pourquoi. Pourquoi fait-on les choses qu'on fait ?

Puis, après un silence :

— Cette veste te va bien.

— Elle est moins grande que je le craignais.

— Mon beau fiston. Il y a bel et bien une fille. Tu peux m'en parler. Comment s'appelle-t-elle ? Tu es amoureux ? C'est Marilu à l'angle ? Depuis le temps que j'essaie de te convaincre de t'intéresser à elle. C'est une gamine adorable, et elle a un emploi stable chez Main Pharmacy.

— Il n'y a pas de fille, dit-il.

Mais il pense : *Il y a une femme.*

L'album sous le bras, il quitte la maison. Quelle heure peut-il être ? En tout cas il fait jour et Mikey est debout depuis un moment. Leur maison, sur Bay 47e entre Bath et Harway, se trouve à une quinzaine de rues de l'appartement de Donna, peut-être un peu plus. Il se dit qu'il peut passer devant, juste passer devant, rien de mal à ça. Il imagine une scène tirée d'une comédie romantique merdique : Mikey arrive pile au moment où Donna s'apprête à franchir son portail, et elle l'invite à entrer.

Elle lui a bien dit de passer. Bon, elle n'avait probablement pas en tête le matin. Aujourd'hui elle ne travaille pas. Il parie qu'elle fait la grasse matinée. Il pense à elle, allongée dans son lit. Il se demande si elle pense à lui. Sans doute pas. Des problèmes très réels lui occupent l'esprit. Le boulot, les factures, l'appartement. À moins qu'elle soit simplement en train de boire du café en écoutant ses disques.

En parlant de café, il se rend sur la 86e Rue et s'arrête pour en acheter un dans le premier delicatessen venu, le Corner Joint. Avec l'argent qu'il lui reste de ce que lui a donné l'employée de banque, il prend aussi une brioche au beurre. Le quinquagénaire derrière le comptoir porte une casquette des Mets et lit le *Daily News*.

— Bonne journée, dit-il à Mikey avant de pousser vers lui la brioche enveloppée dans de la cellophane.

Mikey le remercie, sort et s'assoit sur le trottoir. Le disque sur les genoux, il mange la brioche en attendant que le café refroidisse.

Il repense à l'importance que son anniversaire revêtait dans son enfance. Ce sentiment d'être spécial. Quand sa mère accrochait des serpentins aux murs, fixait une banderole JOYEUX ANNIVERSAIRE au-dessus de la télé, attachait des ballons au ventilateur du plafond, préparait un gâteau au chocolat. Quand il ouvrait ses cadeaux. Quand son père tentait d'exécuter un tour de magie stupide.

Il jette l'emballage de la brioche et reprend son chemin en sirotant son café.

Parvenu devant chez Donna, il se poste de l'autre côté de la rue et contemple la fenêtre munie de barreaux, le store baissé, le reflet de la lumière sur la vitre sale. Un autre miracle, ce serait qu'à l'instant même elle ouvre le store et ne se montre pas du tout surprise de le voir là.

Ayant déjà passé du temps à l'intérieur, il observe maintenant l'extérieur. C'est une maison divisée en deux appartements. Un revêtement jaune en mauvais état. Un toit auquel il manque des bardeaux. Des gouttières qui s'affaissent. Un jardin envahi par les mauvaises herbes et les détritus du quartier, un tuyau d'arrosage à moitié enfoui dans la terre, relié à rien et longeant plus ou moins la grille rouillée. Une boîte aux lettres noire pendue à un unique clou, les noms BONSIGNORE et ROTANTE écrits maladroitement, au stylo-feutre, sur un bout de papier plastifié scotché à l'avant. C'est une grande maison, mais comme tant d'autres grandes maisons dans le quartier, elle est négligée et paraît étriquée – du reste, l'appartement de Donna au rez-de-chaussée en occupe la plus petite partie.

Il voudrait être le genre de type capable de proposer son aide pour réparer quelque chose, n'importe quoi. Malheureusement il ne sait se servir ni d'un pinceau, ni d'un marteau, ni d'aucun outil. Son père le disait : en gros, il ne sert à rien. Inutile de le cacher, d'essayer de passer pour ce qu'il n'est pas.

Rester planté là le rend nerveux, comme si c'était mal ou pervers de surveiller la fenêtre de Donna. Alors il fait le tour du pâté de maisons, examine les autres jardins, les autres boîtes aux lettres, observe les poubelles entassées sur le trottoir, croise une vieille dame qui pousse un caddie.

De retour devant chez Donna, il constate un léger changement. La porte d'entrée de son appartement est entrouverte.

Il baisse les yeux vers le trottoir et hésite à aller frapper. Avant qu'il ait pu se décider, la voilà qui sort sur le perron pour vider un seau d'eau dans l'allée. Elle porte un bas de survêtement bleu, d'épais chaussons-chaussettes et un pull violet qui lui dévoile une épaule. Ses cheveux sont attachés. Elle regarde vers la rue et le voit. La petite comédie romantique merdique de Mikey est devenue réalité.

Il agite la main, lâchant son café – le liquide qui restait lui éclabousse les chaussures. Il ramasse le gobelet en polystyrène et le pose sur le capot de la voiture garée à côté. À son tour elle lui fait signe, sourit.

Ils se rejoignent en pleine rue. Mikey remarque qu'elle a une clé à molette dans la poche.

— Que fais-tu ici ? demande-t-elle.

— Je ne sais pas. J'étais juste sorti marcher. Je me suis pris un café. J'ai trouvé cet album chez moi, au sous-sol. Je me suis dit que ça pourrait vous plaire.

— C'est drôlement gentil. (Elle lève le seau, comme pour expliquer.) J'ai une fuite sous mon évier. Je ne suis pas une grande bricoleuse, mais je fais de mon mieux. Convaincre Suzette d'appeler un plombier, c'est toute une affaire, comme si on lui arrachait une dent.

S'engageant dans la rue, une voiture klaxonne pour qu'ils quittent la chaussée. Ils remontent sur le trottoir, près de la clôture de chez Donna.

— Joyeux anniversaire, dit-elle.

— Vous vous en êtes souvenue, dit Mikey.

— Tu veux entrer ? Je peux te faire un autre café.

— Avec plaisir.

Elle a l'air surprise, mais pas contrariée. Il la suit à l'intérieur. Elle pose le seau derrière la porte.

— Comme tu le vois à ma tenue, je n'attendais pas de visite. Désolée.

— Je peux partir, si vous voulez. Vous m'aviez dit de passer. J'ai pensé que ça irait, même si je venais tôt.

— Oui, bien sûr, ça va. Je ne fais rien de spécial. C'est juste que j'ai l'air de rien…

— Vous êtes super comme ça.

— C'est gentil de dire ça. Toi, tu as une tenue vraiment chouette. Tu t'es mis sur ton trente et un. Il y a quelque chose de prévu avec ta famille ?

— Juste avec ma mère et mon oncle. (Il brandit l'album de Neil Young.) Vous le connaissez, celui-là ?

— J'adore Neil Young.

— Vous l'avez déjà ?

— J'ai un vieil exemplaire abîmé. Celui-ci est en meilleur état.

Elle lui prend le disque, souffle dessus pour en chasser la poussière, le met sur la platine et positionne l'aiguille sur la première piste. Elle sort la clé à molette de sa poche, la pose sur l'enceinte de droite et cale la pochette de l'album contre celle de gauche.

— Je me suis souvenu qu'il y avait plein de disques au sous-sol chez ma mère, dit Mikey. Certains appartenaient à mon père, d'autres à mon oncle. Personne ne les écoute. En les voyant j'ai pensé à vous.

— C'est vraiment gentil. Assieds-toi, dit-elle en désignant le canapé. Je vais préparer du café.

Il s'assoit, prend un coussin rouge et le met sur ses genoux. C'est une habitude qu'il a, un truc nerveux. Dans le bus de l'école, il s'asseyait toujours avec son sac à dos sur les genoux. Chez Ginny aussi il faisait ça, tout en craignant que les gens croient qu'il essayait de masquer une érection.

Il écoute cet album qu'il n'a jamais entendu auparavant. D'autres albums de Neil Young, oui, mais pas celui-ci.

À travers l'encadrement de la porte, il regarde Donna tourner le bouton de la cuisinière, augmenter la flamme sous la cafetière. Il essaie de sentir si elle est intéressée. Intéressée par la façon dont il s'intéresse à elle, pour être clair. Elle ne se regarde pas dans le miroir. Elle ne se maquille pas. Elle ne fait pas les choses qu'il a vu les filles faire quand elles s'apprêtent à sortir avec un garçon. Elle n'est pas obnubilée par son apparence. Mais peut-être que ce détachement vient avec l'âge.

De retour avec deux tasses de café fumant, elle lui en tend une.

— J'en avais déjà fait, dit-elle. Il ne restait plus qu'à le réchauffer.

— Merci.

— Merci à *toi*. J'adore cet album. Il est moins rayé que mon vieux disque.

— Je vous en prie.

Il aspire une gorgée de café, se brûlant la lèvre et le palais.

— Attention, dit-elle, l'ayant sans doute vu grimacer. C'est très chaud.

Il hoche la tête.

— Parle-moi de ta mère, enchaîne-t-elle sans transition.

Mikey ne s'y attendait pas. Parler de sa mère ne le tente pas du tout.

— Il n'y a rien à raconter.

— Il doit bien y avoir quelque chose.

— Je ne sais pas. Elle va bien. Elle travaille à la résidence Sea Crest de Coney Island. C'est une maman. Elle fait des trucs de maman.

Donna rit.

— Je suis une maman. J'*étais* une maman. C'est quoi, des "trucs de maman" ?

— Je ne sais pas. (Il marque une pause, tâchant de ne pas se tromper.) Faire la cuisine, faire le ménage, s'inquiéter, être sans arrêt sur mon dos.

— Je me disais bien que tu pensais à ce genre de choses. Toutes les mères ne sont pas comme ça. Tu en as conscience, j'espère ?

— J'en sais rien.

— Je parie que ta mère a toute une variété de rêves.

— Faut croire.

Puis sans réfléchir, par inadvertance :

— Vous êtes très jolie.

Rire gêné de Donna, qui renverse un peu de café sur ses genoux.

— Quoi ?

— J'ai dit vous êtes très jolie.

— Tu te moques de moi, pas vrai ? J'ai presque deux fois ton âge. Je pourrais être ta mère.

— Il aurait fallu que vous m'ayez eu très jeune.

Donna secoue la tête.

— Pas moyen. Pas moyen que tu sois en train de me draguer.

— On en parlait hier : les choses n'arrivent pas sans raison. J'ai trouvé les livres de Gabe, je vous ai appelée, on s'est rencontrés et on a tellement de trucs en commun.

Donna se lève. C'est la fin de la face A du disque et l'aiguille glisse dans le dernier sillon, produisant un crépitement poussiéreux. Elle s'approche de la platine, remet le bras sur son socle puis pose son café.

— Il vaudrait sans doute mieux que tu partes, dit-elle sans le regarder.

— Excusez-moi. (Il se lève, la tasse plaquée contre son ventre.) Je ne voulais pas vous mettre mal à l'aise. Ce n'était pas du tout mon intention. Je m'en vais.

— Merci pour l'album.

Il pose son café sur le guéridon à côté du canapé, au-dessus d'une pile d'exemplaires du magazine *Redbook*, et se tient là maladroitement, les bras ballants.

— Excusez-moi encore.

Elle se tourne vers lui.

— Ce n'est pas grave.

— Vous voulez vraiment que je parte ?

— Je ne sais pas. Peut-être.

AVA BIFULCO

AVA SE RÉVEILLE en sursaut. Un cauchemar. Anthony qui mourait étouffé à la table de la cuisine alors même que, assise en face de lui, elle demeurait paralysée. Un truc horrible qu'elle ressent encore dans ses os. Il est déjà mort, et pourtant elle est terrifiée à l'idée qu'il meure à nouveau. Elle jette un coup d'œil à l'horloge sur la table de nuit, éclairée par une petite veilleuse poussiéreuse à l'effigie de la Vierge Marie. Quatre heures du matin. Le silence dans la maison l'emplit d'une nouvelle appréhension. Elle aime se lever au plus tard à cinq heures pour avoir le temps de se doucher, de boire son café en peignoir puis d'écouter la radio dans la cuisine avant de partir au boulot. Mais elle sait que maintenant elle ne va jamais pouvoir se rendormir.

Elle porte sa chemise de nuit légère, celle qu'elle met en été. Ce que Nick lui a raconté continue de lui paraître incroyable. Don est cet ex-flic dont les journaux ont parlé. Et apparemment il a frappé le fils de Rosemarie à la tête avec une batte de base-ball, tout ça à cause d'Antonina Divino. Rosemarie ne doit pas être au courant, car Ava ne l'a jamais entendue mentionner cette histoire.

Après leur conversation, Nick est sorti un moment, mais elle ignore où il est allé. Pas chez Alice, en tout cas. Elle enfile ses pantoufles, se rend dans le salon et le trouve en train de ronfler sur le canapé, encore vêtu de sa tenue de la veille, la main fourrée dans le pantalon. Il faut qu'elle lui parle de sa consommation d'alcool. Ou peut-être qu'elle demande au père Borzumato de le faire. De toute façon Nick n'écoutera pas. Pourvu qu'il abandonne cette lubie d'écrire un scénario sur Don. Elle ne voit pas ce que ça pourrait apporter sinon des ennuis – à eux comme à Don. Elle retourne dans la cuisine et prépare du café. Quand elle est contrariée ou triste ou accablée, quand elle a l'impression de devenir folle et n'a pas la moindre idée du sort que Dieu lui réserve, il lui arrive de décrocher le téléphone et de parler à la tonalité comme si elle parlait à Anthony. C'est ce qu'elle fait maintenant, en attendant que le café passe.

— Anthony, je me sens seule et je suis fatiguée et j'en ai marre du boulot. Tu me manques tellement. Ta façon de me toucher et de me parler me manque. Tes cheveux et tes mains me manquent. Ton linge sale me manque. L'odeur de ta tenue de travail me manque. Te voir manger et sourire me manque. Aller à l'église avec toi me manque.

Elle raccroche et fixe la cafetière.

Du mouvement dans le salon. Le ronflement se transforme en toux. Nick est debout. Il entre dans la cuisine en faisant claquer sa langue sèche contre son palais.

— Je peux en avoir un peu ?

— Oui, dit Ava. Où est-ce que tu as disparu, hier soir ?

Il se frotte les yeux pour chasser le sommeil, bâille.

— Ça prend forme.

— Tu continues de penser à ce scénario ?

— Je vais en parler au fils de Paulie et Nina. Phil, le héros du quartier. Je sais qu'il m'aidera.

Nick s'assoit à la table, bâille plus théâtralement encore, lève les bras au-dessus de la tête et se renifle les aisselles.

— Pourquoi tu es déjà debout ? demande-t-il.

Ava hausse les épaules. Elle remplit deux tasses de café, les apporte à la table et s'assoit à côté de Nick, qui la remercie.

— Tu vas te doucher et te changer avant d'aller au lycée, n'est-ce pas ?

— Je ne vais pas au lycée, dit-il. J'ai à faire. Appelle-les pour moi, tu veux bien ? Dis à Martha, la secrétaire, que je suis malade.

— Pas question que je fasse ça.

— J'ai besoin de la voiture, aujourd'hui. Je te déposerai.

— La voiture est chez le garagiste.

— Merde, j'avais oublié. Je vais prendre le métro avec toi jusqu'à Coney.

— Qu'est-ce que tu comptes faire à Coney Island ?

— Des recherches.

— Je regrette qu'on se soit disputés.

Nick boit quelques gorgées de café puis se lève, s'approche d'Ava et prend sa main libre. De l'autre main, elle tient sa tasse.

— Qu'est-ce que tu fais, bon sang ?

— Dansons, dit Nick.

— Tu es encore saoul.

Il tire jusqu'à ce qu'elle se lève, puis la serre contre lui, une main plaquée dans le dos d'Ava, l'autre continuant de tenir celle d'Ava tandis qu'ils tanguent lentement. Nick dégage une odeur de renfermé, son haleine empeste la pourriture, l'alcool filtre à travers ses pores. Il appuie sa tête contre l'épaule de sa mère, ferme les yeux.

— On a quelque chose à fêter.

— C'est bon, ça suffit, dit Ava.

— Tu te souviens, quand j'étais petit, je mettais mes pieds sur les tiens et on dansait ?

— Bien sûr.

— Je peux essayer, maintenant ?

Il monte sur les pieds d'Ava et lui écrase les orteils tout en s'évertuant à prolonger leur danse.

— Arrête de faire l'idiot, dit-elle en se dégageant, libérant ses pieds et recroquevillant ses orteils douloureux à l'intérieur de ses pantoufles.

Elle s'assoit pour boire son café.

— Si seulement je n'étais pas tombée en panne sur la Belt. Si seulement !

— Tu es sûre de le regretter ? Don en pince vachement pour toi.

— Tais-toi, Nick. S'il te plaît tais-toi. Il est beaucoup trop tôt.

DONNIE PARASCANDOLO

DONNIE S'EST PISSÉ DESSUS. Ça lui arrive de temps à autre. Il se réveille avec son jean et son lit tout trempés. Au Wrong Number, après avoir cogné ce crétin de Dice, il a encore bu deux shots et quelques bières tandis que Dice et ses potes se contentaient de l'observer, avant de finir par disparaître dans la nuit comme les petites merdes apeurées qu'ils sont. Une fois rentré chez lui, Donnie a joué à la Super Nintendo un moment, puis s'est endormi comme une masse sur son lit.

En général, il ne se rappelle pas ses rêves, mais là il se souvient qu'il a rêvé de ses parents. Ils se trouvaient dans un hôpital. C'étaient les seules personnes dans l'hôpital. Donnie était jeune, en CP ou CE1, mais ses parents étaient vieux et tous deux atteints de démence sénile. Sa mère a ouvert la bouche pour lui parler, dévoilant des dents en forme de petits boutons tandis que ses yeux se transformaient en gros boutons. Pas des boutons de télécommande. Des boutons de chemise. Son père avait les mêmes yeux boutons et dents boutons. Tous les murs autour d'eux sont devenus transparents, et il a vu des canalisations qui fuyaient, des souris et d'autres bestioles qui rampaient, des ombres. Pas étonnant qu'il se soit pissé dessus.

Il va dans la salle de bains, retire son pantalon et son caleçon et les suspend à la barre du rideau de douche. Même son T-shirt est mouillé. Il l'enlève aussi, en évitant de se regarder dans le miroir au-dessus du lavabo, puis se brosse les dents avec le doigt. À cause du sang dans sa bouche, la mousse du dentifrice prend une teinte rose. Il crache puis se penche sous le robinet et se rince abondamment jusqu'à ce que ses gencives endolories soient soulagées.

Vêtu uniquement de ses chaussettes, il se rend dans la cuisine et regarde dans le réfrigérateur. Sur l'étagère du haut, une bouteille de jus d'orange sans bouchon. Il la boit d'un trait, renversant du liquide par terre, puis la jette à la poubelle.

Il cherche ses cigarettes dans le salon. Se disant qu'elles ont dû glisser dans le canapé, il passe ses doigts entre les coussins, extirpe la carte d'un service de téléphone rose, une pile tout encroûtée de rouille et un morceau de bagel rassis. Il enfonce la main un peu plus profondément et, sans surprise, découvre l'étui, niché sous l'assise. Ne reste qu'une cigarette. Combien en a-t-il donné à Ava ? Son Bic jaune est sur la table. Il allume la cigarette, s'assoit et hésite à mettre la télé. Au lieu de quoi il se contente de fumer en fixant le plafond.

Là-haut flotte Ava qui lui sourit. Qu'est-ce qu'il pourrait faire de gentil pour elle ? Il sait qu'elle bosse aujourd'hui. Et si, après avoir bu un café, il se rendait à pied chez Flash Auto pour s'enquérir de la voiture d'Ava ? Facile d'imaginer que Frankie ne se priverait pas de le chambrer :

— Alors comme ça tu baises Ava Bifulco ?

Ce à quoi il répondrait :

— J'essaie, mon vieux.

Donnie n'a pas beaucoup d'argent, mais il lui reste une partie de ce que ses parents lui ont laissé. Un peu plus de cinq mille dollars, la dernière fois qu'il a regardé le relevé de son compte à la Williamsburgh Savings. Il n'en avait rien à foutre de sa pension de retraite. Il ne voulait rien de cette police qui l'a viré comme un malpropre à cause de l'histoire avec Dunbar. L'argent qu'il gagne grâce aux boulots effectués avec Pags et Sottile, c'est toujours en liquide, et il le planque dans la maison. Il doit avoir environ trois mille dollars sous une latte du parquet de sa chambre. Donna n'exige pas de pension alimentaire. S'il est en train de penser au fric, c'est parce qu'il se dit qu'il devrait acheter quelque chose à Ava. Pas quelque chose de gros. Juste histoire de lui faire comprendre qu'il est heureux de cette rencontre. Pourquoi pas une voiture d'occasion chez Flash ? Ils ont une Oldsmobile Cutlass Ciera 1984 à deux mille dollars, longue et grise ; il n'a aucun mal à l'imaginer derrière le volant. Mais peut-être est-ce trop, trop vite.

Donnie est nettement moins heureux d'avoir fait la connaissance de Nick. C'est le revers de la médaille. Le monde vous donne une Ava, mais par la même occasion vous refile un Nick. Il ignore ce que ce gamin a dans la tête. Se pointer comme ça, saoul, avec cette drôle de lueur dans le regard. Quel est le but de la manœuvre ? Ce serait dommage de devoir lui péter la gueule alors même qu'il essaie de draguer sa vieille.

Une fois sa cigarette terminée, il retourne chercher un truc à manger dans la cuisine. Un truc simple. Dans le frigo, il y a un carton de riz blanc à demi ouvert. Il le sort, s'assoit à la table et mange à l'aide de la fourchette en plastique plantée dedans. Le riz est dur, desséché et il a le goût de l'odeur du réfrigérateur.

La cuisine est située à l'arrière. Il écarte le rideau et jette un coup d'œil dehors. Ce qu'il voit, c'est l'arrière des maisons dont la façade donne sur Bay 34e Rue. Des escaliers de secours, des revêtements extérieurs pourris, des bardeaux qui pendouillent des toits. Du mouvement derrière les fenêtres. Les Divino habitent dans l'une de ces maisons. Parfois, assis là, il aperçoit Antonina Divino qui fume sur son escalier de secours. En ce moment, elle n'arrête pas de changer. Nouvelle teinte de cheveux, nouvelle paire de bottes, toutes ces conneries. De là où il se trouve, ce n'est pas facile de voir à travers la fenêtre d'Antonina, mais s'il penche la tête selon un angle bien précis, le matin il peut la regarder qui se prépare pour le lycée. Quand il y a cours, en tout cas. Là, c'est l'été. Que fait-elle de ses journées ? Le voilà justement qui fixe sa fenêtre et espère la voir apparaître. Il repense à elle le fameux soir avec Mikey Baldini. Son soutien-gorge. Ses bras croisés devant sa poitrine. Son corps tout menu.

Quand elle surgit par la petite fenêtre du grenier, grimpant sur l'escalier avec une cigarette, elle aussi, il n'est qu'à moitié surpris. T-shirt violet, culotte violette, Walkman à la main et casque aux écouteurs en mousse orange sur les oreilles. Cheveux du rose le plus rose qu'il ait jamais vu. Comme une perruque qu'on mettrait dans une fête. Décidément, il y a beaucoup de couleur sur cet escalier de secours. Elle est recroquevillée là-haut, assise à même le métal, penchée en avant, son bras gauche serrant ses jambes contre son buste, son bras droit appuyé sur un de ses genoux tandis qu'elle porte la cigarette à ses lèvres. Il ne regrette pas de lui avoir fait peur ce soir-là avec Mikey. C'est une bonne leçon qu'il lui a donnée. Prêt à parier qu'elle est désormais plus prudente, il garde l'espoir que, dans quelques années, elle le remerciera d'avoir veillé sur elle.

Le téléphone sonne. Une fois de plus, il s'attend à ce que ce soit Suzy qui appelle pour lui passer un savon, mais c'est Pags.

— On est bons, dit ce dernier.

— Où et quand ? demande Donnie.

— On retrouve Tommy et Dice chez Flash Auto.

— OK.

— On y sera dans une heure.

— Je ferais mieux de m'habiller, alors, dit Donnie avant de raccrocher.

Il monte dans sa chambre et, à la recherche d'un caleçon propre, farfouille dans le tiroir de sa commode. Il en renifle un qui fera l'affaire.

Par terre, à côté de la commode, se trouve un petit tapis marron élimé. Au-dessous se trouve une latte descellée. Il s'agenouille, repousse le tapis et retire du plancher cette latte un peu tordue. Dans le trou il y a l'argent, enveloppé dans du film plastique. Il sort plus de la moitié de son butin, probablement aux alentours de deux mille dollars, et met ces billets de côté pour les prendre avec lui. Que Big Time Tommy leur ait donné rendez-vous chez Flash Auto, c'est un signe. Il va acheter l'Olds pour Ava. Et tant pis pour ces histoires de *trop, trop vite*.

Il remet la latte et le tapis en place, enfile le caleçon, trouve un autre jean – roulé en boule sur le sol de la penderie – et un T-shirt de softball datant de l'époque où il y jouait encore. Un T-shirt rouge avec OLD GLORY écrit en cursives blanches à l'avant. Ils formaient une bonne équipe, les gars et lui. Rien à voir avec ces gros lards qui viennent juste pour boire de la bière et faire les cons. Non, eux, c'étaient des gars rapides, ultra compétitifs, qui pour un grand nombre avaient joué à l'université ou même été sélectionnés dans les *minor leagues*. Au sous-sol, Donnie a rangé quelques blousons sur lesquels sont brodées leurs victoires en championnats. Lui, il jouait *shortstop**, et savait aussi frapper des *home runs* quand ça s'avérait nécessaire. Sa batte – celle dont il s'est servi avec Mikey et qu'il garde toujours au rez-de-chaussée, derrière la commode dans la chambre vide – suscitait l'envie de ses coéquipiers, qui lui prêtaient des pouvoirs magiques.

L'argent dans sa poche, Donnie regagne le couloir et s'arrête devant la porte de la chambre de Gabe. Il se revoit planté là, écoutant la musique qui venait de l'intérieur – ce rock genre heavy metal que Gabe aimait tant –, sur le point de frapper à la porte comme un vulgaire inconnu. Ensuite venait le bruit sec de Gabe enfonçant le bouton arrêt ou pause sur son gros radiocassette, suivi par un "Qui est là ?" prononcé d'un ton déprimé. Donnie répondait d'une voix qu'il ne pourra plus jamais reproduire : "C'est Papa. Comment ça va, mon pote ?" La réponse de Gabe tenait toujours en un seul mot : *bien, super* ou *impec.* Voilà en gros à quoi se résumait Gabe les dernières années de sa vie, entre onze et quinze ans. Avant ça, c'était un gosse, il avait ses moments de joie, il ne consistait pas seulement en cette tristesse permanente. Mais aujourd'hui Donnie se souvient à peine de ce Gabe-là.

* Joueur qui, lorsque son équipe joue en position défensive, se place entre la deuxième et la troisième base.

Quelque chose le pousse à entrer dans la chambre de Gabe. Il ne l'a pas fait depuis un moment, ne voulait pas, mais soudain l'envie est là. Peut-être Ava a-t-elle débloqué un truc en lui.

Il ouvre la porte. La première chose qu'il remarque, c'est qu'il fait froid ici. Un froid confiné, comme si, ayant peut-être oublié qu'il avait coupé le radiateur dans la pièce, il se retrouvait à pénétrer dans une sorte d'hiver. Ou peut-être ce froid est-il dû à la présence du fantôme de Gabe. Donnie croit aux apparitions. Un jour, dans la maison de son enfance, dans le miroir de la salle de bains, il a vu le fantôme de son père qui se rasait avec une expression trahissant sa déception. Mais maintenant Donnie ne sent pas la présence de Gabe, et il a toujours pensé que si son fils devait hanter régulièrement un endroit ici, ce serait le sous-sol – c'est pour ça qu'il évite d'y descendre.

Le matelas est nu. Donna avait enlevé les draps le matin du jour où Gabe a fait ce qu'il a fait, et c'est resté en l'état. Dans l'angle, un bureau où sont posés un réveil débranché, quelques cahiers à spirale pour le lycée, une tasse du casino Golden Nugget remplie de pièces d'un, cinq et dix cents. Les vêtements de Gabe sont accrochés dans la penderie, restée ouverte : des pantalons Dockers, de belles chemises, le costume qu'il avait porté aux funérailles du père de Donna.

Sur le mur, au-dessus du lit, un calendrier fixé de travers avec des punaises rouges et jaunes. Avril 1990, le mois où Gabe s'est suicidé. Aucune marque sur aucun jour. Aucune note.

La commode occupe une position étrange dans le coin. C'est Donna qui l'a placée de cette façon. Il ouvre le tiroir du haut, qui glisse difficilement, regarde l'amas de chaussettes blanches toutes propres, puis referme.

Ce qui frappe Donnie, c'est à quel point cette pièce est ordinaire. Il n'y a aucun indice. C'est juste la chambre de Gabe. Ç'a été la chambre de Gabe pendant quinze ans, et maintenant elle est vide.

Donnie promène une dernière fois son regard autour de lui, puis sort, referme la porte et descend enfiler ses chaussures de chantier à bout renforcé. Il n'a jamais bossé sur un chantier, mais c'est bien utile quand il doit défoncer des crânes.

NICK BIFULCO

— C'EST CHOUETTE de faire ce trajet en métro avec toi, dit Nick à Ava, qui a mis beaucoup de parfum ce matin. Je vais t'accompagner jusqu'à Sea Crest.

— J'espère que le lycée ne va pas te virer.

— Non. Pas pour des cours de rattrapage l'été. Pas pour les gamins qui sont là-bas en ce moment, des crétins qui passent la journée à se curer le nez.

— Tu es horrible.

— C'est la vérité.

— J'espère que ça va aller aussi pour la voiture, dit Ava.

— Mais oui. Sal et Frankie vont faire des miracles.

— Des miracles ? Eux ? Ben voyons.

— Tu sens bon.

— Tais-toi.

Ils sont assis à bord d'une rame de la ligne B du métro, dans la voiture de tête. Nick se sent bien ; à peine une gueule de bois, peut-être encore une légère ivresse. Les sièges orange et les fenêtres sont recouverts de tags. Plus que deux arrêts avant Coney Island, puis dix à quinze minutes de marche jusqu'au boulot d'Ava. Nick l'accompagnera là-bas, tel le fils aimant qu'il est, puis il tâchera de rendre visite au capitaine Fred Dunbar, qui habite dans une maison de Mermaid Avenue avec sa petite amie. L'adresse n'a pas été difficile à obtenir. Dunbar est dans l'annuaire. Pour Nick, c'est comme si son scénario était d'ores et déjà écrit et vendu à un producteur, défendu par le grand Phil Puzzo en personne.

— J'espère juste que tu ne vas pas gâcher ta vie, dit Ava.

— N'exagère pas, quand même.

— Et Alice ?

— Alice quoi ?

— Tu lui as parlé depuis que tu as eu ton idée de génie ?

— Je lui parlerai plus tard. D'abord, j'ai deux ou trois trucs à régler. Ça va l'enthousiasmer.

— Vous devriez vous marier.

— C'est ce qu'on va faire. Grâce à tout l'argent d'Hollywood.

Ava secoue la tête.

— Tu délires.

Ils descendent à la station Stillwell Avenue, le terminus, et sortent sur Surf Avenue puis s'arrêtent devant un kiosque à journaux pour qu'Ava s'achète un paquet de Viceroy. Nick n'avait plus mis les pieds à Coney Island depuis longtemps, en tout cas pas pour passer voir Ava à son boulot. La dernière fois, ça devait être il y a deux ans, avec Alice. Un jour en août. Ils étaient allés nager. Alice adore nager. Pas Nick. Elle était splendide dans son maillot une pièce bleu électrique. Tous les connards sur la plage n'avaient d'yeux que pour elle. Nick était devenu jaloux. Il avait bu beaucoup de bière, déclenché une bagarre avec un Rital stéroïdé à peine capable de construire une phrase, et fini avec un œil au beurre noir. Après ça, ils avaient mangé des hot-dogs chez Nathan's. Alice lui avait déclaré qu'elle trouvait sa jalousie romantique.

Un hot-dog de chez Nathan's, c'est exactement ce qu'il lui faudrait maintenant. À quelle heure ouvrent-ils ? Tôt, sans doute. Sûrement dès neuf heures. Il est huit heures passées de quelques minutes. Ava commence sa journée de travail à huit heures et demie. Au retour, quand il l'aura laissée et rendu visite à Dunbar, il s'achètera un hot-dog. Il appellera aussi Alice. Le souvenir de ce maillot de bain qu'elle portait en mangeant son hot-dog enduit de choucroute, ça lui donne des envies cochonnes. Il repense à la séance de sexe téléphonique à laquelle ils ont failli se livrer. Il aimerait lui annoncer sa grande nouvelle, lui verser un verre de vin, lui demander de mettre ce maillot bleu électrique, lui embrasser les jambes, les bras, les épaules, le cou, l'embrasser à travers son maillot.

— Je mangerais bien un hot-dog, dit Ava.

— Je pensais à la même chose. Des hot-dogs au petit déjeuner, c'est ça, le rêve américain. Quand j'aurai réussi à Hollywood, on mangera des hot-dogs au petit déj tous les jours. Livrés directement chez nous.

Ava rit. Elle se détend un peu.

Ils passent devant chez Nathan's et l'exhibition de monstres, puis montent sur la promenade et tournent à droite le long du Candy's Room, où ce même jour d'août Nick avait bu des bières Schaefer avec Alice. Aujourd'hui, la matinée est agréable. Un temps chaud mais pas étouffant. La plage est tranquille. Quelques joggeurs sur le sable. Quelques autres sur la promenade. Des vieux bonshommes assis sur les bancs, prenant le soleil, bavardant. C'est trop tôt pour les prostituées, pour les jeunes racailles qui essaient de piquer les portefeuilles et sifflent toutes les filles qu'ils voient, pour les bonimenteurs, pour les fous, pour les garçons avec leurs radiocassettes, pour les filles tatouées en mini bikini qui ne font que brailler.

Ava prend le bras de Nick et ils marchent comme un parent et son enfant adulte lors d'une cérémonie de mariage. Lentement, solennellement, comme si quelque chose pouvait être détruit à jamais s'ils rataient un pas. Ava porte un pantalon noir et un chemisier en soie avec des broderies dorées. Elle a mis ces énormes créoles dont elle raffole, des tonnes de fard sur ses joues, un rouge à lèvres couleur brique. Nick ne s'est pas changé depuis hier, s'est juste brossé les dents et pulvérisé du déodorant sous les bras et sur le pantalon.

Il regarde l'océan.

— Parfois j'oublie tout ça, dit Ava.

— De quoi tu parles ?

— Coney Island. La plage. La promenade. La Wonder Wheel. Le Cyclone. Les hot-dogs de Nathan's. Le Parachute Jump. Toutes ces choses dont je rêvais, petite, alors qu'elles se trouvaient juste à côté de chez nous. Je vais à la maison de retraite cinq jours par semaine. Ça se passe plutôt bien, mais je me contente de me garer sur ma place de parking, de m'asseoir dans mon bureau, de faire mes tournées et de parler aux gens à qui je dois parler en oubliant de regarder par la fenêtre et d'admirer tout ça. Je prends mes pauses cigarette sur le parking, à côté d'une benne à ordures. Je ferais mieux de marcher sur la promenade.

— Commence dès aujourd'hui.

Ava lâche le bras de Nick et, tandis qu'ils passent devant la tour du Parachute Jump, sort le paquet de Viceroy qu'elle vient d'acheter. Elle arrache le film plastique, coince une cigarette entre ses lèvres, l'allume avec une pochette d'allumettes que le marchand de journaux lui a donnée, tire bouffée sur bouffée, à la Ava.

— Quand j'étais petite, je n'arrêtais pas de rêver de Coney Island. Si proche et pourtant si loin. Dix minutes en métro. Quasiment aussi rapide en bus. Cinq minutes en voiture. On n'y est presque jamais allés en famille. Pas pour se baigner, en tout cas, ni pour les manèges, ni même pour la fête nationale, à quelques exceptions près.

— Moi non plus, vous ne m'avez jamais emmené ici, toi et Papa.

— C'est différent. Entre-temps, ce coin avait changé. Quand tu étais petit, c'est là qu'il a commencé à devenir vraiment mal famé. Rien à voir avec ma jeunesse. Ton père et moi, on est venus peu après notre mariage. On est montés sur la grande roue. Mais ensuite, c'est comme pour le reste, les choses ont changé. Désormais je viens travailler ici tous les jours, et j'oublie qu'il s'agit du lieu dont je rêvais tant. C'est triste, n'est-ce pas ?

— Arrête de déprimer. Je t'emmène faire un tour sur le Cyclone quand tu veux.

Sourire d'Ava. Un type fonce sur ses patins à roulettes. Short rose, Walkman et peau toute huilée. Ils passent devant le Childs Building, le dernier beau bâtiment des années 1920 à tenir encore debout. Stuc, terre cuite, médaillons à thème nautique, colonnes en marbre. Graffitis recouvrant les portes et les murs. Nick remarque un tag en particulier : SAVAGE-N-PEACHES, de gros caractères verts peints à la bombe.

Ava s'arrête devant, tire une grande bouffée de cigarette.

— Tu aurais dû voir cet endroit, à l'époque.

— J'ai lu des articles dessus, dit Nick.

— Il y avait un jardin sur le toit. Je me souviens qu'une fois je me tenais là-haut et je regardais un bateau à vapeur rangé le long de la jetée de Steeplechase. Il y avait tellement de monde sur cette plage. Un jour, j'ai vu un type à qui il manquait les deux bras et qui dansait juste ici, devant le bâtiment. Je n'oublierai jamais ce type, je ne sais pas pourquoi.

— Parce qu'il n'avait pas de bras, tiens.

— Qu'est-ce que tu fais à Coney Island ? demande Ava, posant enfin la question qui doit la tarauder depuis le début de la matinée. Tu t'en fiches d'aller bosser, tu as ta formidable idée de scénario – mais qu'est-ce que tu fais ici ? Tu as parlé de recherches. Quelles recherches ?

Nick n'a pas envie de remettre ça sur le tapis. Mieux vaut ne pas mentionner le capitaine Dunbar.

Mais Ava devine. Nom de Dieu, ce qu'elle est futée…

— Tu vas aller voir le flic que Don a frappé, c'est ça ?

Elle jette sa cigarette, qui tombe dans un interstice entre les planches.

— J'ai regardé le numéro du *Daily News* que tu as sorti. Je sais comment fonctionne ton cerveau.

— Eh oui, c'est lui que je vais voir.

— Tu vas juste réussir à te créer des ennuis. Phil Puzzo, lui, il adore ces mafieux sur lesquels il écrit. Ça n'a rien à voir. Et en plus il écrit des livres. Qu'est-ce que tu t'imagines ? Tu n'y connais rien en scénario.

— C'est facile, c'est juste une question de mise en forme. L'important, c'est le dialogue.

— Et tu comptes te servir de Don comme modèle ?

— Exactement. D'ailleurs il devrait se sentir flatté. C'est mon Jake LaMotta, tu comprends ?

— Tu es givré.

Ils se remettent à marcher, approchent de Sea Crest. Ava se tait. Nick ne sait pas trop quoi ajouter, lui non plus. Elle se tourne vers lui, l'embrasse sur la joue, puis quitte la promenade en empruntant la rampe qui descend sur la 24e Rue Ouest. L'ayant suivie du regard jusqu'à ce qu'elle disparaisse sur le parking, il reprend son chemin.

Dunbar habite sur Mermaid Avenue entre la 35e Rue Ouest et la 36e Rue Ouest. C'est étrange de se dire qu'il vit si près de l'endroit où travaille Ava.

Nick longe la promenade pendant encore quelques centaines de mètres, puis descend par une rampe menant à la 28e Rue Ouest avant de tourner sur Surf Avenue. Sortant du magasin à l'angle, un homme gratte un jeu avec une pièce de dix cents et marmonne un juron. Nick avance sur Surf Avenue puis prend à droite la 35e Rue Ouest. C'est la première fois qu'il s'aventure à l'extrémité ouest de Coney Island. À quoi bon s'éloigner de la zone où tout se trouve ? Ici, il n'y a que des logements sociaux, des clubs du troisième âge, des bodegas, des petites maisons pour deux familles avec des cours bétonnées à l'avant.

Au moment de tourner sur Mermaid, guettant le numéro du domicile de Dunbar, il se rend compte à quel point il est stupide. Excité comme il l'était, il n'a même pas pensé que Dunbar ne se trouverait probablement pas chez lui. Tant pis, maintenant qu'il a fait tout ce chemin…

Dunbar habite dans une maison de forme carrée au revêtement extérieur gris. Derrière le grillage, une Mercury Grand Marquis gris métallisé occupe presque toute la surface de la cour. Le sol est jonché de débris d'un feu d'artifice tiré pour la fête nationale, le 4 juillet.

Nick ouvre le portail et gravit les marches menant à l'appartement du premier étage. Il appuie sur la sonnette.

Derrière la porte, une voix d'homme :

— Qui c'est ?

— Je m'appelle Nick Bifulco, monsieur. Je voulais juste vous parler une seconde.

La porte s'ouvre. Dunbar, en maillot de corps et short de basket-ball, les pieds nus, une tasse de café fumant entre les mains. Silhouette sportive, mine dure, yeux lourds et fatigués, une petite cinquantaine.

— Vous savez à quelle heure j'ai terminé mon service hier soir ? demande-t-il.

— Excusez-moi.

— Je ne sais pas qui vous êtes, mais vous avez du culot de frapper à ma porte si tôt.

— Je voulais seulement vous poser quelques questions.

— Qu'est-ce que vous vendez ? Venez-en au but. Vous êtes un mormon ou quoi ? Vous allez me sortir une connerie du genre "Et si on parlait des Saintes Écritures" ?

— Je voulais vous poser quelques questions sur Donnie Parascandolo.

— Nom de Dieu, c'est quoi ces histoires ?

— Je suis scénariste…

Il est interrompu par le rire tonitruant de Dunbar – du café gicle de la tasse du capitaine.

Voilà de quoi refroidir un peu Nick.

— Pardon, dit Dunbar. Continuez.

— Donnie est un gars de mon quartier, dit Nick en regardant ses chaussures. J'écris un scénario où il me sert en quelque sorte de personnage principal.

Des profondeurs de l'appartement, une femme rejoint Dunbar. Paraissant un peu plus jeune que lui, elle porte un maillot des Miami Dolphins trop grand pour elle, des dreadlocks et, autant que Nick puisse voir, absolument rien d'autre.

— C'est qui ? demande-t-elle avec un accent jamaïcain.

Nouveau rire de Dunbar, qui commence à se réveiller.

— Il dit qu'il écrit des films. Il en écrit un sur Donnie Parascandolo.

— Le type qui t'a frappé ?

— Lui-même. Faut croire que c'est un bon sujet.

— Vous voulez savoir pourquoi je pense que c'est le cas ? demande Nick.

— Pas particulièrement, répond Dunbar en essuyant quelques gouttes de café sur son short. Son problème de comportement ne remonte pas à ce soir-là. Ça ne se résume pas au fait qu'il a trop bu et m'a filé un coup de poing. Depuis longtemps il était sur une mauvaise pente. On lui a proposé de se faire aider. Il n'a pas voulu en entendre parler. C'est pour ça qu'on l'a viré.

— Je n'en doute pas.

— Alors qu'est-ce que vous voulez me poser comme question ?

Nick est soudain muet. Qu'est-ce qu'il veut poser comme question, au fait ? Il aurait dû se préparer. Bon, ce serait bien de demander des détails, si Dunbar se rappelle ce qui s'est passé, s'il peut lui raconter comment les choses se sont enchaînées.

— De quoi vous souvenez-vous ?

— Il avait une dent contre moi, j'ignore pourquoi. J'étais au comptoir du bar et il m'a frappé sans que je m'y attende.

Voilà tout. Je l'ai déjà dit, ça faisait longtemps qu'il était sur une mauvaise pente. Même si ça se comprend. Autant que je sache, Donnie n'a jamais été un flic sans reproches, mais quand son gamin s'est suicidé, il a définitivement basculé. OK, on a tous des fantômes. Ce genre de comportement autodestructeur de merde, c'est classique. Mais ça se comprend. Non, c'est pas lui qui me fait rire. C'est vous. Vous vous pointez chez moi, vous dites que vous écrivez des films. Regardez-vous. Vous voulez savoir dans quel état Donnie était le soir où il m'a frappé ? Pas loin de l'état dans lequel vous êtes maintenant.

Et sur ce Dunbar lui claque la porte au nez.

Nick reste planté là une minute. Il entend la femme parler derrière la porte. Quand enfin il se décide à partir, loin de se sentir dissuadé, il est plus motivé que jamais. Dunbar est un sacré personnage, lui aussi, un putain de dur à cuire.

DONNA ROTANTE

DONNA DÉPASSE MIKEY d'environ cinq centimètres. Se tenant tout près de lui, elle remarque pour la première fois qu'elle le regarde de haut.

— Je ne suis pas petit, déclare-t-il comme s'il lisait dans ses pensées. C'est vous qui êtes grande.

Sur le point de parler à son tour, elle hésite, finit par trouver les mots :

— C'est ridicule, Mikey. Tu sens un début de connivence avec une femme plus âgée, tu te dis *pourquoi pas*. Peut-être penses-tu que je suis désespérée. Je ne suis pas désespérée.

— Je ne pense pas que vous êtes désespérée.

— Peut-être penses-tu que je suis facile ?

Mikey déglutit.

— Je pense que vous êtes jolie et douce, c'est tout. Vous voulez que je parte ?

— Laisse-moi changer de face.

Elle se dirige vers la platine, retourne le disque de Neil Young et pose délicatement l'aiguille sur *Human Highway*. C'était gentil de la part de Mikey de lui apporter cet album, elle apprécie cette attention.

— J'y vais, dit-il.

— Tu peux rester encore.

Il s'assoit sur le canapé. En tailleur par terre, comme souvent quand elle écoute un disque, elle prend le petit clavier Casio qui appartenait à Gabe et pianote dessus. Les piles sont mortes. Elle ne lève pas les yeux vers Mikey.

— J'aime cette chanson, dit-il.

— Moi aussi.

— Vous voulez venir chez moi tout à l'heure, pour mon dîner d'anniversaire ? Ce n'est pas vraiment un dîner. On va probablement manger à deux heures de l'après-midi. Comme le dimanche.

— Tu es sérieux ? demande-t-elle en riant.

— Pardon, c'est stupide. Oubliez cette proposition.

— Non, ce n'est pas stupide. Simplement… qu'est-ce que ta mère penserait ?

— On s'en fiche.

— Elle penserait que je suis ta petite copine. Elle me verrait comme une espèce de Pamela Smart*. Je suis deux fois plus âgée que toi.

— Il y a quelque chose entre nous, je le sens.

Il la rejoint par terre, s'approche mais en laissant de l'espace entre eux, ne tente pas de la toucher.

— Tu es trop impulsif.

— Ne me dites pas que vous ne le sentez pas, vous aussi.

— Tu es un inconnu.

Mikey se rapproche encore.

— Je peux vous embrasser ? demande-t-il.

* En 1991, cette femme majeure a été condamnée pour avoir poussé son amant – un adolescent de quinze ans – à assassiner son mari.

Elle tend les bras, touche ses lobes déformés, le tatouage à peine visible sous sa barbe. Il a vingt et un ans. Il est si beau. Elle sait comment ça se passe à la fac. Il a probablement couché avec des dizaines et des dizaines de filles.

D'une certaine façon, elle ne se sent pas à la hauteur. Pendant ses propres études, elle est restée chez ses parents. Elle n'a pas vécu en résidence universitaire, elle n'a pas participé à des soirées étudiantes. Elle n'avait couché qu'avec un seul type avant Donnie, et bien entendu Donnie n'en savait rien. Un certain Gianluca Giove. Il ne lui a pas laissé un grand souvenir. Ça n'a pas été une bonne expérience. Ça s'est déroulé dans le garage des parents de Gianluca, à l'arrière de leur Pontiac Catalina break. Gianluca embrassait comme un bulldog, avait les mains rugueuses et une haleine de fromage. Elle avait dix-sept ans et l'autoradio diffusait les Beatles. On était en 1971. Tandis qu'elle rentrait chez elle à pied, elle s'est sentie affreusement mal. Triste, vide. Elle s'est réfugiée dans sa chambre et a pleuré six heures d'affilée. Elle craignait d'être enceinte. Elle craignait que ses parents l'apprennent. Elle craignait que tout le monde la traite de sale *puttana*. Gianluca a enchaîné avec Marie Antonaci. Elle a rencontré Donnie l'année suivante. Après ç'a été Donnie, rien que Donnie.

Depuis leur séparation – et même depuis un certain temps avant –, il n'y a plus rien. Depuis la mort de Gabe, surtout, elle a du mal à imaginer que son corps puisse être capable de plaisir. Elle s'est fait ligaturer les trompes quand Gabe avait onze ans, estimant qu'un gamin ça suffisait et n'envisageant pas la possibilité d'un divorce. Elle ne voulait pas risquer un accident alcoolisé avec Donnie. Elle ne se doutait pas non plus qu'elle perdrait son seul et unique enfant.

Hier, avec Mikey, quelque chose a recommencé à frémir. Combien de filles y a-t-il eu, combien de filles assises tout près de lui qui ont caressé ses étranges lobes ? *Mon Dieu, voilà que je suis jalouse.*

Et maintenant c'est Mikey lui-même qui se touche les lobes.

— Je les aime comme ça, tout étirés, dit-il. Ma mère déteste. Elle pense que je me suis défiguré.

— Comment on fait ça ? demande Donna. Ce genre de piercing ?

— Avec des écarteurs. Pendant un moment, j'ai eu d'énormes écarteurs dans mes oreilles. J'étais pote avec des *crust punks*, c'est eux qui m'ont fait découvrir ça.

— Des *crust punks* ?

— La plupart d'entre eux habitent dans des squats. Ils voyagent à bord de trains de marchandises, ils ont souvent des tatouages faits maison, comme celui-ci. (Il désigne son menton.) Et ils s'habillent à la manière *crust*. Tout en noir, avec des blousons et des bottes cloutés. En général ils font de la musique, ils sont dans des groupes. Et ils ont des chiens, beaucoup de chiens. Mon amie Joanna avait un chien qui s'appelait Whiskey. Surtout, ce qui les définit, c'est qu'ils n'en ont rien à foutre de rien.

— Ça fait peur.

— La plupart de ceux que j'ai connus m'ont semblé cools. Ceci dit je n'ai jamais été l'un d'entre eux. J'ai plus ou moins essayé, mais j'étais un imposteur. À leur façon, ils faisaient preuve de ferveur et de discipline. Ils refusaient de s'inquiéter, ils ne déprimaient jamais. Ils vivaient leur vie, à leur manière. S'ils en avaient marre d'un endroit ou si on les chassait, ils s'installaient ailleurs, tournaient la page.

— Alors ils bougeaient beaucoup ?

— Oh oui. En général ils débarquaient quand il faisait moins froid, restaient quelques mois, puis – sauf s'ils avaient un squat particulièrement sympa, comme c'était le cas à Rosendale – ils repartaient. Les villes universitaires et les grandes villes, c'est ça qu'ils aiment. Les villes universitaires parce qu'il y a toujours des étudiants dont ils peuvent profiter – en leur taxant du fric, par exemple. Tu as dix-huit, dix-neuf ans, tu trouves ce mode de vie romantique, tu te fais happer peu à peu mais en fin de compte tu joues seulement les touristes.

— J'ai étudié à Brooklyn College, dit Donna. J'habitais toujours chez mes parents, et le week-end je travaillais dans une bijouterie à Kings Plaza. J'étais une étudiante très ennuyeuse.

— Pas de grande traversée en wagon de marchandises ? demande Mikey en souriant.

Elle rit. Puis, mue par une envie soudaine de prendre soin de lui :

— Tu as faim ? Je peux aller vite fait chez le marchand de bagels, rapporter des sandwichs œuf-fromage ?

— Ça ira, dit Mikey. Mais vous ne m'avez jamais répondu.

— À propos de quoi ?

— De ce baiser.

— Tu as combien de petites amies ?

— Je n'ai pas de petite amie.

Il se penche et ils s'embrassent. C'est une sensation d'abord étrange, ses lèvres sur celles de Mikey, la barbe de Mikey qui lui picote la peau. Elle essaie de se souvenir de la dernière fois qu'on l'a embrassée. Donnie, saoul, probablement quelques mois avant la mort de Gabe. Mais elle n'avait rien éprouvé. C'était un baiser mécanique, sans âme, comme à chaque fois avec Donnie ces dernières années. Elle n'avait pas eu l'impression d'embrasser ni d'être embrassée, contrairement aux premiers temps de leur mariage, quand un baiser de lui suffisait à l'enflammer. Contrairement à aujourd'hui.

Mikey et elle s'enlacent sur le sol du salon tandis que la chanson *Four Strong Winds* résonne dans la pièce. C'est comme si elle était redevenue une ado. Ou plutôt devenue l'ado qu'elle n'a jamais été, jamais eu l'occasion d'être. Avant de se marier, elle aurait dû se vautrer par terre avec davantage de garçons.

Ils s'embrassent jusqu'à la fin du dernier morceau. Donna veut remplir le silence avec toujours plus de musique. Elle se lève, s'approche de la platine et range l'album de Neil Young.

— Je vais mettre autre chose.

— OK, dit Mikey.

— Tu aimes Bruce ? demande-t-elle en se penchant au-dessus d'une caisse de vinyles.

Elle sort le *Nebraska* de Springsteen.

— Pour être honnête, je ne l'ai jamais vraiment écouté, dit-il. Je connais *Born in the U.S.A.*

— Tu n'as jamais écouté Bruce ?

— Ça y est, je sens que je ne te plais plus.

— J'ai hâte de te le faire découvrir. Tu vas voir, c'est ma chanson préférée.

Elle sort *Nebraska* de sa pochette, pose le disque sur la platine et l'aiguille sur la deuxième piste, exactement sur le bon sillon. *Atlantic City* démarre aussitôt.

Elle reste là, devant la platine ; ses yeux vont et viennent entre le disque qui tourne et le visage de Mikey, sur lequel elle guette une réaction. La première fois qu'elle a entendu *Atlantic City*, c'était à bord d'une voiture qui roulait vers Atlantic City, où Donnie l'emmenait pour le week-end. L'automne 1982. Gabe avait sept ans. Une baby-sitter les attendait sur place, la fille d'un collègue et ami de Donnie. Ça paraissait incroyable de pouvoir écouter une chanson comme *Atlantic City* en *allant* à Atlantic City. Donnie ne s'en est pas plaint, mais il n'a jamais été un grand fan de Bruce. Elle trouvait étrange qu'il aime autant Bon Jovi et soit si peu réceptif à la musique de Bruce.

Séjournant au Golden Nugget, ils ont beaucoup joué et se sont beaucoup disputés. La baby-sitter s'est révélée être une grosse fumeuse de joints qui dormait pendant que Gabe regardait la télé. La chanson n'a pas cessé de tourner dans la tête de Donna. Dès leur retour, elle est passée acheter *Nebraska* chez Zig Zag Records. Elle adorait tout l'album, mais c'est sur *Atlantic City* qu'elle replaçait sans cesse la tête de lecture.

Aujourd'hui, elle pense – sans trop vouloir philosopher – que des paroles comme "Tout meurt, bébé, c'est un fait, mais peut-être que tout ce qui meurt revient un jour" ont un sens très différent pour une femme de trente-neuf ans qui a perdu son unique enfant. Cependant, le point de vue de Mikey, qui à vingt et un ans a déjà perdu son père, doit être intéressant. Mais elle ne veut pas le forcer à en parler. Peut-être même préfère-t-elle éviter le sujet. Depuis la mort de Gabe, elle n'interprète plus *Atlantic City* de la même façon. Le sens qu'elle lui donne a changé, il est devenu plus profond, plus intime – c'est ce qui arrive avec les meilleures chansons.

— C'est un super morceau, dit Mikey quand il se termine.

— Ça t'a plu ?

— Beaucoup. Maintenant je suis fan de Bruce.

— Ah, voilà qui me fait plaisir.

L'album continue de tourner sur la platine, le désespoir tranquille de *Mansion on the Hill*. Donna se rassoit par terre. Elle a envie d'embrasser Mikey à nouveau. Elle le fait. Il pose une main sur son bras. Soudain, elle se sent gênée d'être habillée comme elle l'est – ce bas de survêtement, ces chaussons-chaussettes, ce petit pull acheté en promo. Ses cheveux sont attachés, elle n'a pas encore pris sa douche. Dieu merci, elle porte un soutien-gorge. Elle pense aux imperfections de son corps, à toutes les marques de vieillesse, à ce qu'elle ressentirait en ôtant son haut devant Mikey. Les filles qu'il a fréquentées, leur corps est dans la fleur de l'âge. Le sien est en train de s'user à toute vitesse.

Tout d'un coup, sous son pull, elle sent la main de Mikey qui lui touche la hanche. Ses doigts sont chauds sur sa peau. Contrairement à ce qui se passait avec Donnie depuis de nombreuses années, elle ne vit pas ce contact comme une intrusion. Alors que leurs bouches sont encore collées l'une à l'autre, elle ouvre les yeux, étudie ses cils, l'endroit où ses sourcils se rejoignent pour former comme une chenille. Refermant les paupières, elle touche la manche de sa veste à l'odeur de naphtaline. Elle aime ne rien voir et toucher le velours. Mikey n'est pas trop pressé, il prend son temps et elle apprécie. Embrasser Donna semble le satisfaire amplement.

Du bruit au-dessus d'eux. Suzette Bonsignore est levée et, le pas lourd, se traîne vers la salle de bains.

La main de Mikey se promène sous le haut de Donna, lui caresse le dos. Il lui embrasse le menton, la mâchoire, le cou, l'oreille. Il s'attarde longtemps sur son oreille, tandis que ses doigts montent le long de la colonne de Donna. Elle inspire profondément, plusieurs fois de suite. Hier, vivre quelque chose comme ça lui aurait paru impossible. Elle a toujours été une de ces personnes qui ne croient pas en leurs chances, mais comment savoir ce qui est possible ou non avant que ça n'arrive ? Mikey est là. Elle est en train de vivre ce moment. Pour de bon. Elle ne s'y attendait pas. C'est idiot, car de toute façon elle n'attendait plus rien depuis longtemps.

Mikey s'écarte et la regarde.

— Ça va ? demande-t-il.

Elle hoche la tête, sourit tendrement et dit :

— Ça va très bien.

DONNIE PARASCANDOLO

Donnie arrive en avance chez Flash Auto et examine l'Olds Cutlass Ciera garée au fond du parking, à l'écart. Elle est en bon état. Il va dire à Sal et Frankie de la donner à Ava quand elle viendra chercher sa Nova. Elle rentrera chez elle avec deux voitures. Son crétin de fiston n'aura qu'à en conduire une. Elle sera aux anges, elle aura l'impression d'avoir gagné le gros lot. Avec un peu de chance, elle se pointera chez Donnie, se débarrassera de son tailleur et le baisera comme une malade, comme seule une veuve surmenée en est capable.

Il entre dans le bureau. La femme de Frankie, Michelle, est assise devant une calculatrice. Le téléphone contre son oreille, elle écrit sur un bloc-notes jaune, prépare un devis pour une réparation.

— Oui, oui, OK, d'accord, dit-elle dans le combiné.

Elle lève la main pour indiquer à Donnie qu'elle sera à lui dans une seconde.

La pièce est sens dessus dessous. Des manuels d'entretien automobile entassés sur des meubles classeurs rouillés. Des batteries et des silencieux dans des cartons. Des bidons d'huile, de liquide de freins et d'antigel. Deux pneus appuyés contre un miroir fendu. Les murs sont couverts de photos : plusieurs de l'équipe d'Italie qui a remporté la Coupe du monde de football en 1982, une du joueur de base-ball Phil Rizzuto – encadrée et dédicacée – et, juste à côté, une autre de Frank Sinatra en concert au Madison Square Garden en 1974.

Michelle raccroche.

— Donnie, comment ça va ? Tommy n'est pas encore arrivé.

— Je sais. Cette Cutlass Ciera sur le parking, elle est toujours en vente ?

— Oui.

— C'est une bonne voiture, non ? Elle roule bien ?

— Autant que je sache.

Frankie entre par la porte à l'arrière du bureau, mâchonnant quelque chose et s'essuyant les mains sur un chiffon graisseux. Il porte un pantalon de travail bleu, un T-shirt blanc strié de cambouis et, autour du cou, une chaîne en or d'où pend une croix. Son bouc est parsemé de miettes de gâteau.

— Donnie, excuse-moi. Je suis en train de bouffer des *sfogliatelle* qu'un client a apportées. Quoi de neuf ? Tommy va pas tarder.

— Je posais à Michelle quelques questions sur la Cutlass Ciera 1984.

Frankie s'approche et ils se serrent la main.

— Ta Tempo t'a lâché ?

— Je la veux pas pour moi.

Frankie hoche la tête, manifestement intrigué.

— C'est une bonne voiture. Je m'en suis occupé moi-même.

Derrière Frankie, à travers la vitre incrustée dans la porte, Donnie regarde les véhicules sur les ponts élévateurs.

— Je la prends. Tu travailles sur quoi maintenant, une Nova ?

— Oui. Celle d'Ava Bifulco.

— Bien. OK. L'Olds, ce sera un cadeau pour Ava.

— Tu connais Ava ?

— Depuis peu. Quand elle viendra chercher sa Nova, dis-lui que l'Olds aussi est à elle. Deux mille dollars, ça te va ?

Donnie sort l'argent de sa poche, compte vingt billets de cent dollars et les tend à Frankie.

— Ça me va, dit Frankie en souriant. Pas de taxe.

— Pas besoin de facture. Donne-lui simplement les clés et les papiers qu'il faut.

— *Piacere mio, amico*, dit Frankie avant d'ajouter avec de la surprise dans la voix : Vous êtes ensemble, Ava et toi ?

Petit sourire de Donnie.

— On est en bons termes.

Et il imagine Ava qui vient s'enquérir de la Nova et tombe des nues en découvrant qu'on lui offre cette autre voiture.

Pendant ce temps, toujours très réceptive au moindre ragot, Michelle n'a pas perdu un mot de leur conversation. Les yeux écarquillés, la bouche ouverte, elle a tout enregistré afin d'être en mesure de répéter ce scoop à quiconque pourrait s'en émouvoir. *Donnie Parascandolo et Ava Bifulco, qui l'aurait cru ?* Il se demande si la rumeur parviendra aux oreilles de Donna par le biais d'un des cercles que fréquente cette cruche. Michelle connaît probablement quelqu'un qui connaît quelqu'un qui travaille avec Donna à Kearney. Il est vraisemblable que Donna – qui, elle, n'a jamais été le genre de personne à se mêler des affaires des autres, à se délecter de ragots – ignore l'existence d'Ava, mais elle serait sans doute surprise d'apprendre que son ex vise une veuve de cinquante ans passés. Dans la même situation que lui, beaucoup de types se seraient plutôt trouvé une petite pétasse de moins de trente ans, quand Donnie préfère faire le choix du grand standing.

— Elle me plaît, cette Ava, déclare Michelle comme si elle lisait dans ses pensées. Une vraie professionnelle. Une femme admirable.

Donnie apprécie. Il sourit à nouveau.

— Admirable, c'est bien le mot, confirme-t-il.

Pags et Sottile débarquent quelques minutes plus tard. Frankie leur ouvre l'autre bureau, celui qu'utilise Big Time Tommy. Sal vient les saluer. Cheveux bouclés, biceps à la Popeye, il fait bien trente centimètres de moins que Frankie. Ce n'est pas un bavard. Il repart aussitôt.

Big Time Tommy passe la plupart de son temps sur Bath Avenue, dans une ancienne discothèque qui lui appartient. Ce bureau-ci est un des nombreux autres repaires qu'il a dans le quartier, une des petites salles de réunion qu'il garde à sa disposition. Un bureau, quelques chaises, une photo de Marisa Tomei dans *Mon Cousin Vinny* découpée dans un journal et scotchée au mur. À part ça, la pièce est presque vide. Donnie, Pags et Sottile sont adossés au mur en béton nu et froid. Parfois, Big Time Tommy a un quart d'heure de retard. Parfois, une heure.

— Ma cousine m'a appelé ce matin, dit Pags, décidé à meubler l'attente en parlant de la pluie et du beau temps.

Voilà un truc que Donnie ne supporte pas chez ce gars. Qu'est-ce qu'il a contre le silence ? Ils se connaissent depuis une putain d'éternité. Ils peuvent bien s'autoriser quelques minutes sans bavardage, non ?

— Quelle cousine ? demande Sottile.

— Ma cousine Andrea.

— Andrea qui a déménagé à Staten Island ?

— Oui.

— Elle se plaît là-bas ?

— Tu parles, elle en a déjà marre de toutes ces décharges. Elle franchit le pont au moins quatre à cinq fois par semaine. "Qu'est-ce qui m'a pris de déménager ?" qu'elle répète. Elle continue de revenir rien que pour aller chez Alba. Elle dit que c'est pas là-bas qu'elle risque de tomber sur des pâtisseries aussi bonnes.

— Staten Island, soupire Sottile en secouant la tête.

— Enfin, peu importe, voilà ce qu'elle me sort ce matin : "Tu te souviens quand on était mômes et qu'on se cachait au sous-sol chez Mamie, dans le placard avec toute l'huile d'olive et le vin ?" "Oui, bien sûr", je lui réponds. "Tu te souviens quand tu m'as embrassée ?" elle me demande. "Hein ? je lui fais. C'est quoi ces conneries ?" Cette nana est mariée, elle a trois gosses, c'est ma cousine et franchement, elle est pas du tout mon genre. "Je crois que tu confonds avec quelqu'un d'autre", je lui dis. "T'as raison", elle me dit. Voilà, c'est comme ça que ma matinée a commencé. Ces histoires m'ont vrillé le cerveau. Qu'est-ce que ça signifie ?

— Comment ça, "qu'est-ce que ça signifie ?" s'exclame Donnie. Soit oui, tu as emballé ta cousine au sous-sol chez votre mamie, soit non.

— Non, dit Pags.

— Andrea est une chic fille, glisse Sottile.

— Bon, si c'est non, c'est non, dit Donnie. C'est réglé.

— Mais pourquoi elle me sortirait ça ?

Pags est sincèrement déconcerté.

— Peut-être qu'elle l'a rêvé, répond Donnie. Peut-être que t'es le fantasme de quelqu'un, après tout.

Sur ce, il éclate de rire et imite le bruit d'un baiser humide. Dommage qu'il n'ait pas de cigarettes. Il a oublié son étui à la maison et oublié de s'acheter un paquet neuf.

Quelques minutes plus tard, Big Time Tommy entre dans la pièce, l'air important, Dice sur ses talons.

— La cavalerie est là qui attend patiemment ses ordres, remarque Big Time Tommy en s'affalant derrière le bureau.

Les bras croisés, la lèvre gonflée à l'endroit où Donnie l'a frappé, Dice se plante à côté de Big Time Tommy, adresse à Donnie un regard qui échoue lamentablement à paraître intimidant.

Donnie lui fait un clin d'œil.

— Paraît que vous vous êtes un peu chamaillés, tous les deux, lance Big Time Tommy.

— J'ai demandé à ce type de ne pas poser sa main sur mon épaule, explique Donnie.

Big Time Tommy hoche la tête.

— Dice n'écoute pas toujours très bien ce qu'on lui dit, c'est vrai.

Immobile, Dice ronge son frein. Quand il a raconté à Big Time Tommy ce qui s'était passé, ce dernier l'a sûrement remis à sa place.

— Tu as quoi pour nous, aujourd'hui ? demande Donnie.

— J'ai un type qui déconne grave, voilà ce que j'ai, dit Big Time Tommy. Duke O'Malley.

— Je me souviens de lui.

— Il me doit dix mille dollars et je sais qu'il les a. Mais le plus problématique, c'est sa santé mentale. Partout où il va, il déclare : "J'emmerde Big Time Tommy. Jamais je ne rembourserai cette petite pute obèse." Antonio au Wrong Number dit que, l'autre jour, il s'est pointé avec une pancarte, une de ces pancartes comme on en fabrique à l'école primaire – du carton, de la colle, des paillettes. Et qu'est-ce qu'il avait écrit dessus ? "Big Time Tommy pue la merde !" Avec un dessin de moi en Père Noël. "Petite pute obèse", c'est incroyable, non ? Cet Irlandouille doit être à court de médocs. Premièrement, il s'imagine quoi, lui, qu'il a la gueule de Sissy Spacek ? Deuxièmement, il bosse comme comptable pour M. Natale, ce qui est vachement embarrassant pour moi.

Ancien mentor et à présent plus grand rival de Big Time Tommy, M. Natale est l'autre gros caïd du quartier.

— Alors on lui fait cracher les dix mille, dit Donnie, ou on le défonce s'il peut pas payer. Facile.

— Très facile, à première vue. Mais, d'après mes infos, il est planqué chez lui, paré pour la bataille. Ce type est complètement dingue, je vous dis. Vous voyez qui est Vlad ? Vlad est passé le voir hier. Selon lui, Duke se croit dans un putain de western. Vlad sonne à la porte, Duke sort en tenue de John Wayne. Il pointe son flingue sur Vlad, puis lui tire devant les pieds en gueulant : "Danse, sale esclave communiste."

— Sans déconner ?

— Il vit avec sa sœur, ce bon vieux Duke. Elle non plus, elle tourne pas rond.

— Alors on y va armés ? demande Pags.

— Pas le choix. Et attendez-vous à ce que ça chauffe, voilà ce que je voulais vous dire.

Donnie rit.

— C'est quoi, un film de Sergio Leone ?

— Il rigole, le gars, dit Big Time Tommy en désignant Donnie d'un hochement de tête. Vous allez pas vous marrer, croyez-moi. Duke a fait la guerre de Corée. C'est autre chose que notre ami Dice ici présent. Prenez mon avertissement au sérieux, OK ?

Il demande à Dice de leur noter l'adresse, puis se lève et salue Marisa Tomei, touchant avec dévotion sa photo sur le mur.

ANTONINA DIVINO

Le plan d'Antonina est simple. Elle va laisser un mot dans la boîte aux lettres de Mikey, l'informant du prochain passage de Nick Bifulco afin qu'il ne soit pas pris de court. Elle aurait beaucoup à lui dire, mais décide de ne pas trop s'épancher dans sa lettre. Il ne repense sûrement plus à elle, sinon pour se souvenir que fricoter avec Antonina lui a valu un coup de batte sur le crâne.

Encore dans son lit après être rentrée très tard hier soir – en douce, bien sûr –, elle ne se sent pas vraiment prête à affronter cette journée. Après le *diner*, Ralph les a promenés en voiture à travers le Bronx, puis ils se sont garés sur un parking à Orchard Beach, un coin qu'elle ne connaissait pas, et, assis dans l'obscurité, ils ont écouté les cassettes de Ralph. Depuis le temps qu'elle s'attend à ce qu'il lui fasse des avances, ça ne s'est jamais produit. Cette fois-ci, il lui a parlé de certaines de ses chansons préférées, de ces chanteurs qu'il avait mentionnés au *diner*, de ce qu'il mettrait sur une compil s'il lui en faisait une. Elle a du mal à l'imaginer en train d'enregistrer une compil.

Après Orchard Beach, ils sont rentrés en passant par Manhattan, prenant la Bruckner Expressway puis la FDR

Drive. La FDR était embouteillée, Ralph n'a pas arrêté de jurer tandis qu'Antonina se perdait dans la contemplation des lumières de la ville. Quand ils ont franchi le pont de Brooklyn, elle a eu l'impression d'être une gamine rentrant à la maison après une virée en famille, le genre d'excursions auxquelles elle n'a jamais vraiment eu droit.

Ralph connaissait l'histoire du pont, ayant vu une émission sur la chaîne PBS. Il lui a parlé du type qui l'a conçu – elle ne se souvient plus de son nom. De l'inauguration voilà cent dix ans de ça. Du vin qu'on conservait dans une cave située côté Manhattan – on l'appelait la Grotte Bleue parce qu'il y avait un autel dédié à la Vierge Marie, ou quelque chose dans le genre. De la construction des pylônes – il est rentré dans les détails, mentionnant la partie immergée et la prouesse technique que ça représentait à l'époque. Des ouvriers qui souffraient du mal des caissons. Des métros et tramways qui l'empruntaient autrefois. Il a conclu en disant qu'on ne pourrait pas construire un pont comme ça de nos jours, même si on le voulait, parce que maintenant tout est merdique et tout le monde s'en fout.

Antonina se retourne dans son lit, tend le bras et tâtonne par terre. Elle finit par trouver un cahier avec une couverture jaune déchirée, toute griffonnée, et un crayon coincé dans la spirale métallique.

Elle l'ouvre à une page vierge. Au départ, elle était censée l'utiliser pour son cours de maths avec sœur Renee, mais elle n'a jamais pris la moindre note. Du coup il lui sert parfois de journal intime. Son truc, quand elle écrit – à propos de n'importe quoi, une journée tout à fait banale, une balade à Manhattan avec Lizzie, un film qu'elle a beaucoup aimé, ou même sa première fois avec Rico Ruiz ou ses étranges petites virées dans le Bronx avec Ralph –, c'est de prendre une page et de noter tout ce qu'elle a envie de noter, de parler de tous les sentiments qui l'agitent, que ce soit compliqué ou non. Son truc, c'est d'être totalement honnête avec elle-même. Ou, au moins, d'essayer de comprendre en quoi ça consiste, l'honnêteté. Elle écrit tout ça et puis elle arrache la page, l'emporte avec elle sur l'escalier de secours, allume une cigarette et utilise ce qu'il reste de la flamme pour mettre le feu à la feuille. Parfois, il faut gratter une autre allumette. Elle aime regarder le papier enflammé qui volette vers le jardin, se réduit en cendres au milieu des mauvaises herbes ou sur une dalle en ciment fissurée. C'est con, mais elle trouve ça poétique.

Maintenant il faut qu'elle réfléchisse à ce qu'elle va dire à Mikey. Peut-être qu'elle a tort de vouloir s'en mêler et qu'elle devrait le laisser gérer ça tout seul. Si elle lui écrit, il va forcément penser qu'elle souhaite renouer avec lui, non ?

Est-ce que c'est le cas ? Deux ans ont passé. Elle est en terminale, il a abandonné la fac. Peut-être qu'ils devraient reprendre là où ils en étaient. Ce coup-ci, ils seraient plus malins, ils ne s'amuseraient pas à se dénuder en public. Elle connaît des endroits où ils pourraient aller.

Bon, c'est clair qu'elle en pince encore pour lui.

Évidemment.

À part lui, elle n'a jamais connu un seul gars du quartier qui ait renoncé à appartenir au quartier. Son look, son attitude, sa façon de parler, tout est différent, même si le quartier reste sûrement enfoui au plus profond de lui.

Elle se met à écrire :

> Cher Mikey,
>
> Nick Bifulco, ce gros loser de prof d'Our Lady, est venu me voir parce qu'il veut faire un film sur DP. Il veut que toi et moi on lui raconte ce qui s'est passé dans la cour de l'école. Je ne sais même pas comment ça se fait qu'il soit au courant. Il était saoul quand il est passé chez moi. Je voulais simplement t'avertir. Si jamais tu veux qu'on se voie, appelle-moi. J'ai ma ligne personnelle.

Elle signe en coiffant de petits cœurs les *i* de son nom, puis note son numéro en dessous. Elle relit dix fois la lettre. En a-t-elle dit trop ou pas assez ? A-t-elle l'air d'être en demande ? Ou, au contraire, de n'en avoir rien à foutre ?

Sur le point de la déchirer et de recommencer, elle se ravise. Ça va, ça ira. Impossible que Mikey la trouve trop insistante, ou s'imagine qu'elle veut autre chose que simplement lui rendre service. Pas sûr que les petits cœurs sur les *i* soient nécessaires, en revanche. Elle les transforme en très gros points.

Elle se lève, prend une enveloppe sur sa commode, plie la lettre et la glisse à l'intérieur. Sur le devant, elle écrit MIKEY en gros caractères.

Elle ôte le caleçon et le T-shirt de Sonic Youth qui lui ont servi de pyjama. Ce T-shirt, elle l'a emprunté à Lizzie et ne le lui a jamais rendu. Du reste elle n'a jamais vraiment écouté Sonic Youth. Elle prend une culotte propre dans sa commode, le soutien-gorge accroché à la poignée de sa porte, une de ses grosses chemises en flanelle préférées, sa salopette, et enfile tout ça avant de remettre ses rangers.

Elle a les paupières lourdes et mauvaise haleine. Dans le bocal où elle a coutume de vider sa petite monnaie, elle découvre un chewing-gum qu'elle s'empresse de fourrer dans sa bouche. Ne lui reste plus qu'à glisser l'enveloppe dans la poche avant de sa salopette.

Elle déverrouille sa porte, l'ouvre et descend du grenier sans faire de bruit. À cette heure-ci son père travaille, et avec un peu de chance sa mère ne sera pas non plus dans les parages. Il faut le reconnaître, sa mère a la sagesse de ne pas la déranger, de ne pas frapper à sa porte de manière intempestive, de lui laisser plein d'opportunités de faire des conneries. Antonina n'est plus un bébé, après tout.

Sur la table de la cuisine, il y a un mot de sa mère : *Je sors. Termine le café.*

Elle prend la cafetière et se remplit une tasse. Le café est tiède. Dans le placard sous l'évier, elle farfouille parmi tout le gin, le Kahlúa et le scotch et met la main sur une bouteille de sambuca. Elle en verse une giclée dans son café, s'adosse à la cuisinière et vide sa tasse en quelques gorgées.

Au moment de sortir de la maison, d'ouvrir le portail puis de le refermer, elle remarque que Jane Rafferty l'observe, assise derrière sa fenêtre. Antonina lève la tête et lui fait une sorte de petit salut. Le visage de Jane n'exprime rien, sauf de l'envie, beaucoup d'envie. Antonina se demande si elle pense à sa propre jeunesse, à ce que ça fait de pouvoir quitter sa maison, son jardin, pour se promener dans les rues à sa guise. Voilà de quoi attrister Antonina. Comment les gens se retrouvent-ils coincés à l'intérieur comme ça ? Comment en viennent-ils à décider de se retirer du monde ? Elle ne connaît pas l'histoire de Jane. Elle ne l'a jamais interrogée. Ses parents disent que Jane n'a pas toute sa tête. Autant qu'Antonina s'en souvienne, elle n'est jamais sortie de chez elle. Une cousine lui apporte des provisions une fois par semaine. La mère d'Antonina dit que ça remonte à très loin – elle connaît Jane depuis le lycée, et déjà à l'époque cette dernière ne mettait pas les pieds dehors.

Et si c'était à cause d'un chagrin d'amour ? Antonina est sûre que oui. La plupart des gens ne renoncent pas à vivre simplement parce qu'ils ont peur. Ils renoncent à vivre parce qu'il s'est produit un truc qui les y pousse. Non ? Si, forcément. Antonina se demande si ça pourrait lui arriver un jour. Autrefois, Jane était une jeune femme, elle aussi. Elle n'avait ni cheveux roses, ni salopette, ni rangers, mais c'était une jeune femme, probablement une fille comme les autres, capable de sortir de son jardin et de se rendre à pied au lycée, au boulot ou à un rendez-vous avec des amis. Un jour, Antonina devrait frapper à la porte de Jane et lui demander si elle a besoin de quelque chose. Pourquoi n'a-t-elle jamais pensé à ça ? Quelqu'un de gentil l'aurait déjà fait. Et elle est gentille, n'est-ce pas ? Ce n'est pas parce qu'elle ne croit pas dans la merde qu'on a voulu lui apprendre à l'église et à l'école qu'elle ne doit pas bien se comporter.

Elle sourit à Jane, mais Jane ne lui rend pas son sourire. Ses yeux conservent cette expression lointaine, vide, regardant le monde extérieur comme s'il s'agissait d'une émission de télé soporifique.

Antonina se dirige vers Bath Avenue.

Mikey n'habite pas tout près d'ici. Sa maison se trouve suffisamment loin dans la mauvaise direction pour qu'elle ne passe jamais devant, ni à pied ni en métro. L'unique fois où ça s'est produit au cours des deux dernières années, c'était en voiture, quand Ralph a longé la rue de Mikey après avoir quitté la Belt Parkway, un soir où ils rentraient du Bronx.

Elle n'a mis les pieds chez Mikey qu'à une seule occasion. En tout bien tout honneur – ses parents étaient là. Mikey avait besoin de récupérer quelque chose dans sa chambre. Il lui a fait faire le tour des lieux, très rapidement. Elle se souvient de ses caleçons qui traînaient par terre, des capotes dans la boîte en métal ouverte sur sa commode, de son affiche d'*Invasion Los Angeles*. Une forte odeur de garçon imprégnait la pièce. Elle a touché la couverture de quelques-uns de ses livres, le boîtier de quelques-unes de ses cassettes.

La mère de Mikey, Rosemarie, n'a pas été ravie de la rencontrer – ça, Antonina ne risque pas de l'oublier.

— Quel âge a cette fille ? a demandé Rosemarie en la détaillant de haut en bas.

— Seize ans, a répondu Mikey sans qu'Antonina le corrige.

Rosemarie a secoué la tête.

— Tu es un étudiant, maintenant, a-t-elle rappelé à Mikey. Comporte-toi comme tel.

Giuseppe, le père, elle ne l'a aperçu qu'à travers l'embrasure d'une porte. Il était dans le salon, il tripotait leur magnétoscope et ne se souciait visiblement pas des fréquentations de Mikey. Elle n'en revient pas qu'il se soit donné la mort le soir où ils étaient dans la cour de l'école. Ça aussi, c'est une des raisons pour lesquelles elle a évité Mikey. Devoir l'aider à traverser cette épreuve, ç'aurait été horrible.

Parvenue dans la rue de Mikey, elle prend une profonde inspiration et réfléchit à ce qu'elle lui dira si par hasard elle le croise. Son plan se résume uniquement à déposer la lettre dans sa boîte, mais qui sait ? Mettons qu'il soit assis sur le perron. Mettons qu'il l'aperçoive par la fenêtre. Elle fera quoi ?

La boîte aux lettres se trouve à côté de la porte d'entrée. En plastique noir, elle s'ouvre comme un mini four. Antonina y dépose précipitamment la lettre par-dessus un prospectus de la pizzeria Genovese et le menu d'un restaurant chinois de Cropsey Avenue.

Alors qu'elle redescend les marches, la porte s'ouvre et elle entend la voix de Rosemarie Baldini.

— Antonina Divino ? dit-elle comme si elle n'était pas sûre à cent pour cent.

Peut-être qu'elle ne l'est pas, en effet, à cause de ses cheveux et du temps qui a passé.

Antonina se retourne.

— Bonjour, madame Baldini.

— Tu as les cheveux roses.

— C'est vrai.

— Qu'est-ce que tu fais ici ? Mikey n'est pas là.

Antonina hésite. Puis décide de dire la vérité. Pour peu que Rosemarie ouvre la boîte, elle trouvera la lettre et rien ne l'empêchera de lire ce qu'elle a écrit.

— Je lui ai laissé un mot.

— Vous avez gardé contact, tous les deux ?

— Non.

— Un mot à quel sujet, alors ?

— Juste… rien. Je voulais lui donner des nouvelles. Vous pouvez le lire si vous voulez.

— Je ne lis pas le courrier de mon fils.

— Pardon de vous avoir dérangée.

Antonina avance en direction du portail.

— Tu n'aurais pas vu Mikey, par hasard ? demande Rosemarie d'une voix soudain désespérée. Il est parti tôt ce matin et il n'est pas revenu. C'est son anniversaire. Son oncle va venir. Je pense qu'il y a une fille. Vous ne vous êtes pas remis ensemble, lui et toi ?

— Non, désolée, dit Antonina en quittant le jardin cette fois-ci sans se retourner.

À tous les coups, Rosemarie va rester dehors encore quelques minutes pour guetter le retour de Mikey. Antonina est triste pour elle, sincèrement. Son mari s'est suicidé. Son fils est différent des autres. C'est comme pour Jane. Ces choses ne s'expliquent pas. La vie vous les balance à la figure.

Rosemarie lira-t-elle la lettre qu'elle a écrite à Mikey ? Et si oui, qu'en conclura-t-elle ?

Tournant à l'angle pour repartir vers chez elle, Antonina aperçoit Nick Bifulco qui s'empresse de traverser l'avenue pour la rejoindre.

— Qu'est-ce que tu fais ici ? demande Nick, ralentissant puis se plantant devant elle. Tu es venue consoler Mikey, c'est ça ? J'espère bien le trouver chez lui, cette fois-ci.

Elle secoue la tête, continue de marcher.

— Il n'est pas là.

Nick lui emboîte le pas.

— Ça te dit de prendre un verre avec moi ?

Antonina s'arrête.

— Un verre ?

— Oui. On peut aller au Spanky's Lounge. C'est juste à côté. Ils te serviront sans problème. Je veux te poser quelques questions.

— OK, répond-elle en le regrettant aussitôt.

À quoi bon être jeune si on ne fait pas ces trucs stupides qu'on ne devrait évidemment pas faire ? se demande-t-elle en suivant Nick vers Cropsey Avenue et le Spanky's, ce rade bien pourri.

ROSEMARIE BALDINI

Rosemarie a pris un jour de congé pour l'anniversaire de Mikey, mais ce congé est tout sauf reposant. Elle n'a pas arrêté de cuisiner, de nettoyer, de s'inquiéter… Qui sait à quelle heure son frère Alberto arrivera, et quelle fille canon il ramènera encore ? La dernière fois, c'était une sorte de danseuse. Quant à Mikey, où a-t-il bien pu aller, si tôt et si bien habillé ? Il y a forcément une fille.

La visite d'Antonina Divino l'a déroutée, surtout après la visite de Nick Bifulco, hier soir. Quelque chose se trame, et pour l'instant elle est incapable de relier les points.

Rosemarie ne bouge pas de son perron, même une fois qu'Antonina a disparu à l'angle de la rue. Ces cheveux roses, quelle honte ! Et cette façon de s'habiller. Ces grosses bottes noires et cette salopette ridicule. Pas étonnant que cette petite ait plu à son fils. Encore une qui s'en fiche pas mal de faire comme tout le monde.

En ce qui concerne Mikey, il y a forcément une fille, mais il ne s'agit pas d'Antonina. Sinon il serait justement en train de se promener avec elle, vêtu de la jolie veste de son père, ou de petit-déjeuner avec elle au Roulette Diner.

Rosemarie ouvre la boîte aux lettres et sort l'enveloppe laissée par Antonina. Puis elle rentre, s'assoit à la table de la cuisine et la tourne et la retourne entre ses mains.

Tapotant du pied sur le linoléum, elle étudie la façon dont Antonina a écrit le nom de Mikey, à la recherche d'un indice.

Qu'est-ce que cette lettre peut bien contenir ?

Elle sait que ce serait mal de l'ouvrir, une violation de la vie privée de son fils, mais parfois une mère n'a pas le choix. Parfois, se justifie-t-elle, un gosse qui a besoin d'aide n'a pas droit à une vie privée. Vingt et un ans aujourd'hui. Ce n'est plus un gosse. C'est un homme. Mais peut-être que si elle avait moins respecté la vie privée de Giuseppe, elle aurait pu l'aider à trouver une issue autre que le suicide. Mue par son inquiétude, les doigts tremblants, Rosemarie déchire l'enveloppe et lit le mot d'Antonina.

Autant l'admettre, sa première réaction est le soulagement : si Antonina a voulu écrire à Mikey, ça semble être principalement pour le mettre en garde contre Nick, le fils d'Ava, qu'elle considère comme un type pas net.

Le reste de la lettre n'a pas beaucoup de sens. Antonina parle de "ce qui s'est passé dans la cour de l'école" – Rosemarie ne voit pas ce qu'elle veut dire. L'époque où Mikey sortait avec Antonina correspondait à celle où Giuseppe est mort. D'ailleurs, le soir où Giuseppe a disparu, Mikey est rentré à la maison avec une grosse bosse, expliquant qu'un gars de la cité Marlboro l'avait attaqué dans la cour de l'école d'à côté. Elle se souvient qu'elle voulait appeler les flics, mais il a joué les durs, repoussant la sollicitude de sa mère, déclarant que ce n'était rien de grave, juste un bleu, et que le gars n'avait même pas réussi à lui piquer son argent.

Se pourrait-il qu'Antonina fasse référence à cet épisode-là ? Et qui est "DP" ? Il y a tant de choses qu'elle ne sait pas, qu'elle n'a pas eu la possibilité de découvrir. La disparition de Giuseppe a tué dans l'œuf toute velléité qu'elle aurait pu avoir de rechercher la vérité.

Quoi qu'il en soit, Rosemarie n'a jamais ignoré que Mikey mène une vie, peut-être même *des vies*, dont elle ne connaît rien – c'était le cas en particulier à New Paltz –, et elle serait incapable de raconter l'histoire de son fils à un inconnu, en tout cas pas après ses quinze ans. Au-delà, c'est le flou total pour elle, entre les omissions, les secrets et les zones d'ombre. Rosemarie a parfois eu l'impression que des gens pour qui il n'était rien du tout en savaient plus sur lui qu'elle.

Elle se lève et va fouiller dans le tiroir fourre-tout à côté du frigo, où elle trouve une enveloppe un peu froissée. Elle plie soigneusement la lettre, la glisse à l'intérieur puis inscrit MIKEY dessus en imitant l'écriture d'Antonina du mieux qu'elle peut. Elle jette l'enveloppe d'origine dans la poubelle et pose la nouvelle, celle qui contient le mot d'Antonina, au milieu de la table, contre le pot en verre rempli de pièces d'un cent, de trombones et de vieux jeux à gratter.

Et maintenant, direction la cuisinière. Dans le four, du poulet *parmigiana* et du pain à l'ail cuisent à 180 degrés. Sur la plaque du fond, la sauce au jus de viande bouillonne dans une casserole aux bords léchés par de vives flammes bleues. Sur la plaque de devant, de l'eau frémit dans une autre casserole. Lorsqu'ils s'apprêteront à manger – Dieu sait quand –, elle versera délicatement les raviolis de chez Pastosa et augmentera le feu.

Elle se rend dans sa chambre et se change, enfilant un chemisier noir à paillettes dorées et un pantalon noir, une tenue qu'elle avait coutume de mettre pour la messe. Rosemarie veut être belle pour l'anniversaire de son fils. Elle observe les murs nus de sa chambre, le cordon qui pend du plafonnier, le miroir sale au-dessus de sa table de couture. Il n'y a rien sur cette table, de même qu'il n'y a rien sur la commode. Quelques mois après la mort de Giuseppe, elle a rangé leur photo de mariage. Elle ne pouvait plus la regarder. Elle a également rangé les mouchoirs qu'il pliait et laissait là, alignés.

Ces murs nus ne racontent rien de la vie de Rosemarie. Elle a déjà été dans d'autres maisons comme la sienne, et les gens y affichent leur histoire. Les mariages, les communions, les vacances, les photos de classe. Tous ces trucs, elle les a, mais pas sur ses murs. Ses albums sont enfouis en bas du placard de sa chambre. Des photos collées à des pages noires qui avec le temps se détachent. Elle n'a pas la force de les regarder. C'est trop triste de penser à tout ce qu'elle a perdu, à tous les avenirs qui existaient encore potentiellement au moment où ces clichés ont été pris.

Par exemple Mikey qui se tient dans leur allée le jour de son entrée en maternelle, vêtu de son uniforme de St Mary's et souriant comme s'il venait de gagner quelque chose. À côté de lui, Giuseppe, un père fier de son fils. Ce devait être en 1978. Inutile d'aller fourrager dans le placard, la photo est là, dans sa tête. Mikey est si heureux. Il pourrait tout faire. Il pourrait continuer à être heureux. Giuseppe paraît si différent de l'homme qu'il est devenu par la suite. Il ne ressemble pas à un homme capable d'abandonner son propre fils. Il ne ressemble pas à un homme capable de se jeter d'un pont par désespoir.

Qu'adviendra-t-il de ces albums quand elle sera morte ? Qu'adviendra-t-il de la maison ? *Arrête, Rosemarie. Tu n'as que quarante-six ans.*

On sonne à la porte. Elle soupire, se rendant compte qu'elle ne sait même pas à quoi s'attendre. Serait-elle surprise d'ouvrir et de découvrir le fantôme de Giuseppe, trempé, le visage cyanosé, qui la supplierait de le reprendre ?

Elle sort de la chambre, traverse la cuisine et le couloir, ouvre la porte d'entrée. C'est Alberto, pas franchement classe en bermuda et débardeur, les épaules et la poitrine couverts de poils tout emmêlés par la sueur. Dans ses bras épais, un sac de courses en papier kraft. Déconcertée par le passage d'Antonina Divino, Rosemarie se souvient tout d'un coup qu'elle a appelé son frère hier soir et lui a demandé s'il pouvait lui prêter de l'argent, histoire de faire patienter Big Time Tommy.

— Tu es en avance, dit-elle. Et tu es seul. Je pensais que tu te ramènerais avec une nouvelle petite amie.

Alberto sourit.

— Je sors avec une fille vraiment classe. Madeline, elle s'appelle. Elle participe régulièrement aux bals des Chevaliers de Colomb. Elle te plairait.

— Je n'en doute pas.

— Écoute, Ro. J'ai une mauvaise nouvelle.

— Quoi ? demande-t-elle, la déception palpable dans sa voix.

— Je ne peux pas rester. J'ai un truc de prévu.

— Un *truc* ?

— Mikey est là ? J'ai un cadeau pour lui. Et quelque chose pour toi. Par contre j'ai oublié les pâtisseries et les biscuits. Désolé pour ça aussi.

— Mikey s'est absenté… Il faut que tu restes. S'il te plaît. J'ai préparé des tonnes de nourriture.

— Désolé, sœurette. Je peux pas.

Il se penche et l'embrasse sur le sommet du crâne.

L'odeur de son frère la ferait presque suffoquer. Cette eau de Cologne atroce qui couvre à peine les effluves de sueur.

— Entre, dit-elle.

À l'intérieur, Alberto pose le sac sur la table de la cuisine.

— Ça sent bon, ici.

— Tu ne sais pas ce que tu rates.

— Y a rien de prêt, si ?

— Le poulet *parmigiana* peut l'être en vingt minutes.

— Et Mikey n'est même pas là ?

Rosemarie hausse les épaules.

— Je suis pressé, dit Alberto.

— Je pourrais te préparer un sandwich express. Mortadelle et provolone.

— Laisse tomber.

Il retire du sac une sorte d'appareil en bois. Carré, avec une petite roue que l'on fait avancer et reculer dans une fente en tournant une poignée. Il le pose sur la table.

— C'est pour l'anniversaire de Mikey.

Rosemarie s'en empare, tourne la poignée.

— Qu'est-ce que c'est ?

— Un moulin à connerie*, dit Alberto avec un sourire diabolique. Je l'ai acheté à un type sur Mulberry Street. Ça m'a fait penser à Mikey.

— Très sympa de te moquer de ton neveu comme ça.

* *Bullshit grinder* en anglais. Expression familière désignant l'ellipsographe.

— Hein ? Je me suis dit qu'il pourrait mouliner sa propre connerie pendant qu'il traînasse sur ton canapé. Tu verras, il trouvera ça drôle.

Tandis que Rosemarie repose l'objet, Alberto se penche à nouveau sur le sac et en sort une boîte à chaussures.

— J'ai aussi quelque chose pour toi, dit-il en ôtant le couvercle.

À l'intérieur, une liasse désordonnée de billets de vingt dollars et un pistolet.

— Qu'est-ce que c'est que ça ?

— De l'argent pour calmer Big Time Tommy. Cinq cents dollars, seulement. Si ça ne suffit pas, si la situation devient critique, il y a le flingue. C'est un colt Anaconda, gagné en jouant aux cartes. (Il s'interrompt.) Je n'aurais pas dû dire ça. Je n'aurais pas dû mentionner ces histoires de cartes. Pardon.

C'est la première fois que Rosemarie voit un pistolet.

— Il est chargé ?

— Oui. Je ne te dis pas de faire n'importe quoi. Je veux juste que tu te sentes protégée. Cache-le dans un placard, Mikey ne doit même pas savoir que vous avez ça chez vous.

— Je ne suis pas sûre…

— Si Tommy a décidé de te mettre la pression, il en aura plus rien à foutre de te respecter au motif que tu es une veuve. Je veux juste que tu sois prête, au cas où ça dégénère.

Rosemarie réfléchit. Parfois, son frère montre qu'il a quand même un peu de jugeote. Ce n'est pas une mauvaise idée de se préparer au pire. Elle n'a rien d'autre pour se protéger, pas d'alarme, pas de grille devant ses fenêtres, rien.

— Je ne sais pas m'en servir.

— T'as qu'à le pointer, appuyer sur la détente et prier pour que tout se passe bien. Au moins, avec Big Time Tommy, la cible est large.

Elle hoche la tête.

Alberto reprend le sac de courses, qui semble contenir deux ou trois autres choses, puis se penche en avant et embrasse à nouveau Rosemarie sur le crâne.

— Encore désolé, Ro. Fais gaffe à toi, OK? Et dis à Mikey que je lui souhaite un bon anniversaire.

Il file le long du couloir, franchit le seuil de l'entrée et disparaît aussi vite qu'il est arrivé, la laissant seule avec un pistolet et le silence de la maison.

AVA BIFULCO

DANS LA PIÈCE, la clim ne fonctionne pas. Ava a terminé sa tournée, la voici maintenant assise à son bureau. La fenêtre ouverte, elle gribouille sur un bloc-notes tout en crevant d'envie de fumer. Elle décroche le téléphone et appelle Flash Auto pour s'enquérir de la Nova. Avec un peu de chance, ce n'est pas trop grave. Michelle lui passe Frankie.

— La mauvaise nouvelle, dit Frankie, c'est qu'il s'agit du pot catalytique.

— Vous plaisantez ?

La mâchoire serrée, elle appuie si fort sur son crayon que la pointe casse.

— Eh oui, je sais. Hélas ce genre de chose arrive. Elle n'est pas toute neuve, cette voiture. La bonne nouvelle, c'est que votre petit ami vous a acheté l'Olds Cutlass Ciera exposée sur notre parking.

— Mon petit ami ? demande Ava, stupéfaite.

— Donnie Parascandolo. Il est passé, il nous l'a réglée et il a dit qu'elle était à vous. Il y a beaucoup de gens qui ont de gros soucis avec Donnie, mais en ce qui me concerne je n'ai rien contre lui. Un type sérieux. Loyal.

Ava a encore plus besoin d'une cigarette.

— Ce n'est pas mon petit ami.

— Bon, votre admirateur, alors.

— Je ne crois pas pouvoir accepter un tel cadeau de sa part.

— Ça, c'est vous deux que ça regarde.

— Quand est-ce que ma Nova sera prête ?

— Faut que je commande la pièce. Donnez-moi encore vingt-quatre heures pour vous établir un devis, OK ? L'Olds, en revanche, vous pouvez venir la chercher quand vous voulez.

— On verra.

— À bientôt, Ava.

Elle raccroche, se cale au fond de son fauteuil, puis décide de prendre sa pause cigarette. Elle prévient Jada et Straleen qu'elle s'absente une seconde, puis va se mettre au même endroit que d'habitude, près de la benne à ordures. Au moment de sortir son briquet, elle change d'avis, se rend sur la promenade, s'assoit sur un banc libre et allume enfin sa cigarette. Après une matinée aussi mouvementée, cette première bouffée est particulièrement agréable. Les filles sous sa direction sont toutes plus nulles les unes que les autres. Elles n'écoutent rien, aucune d'entre elles. Beaucoup ne sont pas polies, ni envers elle ni envers les résidents. Et il y en a d'autres sur lesquelles on ne peut tout simplement pas compter. Dire que Rosemarie a pris un jour de congé pour l'anniversaire de son fils adulte – ça n'a aucun sens pour Ava.

Elle regarde les mouettes décrire des cercles au-dessus de la plage, écoute leurs cris. Elle contemple l'eau, aperçoit un bateau à l'horizon, pas plus gros qu'un point. Un petit avion passe dans le ciel, traînant derrière lui une bannière. Une pub pour une station de radio.

Un type s'assoit à côté d'elle. Il porte un short rouge trop court pour être décent, des tennis dépareillées et un blouson bleu tout boursouflé.

— Salut ma chérie, ça va ?

— J'essaie de profiter de ma cigarette, lui claque Ava en commençant à regretter son coin près de la benne à ordures.

— Je peux vous en taxer une ?

— Bon Dieu. Allez, OK.

Son paquet est sur ses genoux. Elle l'ouvre et lui tend une cigarette.

— Des Viceroy ? dit-il en souriant jusqu'aux oreilles, dévoilant des dents en or. C'est ce que mon père fumait.

— Je ne veux pas vous vexer, mais c'est ma pause et j'aimerais bien être tranquille.

— Je comprends. Vous avez du feu ?

Elle lui tend sa pochette d'allumettes.

La brise éteint la première allumette. Il n'a pas plus de chance avec la deuxième, qui grésille et meurt entre ses doigts. La troisième tentative est la bonne. Poussant un soupir de soulagement, il se lève et lui rend la pochette. Puis il fait une courbette tout ce qu'il y a de plus théâtrale et chante un “Merci !”

Ava le regarde s'éloigner en se pavanant et en crachant la fumée par-dessus son épaule.

Elle repense à Don qui lui a acheté cette Olds. Dans le genre bon Samaritain, il pousse le bouchon un peu loin. Elle ne le connaît même pas. C'est étrange, mais c'est romantique, aussi. Est-ce l'effet qu'il recherchait ? Elle ne voit pas ce que ça pourrait être d'autre. Au-delà de quarante, cinquante ans, on n'a plus envie de perdre du temps avec des conneries. Il s'est probablement dit que des fleurs ne suffiraient pas.

Ou peut-être qu'il a tellement été rabaissé et rejeté ces dernières années qu'il éprouve le besoin de faire des choses dingues, démesurées, pour marquer les esprits. *Merci pour le dîner. Voici une Olds Cutlass Ciera.*

Elle devrait accepter la voiture.

Non, bien sûr que non. Qu'est-ce qu'Anthony dirait ?

Don n'est plus policier – où a-t-il trouvé l'argent pour l'acheter ?

Et à quoi pourrait mener tout ça, de toute façon ? Vu comme Don boit. Vu son histoire. Qu'est-ce qu'elle va faire ? Coucher avec lui ?

Maintenant elle pense à Nick. Elle l'imagine frappant à la porte de ce capitaine de police. Qu'est-ce qui lui a pris d'aller le déranger ? Depuis que cette idée de scénario stupide a germé dans sa tête, l'attitude de son fils l'inquiète. Pourvu qu'il revienne à la raison.

Elle se lève, s'approche de la rambarde et regarde le sable en bas. Le vent emporte un morceau de papier cellophane et une assiette en carton maculée de taches de gras. C'était quand, la dernière fois que ses pieds ont foulé le sable ? Sa cigarette coincée entre les lèvres, elle se baisse et se déchausse. Elle en a marre de ces chaussures. Il lui en faudrait de meilleures. Elle les pose sur le côté, descend les trois marches qui séparent la promenade de la plage. Sentir le sable sous ses pieds nus, comme c'est bon… Elle ferme les yeux, tire profondément sur sa cigarette. Les cris de mouettes. Le fracas des vagues sur la rive. Allez, soyons fous. Elle ramasse ses chaussures et s'avance vers le rivage.

Au Sea Crest, ils se demanderont où elle a bien pu disparaître. Tant pis. Après ça, elle compte marcher jusque chez Nathan's, acheter un hot-dog et un soda à l'orange, s'asseoir à une des tables et regarder les gens passer. Ses collègues n'ont qu'à venir la chercher. Elle qui est d'habitude si fiable. Trop fiable. À son tour de n'en faire qu'à sa tête.

Le sable s'est assombri sous ses pieds désormais humides. Elle voit une limule filer au bord de l'eau, sent des fragments de coquillage s'enfoncer sous ses orteils. Ses chaussures sous son bras, elle termine sa cigarette et jette le mégot derrière elle, vers une poubelle orange qu'elle rate complètement. Elle avance encore de quelques pas et laisse les vagues se briser autour de ses pieds. C'est froid. Plus froid qu'elle ne s'y attendait. Le ressac est de plus en plus impétueux, l'écume lui lèche les chevilles et lui mouille le bas du pantalon.

Le soleil fait scintiller l'océan.

Ava pense à ses grands-parents. Ils venaient tous les quatre d'Italie. Les parents de sa mère, de Naples. La mère de son père, de Calabre. Le père de son père, de Sicile. Des noms qu'Ava connaît sans pouvoir se représenter ces lieux. L'Italie n'est qu'un mot pour elle. Petite, elle se souvient qu'elle regrettait de ne pas être née là-bas. À ce jour elle regrette encore de ne pas parler italien. Son père le parlait un peu avec ses parents, sa mère davantage avec les siens. Ni l'un ni l'autre ne lui a appris le moindre bout de phrase. Elle a glané quelques expressions ici ou là, mais c'est tout. Qu'est-ce que ça signifie de venir d'un endroit, quand on ne connaît rien de cet endroit ? Voilà qui l'attriste. Elle a regardé l'océan, c'est tout, et maintenant elle se retrouve avec le cœur brisé à cause de l'Italie.

Elle recule. Voyant que le sable sec lui colle aux pieds, elle s'en veut de les avoir trempés dans l'eau. Regagnant la promenade, elle s'assoit sur le premier banc qu'elle croise – pas le même que tout à l'heure, vu qu'elle est remontée par un escalier différent – et frotte ses pieds pour en faire partir le sable. Elle se tourne et regarde Sea Crest, où elle a travaillé trop longtemps. Elle en a marre. Ne peut pas croire que les humains sont censés s'épuiser chaque jour à des tâches qui les font se sentir vides. Elle repense à l'Italie. Jamais elle ne verra ce pays.

Heureusement, il lui reste Nathan's. Elle enfile ses chaussures et refait à l'envers le chemin qu'elle a fait avec Nick, les yeux rivés sur la jetée. Bien qu'il soit encore tôt, on dirait qu'il y a une fête. Un drapeau portoricain. Des chaises de camping. Un gros radiocassette qui diffuse de la salsa à plein volume. Des hommes en slip de bain qui dansent. Des femmes – impossible de dire si elles ont vingt-cinq ou quarante-cinq ans – qui les pointent du doigt en riant.

Ava quitte la promenade, passe devant l'exhibition de monstres. À l'entrée, un homme avec un haut-de-forme et des tatouages dans le cou l'interpelle. Elle poursuit son chemin. Chez Nathan's, pas besoin de faire la queue. Elle commande un soda à l'orange et un hot-dog à la choucroute et aux oignons doux. Elle patiente, puis apporte son repas sur une des tables vertes à l'abri d'un parasol. Le soda est un régal. Le hot-dog aussi.

Elle mâche, tapote sa bouche avec une serviette en papier jaune, regarde les gens attablés à côté d'elle. Des familles en maillots de bain. Des ivrognes. Un lycéen avec un sac à dos tout avachi et un Walkman. Une femme à la peau parcheminée et à la bouche édentée, coiffée d'un chapeau de paille à large bord.

Une Olds Cutlass Ciera, vous imaginez ça ? Elle secoue la tête.

Ava se sent soulagée. Elle décide ne pas retourner au boulot. Quand elle verra un téléphone public, elle n'aura qu'à les appeler pour leur dire qu'elle n'est pas bien. Ils ne l'embêteront pas. Ils savent que si elle s'absente, c'est forcément pour une raison grave. Straleen peut tout à fait la remplacer le temps d'une journée.

Son hot-dog terminé, Ava se dirige vers la Wonder Wheel. Elle veut monter dans le ciel, surplomber Coney Island et tout voir. Jamais elle ne monte dans le ciel.

Des gens sont attroupés près du parc d'attractions Deno's. Une petite foule qui ne s'intéresse pas aux manèges. Il a dû se produire quelque chose. Une bagarre, peut-être. Ava s'approche d'une femme vêtue d'un survêtement vert. La fermeture Éclair de sa veste est ouverte, dévoilant un haut de bikini aux couleurs de la Statue de la Liberté. Sa lourde poitrine menace de se libérer chaque fois qu'elle bouge un bras ou même inspire.

— Qu'est-ce qui se passe ? demande Ava.

La femme hausse les épaules.

— Un truc avec les flics. Maintenant tout le monde est là à mettre son grain de sel. Quand c'est arrivé, personne n'en avait rien à foutre.

Ava jette un coup d'œil discret aux seins de la femme. Si seulement elle-même se sentait assez libre pour se balader dans la rue comme ça.

La femme surprend son regard.

— Hé, c'est pas un spectacle gratuit.

— Pardon, dit Ava.

— Ils sont énormes. Ils sont impressionnants. Je sais.

— J'admire votre culot.

— On peut aller sous la promenade, pour dix dollars je vous laisse les léchouiller.

Ava sourit. Ne sachant pas si c'est une blague, elle préfère ne pas répondre.

— Vous avez une cigarette ? demande la femme.

Ava sort ses Viceroy et lui en tend une.

La femme la prend et la coince derrière son oreille.

— Merci, mon chou. Je la garde pour ma première bière de la journée.

Elle s'éloigne de l'attroupement, regagne la promenade, ôte la veste de son survêtement puis, penchée contre la rambarde, se met à exécuter une série d'étirements étranges. Ses seins tanguent, d'une seconde à l'autre ils vont bondir hors de leur soutien-gorge.

Ava traverse le tunnel qui mène à la Wonder Wheel, achète un billet et intègre la petite file d'attente. Le moment venu, elle monte dans une nacelle fixe et l'employé referme la portière derrière elle. Les nacelles mobiles la rendent nerveuse. Elle se souvient bien de ces dernières, même si elle ne les a testées qu'une seule fois, avec Anthony, peu après leur mariage. Les nacelles mobiles glissent sur des rails tandis que la roue accomplit sa rotation. Elle a cru qu'elle allait vomir, ou qu'ils allaient être éjectés et s'écraser sur le bitume tels de vulgaires insectes. Anthony s'est moqué d'elle.

— C'est le manège le plus sûr du monde, lui a-t-il affirmé.

Puis ils se sont embrassés et il a passé une main sous le haut d'Ava. C'était romantique.

La Wonder Wheel se met en branle.

Ava repense au jour où Anthony l'a embrassée à bord de la nacelle mobile. Il y a trente ans. C'est à cette époque que Nick a été conçu. Aujourd'hui aussi, peut-être aurait-elle dû choisir une de ces nacelles, elle aurait pu se retrouver dans celle qu'elle avait partagée avec Anthony. Sous une couche de peinture fraîche, elle est prête à parier qu'il s'agit toujours des mêmes nacelles. Peut-être que l'une d'entre elles abrite le fantôme de cet agréable souvenir. Tout juste mariés. Si jeunes. Si amoureux. La main calleuse d'Anthony sous son haut. Les lèvres d'Anthony dans son cou. Cette barbe naissante qui la picotait, cette odeur de café et d'aftershave. Comme elle aimerait qu'il soit ici avec elle.

Tandis que la nacelle s'élève, Ava contemple d'abord l'océan et la plage. Le reflet étiré du soleil. Puis elle regarde autour d'elle. Le Parachute Jump. Le Cyclone. Les rectangles noirs et irréguliers des couvertures bitumées des toits. Le ciel criblé de mouettes et de pigeons. Les rues de plus en plus remplies. Le léger bourdonnement de la salsa sur la jetée.

Elle repense à la femme avec le haut de bikini Statue de la Liberté. Elle n'avait pas l'air commode, c'est sûr, mais il y a fort à parier qu'elle sait comment prendre du plaisir dans la vie. Et pas seulement à cause de cette cigarette qu'elle a taxée à Ava ou de cette petite bière qu'elle comptait aller boire. Elle aime sûrement se faire embrasser, toucher, lécher…

Ava se souvient de sa douche, hier soir, ce qui l'amène à penser à Don. Si Nick ne l'avait pas interrompue, elle aurait pu se faire beaucoup de bien, sous cette eau qui lui ruisselait sur la tête. Peut-être qu'ici, très haut dans le ciel au-dessus de Coney Island, elle pourrait reprendre là où elle en était. C'est ce que ferait cette Miss Liberté si spontanée et ouverte d'esprit, nul doute. Personne ne peut voir à l'intérieur de sa nacelle. Les autres sont presque toutes inoccupées. Il y a un couple dans une des nacelles mobiles. Et aussi une mère et ses trois filles. Au sommet, lorsque la grande roue marquera une pause, Ava aura une minute ou deux pour se laisser bercer et se perdre dans son rêve.

Elle glisse sa main sous son pantalon, défait le bouton du haut pour se faciliter la tâche, enfonce sa main dans sa culotte en coton à rayures bleues. Elle contemple Coney Island, entend tous les bruits terribles, étranges, merveilleux, les grincements des manèges, les hurlements des passagers du Cyclone, les cris des mouettes, cette salsa lointaine, des gamins qui pleurent, rient, braillent. Elle imagine qu'Anthony la touche, puis c'est Don qui le remplace. Elle n'y peut rien, ces pensées-là sont plus fortes qu'elle.

La nacelle s'arrête tout en haut. La brise souffle. Sa respiration s'accélère. Sous sa culotte, les mouvements de sa main sont plus rapides. Tout en se caressant, elle regarde les petits tressaillements de son bras. Elle oublie la vue. Elle pense à toutes les parties de son corps qu'elle aime ou a aimées, se cramponne au banc avec son autre main, serre très fort les cuisses et une sorte de frisson lui remonte l'échine. Elle penche la tête en arrière puis laisse échapper un long soupir.

La roue entame sa descente, Ava allume une cigarette.

Incroyable d'avoir fait ce qu'elle vient de faire. Elle retire sa main, boutonne son pantalon. Ici, en plein air, sur la Wonder Wheel, un manège pour les gosses. Jamais elle n'avait fait une chose pareille. Pas en public. Pas vraiment. Un jour, avant Anthony, dans une cabine d'essayage de Woolworths, en se voyant dans le miroir en culotte et soutien-gorge elle a ressenti un émoi similaire. Ça remonte à une éternité. Elle était toute jeune. Une drôle d'expérience, très brève. Le plaisir de se regarder dans le miroir. De sentir les muscles de son cou se tendre. Mais, dans la cabine d'essayage, son intimité était quand même préservée. Aujourd'hui, qu'on puisse la voir ne lui a fait ni chaud ni froid.

Et si quelqu'un l'a aperçue, d'ailleurs ? Quelqu'un qui disposerait d'une vue dégagée sur sa nacelle ? Des jumelles, un télescope, elle imagine soudain le pire. Une femme d'une cinquantaine d'années, seule sur la Wonder Wheel, en train de se caresser. Est-ce qu'on pourrait l'arrêter pour ça ? Elle a l'impression d'avoir troublé l'ordre public, un sentiment de culpabilité tout ce qu'il y a de plus catholique la submerge. Elle rajuste son chemisier et son pantalon. Au moins, elle ne s'est ni dénudée ni exhibée. Ça s'est limité à une main glissée dans le pantalon. Elle fait tomber les cendres de sa cigarette sur le sol de la nacelle, puis imagine Dieu léchant le bout de Son crayon avant d'ajouter cette faute à la liste qu'Il tient. C'est comme ça qu'elle imagine Dieu : une sorte de comptable avec un grand cahier rempli de péchés.

Mais c'est ridicule. Plutôt que d'éprouver de la honte, elle devrait prendre exemple sur Miss Liberté.

Une fois sa nacelle revenue en bas, elle sort. Quelqu'un lui fait une remarque – c'est interdit de fumer –, mais elle file sans s'arrêter, les joues rouges, respirant fort pour une tout autre raison. Elle remonte sur la promenade, jette son mégot par terre et l'écrase. Elle compte prendre le métro et peut-être se rendre chez Flash Auto pour récupérer l'Olds. Mais d'abord, il faut qu'elle trouve un téléphone public, appelle le boulot et leur annonce qu'ils ne la reverront pas aujourd'hui.

NICK BIFULCO

Le Spanky's Lounge se trouve sur Cropsey Avenue, un peu après la maison des Baldini quand on se dirige vers Coney Island. Nick est en train d'y conduire Antonina, tendant sa main derrière lui comme s'il essayait d'encourager un chiot à manger ses croquettes ou à faire sa crotte à l'endroit approprié. Il n'a jamais eu de chiot, mais en a toujours voulu un. Anthony détestait les chiens. Ava n'en raffole pas non plus. Alice a eu un chien, Sully, qui est mort d'un cancer. Il s'est retrouvé entièrement couvert d'énormes tumeurs qui lui donnaient un aspect complètement difforme. À la fin, il pouvait à peine marcher. Il se contentait de dormir dans son panier tandis que ses tumeurs se soulevaient en rythme avec sa respiration. Nick est ravi qu'Antonina l'accompagne, même si pour l'instant elle ne s'est pas beaucoup livrée. Il se demande qui tiendra son rôle dans le film qu'il compte écrire. Pourquoi pas Drew Barrymore ? Elle pourrait passer pour une Italienne. Alyssa Milano ? Un choix plus évident, mais pas sûr qu'elle ait le talent nécessaire.

— Il y a une cabine téléphonique au Spanky's, dit Nick. Quand on arrivera, j'appellerai Phil Puzzo. Tu as entendu parler de lui ? Un des dieux du quartier. Sur la jaquette de son livre, il pose en maillot de corps, les bras croisés, avec une bio qui dit : “Phil Puzzo a grandi dans les rues sauvages de Gravesend et Bensonhurst.”

— Le type qui écrit sur les mafieux, c’est ça ?

— Voilà. C’est lui. Il va m’aider à trouver un producteur pour mon film. On se préoccupera de Mikey plus tard.

— Je crois que ma mère lui a taillé une pipe avant de se marier avec mon père, dit Antonina.

— Ta mère a taillé une pipe à Phil Puzzo ?

— C’est ce qu’elle raconte. J’en sais rien. Peut-être qu’elle invente.

Ils s’engouffrent à l’intérieur du Spanky’s, un petit bar miteux, mal éclairé. Nick est venu une fois avec Alice, ils se sont saoulés et n’ont pas été très discrets, se mettant mutuellement au défi de chanter à tue-tête tout ce qui passait sur le juke-box.

— J’adore ce genre d’endroit, déclare Nick.

— Qu’est-ce que c’est déprimant, soupire Antonina.

Le barman est un petit gars pouilleux aux yeux injectés de sang.

— C’est vous, Spanky ? demande Nick en souriant.

— Non, moi je m’appelle Gibson, dit le barman. Vous voulez quoi ?

— Deux canettes de Schaefer.

Il sort deux canettes de Schaefer du frigo, les pose sur le comptoir et les pousse vers Nick. Aucune question sur l’âge d’Antonina, aucun papier d’identité exigé. Gibson ne la regarde même pas. Nick paie en laissant un dollar de pourboire.

Il prend les bières et guide Antonina vers une table branlante juste derrière un flipper *K-2000*. Un dessin de Michael et de KITT les éclaire. Nick tire une chaise pour Antonina et elle s'y assoit à contrecœur, coinçant ses mèches derrière ses oreilles. Nick remarque que le juke-box est débranché.

— Alors, qu'est-ce que tu faisais chez Mikey ?

— Je voulais le mettre en garde contre vous, répond-elle sans hésiter.

— Vous vous voyez encore régulièrement ?

— Non.

Elle boit une grande gorgée de bière.

— Mais tu voulais le *mettre en garde* contre moi ? Ouah. Je sens que je tiens quelque chose de bon. Ce que je me demande, c'est qui va jouer ton rôle dans le film. Drew Barrymore ? Winona Ryder, peut-être. Je vais briefer Phil Puzzo. Je parie qu'il va tout de suite passer un coup de fil à quelqu'un (Nick mime l'action de parler au téléphone) : "Tu dois écouter ce type, il a une putain d'histoire à raconter." Vu les gens qu'il connaît, je serais pas surpris de me retrouver à signer un contrat.

— Vous êtes dingue.

Nick avale de la bière.

— Tu sais quoi ? Peut-être que je suis dingue. Je pense qu'être dingue ça paie. Je pense qu'il *faut* être dingue. (Il s'interrompt.) Raconte-moi ce qui s'est passé, ce soir-là.

— Il s'est passé que Donnie a voulu jouer les durs, en s'imaginant qu'il me protégeait, dit Antonina qui continue de boire.

— Qu'est-ce que tu sais du boulot qu'il fait pour Big Time Tommy ? Où t'as entendu parler de ça ?

— Ici et là.

— Tu veux une autre bière ? Je t'en paie une autre.

Il va au comptoir, revient avec une canette de Schaefer et deux shots de tequila.

Elle siffle son shot sans attendre qu'il porte un toast, puis termine sa première canette de bière et attaque la deuxième.

Ce n'est pas que Nick tienne à faire boire Antonina plus que de raison. Elle est aussi âgée que ses élèves. Ou plutôt : aussi jeune. Il veut simplement qu'elle parle davantage, qu'elle se remémore et lui récapitule ce qu'elle a vu et sait de Donnie. Il veut l'entendre raconter l'épisode de la cour d'école, bien sûr, mais Antonina est la voisine de Donnie, elle doit pouvoir lui fournir d'autres renseignements importants sur la personnalité du type. De plus, Nick a l'impression qu'elle est ouverte d'esprit et totalement imprévisible, et pour être sincère il est curieux de voir comment tout ça va se terminer. À l'instant elle a beau jouer les timides, elle lui fait penser à une version plus jeune de Melanie Griffith dans *Dangereuse sous tous rapports*. Il s'imagine en train de la suivre tant bien que mal à travers Manhattan tandis qu'elle se suspend aux réverbères, soulève son haut pour montrer ses seins aux chauffeurs de taxi, puis l'emmène dans un motel pourri de Times Square où il goûterait au crépitement électrique de sa jeunesse. Alice s'efface dans un coin reculé de son esprit. Il imagine Antonina l'enserrant tel un gant. Ces jambes si souples. Ce visage où transparaissent de si belles blessures intimes. Il lécherait ses cheveux roses et leur trouverait un goût de sucre.

Nick sourit, fouille dans sa poche et sort une pièce de vingt-cinq cents.

— Je vais passer un coup de fil. Je vais appeler les parents de Phil pour voir s'ils peuvent me mettre en contact avec lui. S'il accepte qu'on se rencontre, ça te dirait de m'accompagner ?

Il se lève, cherche la cabine téléphonique. Elle est coincée entre les toilettes à l'arrière, sa porte vitrée défigurée par les graffitis.

— Je te laisse réfléchir.

— Tu as une autre pièce ? demande Antonina. J'ai envie de faire une partie de flipper.

— Bien sûr.

Il sort une autre pièce de vingt-cinq cents – il lui en reste encore deux – et la pose devant Antonina sur la table. Elle la prend, se lève, s'approche du flipper, insère la pièce dans la fente et donne un coup de hanche à la machine comme pour libérer une boule coincée. Le torse bombé, sa bière à la main, Nick se dirige vers la cabine tout en tournant la tête pour observer Antonina dans la lueur dorée du flipper, ce corps agile et ferme, ces cheveux rose barbe à papa.

Il connaît le numéro de Paulie et Nina par cœur, comme on connaît le numéro de voisins qu'on pourrait avoir besoin d'appeler parce que leur voiture gêne dans la rue, parce que quelqu'un bloque leur allée et vous avez vu le type entrer dans la laverie en face ou parce que le facteur vous a laissé un colis pour eux. Ce sont des gens bien. Paulie passe tous ses étés torse nu dans le jardin devant sa maison, où il écoute l'émission de Bob Grant et les matchs de base-ball, lave sa voiture, tond sa petite pelouse, taille ses petites haies, s'occupe de ses tomates. Nina est une femme dure, une alcoolo avec une super voix à la Kathleen Turner. Elle joue souvent au bingo à l'église et se rend à Atlantic City deux fois par semaine à bord d'un grand bus gris qui part du parc Seth Low. Elle fume deux paquets de Pall Mall chaque jour. Elle traite les gamins du quartier de *petites merdes*. Elle dit que leurs parents les pourrissent à force de trop les gâter. Paulie et Nina adorent leur fils. Ils adorent être les parents d'un écrivain célèbre. Ils adorent quand Phil émaille sa conversation du nom d'amis tels Bob De Niro ou Tony Danza. Nick compose leur numéro.

Nina décroche après la première sonnerie.

— Qui c'est ?

— Bonjour Nina, c'est Nick Bifulco.

— Qu'est-ce que tu veux, Trifulco ? demande-t-elle en riant de sa propre plaisanterie inepte.

Comme s'il n'avait pas déjà tout entendu dans la bouche des gamins du lycée. *M. Bifulcon*. "Vous êtes bi, monsieur Bi ?" Les lycéens peuvent faire n'importe quoi de presque n'importe quel nom, mais le sien se prête particulièrement aux blagues douteuses.

— Je me demandais si… j'espérais, en fait, que vous pourriez me mettre en contact avec Phil. J'aimerais parler écriture avec lui. D'écrivain à écrivain.

— Tu écris ? J'étais pas au courant.

— Si, si. C'est-à-dire que… je viens de commencer un scénario de film. Ça parle du quartier. J'espérais pouvoir lui poser quelques questions, avoir son avis.

Silence à l'autre bout de la ligne. Puis le bruit d'un briquet qui s'allume, de Nina qui tire sur sa cigarette.

— Tu veux quoi, son numéro ?

— Oui, s'il vous plaît.

— Il est très occupé. Il bosse sur un nouveau livre.

— Je comprends. Je ne lui prendrai que quelques minutes.

— Comment se porte Ava ?

— Très bien.

— Je la vois à la messe, toujours assise au fond. Elle part tout de suite après la communion. Je n'ai jamais l'occasion de bavarder avec elle. Cette femme doit avoir une vie bien remplie, voilà ce que j'ai dit au père Borzumato. Je lui ai dit : "Elle n'a pas de temps à perdre, cette Ava." Tu ne vas pas à la messe, Nick ?

— J'y vais à Bay Ridge, avec ma petite amie.

Et une fois ou deux, en effet, il a accompagné Alice et ses parents.

— Tu sors toujours avec la même petite bombe ?

— Oui, Alice, dit Nick en se massant entre les yeux.

Comment revenir au sujet qui l'intéresse ?

Mais, après avoir tiré une autre grande bouffée de cigarette, Nina l'y ramène d'elle-même.

— Le numéro de Phil, je l'ai noté là, sur la porte du frigo. Je ne me souviens plus de rien, maintenant. Même pas du numéro de mon fils. Tu as un stylo ?

Non. Il regarde autour de lui, puis pose le téléphone et se précipite au comptoir pour en emprunter un au barman. Gibson lui file un stylo publicitaire de mauvaise qualité sur lequel on lit : DR DICK VOLLUCCI, CHIROPRACTEUR. Nick attrape une serviette en papier, court vers la cabine et annonce à Nina qu'il est prêt. Elle lui dicte le numéro. Il l'écrit, le lui répète pour être sûr de ne pas avoir fait d'erreur, puis la remercie. Elle pousse une espèce de grognement et lui dit de saluer Ava de sa part – il faut qu'elle passe boire le café un de ces jours.

Nick raccroche puis redécroche aussitôt, insère une autre pièce et compose le numéro de Phil. Un coup d'œil vers Antonina : courbée au-dessus de la machine, elle n'a toujours pas perdu la partie qu'il lui a offerte. Un as du flipper, cette fille. Pendant que le téléphone sonne, il prépare un petit speech.

Mais personne ne répond.

Avant de raccrocher, il laisse le téléphone sonner douze fois, parce que douze est un nombre qu'il aime. C'est son côté superstitieux.

Il glisse le numéro de Phil dans sa poche, rejoint Antonina et s'appuie contre le flipper, à côté d'elle.

— Comment ça s'est passé ? demande-t-elle.

— Ça semble prometteur. J'ai eu son numéro par sa mère. Elle est enthousiaste à l'idée qu'on se parle, Phil et moi. Je n'ai pas encore pu joindre Phil, mais je réessayerai plus tard.

— Vous êtes vraiment un putain de loser, dit Antonina qui termine sa partie en tirant sur le lance-billes une dernière fois avant de retourner boire sa bière à la table.

— Hé, c'est pas sympa.

Nick est vexé. On pourrait traiter Antonina de beaucoup de choses – quelques-unes lui traversent l'esprit –, mais certainement pas de loseuse. Elle ressemble à ces filles qu'il voit en face d'Our Lady of the Narrows l'après-midi après trois heures : courant ici ou là, embrassant tel ou tel garçon, repoussant les mains baladeuses de tel ou tel autre. Elle est sérieuse. Cool. Cette chevelure. Cette salopette, ces rangers. À dix-sept ans, elle a probablement déjà couché avec deux fois plus de gens que lui. Elle a probablement pris des drogues dures. Et elle a probablement le goût d'une pastille à la menthe qu'on suçote sous une pluie torrentielle. Il s'assoit en face d'elle.

— Tu ne me connais même pas. Comment peux-tu dire ça ?

— J'ai pas besoin de vous connaître.

— Tu es saoule ? Peut-être que je n'aurais pas dû te payer ce shot.

— Allez m'en chercher un autre, et je vous raconterai tout ce dont je me souviens, dit Antonina avant de descendre presque d'un trait la fin de sa deuxième canette. Une autre bière, aussi.

— Ah oui ?

Nick file au comptoir, commande deux shots et une bière. Il lui reste encore la moitié de sa première canette.

Il pose les shots sur la table, Antonina en prend un et le siffle puis repose brutalement le verre. Nick tend la main vers l'autre shot, mais elle s'en empare avant lui et le boit accompagné de quelques gorgées de bière.

— OK, maintenant je suis détendue.

— Alors, Donnie et Big Time Tommy ?

— Vous essayeriez pas de me baiser, monsieur le Prof ? demande Antonina dont l'attitude et la voix trahissent une éventuelle ivresse. Vous avez pas une petite amie ?

Soudain, Nick pense à son boulot et à sa réputation. Il imagine Sonny Divino franchissant la porte du bar avec une batte, lui aussi, et découvrant Nick en train de faire boire sa fille de dix-sept ans en plein après-midi d'une belle journée d'été.

— Absolument pas. Je n'essaie rien du tout.

Pendant quelques instants, Antonina se contente de regarder le flipper en silence.

— Vous pouvez m'embrasser.

— Qu'est-ce que tu racontes ?

— C'est ce que vous voulez. Alors allez-y, embrassez-moi.

Elle se tourne et lui présente une bouche ovale, luisante.

— Antonina.

Il rapproche sa chaise. La vérité, c'est qu'il meurt d'envie de l'embrasser. Dix-sept ans, c'est vieux, non ? se dit-il très sérieusement. C'est juste un baiser, se dit-il encore. Il ne se dit pas qu'elle se fout peut-être de sa gueule. Les filles de cet âge sont versatiles. Une minute c'est *Vous essayez de me baiser, espèce de loser*. L'autre c'est *Embrassez-moi*. Peu importe. Il se penche lentement vers elle. Il a mauvaise haleine, il le sent. Elle, à tous les coups elle met sur ses lèvres un truc qui a un goût sucré. À tous les coups il aura bientôt un goût de framboise ou de vanille dans la bouche. Son visage n'est plus qu'à quelques centimètres de celui d'Antonina et il ferme les yeux.

Elle recule, éclate de rire, le repousse d'une petite tape sur la poitrine.

— Tu vois que tu n'es qu'une pauvre merde.

Les joues de Nick s'enflamment. Il n'y a qu'une lycéenne pour vous donner le sentiment d'être aussi stupide et ridicule. Adolescent, il n'a pas été épargné : Helen Passantino, du lycée Fontbonne. Elle l'a rendu fou, puis l'a terrassé. Tomber comme ça dans le piège d'Antonina, quel idiot !

Il reste silencieux un moment puis, après avoir pris le temps de réfléchir, il lui dit :

— Si tu peux simplement me parler de ce qui s'est passé dans la cour d'école, ou du boulot que Big Time Tommy confie à Donnie. Ce que tu veux. S'il te plaît.

Elle se lève et lui adresse un doigt d'honneur.

— Merci pour les verres, connard. Bonne chance avec ton film.

Sur ce, elle sort du Spanky's sans qu'il puisse rien faire pour la retenir.

DONNIE PARASCANDOLO

C'EST PRÉCISÉMENT pour ce genre d'occasion qu'ils laissent des armes dans le coffre de la voiture de Sottile, sous un tas de chiffons et de cordes. Sottile possède une Cadillac Brougham 1988, actuellement garée devant Flash Auto près d'une bouche d'incendie. C'est interdit mais les gens savent qu'il ne faut pas y toucher. Ces derniers temps, ils utilisent principalement la voiture de Sottile car Donnie a perdu ses privilèges de flic. Quant à Pags, sa Chrysler Imperial 1982 est tombée en panne l'année dernière et il est trop paresseux pour la faire réparer.

Ils montent dans la Cadillac, Donnie sur le siège passager, Pags à l'arrière.

— Qu'est-ce que t'en penses ? demande Pags à Donnie.

— Ce Duke a quoi, soixante, soixante-dix ans ? dit Donnie. Il peut pas être bien dangereux.

— J'ai connu un type, il avait soixante-sept ans, il s'appelait Johnny Christmas Lights, raconte Sottile. On lui a donné ce surnom parce qu'à Noël personne ne décorait sa maison aussi bien que lui. Et pourtant il habitait à Dyker Heights, où la concurrence est rude, avec toutes ces décos géantes. Johnny avait une boucherie à Long Island City. Il était en forme. Il pratiquait un art martial, je ne sais plus exactement lequel. De l'aïkido, peut-être. Un soir, deux gros blaireaux tentent de le braquer au moment où il ferme. Fusils à canon scié, cagoules, la totale. Devinez ce que fait Johnny Christmas Lights.

— Il fait quoi ? demande Pags.

Tout en conduisant, Sottile mime la scène.

— Coup de poing sur le front du premier, *bim*. Coup de poing au thorax de l'autre, *bam*. Ces petites merdes se tordent de douleur par terre, peuvent plus respirer. Johnny Christmas Lights ramasse les fusils, s'en sert pour balayer ces types hors de sa boutique. Il avait soixante-sept ans, je vous le répète.

— Qu'est-ce que tu cherches à nous dire, nom de Dieu ? s'agace Donnie.

— Je cherche à vous dire qu'il faut pas sous-estimer ce Duke. J'ai pas envie de me faire buter par un papy à la gâchette facile que j'aurais pas pris au sérieux.

Donnie secoue la tête.

— Ce Johnny Christmas Lights n'existe pas, dit-il.

— Tu me crois pas qu'il a réellement existé ? Il est mort, maintenant, mais y avait pas plus réel que lui. Renseigne-toi.

Parvenus devant chez Duke, sur la 9e Rue Ouest entre Highlawn et Avenue S, ils se garent contre une autre bouche d'incendie. La maison de Duke a un revêtement extérieur bleu défraîchi, un toit aux bardeaux décollés, des gouttières bleues qu'il faudrait redresser, une galerie aux poutres pourries, un jardin entouré d'un grillage et jonché de sacs plastique. Donnie l'étudie. Les sacs plastique ont l'air de sortir du sol, telles des mauvaises herbes blanchâtres et filandreuses qui pousseraient dans la saleté.

Ils descendent, ouvrent le coffre et sortent les armes. Donnie et Pags promènent leur regard alentour avant de glisser leur pistolet sous leur ceinture ; Sottile fait tomber le sien sur le bitume, puis se baisse en grognant et le ramasse maladroitement.

— Allez, c'est parti, dit Sottile avant d'être secoué par une quinte de toux.

— Tu vas pas nous faire une crise cardiaque ? demande Donnie.

— Ça va, c'est bon, le rassure Sottile.

Ils franchissent le portail le plus silencieusement possible. Donnie ouvre la voie, la main sur la hanche, prêt à dégainer. Une fois qu'ils ont gravi les cinq marches menant à la galerie, Donnie s'approche des fenêtres. Les stores sont baissés, mais à l'intérieur tout paraît très calme.

Instinctivement, Pags appuie sur la sonnette.

— Qu'est-ce que tu fous ? dit Donnie.

— Je sonne à la porte, dit Pags. On va pas rester plantés là comme des imébéciles, si ?

Une voix de femme retentit à l'intérieur :

— Qui est là ?

— Bureau du recensement ! s'exclame Pags d'un ton enjoué.

Donnie secoue la tête.

— Personne va ouvrir pour ça, marmonne-t-il.

Il y a deux portes. Une porte-moustiquaire abîmée, lardée de plusieurs trous recouverts de Scotch, puis une épaisse porte en bois, avec au milieu une vitre masquée par un rideau. Donnie tente d'ouvrir la porte-moustiquaire, mais elle est verrouillée.

Une vieille femme écarte le rideau et les observe à travers la vitre. Tout ce que Donnie distingue d'elle, c'est un visage ridé surmonté d'une tignasse blanche bien dense. Elle les scrute. Il se demande si elle l'a vu qui essayait de tourner la poignée de la porte-moustiquaire.

— Bureau du recensement, ah oui ? dit la femme.

— Vous êtes madame O'Malley ? demande Donnie.

— Je suis une personne qui habite dans cette maison, et vous avez sonné à ma putain de porte.

— Nous aimerions nous entretenir un instant avec vous et votre frère.

— Tiens donc.

Donnie rapproche sa main de sa ceinture. Savoir que son flingue est là lui donne confiance. Big Time Tommy les ayant mis en garde, il ne sait pas à quoi s'attendre. À l'instant même, une balle pourrait traverser la vitre et l'atteindre en pleine gorge. Il s'écarte un peu sur le côté ; si c'est ce qui doit se produire, autant laisser Pags et Sottile se prendre cette balle.

Mais soudain la lourde porte en bois s'ouvre et la femme apparaît derrière la moustiquaire. Ample robe hawaïenne arc-en-ciel avec un paquet de cigarettes coincé sous la manche, pantoufles pelucheuses, peau rugueuse, sourire exagéré.

— Entrez, entrez, chante-t-elle. L'eau est bonne comme tout. Les requins ne mordent pas du tout.

Cette chanson file la chair de poule à Donnie. On dirait le générique d'une série télé qu'il ne connaît pas, mais il est presque sûr qu'elle vient d'inventer ces paroles.

Elle tourne le verrou de la porte-moustiquaire, sans cesser de gazouiller :

— Entrez, entrez. Prenez place. On a des pommes. On a de la bidoche.

— C'est quoi ces conneries ? dit Pags.

Donnie saisit la poignée et ouvre lentement la porte-moustiquaire.

Ils la suivent à l'intérieur, le long d'un couloir bordélique, dans une cuisine encore plus bordélique et qui, bizarrement, paraît de guingois. Le linoléum au sol est rouge, craquelé par endroits, des moutons de poussière géants dans tous les coins. La table est recouverte de serviettes dépliées, vraisemblablement censées tenir lieu de nappe. Une pendule à coucou est fixée au mur ; elle ne fonctionne pas, un de ses ressorts a jailli à l'extérieur. Des panneaux en liège tapissent le plafond. La fenêtre au-dessus de l'évier est fermée. Aucun climatiseur en vue. Il fait chaud dans cette petite cuisine.

— Asseyez-vous, dit la femme. Je m'appelle Vera, au fait. J'ai vécu dans ce foutu trou à rats toute ma vie.

Donnie, Pags et Sottile s'approchent de la table et s'assoient sur des chaises en bois branlantes.

— Où est votre frère ? demande Donnie. Il s'appelle Duke, c'est bien ça ?

Elle pointe vers l'arrière de la maison.

— Il est aux chiottes. En général, ça lui prend environ une heure. J'arrête pas de lui dire : "Tes jambes s'engourdissent pas, à force ?" Mais il hausse les épaules. La seule chose que j'ai apprise au cours de cette vie stupide, c'est que les hommes sont capables de rester assis sur le siège des W-C jusqu'à en tourner de l'œil. Vous voulez un bout de gâteau Entenmann's ?

— Ça ira, dit Donnie.

Elle se traîne jusqu'au réfrigérateur, ouvre la porte et décrit ce qu'elle voit :

— De la sauce chinoise, un vieux pot de yaourt, de la charcuterie périmée depuis plusieurs mois, des carottes en conserve, un Egg McMuffin. Merde. J'ai même pas le gâteau que je vous ai proposé. Duke a dû le manger. C'est pour ça qu'il est là-bas, en train de chier comme c'est pas permis. Il a le ventre sensible, le pauvre.

— Vous pouvez aller chercher votre frère ? demande Pags.

— Pas question que je m'approche à moins de trois mètres de la porte de ces toilettes, déclare Vera.

— On a des affaires à régler avec lui.

— Vous avez dit que vous étiez du Bureau du recensement.

— Ouais. C'est ça. On compte les têtes.

Une grosse voix retentit à l'arrière de la maison :

— À qui tu causes, bon sang ?

Vera crie :

— C'est pour le recensement !

— Le recensement, mes couilles !

Bruit d'une chasse d'eau qu'on tire, d'une porte qui s'ouvre en grinçant, de pas lourds qui approchent.

Donnie échange un regard avec Pags et Sottile, histoire de leur rappeler qu'ils doivent être parés à tout.

Duke émerge d'un couloir sombre au fond de la cuisine. Trapu, épais. Une odeur épouvantable flotte dans son sillage. Il est habillé comme un acteur de western. Grand chapeau de cow-boy. Santiags munies d'éperons. Chemise ornée de boutons-pression. Jean. Ceinture avec son nom gravé sur la boucle scintillante. Étui à revolver sur la hanche, contenant un antique six-coups. Balles insérées dans des petits anneaux de cuir. Démarche à la John Wayne. Mais quand il parle, on retrouve l'accent du quartier, si marqué et si laid.

— Qu'est-ce que vous voulez, bande de petites putes ? lance-t-il.

— Bordel de merde, un vrai cow-boy brooklynois, dit Pags.

— Vous bossez pour Ficalora, et vous avez le culot d'entrer chez moi ? (Il se tourne vers sa sœur.) Vera, faut que t'utilises ta cervelle. Ces enfoirés sont pas là pour le recensement. Ce sont les sbires de Ficalora.

En guise d'excuses, Vera hausse les épaules.

— Comment tu veux que je fasse la différence ?

— T'as des dettes, mon pote, dit Donnie à Duke. Tu bosses pour M. Natale, pas vrai ? Tu sais comment ça marche.

— Mes dettes, c'est moi qui les gère, dit Duke.

— Montrons-nous raisonnables, OK ? *Al più potente ceda il più prudente.* Tu sais ce que ça veut dire ? "Mieux vaut plier que casser." Donne-nous les dix mille dollars et on se barre.

La main de Duke remonte vers son revolver.

— Sors de chez moi, sale Rital.

En l'espace d'une seconde, Donnie s'écarte de la table, bondit de sa chaise et fond sur Duke. Il le renverse par terre, lui arrache son chapeau débile, dégaine son propre flingue et abat la crosse sur la tempe de Duke. Ce dernier gît sur le dos, le visage défiguré par la douleur. Il ne cherche même pas à empoigner son flingue. C'est un vieux bonhomme qui aime jouer au cow-boy, et ça s'arrête là. Donnie n'en revient pas que Big Time Tommy ait pris la menace au sérieux. Comme Sottile, Vlad doit avoir un bon petit côté tafiole.

— Où tu l'as trouvé, ton déguisement de merde ? demande Donnie. Dans un catalogue de vente par correspondance ?

Sonné, Duke ne réagit pas.

— C'est là qu'il a tout acheté, ouais, dit Vera qui se tient à bonne distance.

— Tu t'amuses à manquer de respect à Big Time Tommy Ficalora ? dit Donnie à Duke. Tu te prends pour qui, connard ? Tu vas rembourser ou je te largue à Brownsville* dans cette tenue. Tu regretteras que je t'aie pas descendu direct. Où est le fric ?

Duke pousse un grognement.

Donnie lui assène un autre coup de crosse, qui laisse une entaille dans un des sourcils broussailleux du vieux cow-boy.

— Où est le fric ? demande à nouveau Donnie en se retenant de crier.

— Sous l'évier, dit Vera. Ne lui faites plus de mal.

Donnie retire l'arme accrochée à la ceinture de Duke, un flingue merdique qui lui aurait probablement explosé dans la main. Il le lance à Pags, puis se dépêche d'aller ouvrir le placard sous l'évier en inox crasseux. Au milieu des flacons de produits ménagers, des tuyaux rouillés, des sacs plastique chiffonnés se trouvent deux boîtes de protections urinaires Depends.

— Dans les boîtes, dit Vera.

— T'aurais pas dû les laisser entrer, dit Duke à sa sœur. Je t'ai demandé de ne pas répondre à la porte. Je t'ai demandé de me laisser m'en occuper.

— Parfois j'en ai marre de ne pas répondre, dit Vera.

Donnie sort les boîtes de couches, écarte les rabats en carton. À l'intérieur, il y a plus de dix mille dollars. Beaucoup plus.

* Quartier pauvre de Brooklyn connu pour son taux de criminalité élevé.

MIKEY BALDINI

Ils sont nus, étendus sur le tapis marron et doré du salon de Donna. Elle est blottie contre lui et ils écoutent un album d'un certain Garland Jeffreys dont Mikey n'a jamais entendu parler. *Ghost Writer*. Donna dit que c'est l'un de ses albums préférés. La chanson qui joue en ce moment s'intitule *New York Skyline*.

— Tu aimes ? demande Donna.

— Beaucoup, dit Mikey.

À mi-voix, pendant quelques instants, Donna chante en chœur avec Jeffreys :

> *Hindsight, foresight, sometimes we've got no sight at all.*
> *New love, true love, sometimes we've got no love at all*[*].

Ça s'accorde bien avec le moment présent, voilà pourquoi elle reprend ces paroles. Elle a une jolie voix, il le remarque même si elle se contente de murmurer. La chanson semble exprimer des choses qu'il a ressenties sans pouvoir les

* Clairvoyance, prévoyance, parfois on n'a aucune vision. Nouvel amour, sincère amour, parfois on n'a aucun amour.

nommer, tandis qu'il voyageait en métro ou marchait dans Manhattan. Il aime quand des chansons le touchent de cette façon.

En tout cas, il ne s'attendait pas à ce que ça se passe comme ça avec Donna, à ce qu'ils aillent aussi loin, aussi vite. Peut-être que la veste de son père lui a porté bonheur.

Quand Donna a commencé à se dévêtir, elle n'arrêtait pas de répéter que son vieux corps lui faisait honte, que personne ne l'avait vue toute nue depuis des lustres, que ça la mettait mal à l'aise. Il lui a dit qu'elle était belle, ce qu'on dit parfois aux filles, mais là c'était sincère. Le corps de Donna est empreint d'une sorte de sagesse. Il n'a jamais rien vu de comparable. Le mot *naturel* lui vient, comme si ce corps ne cachait pas ce qu'il a vécu – notamment la naissance et le deuil de Gabe – et que c'était normal. Un corps est fait pour vivre. Et pour s'user à force de vivre. Si quelqu'un devait avoir honte, a-t-il dit, c'est lui, avec son corps chétif, ses épaules et son dos tout poilus. Elle a ri et touché les poils bruns entortillés sur ses épaules. La gêne qu'elle éprouvait s'est vite dissipée.

Mikey se rend également compte à quel point son propre corps lui avait paru manquer de sens. C'est pour lutter contre ce manque qu'il s'était fait faire ce tatouage au menton et mettre ces écarteurs dans les oreilles. Mais maintenant son corps a trouvé un sens. Maintenant qu'il a été avec celui de Donna.

Mikey doit se rendre à l'évidence : ça n'a jamais été aussi bon. Différent et inattendu. Alors qu'ils étaient sur le canapé, Donna assise sur lui, empoignant d'une main l'épaule de Mikey et de l'autre l'accoudoir, il a vu sur son visage quelque chose qu'il ne lui avait jamais été donné de voir auparavant. Elle fermait les yeux et se mordait la lèvre et le plaisir sur son visage était absolument et totalement réel. Cette expression qu'elle avait, c'était le genre de chose capable de vous faire aimer quelqu'un pour toujours, et Mikey s'est mis à rêver. Ça pourrait aller beaucoup plus loin – une vie avec Donna et ses disques. Il a l'impression de la connaître depuis déjà très longtemps.

Et maintenant Donna lui déclare :

— Je ne sais plus à quand remonte la dernière fois que j'ai été aussi heureuse.

Elle se donne une petite tape sur le front ; il observe l'effet que la vibration produit sur le reste de son corps.

— Je ne devrais pas dire ça, reprend-elle.

— Pourquoi ?

— C'est trop de pression. Sur toi. Sur moi.

— Moi aussi, je suis heureux. Autant que tu le saches.

Il ne voit pas le visage de Donna, mais il sent son sourire.

— La vie a encore quelques surprises dans sa manche, il faut croire.

Mikey est frappé par l'innocence et la beauté de ce qu'elle vient de dire. *Les gens ne sont pas assez impulsifs*, pense-t-il. *Ils ne s'ouvrent pas assez à des moments pareils.* Voilà une chose que New Paltz lui a apprise. *Sois ouvert. Suis le chemin que la vie t'indique.*

— Tu m'accompagnes, n'est-ce pas ?

— Où ça ? demande Donna.

— À mon dîner d'anniversaire.

— Je ne sais pas.

— S'il te plaît.

— Il faudrait que je me douche vite fait et que je m'habille. Je ne peux pas rencontrer ta mère avec cette tête-là…

Tu crois qu'elle devinera ? C'est peut-être une mauvaise idée.

Mikey n'en a rien à cirer de ce que pense sa mère. En réalité, il sait qu'elle ne va pas être contente, et ça ne le dérangerait pas de la voir suer à grosses gouttes en se demandant ce qu'il peut bien foutre avec une femme deux fois plus âgée. Il sait comment est sa mère : elle va s'imaginer que Donna se sert de lui, profite de lui. Il n'a pas envie que Donna se retrouve dans une situation embarrassante, mais il aime – et a toujours aimé – l'idée de pousser sa mère à dépasser ses préjugés. L'éternel refrain du fils irresponsable : *Remets-toi un peu en cause, Maman.*

Fin de la face A du disque. Donna se lève en couvrant pudiquement sa poitrine avec son bras. D'un geste doux, presque tendre, elle remet la tête de lecture sur son support, tourne le disque, pose à nouveau l'aiguille. À la voir comme ça, debout au-dessus de la platine, on croirait un tableau. C'est un moment que Mikey n'oubliera pas.

Donna disparaît dans sa chambre, ferme la porte derrière elle, puis s'enferme dans la salle de bains à l'intérieur de la chambre. Il entend le robinet de la douche grincer, les canalisations grogner, le jet d'eau vrombir. Il l'imagine sous la douche. À quoi pense-t-elle ? S'inquiète-t-elle parce qu'il n'a pas mis de préservatif ? Les femmes s'inquiètent-elles encore de ça à trente-neuf ans ? Peut-être qu'elle continue de prendre la pilule ou qu'elle s'est fait ligaturer les trompes. Ce n'était pas malin, mais ça ne vaut pas la peine de s'angoisser maintenant. Jusqu'à présent il a toujours eu de la chance. Et s'il avait un enfant avec elle ? Quand leur gosse aurait vingt et un ans, il en aurait quarante-deux et elle soixante.

Il va dans la cuisine, arrache quelques feuilles d'essuie-tout et se nettoie. Il ramasse ses vêtements et s'habille, remettant même la veste de son père. Puis il s'assoit et écoute Garland Jeffreys, une chanson qui parle de foutre le bordel dans la rue. La douche coule encore un long moment.

Quand Donna réapparaît, les cheveux humides, elle porte une robe à fleurs taupe et crème avec des motifs et des boutons marron, fendue sur les côtés et lacée dans le dos. Ses ballerines marron sont assorties à sa robe.

— Désolée d'avoir mis autant de temps. Il a fallu que je me rase les jambes.

— Pas de problème. Ta robe me plaît beaucoup.

— Je l'ai achetée il y a déjà quelques années, avant la mort de Gabe. Je ne l'ai jamais portée. Elle est restée au fond de ma penderie.

— Peut-être que, sans le savoir, tu l'as achetée en prévision d'aujourd'hui.

Elle sourit, s'approche de la platine, l'arrête puis range le disque de Garland Jeffreys dans sa pochette.

— Peut-être. J'aime imaginer des choses comme ça. J'aime imaginer que j'ai fait quelque chose en prévision d'un jour dont je ne savais pas – comment aurais-je pu le savoir ? – qu'il viendrait.

Sur le chemin qui les mène chez Mikey, ils avancent lentement, marchant comme les gens marchent quand ils ont été intimes mais sont encore en train de faire connaissance. Chaque pas est mesuré. Le regard de Mikey s'attarde sur des choses qui n'avaient jamais retenu son attention. Des portails en fer aux pointes rougies par la rouille. Des boîtes aux lettres qui penchent. Des arbres malingres sur les trottoirs. De vieilles voitures bâchées. Des chats derrière des fenêtres. Des pubs pour des salons de manucure et des sociétés de taxis. Des poubelles en métal renversées. Des enseignes de nouveaux restaurants chinois. Des tags défigurant les arrêts de bus et les poteaux téléphoniques. Donna semble faire la même chose, touchant tout ce qu'ils croisent. Un grillage. Un buisson qui tend ses branches dans un jardin. La brique rouge d'un immeuble résidentiel.

Ils comptent les statues de la Vierge. Rien que sur un pâté de maisons ils en dénombrent vingt, toutes plus ou moins usées par les intempéries. Deux d'entre elles sont protégées par des vitres.

Les voilà enfin dans la rue de Mikey. Il désigne sa maison, la maison où il a grandi, la maison qu'il a quittée il y a quelques années et où il vit de nouveau.

Donna se fige.

— C'est une mauvaise idée.

— Ça va aller, lui dit Mikey.

Mais il sait qu'elle a raison. Il cherche à provoquer sa mère. Peut-être veut-il la pousser à le défier.

— Je n'étais pas dans la même école que ta mère, par hasard ?

— Elle allait à Lafayette.

— Moi aussi, dit Donna qui a soudain l'air effrayée. Quel âge a-t-elle ?

— Quarante-six ans. Elle s'appelle Rosemarie Baldini.

— Et son nom de jeune fille ?

— Russo.

— Je ne la connais pas, enfin je ne crois pas. Peut-être que je la reconnaîtrai. Peut-être qu'elle me reconnaîtra.

— Allez, viens, dit Mikey.

Il lui prend la main. Elle a la peau douce, comme si elle venait de mettre de la crème. Le vernis rouge de ses ongles est écaillé. Une veine bleue palpite entre son majeur et son poignet.

— N'aie pas peur.

Alors qu'ils montent les marches du perron, Mikey sent la présence de sa mère : elle est dans le couloir, elle attend son retour. Il lâche la main de Donna. Au moment où il s'apprête à appuyer sur la sonnette, la porte s'ouvre. Rosemarie se tient sur le seuil, la mine soucieuse. Elle sort sur la galerie en laissant la porte se refermer derrière elle. Chemisier noir à paillettes dorées, pantalon qu'elle réserve habituellement pour la messe : elle s'est habillée pour le repas d'anniversaire de son fils.

— Où étais-tu ?

Elle ne semble même pas consciente de la présence de Donna.

— Je n'ai pas tant de retard que ça, dit Mikey. Oncle Alberto n'est pas là ?

— Il ne pouvait pas rester.

C'est là que les yeux de Rosemarie se braquent sur Donna. Elle détaille la robe à fleurs, les ballerines marron, les cheveux bruns striés de gris.

— Vous êtes qui, vous ?

Donna lui tend la main.

— Donna Rotante.

— Je vous connais ?

Sa mère, elle, ne tend pas la main.

— Non, je ne crois pas. Je suis une amie de Mikey.

— Une amie de Mikey.

— Ma, Donna est mon invitée.

Sa mère a le cou qui enfle, elle est dans tous ses états.

— C'est elle, la fille pour qui tu t'es fait beau ce matin ? Une fille, tu parles, elle doit presque avoir mon âge. C'est quoi ces histoires ?

— On en parlera à l'intérieur. C'est mon anniversaire. Elle est mon invitée.

Il reprend la main de Donna et la sent trembler.

Quand elle les voit se tenir comme ça, un éclair passe dans les yeux de sa mère.

— C'est une blague, n'est-ce pas ? C'est oncle Alberto qui t'a dit de me faire marcher ? Cette fille est une de ses petites copines à *lui*. Vous avez décidé de vous payer ma tête.

— C'était une très mauvaise idée, murmure Donna.

Quand elle entend Donna dire ça sur ce ton-là, le visage de Rosemarie s'assombrit encore. Elle vient de comprendre que ce n'est pas une blague, que Donna sort bel et bien avec lui.

— Vous avez couché avec mon fils ? Et vous avez quel âge, putain ?

Mikey ne se souvient pas d'avoir déjà entendu sa mère jurer comme ça, sauf peut-être une fois ou deux à l'occasion d'une dispute avec son père.

— Calme-toi, Ma.

— "Calme-toi", qu'il me dit. Voyez-vous ça. Il a tout compris à la vie, mon fils.

Elle prend le temps d'examiner à nouveau Donna des pieds à la tête. Puis, sans la quitter des yeux :

— Où as-tu trouvé cette *puttana* défraîchie ? Sur un trottoir ?

Mikey s'attendait à une réaction négative de sa mère, mais principalement à de la gêne et de la déception, pas à une telle cruauté.

— Putain mais Ma…

— Surveille ton langage !

Mikey regarde Donna, voit qu'elle est sur le point de fondre en larmes.

— Pardon. Je ne pensais pas qu'elle se comporterait de cette façon.

— C'est pas grave, lui répond Donna. Je t'avais dit que ce n'était pas une bonne idée. Je vais y aller.

Sa mère fait quelque chose qu'il ne l'aurait jamais, jamais imaginée capable de faire. Elle crache devant les pieds de Donna et dit :

— Bon débarras.

Elle n'a pas fait semblant. Elle a vraiment craché. Un geste de profond et total dégoût.

Donna arrache sa main de celle de Mikey, dévale les marches et sort du jardin. Mikey n'essaie pas de la rattraper. Il sait qu'elle rentre chez elle. Il sait que tout à l'heure il ira la rejoindre. Il est tellement en colère qu'il est presque calme.

— J'en reviens pas de ton attitude, dit-il à sa mère.

— Tu n'en reviens pas de *mon* attitude ? Tu te pointes en retard, avec une femme deux fois plus âgée que toi. Mais pour qui tu te prends, bon sang, pour croire que tu peux te comporter comme ça ? Depuis combien de temps ça dure ? Regarde-la. Elle est désespérée. Elle profite de toi. Réfléchis un peu pour une fois. Tu as vingt et un ans, maintenant.

— J'en ai tellement marre de toi.

Forçant Rosemarie à s'écarter, il s'engouffre dans la maison.

— Viens manger, dit-elle.

Mais il l'ignore, file dans sa chambre, sort de sa penderie un vieux sac à dos de randonnée acheté à New Paltz et le remplit de caleçons, chaussettes, jeans et T-shirts. Sa mère a soigneusement empilé les livres de Gabe sur son lit, il les prend et les fourre par-dessus ses vêtements.

Promenant son regard dans la pièce, il réfléchit à ce dont il pourrait avoir besoin, *vraiment* besoin. Il part. Pas pour quelques nuits. Pour de bon. C'était la goutte de trop. Non, il n'a pas besoin de grand-chose. Peut-être juste sa brosse à dents, son dentifrice et du déodorant qu'il trouve dans le tiroir de sa commode et glisse dans la poche avant de son sac. Il va retourner chez Donna, tâcher de se faire pardonner, et à partir de là on verra bien.

Sa mère entre dans sa chambre.

— Et puis quoi encore ? Tu comptes aller où, comme ça ?

— Je pars et cette fois-ci je ne reviendrai pas.

— Ne dis pas ça.

Sa mère s'assoit sur son lit, tripote l'édredon usé.

— S'il te plaît, ne dis pas ça, supplie-t-elle.

— Il faut que tu apprennes à vivre sans moi.

Il enfile son sac à dos et quitte la pièce, la maison et sa mère sans un regard. Ce n'est qu'en sortant du jardin qu'il cesse d'entendre les cris de Rosemarie, et qu'elle appartient désormais au passé. Le présent, c'est le trottoir sur lequel il se trouve. L'avenir, c'est Donna.

Il marche tête baissée, porté par sa colère et par le sentiment d'avoir enfin un but. Il va aller trouver Big Time Tommy, se mettre à sa disposition et le rembourser pour ne pas éprouver la culpabilité d'abandonner sa mère avec la dette de son père. Il ne veut plus la revoir, mais ne veut pas non plus qu'elle finisse assassinée dans sa cuisine. Son plan est simple : bosser assez pour mettre un peu d'argent de côté, puis partir. Aller dans un endroit complètement différent. La Californie, le Canada, le Mexique, tout est possible. Entre-temps, avec un peu de chance, il va vivre avec Donna. Le moment venu, avec un peu de chance, il la persuadera de partir avec lui.

Quand il arrive chez Donna, il frappe doucement à la porte et elle ouvre, les joues zébrées de mascara. Elle a beaucoup pleuré.

— Tu es de retour ?

— Je suis désolé. J'ai eu tort de te mettre dans cette position. Ça m'a permis de me rendre compte que je ne peux plus rester là-bas. Mais je ne peux pas non plus rester ici, dans ce putain de quartier, encore longtemps. Tu veux fuir avec moi ?

Elle rit comme une femme rit après avoir pleuré.

— Fuir ?

— Je ne sais pas encore où. Je dois rembourser une dette dont on a hérité, ma mère et moi ; je t'expliquerai plus tard. Je dois gagner de l'argent, et je sais comment. Mais ensuite je veux partir pour toujours. Il va me falloir quelques semaines, peut-être plus. Peut-être que je pourrai prendre la route avant l'automne. Est-ce que je peux rester avec toi un moment ? Et, si tu ne te lasses pas de moi, peut-être que tu voudras partir avec moi ?

Donna sourit, s'essuie les joues avec les paumes de ses mains.

— Entre, dit-elle d'une voix chevrotante. Ça ne fait que quelques minutes, mais tu m'as manqué. Sincèrement.

AVA BIFULCO

AVA QUITTE FLASH AUTO au volant de l'Olds Cutlass Ciera. L'habitacle est propre. Une feuille de palmier – souvenir du dimanche des Rameaux – est enroulée autour du rétroviseur, et un médaillon de saint Christophe est accroché au pare-soleil côté passager. Sous une de ses cuisses, il y a ce qui ressemble à une brûlure de cigarette. C'est le seul défaut visible.

Ça l'a émue, et surprise aussi, quand Frankie a agité les clés devant elle en l'assurant qu'il n'y avait aucune contrepartie. Il lui a répété qu'en ce qui le concernait Donnie Parascandolo était un brave gars. Il a ajouté que ça tombait bien, car finalement la pièce pour sa Nova n'arriverait pas avant deux ou trois jours et comme ça elle ne se retrouverait pas coincée sans véhicule.

Serrant très fort le volant, Ava quitte le parking et tourne prudemment sur Bath Avenue. Elle a l'impression d'avoir remporté le gros lot au casino. Comme si elle avait tiré sur le levier d'un bandit manchot et qu'un torrent de pièces s'était déversé à ses pieds. Elle sent ce petit bourdonnement électrique qui vous accompagne quand vous gagnez.

Don n'habite pas loin. Juste en face de l'école P.S. 101, à deux rues d'ici.

Au croisement, elle fait demi-tour puis s'arrête dans l'allée de Flash Auto, devant un garage où une Cadillac rouge est montée sur un pont élévateur. Laissant son moteur tourner, elle court à l'intérieur et demande à Frankie l'adresse de Don.

— Vous ne connaissez pas son adresse ? s'étonne Frankie, essuyant ses mains pleines de cambouis sur son bleu de travail.

— Je vous l'ai dit, ce n'est pas mon petit ami.

— Vous devez vraiment beaucoup lui plaire.

Frankie sourit, dévoilant ses dents elles-mêmes tachées de cambouis.

— Ça se comprend, ajoute-t-il.

— Il essaie juste de faire une bonne action, j'imagine.

— Bien sûr. Vous comptez aller le remercier, c'est ça ? Peut-être débarquer chez lui en tenue d'Ève ?

Ava ne relève pas. Elle demande à nouveau l'adresse.

Frankie attrape un crayon et la note au dos d'une de leurs cartes de visite.

— Il habite pas loin.

Ava hoche la tête, le remercie et remonte dans sa nouvelle voiture.

Glissant la carte de visite dans le cendrier, elle se dit qu'elle n'a qu'à passer chez Angelo's sur la 25e Avenue, acheter une boîte de pâtisseries et de biscuits – histoire de le remercier au moins symboliquement –, puis revenir dans le coin et sonner chez Don. Il aime boire. Peut-être qu'elle devrait également lui apporter une bouteille de quelque chose. À moins que ce soit une mauvaise idée de l'encourager dans cette voie-là.

Conduire cette voiture est un pur bonheur. Rien à voir avec sa Nova bringuebalante. Celle-ci a été bien entretenue. Peut-être appartenait-elle à une vieille dame qui s'en servait à peine, la laissait sous une bâche dans l'allée de sa maison et faisait changer l'huile plus souvent que nécessaire. Un coup d'œil au compteur le confirme. À peine quatre-vingt mille kilomètres.

Elle trouve une place devant un parcmètre à l'angle de la 25ᵉ Avenue et de la 86ᵉ Rue. Le pont du métro aérien tremble, une rame de la ligne B filant vers Coney Island noie le quartier dans son fracas métallique. De l'autre côté de la rue, des gamins jouent au basket. Ils transpirent, courent, crient, mais leurs hurlements se perdent dans tout ce bruit. Lorsque la rame finit par s'éloigner, Ava se rend compte de l'épouvantable grossièreté de leur vocabulaire.

Quand elle entre chez Angelo's, la fille derrière le comptoir la salue. Ava choisit un bel assortiment de *sfogliatelle*, de *cannoli*, de *sfinge*, de *pignoli*, de biscuits en forme de S et de biscuits arc-en-ciel. La fille les saupoudre de sucre, pèse la boîte puis la ferme avec de la ficelle.

La vue de la ficelle plonge Ava dans une nouvelle rêverie. Anthony rentrant à la maison avec une boîte de biscuits au sésame et de biscuits de Savoie, les deux qu'elle préfère. Si elle n'a pas demandé à la fille d'en inclure dans la boîte de Don, c'est parce qu'elle ne veut pas être tentée d'en manger, au cas où il l'invite à prendre le café. Elle adore cette ficelle. Autrefois, elle adorait regarder Anthony la trancher avec son petit couteau jaune, puis la retirer délicatement. Elle aimait s'enrouler la ficelle autour du doigt jusqu'à ce que le bout devienne tout gros et tout rouge, avant de regarder les lignes de sa main en s'interrogeant sur leur nom et leur signification. Elle ne desserrait qu'au moment de sentir que le sang ne circulait plus ; Anthony secouait la tête et lui disait que, parfois, elle était franchement timbrée. Pour elle, cette ficelle est l'une des plus belles choses au monde.

Elle sort de chez Angelo's et remonte dans la voiture. Posant la boîte sur le siège passager, elle observe les gamins qui jouent au basket. Un des garçons exécute un *slam dunk* et reste accroché au panier. Elle démarre, tourne à gauche sous le métro aérien. Prend la carte de visite, lit l'adresse de Don et la mémorise : 116 Bay 35e Rue. La répète encore et encore dans sa tête. S'imagine frappant à la porte, la boîte à la main. Étonné et reconnaissant, Don l'invite à entrer. En tenue d'Ève, suggérait Frankie. Quel culot, celui-là.

ANTONINA DIVINO

Assise sur son escalier de secours, Antonina sent encore l'effet de tous ces shots au Spanky's. Elle a adoré se payer la tête de Nick Bifulco – quel loser ! Mais maintenant elle ne sait plus trop quoi faire. Deux rencontres bizarres comme ça, la mère de Mikey puis Nick, c'est assez pour lui foutre la journée en l'air. Sa mère n'est toujours pas rentrée. Espérons que Lizzie ne tarde pas à l'appeler, même si c'est encore tôt pour Lizzie. Peut-être pourraient-elles faire un tour à Manhattan ? Ce serait sympa d'y aller maintenant, à moitié bourrée, de se rendre directement au Keyhole Cocktail Lounge, au Seven Bar ou dans un autre de ces endroits où on la servira volontiers, et de continuer à boire. À moins que Mikey l'appelle. Elle l'inviterait ici pour parler de Nick. Est-ce qu'il viendrait ? Probablement pas. À tous les coups il n'appellera pas. Peut-être que sa mère ne lui donnera même pas la lettre.

Quand le téléphone de sa chambre sonne, elle est surprise. Elle se glisse à l'intérieur, espérant qu'il s'agisse de Mikey ou de Lizzie, ne voyant pas qui d'autre pourrait l'appeler. Impossible que quelqu'un ait filé son numéro à Nick.

Elle décroche après la sixième sonnerie.

— Bonjour, dit-elle en essayant de prendre un ton mystérieux, visualisant ses propres lèvres contre le combiné, un gros plan dans un film.

— C'est moi, dit Ralph d'une voix basse, étouffée.

Jamais il n'a appelé aussi tôt dans la journée.

— Qu'est-ce qu'il y a ?

— Je viens de te voir sur ton escalier de secours.

— Quoi ?

Il chuchote, comme si sa main recouvrait le combiné.

— Je suis chez Donnie. On vient d'avoir un énorme coup de pot. J'ai un cadeau pour toi. Pour ton avenir.

— Je ne comprends pas.

— Retrouve-moi dans une heure à notre point de rendez-vous habituel. Je ne peux pas te parler maintenant. Je dois régler des choses ici – ça chauffe – mais j'y serai, et je te donnerai ce que j'ai pour toi. OK ?

— OK.

Elle raccroche, retourne sur l'escalier de secours – avec son Walkman, cette fois-ci – et scrute la maison de Donnie. En penchant la tête, elle aperçoit la cuisine. Ça lui est déjà arrivé de voir Donnie assis à la table qui se trouve là, et elle sait que lui aussi l'a vue. Mais en ce moment il n'y est pas. Elle ne distingue que le linoléum, éclairé par un rayon de lumière.

Qu'est-ce que Ralph peut bien vouloir lui donner ? Pourquoi son attitude envers lui est-elle si différente de celle qu'elle a eue avec Nick ? C'est sans doute qu'elle percevait clairement les intentions de Nick, alors que Ralph demeure un mystère. Nick n'est qu'un loser coincé quelque part entre l'adolescence et l'âge adulte. Elle a tout de suite senti la façon dont il la reluquait. Ralph, lui, la considère comme une fille de substitution. C'est plutôt mignon.

Elle met ses écouteurs sur ses oreilles et appuie sur PLAY. La compil de Lizzie reprend au milieu de *Damaged Goods* de Gang of Four. Ensuite, ce sera *Because the Night* de Patti Smith. Elle aime connaître la cassette par cœur, que les transitions soient familières et l'ordre des chansons inscrit au plus profond d'elle.

DONNIE PARASCANDOLO

DONNIE SE DIT qu'en tant que comptable de M. Natale, ce pseudo cow-boy de Duke a profité de sa position pour voler une partie de l'argent qu'il était censé collecter. Quand on y pense, ça ressemble pas mal à sa propre combine. Sauf que Duke l'a appliquée à une plus grande échelle; Donnie ne sait pas comment cet enfoiré a réussi à ne pas se faire prendre. Il y a près de cent mille dollars dans ses boîtes de couches.

Donnie, Pags et Sottile sont de retour chez Donnie pour dresser le bilan de ce qui s'est transformé en très gros coup. En chemin, Donnie s'est arrêté pour acheter des cigarettes. Il a rempli son étui et maintenant il s'en grille une, enfin. Il n'en pouvait plus d'attendre.

L'argent est étalé sur le sol du salon. Mais ça ne se passe pas bien. Voilà la répartition qu'il propose : dix mille dollars à Big Time Tommy pour rembourser la dette de Duke, et ensuite cinquante-quarante. C'est-à-dire cinquante mille dollars pour lui, vingt mille pour Pags et vingt mille pour Sottile. Bien sûr, Pags est mécontent. Tandis qu'ils se disputent dans le salon, Sottile a disparu dans la cuisine, probablement pour prendre rendez-vous avec un pédicure ou une connerie dans le genre. Ce n'est pas lui qui se plaindra de n'empocher que vingt mille dollars.

— Pourquoi tu mérites d'en avoir plus ? demande Pags.

— C'est ma découverte, dit Donnie.

— Ta découverte, mon cul. N'importe quoi.

— Ben vas-y, empêche-moi de les prendre.

Pags, qui boxait dans la Police Athletic League avant que son ventre double de volume, lance un coup droit qui atteint Donnie en plein visage. Sa cigarette tombe par terre, mais c'est surtout son nez qui a morflé.

Ça fait horriblement mal. Le sang dégouline sur son T-shirt.

— Putain mais t'es taré ou quoi ?

Il cherche désespérément un chiffon ou un vieux T-shirt qu'il pourrait presser contre ses narines. Se contente d'un napperon en dentelle posé sur le guéridon à côté du canapé – un truc que Donna a mis là pour décorer la maison.

— Désolé, dit Pags, je voulais retenir mon coup.

— Putain, espèce d'enfoiré, je parie que tu m'as cassé le nez.

— Merde. Désolé, vieux. Sincèrement. Qu'est-ce que tu saignes, dis donc…

Donnie cherche d'autres napperons, un chiffon, n'importe quoi.

— Aide-moi. Trouve-moi quelque chose.

Pags s'empare d'un *Daily News* posé sur une pile de paperasse dans un coin. Il le tend à Donnie.

Donnie hausse les épaules et essaie de se débrouiller avec le journal.

Pags s'assoit sur le canapé, prend un air blessé, dégoûté.

— Tu penses qu'à toi. T'as aucune putain de loyauté. T'étais comme ça avec Donna, aussi. Les gens qui t'aident, t'en as rien à faire.

— Quoi ? dit Donnie, la page des sports roulée en boule sous son nez et maculée de gouttes de sang. Qu'est-ce que le nom de mon ex-femme vient foutre dans ta bouche ? J'ai aucune loyauté ? Si j'étais pas loyal, je t'aurais jarté de ma vie il y a des années. Tes leçons de morale, carre-les-toi au cul.

Pags secoue la tête.

On sonne à la porte, un *ding* qui résonne à travers la maison.

— Qui ça peut être, putain ? dit Donnie.

Il va à la fenêtre et écarte le rideau.

Ava se tient sur le perron, une boîte en carton blanche dans une main. Elle porte un chemisier doré, un pantalon noir soigneusement repassé et de grosses boucles d'oreilles. Elle s'est maquillée. De sa main libre, elle s'arrange un peu, vérifie que ses cheveux ne sont pas trop volumineux. Donnie, lui, se demande de quoi il a l'air, avec son jean, son T-shirt de softball ensanglanté, son nez en bouillie.

Balayant la rue du regard, il aperçoit l'Olds Cutlass Ciera, garée devant la maison d'un de ses voisins. Ava est venue le remercier. Elle a apporté des biscuits.

Il ferait mieux de ne pas ouvrir. De la laisser sonner en vain puis en conclure qu'il n'y a personne, même si sa voiture est encore là. Peut-être pensera-t-elle qu'il est parti faire des courses ou boire un café sur la 86e Rue. Peut-être lui laissera-t-elle un mot. Dans quelques heures, les choses se seront calmées et il ira lui rendre visite.

Donnie lâche le rideau.

Ava sonne à nouveau.

Il se rend dans le couloir, s'approche de la porte et pose sa main sur le battant. L'odeur d'Ava, il jurerait qu'il peut la sentir. Elle a mis une bonne dose du genre de parfum qui va si bien à une femme comme elle. Fleuri. Poudré. Il veut le sentir lors d'un dîner classieux avec du vin, du pain cuit au four, du veau au marsala servi sur de belles assiettes blanches. Il veut le sentir alors qu'il l'embrasse derrière l'oreille.

— Don, vous êtes là ?

Un long silence. Elle est si proche qu'il l'entend respirer.

— Don ? Je voulais juste vous dire un grand merci.

Quelque chose dans la voix d'Ava touche Donnie. Il ouvre la porte, sans décrocher la chaîne de sûreté.

— Don ? répète-t-elle en l'observant par l'interstice. Qu'est-ce qui vous est arrivé ?

— Rien.

Il jette par terre le journal qu'il tenait sous son nez. Le sang ne coule plus.

— C'est pas le bon moment. Je suis désolé.

— Je voulais seulement vous remercier, dit-elle en lui montrant la boîte. Je vous ai pris des biscuits et des gâteaux. Rien de bien extraordinaire. Ce que vous avez fait, cette voiture que vous m'avez offerte, c'est tellement gentil. Vous n'auriez pas dû. Elle est garée juste là, ajoute-t-elle en pointant l'Olds du doigt. C'est un bonheur de la conduire.

— Ouais, c'est pas une épave. Tant mieux si elle vous plaît. Profitez-en bien.

Ava sourit.

— Vous vous êtes battu ?

— Rien de grave. J'ai eu un petit désaccord avec un pote, on en est venus aux mains. Il est encore chez moi, on se détend un peu.

— Vous avez besoin de quelque chose ? Si vous voulez que j'aille vous faire une course…

— Et votre boulot ? On est en pleine journée.

— Pour une fois, j'ai dit au boulot d'aller se faire voir.

Le sourire d'Ava s'élargit, devient plus malicieux.

— D'habitude, je me tue au travail, ajoute-t-elle. J'ai mérité de souffler un peu.

Donnie retire la chaîne et ouvre la porte juste assez pour se glisser dehors. Il la referme derrière lui. Pas question qu'elle fasse la connaissance de Pags et de Sottile ni qu'elle voie le fric dans le salon.

Quand il la rejoint sur le perron, elle retient un cri.

— Ça va ? demande-t-elle.

Il hausse les épaules.

— Ça va. J'ai pris un direct dans le nez, c'est tout.

— Vous êtes couvert de sang.

— Pas grave. Laissez-moi vous débarrasser.

Il lui prend la boîte des mains et mord la ficelle pour la couper.

— Vous ne devriez pas utiliser vos dents, dit Ava.

La ficelle cède. Il l'arrache, ouvre la boîte, penche son visage au-dessus et inspire profondément.

— Ça sent super bon. Ça faisait longtemps que j'en avais pas mangé des comme ça. Mes parents adoraient les biscuits de Savoie.

— Moi aussi, ce sont mes préférés.

— Vous n'en avez pas pris ?

— Ils n'en avaient plus.

Il attrape un *pignoli* et l'enfourne dans sa bouche.

— Mon Dieu comme c'est bon !

— Vous allez les manger là, sur le perron ? Un café, ça ne vous tente pas ?

— Désolé, je peux pas vous proposer d'entrer. C'est mon pote. Il est dans un sale état. La maison est dans un sale état.

— Je comprends.

Ava descend une marche. Donnie laisse le couvercle de la boîte se refermer tout seul.

— Vous sentez bon, dit-il d'une voix rendue pâteuse par la bouillie dans sa bouche. Encore meilleur que ces biscuits.

Ava rit un peu. Puis elle descend une autre marche.

— Et si vous veniez chez moi ? dit-elle. Je ferai du café. Si vous voulez, je peux vous nettoyer le visage. J'ai de l'eau oxygénée. Je pourrais même laver vos vêtements, essayer d'enlever le sang avant qu'il s'incruste. Je n'ai pas de sèche-linge, mais je pendrai votre jean et votre T-shirt sur la corde, et je vous prêterai des vêtements d'Anthony. Au sous-sol, j'ai des sacs entiers remplis de ses vieilles affaires. Je parie qu'elles vous iront.

— Vous feriez ça pour moi ?

— Oui. Bien sûr.

— J'avoue, je n'ai pas souvent eu droit à une proposition aussi gentille. Et ça me dérangerait pas qu'on s'occupe un peu de moi.

Il regarde vers la porte, pense à Pags, à Sottile et à tout ce fric. Pense à cet idiot de Nick, qui pourrait se ramener au moment où Ava est en train de le badigeonner d'eau oxygénée.

— C'est oui, alors ?

Il ouvre le carton, attrape un *sfinge* et en croque une bouchée monstrueuse. Son T-shirt est désormais couvert de sucre glace et de miettes qui se mélangent au sang.

— J'arrive tout de suite. Attendez-moi ici.

Il retourne à l'intérieur et fourre cinquante mille dollars dans une des boîtes de couches.

— Qu'est-ce que tu fous ? demande Pags. Y a qui, dehors ?

— Une amie à moi. Je pars avec elle.

— T'es incroyable.

Revenant de la cuisine, Sottile voit Donnie avec la boîte et lance à Pags :

— Où est-ce qu'il va comme ça ?

Pags s'approche de la fenêtre pour jeter un coup d'œil sur le perron.

— Il a une nana qui l'attend dehors.

— Et on est censés faire quoi, nous ? demande Sottile, l'air anxieux. J'ai des choses à régler.

— Tu prends les dix mille dollars de Tommy et tu les lui déposes chez Flash Auto, dit Donnie à Sottile. (Puis, à tous les deux :) Partagez-vous les quarante mille qui restent. Après ça, vous faites ce que vous voulez, j'en ai rien à foutre.

— Il est incroyable, cet enfoiré, dit Pags.

Donnie emporte la boîte de couches dans sa chambre, verrouille la porte derrière lui. Il pousse le tapis, retire la latte qui n'est pas clouée et fourre les cinquante mille dollars dans le trou aux parois recouvertes de plastique. C'est tout juste s'il y a suffisamment de place. Même si Pags s'attarde ici, il ne découvrira jamais cette planque. De toute façon, il n'aurait pas le cran.

Donnie hésite à se changer, mais il aime l'idée d'accompagner Ava dans cette tenue couverte de sang. Il l'imagine en train de lui enlever son T-shirt en le tirant par-dessus sa tête.

Pags l'attend en bas de l'escalier.

— Qu'est-ce qui se passe, bon sang ?

— Cette femme me plaît, dit Donnie. J'ai un rendez-vous galant avec elle.

— Et l'argent ?

Donnie tend le bras et tapote la joue de Pags.

— On va quand même pas se fâcher à cause de ce fric, mon grand. T'as gagné vingt mille dollars sans rien foutre, que dalle. Et tu t'es déjà vengé en me cassant le nez. T'as qu'à rester ici tranquille. Bois mes bouteilles. Fête ça.

— T'es qu'une belle charogne, dit Pags, vaincu.

Donnie sort et Ava est encore là, elle l'attend.

— Je commençais à m'inquiéter.

— Allons-y, dit-il en affichant un grand sourire sur son visage sanguinolent.

ROSEMARIE BALDINI

Cette femme est une vipère, pense Rosemarie.

Elle est assise à la table de la cuisine, qu'elle a dressée pour deux personnes. Le poulet *parmigiana* est en train de refroidir sur la cuisinière. Elle a eu beau s'exhorter à attendre, elle a lancé la cuisson des raviolis et il n'en reste plus que de la bouillie. Elle est en colère, une colère amère qui lui pique la langue.

Mikey est un garçon sensible, impressionnable. Cette femme, cette *Donna*, elle lui a mis le grappin dessus à un moment où il est particulièrement fragile, où elle peut en faire ce qu'elle veut.

Mikey a toujours aimé les filles, mais cette fois-ci c'est différent. Cette quadragénaire arbore fièrement ses intentions sur son visage : corrompre et détruire.

Des femmes comme elle, il y en a des flopées. Rosemarie en a croisé toute sa vie. Au cours des premières années de leur mariage, elle a dû les éloigner de Giuseppe à coups de balai. Des tentatrices. Des *puttane.*

Bien sûr, il y a celles qui courent après le fric. Elles, au moins, c'est facile de comprendre pourquoi elles s'intéressent aux mecs pleins aux as.

Ce sont les autres que Rosemarie ne supporte pas. Celles qui, à l'instar de ces traînées que Giuseppe rencontrait dans des bars et qui ne le lâchaient plus, prennent plaisir à briser des mariages, à semer le chaos. Celles qui, comme cette Donna, veulent voler les fils des femmes respectables, mettre ces garçons sous leur coupe, se repaître de leur jeunesse.

Une saloperie de vampire, voilà ce qu'est cette Donna.

Rosemarie récite une prière et se signe.

Donna Rotante. Petite, elle a connu un Rotante. Skip Rotante. On le surnommait Skids : le clodo. Il bouffait de la colle et se bagarrait à chaque récréation ou presque. Donna serait-elle par hasard de la même famille ?

L'annuaire est rangé dans le placard du couloir. Rosemarie va le chercher, le pose au bout de la table de la cuisine, là où il reste un peu de place, et l'ouvre à la lettre R.

Il s'imaginait quoi, Mikey ? Il devait bien se douter qu'il allait lui porter un coup terrible. Et après ça, partir comme il l'a fait… S'il s'est pointé avec cette vieille traînée, c'est sûrement qu'il cherchait une excuse pour abandonner Rosemarie. Elle devrait être tout aussi furieuse contre lui que contre cette Donna, mais elle sait qu'on l'a ensorcelé.

Comment brise-t-on ce genre de maléfice ?

Dans une des dernières colonnes du *R*, elle trouve une ROTANTE, D. Une adresse sur la 84e Rue qu'elle s'empresse de retenir. Elle va aller défier cette femme et ramener Mikey à la maison.

Mais comment va-t-elle s'y prendre ? Elle songe d'abord à un mensonge pas très éloigné de la vérité : Big Time Tommy est à ses trousses et elle a désespérément besoin de l'aide de Mikey. Ou, encore mieux, elle apporte la lettre d'Antonina Divino et en rajoute sur les circonstances de leur rencontre. Peut-être qu'une jeune beauté aux cheveux roses est le meilleur moyen d'éloigner Mikey de cette *puttana* fatiguée.

Stop. Elle déraille.

Mikey est parti avec quelques affaires, et alors ?

S'il sort avec Donna, s'il l'a ramenée à la maison, c'est juste sur un coup de tête. Rosemarie a réagi de manière excessive. Elle s'est montrée très impolie. Depuis le temps qu'elle est mère, elle devrait savoir qu'il vaut mieux laisser ce genre de choses s'essouffler toutes seules. Mikey trouve sûrement exotique de sortir avec une femme plus âgée, et voilà. Combien de temps avant que ça lui passe ? Une semaine, un mois ? Puis l'éclat de la nouveauté se ternira. Donna lui fera de plus en plus penser à elle, sa mère, et ça le dégoûtera. Rien ne sert de paniquer. Peut-être qu'elle devrait éprouver de la pitié pour Donna. Peut-être que c'est ce que font les femmes tristes pour essayer de donner un sens à leur vie : plutôt que de le chercher à l'église, elles s'évertuent à retrouver une sorte de fougue juvénile.

Non, non, non !

Maintenant elle est trop gentille. Cette Donna est une vipère, c'est sûr.

Et le pistolet que son frère vient de lui apporter pour qu'elle se protège ? Les choses n'arrivent pas sans raison – elle en est convaincue. Pourquoi a-t-il choisi précisément ce jour-ci pour s'inquiéter de Big Time Tommy au point d'armer Rosemarie ? Mettons qu'elle passe voir cette Donna avec le pistolet. Mettons qu'elle le lui montre. Rien de trop spectaculaire. Juste de quoi l'effrayer un bon coup.

Mais si Mikey est là ? Elle va le braquer sur lui ?

Peut-être mérite-t-il ce genre de leçon. Peut-être mérite-t-il qu'on lui flanque une vraie trouille qui lui inculquera un peu de bon sens. Rosemarie est sa mère. C'est normal qu'elle veille sur lui. Qu'elle essaie de lui éviter des ennuis, de lui apprendre comment survivre dans ce monde. Et si elle doit le menacer pour qu'il rentre à la maison, où est le mal ? Un peu d'amour vache, voilà ce dont il a besoin.

Elle a planqué le pistolet à l'intérieur d'un carton à chapeau, dans la penderie de Giuseppe, en haut d'une étagère pleine de vieux appareils photo, de vieux rasoirs électriques enroulés dans leurs cordons et de bouteilles de scotch reçues en cadeau mais jamais ouvertes. Elle descend le carton, le pose sur la table de la cuisine et s'assoit. Au bout d'un moment, elle retire le couvercle et contemple le pistolet.

Stop, elle déraille. Elle aussi, elle se comporte de manière complètement stupide.

N'empêche. Parfois, une femme doit faire ce qu'elle n'aurait jamais cru devoir faire. Elle doit protéger ce qui est à elle. Elle doit se battre.

Rosemarie touche la crosse du pistolet, laisse son doigt courir sur la détente puis sur le canon. Ce qu'elle doit faire, elle le fera.

AVA BIFULCO

AVA FAIT ENTRER DON, puis allume la lumière dans la cuisine, ôte ses chaussures près de la porte et les laisse là, à côté de son sac à main. Elle pose la boîte de chez Angelo's sur la table – le couvercle s'entrouvre, on aperçoit du papier et de la pâte saupoudrée de sucre glace.

— Où est votre fils ? demande Don.

Restant un peu en arrière, il étudie la pièce, ses objets, son silence.

— Allez savoir. Il n'est pas allé travailler. Je suis désolée qu'il ait autant bu hier soir.

— Quelques heures après, il est passé me voir. Il vous l'a dit ?

Ava se dirigeait vers la salle de bains ; elle se fige.

— Quoi ?

— Il est passé chez moi.

— Je ne savais pas. Je m'excuse s'il vous a dérangé. Parfois il se met de drôles d'idées en tête.

— Il m'a encouragé à vous revoir.

— Ah bon ?

Ava entre dans la salle de bains et rassemble tout le matériel nécessaire pour soigner Don. De l'eau oxygénée, des boules de coton, des cotons-tiges. Quand elle ressort, Don est assis à la table, calé contre le dossier de sa chaise. Elle pose tout ce qu'elle a rapporté à côté de la boîte de pâtisseries et de biscuits.

— Et maintenant ? demande Don.

— Je vais faire du café. Et ensuite pourquoi n'iriez-vous pas retirer vos vêtements dans la salle de bains ? Je lancerai une machine et je vous donnerai de quoi vous changer.

Don hoche la tête.

— Vous êtes comme un ange qui serait descendu du paradis.

— C'est vous, l'ange. Apparu sur la Belt Parkway pour me sauver, puis m'offrir cette Olds. Au début j'ai eu des doutes, je n'étais pas sûr qu'il fallait accepter. Mais j'ai trouvé ça tellement généreux.

— C'est rien, je vous en prie.

Ava s'approche de la plaque, remplit le réservoir d'eau de la cafetière, verse du Folgers dans le filtre et allume le gaz. Elle aime voir la condensation se former autour de la cafetière dès que les flammes surgissent.

Quand elle se retourne, Don est debout, en train d'ôter son T-shirt de softball ensanglanté en le passant pardessus sa tête. Ava prend un sac plastique du supermarché Waldbaum's, ramasse le T-shirt sans le toucher puis regarde Don. Un torse poilu. Des bras musclés. Un peu de ventre. Son pantalon est moins taché, mais il y a quand même du sang. Don est obligé de retirer ses chaussures pour pouvoir quitter son jean. Ava se détourne.

— C'est gentil de me les laver, dit Don.

En grognant, il parvient à s'extirper de son jean qu'il roule en boule et fourre dans le sac avec le T-shirt.

— On peut savoir avec qui vous vous êtes battu ? demande Ava.

— Mon ami Pags. Tony Pagnanelli.

Discrètement, elle regarde de quoi il a l'air en caleçon. Il se rassoit, les bras appuyés sur la table. La peau de ses coudes paraît sèche, râpeuse. Ava se dit qu'elle pourrait lui mettre de la crème.

— Je vais lancer la machine. Surveillez le café. S'il commence à passer, baissez le feu pour que ça ne déborde pas.

— OK.

— Pardon. Je ne voulais pas avoir l'air de vous donner des ordres.

— Pas de problème, je peux gérer le café, dit-il en souriant.

— Dès que je reviens, je vous nettoie le visage.

— Merci, madame l'infirmière.

Elle s'enfonce dans le couloir, ouvre la porte du sous-sol et allume la lumière. Les marches de l'escalier sont branlantes ; elle descend en tenant la rampe et en serrant le sac contre elle.

Parvenue devant le lave-linge, elle vide les vêtements de Don dans le tambour, écrase le sac plastique dans sa main et le jette dans un panier blanc posé à côté. Elle ouvre l'eau, verse de la lessive liquide, démarre le programme puis se demande si elle n'aurait pas dû mettre du truc anti-taches sur tout ce sang. Elle met le programme sur pause, plonge les mains dans l'eau froide et sort d'abord le T-shirt puis le jean et les étend sur la machine. Ils dégoulinent par terre. Elle attrape un flacon orange de spray anti-taches, en applique sur le T-shirt et le jean puis attend que ça agisse. Au bout de quelques secondes, elle les remet dans le tambour et relance le programme. Le bruit de l'eau qui tournoie emplit le sous-sol. Elle referme le capot.

Dans un coin au fond du sous-sol, elle trouve les grands sacs-poubelles noirs qui contiennent les vieux vêtements d'Anthony. Agenouillée par terre, elle s'escrime à défaire le nœud du premier sac. Une fois que c'est bon, elle glisse une main dedans et en extrait un pantalon de pyjama en flanelle qu'elle porte à son nez. Une odeur de naphtaline. Elle se rappelle quand Anthony déambulait dans la maison, vêtu seulement de ce pantalon de pyjama et de ses pantoufles. Depuis cette époque-là, hormis Nick aucun homme ne s'est jamais promené ici torse nu.

Elle fourrage dans les profondeurs du sac et sort la chemise qui va avec. Autant qu'elle s'en souvienne, Anthony ne l'a jamais portée. Elle n'ira pas à Don. Et ce Levi's délavé, qui lui aussi pue la naphtaline ? Il fera l'affaire. Elle le plie soigneusement et le met de côté, avant de replonger sa main et de tomber sur une série de T-shirts. Anthony a acheté la plupart d'entre eux à différentes soirées de bienfaisance organisées dans des bars ou chez les Chevaliers de Colomb. D'autres ont été achetés dans des casinos. Il y en a un qui n'est pas trop usé et pourrait aller à Don : ATLANTIC CITY écrit en cursives rouges, avec en dessous une machine à sous affichant trois gros 7, une roulette, deux dés tombés sur un double un, une quinte flush royale à cœur. Elle le plie et le pose par-dessus le jean.

Ça faisait longtemps qu'elle n'avait pas farfouillé comme ça dans les affaires d'Anthony. Elle continue encore un peu, palpant le tissu fatigué d'une vieille chemise de travail, touchant les boutons dorés d'un blazer qu'il portait aux mariages et aux funérailles. Elle découvre des paires de chaussettes, des caleçons au tissu écossais élimé et des slips blancs troués autour de l'élastique.

À nouveau elle se dit qu'elle devrait mettre de la crème sur les coudes de Don.

Serrant le nœud aussi fort que possible, elle referme le sac. Puis elle se lève, ramasse les vêtements destinés à Don, remonte l'escalier et éteint derrière elle.

Dans la cuisine, elle le trouve debout près de la plaque, les yeux rivés sur la cafetière.

— Il m'a semblé que c'était sur le point de déborder, alors j'ai baissé.

— Merci. C'est l'horreur quand ça déborde, ça salit tout.

Il est quasiment nu devant la cuisinière d'Ava. Et si Nick choisissait ce moment pour rentrer ? Elle fixe le sol un instant, puis les pieds de Don, ses jambes.

— Vous m'avez apporté des vêtements ?

— Oui. Mais d'abord, je vais vous nettoyer un peu. Asseyez-vous.

Il s'assoit.

Elle commence par désinfecter le pourtour de son nez avec des boules de coton imbibées d'eau oxygénée, avant d'essuyer le sang avec des boules sèches.

— Oh, mon pauvre…

— C'est rien. Mais il a bien visé, l'enfoiré.

Elle est presque à cheval sur lui et elle a une vue plongeante sur son torse. Mélangée au sang, l'eau oxygénée a produit une écume rose qui dégouline sur le ventre de Don.

— Vous avez de la musique ? demande-t-il. C'est tellement silencieux ici.

— Pas vraiment. Je peux mettre la radio. Nick a des cassettes quelque part.

— Vous aimez pas la musique ?

— Oh, je ne sais pas. Je n'en écoute pas beaucoup. J'aime ce qu'Anthony aimait. Dion. Frankie Valli. Parfois c'est sympa d'entendre les Beatles. Et vous, qu'est-ce qui vous plaît ?

— Bon Jovi. Vous les connaissez ?

— Pas vraiment.

— Je les ai vus au Madison Square Garden en 87, la tournée *Slippery When Wet*. C'était génial. Cet album-là et aussi *New Jersey*. Je les adore. À un moment je les mettais souvent. Les cassettes sont probablement toujours dans ma voiture. Faut dire que je n'écoute plus tant de musique que ça. Avant, oui.

— *Slippery When Wet* ?

— Ouais. *Livin' on a Prayer*, *You Give Love a Bad Name*. Vous connaissez pas ces chansons ?

Elle hausse les épaules et, jetant quelques boules de coton usagées au passage, va allumer son poste. WCBS. La radio des vieux succès. Ça grésille, la réception n'est pas terrible, mais elle reconnaît *Seasons in the Sun*. On l'entendait beaucoup vers le milieu des années 1970.

— Je ne connais pas cette chanson, dit Don.

— C'était un tube.

Un bourdonnement régulier du côté de la cuisinière : le café est prêt. Elle éteint la plaque.

— Je me sens mieux, dit Don. Merci.

— Et si vous enfiliez votre nouvelle tenue ? On va pouvoir boire ce café et manger quelques-unes de ces pâtisseries.

— Je préférerais que vous vous déshabilliez.

Ava éclate de rire.

— Quoi ?

— Déshabillez-vous. Commencez par votre chemisier.

— Pardon, mais je crois que vous vous méprenez sur mes intentions.

— Allez, faites comme moi.

Il soulève les fesses, fait glisser son caleçon sur ses chevilles et s'en débarrasse d'un coup de pied. Le voilà nu sur la chaise d'Ava, dans la cuisine d'Ava, avec l'odeur du café dans l'air et les vieux vêtements d'Anthony empilés à côté de lui.

— Vous êtes blessé. Vous avez dû prendre un gros coup sur la tête.

— Je suis très sérieux.

— C'est pour ça que vous m'avez acheté la voiture ?

— Non. Ne dites pas ça. Vous me plaisez. Je vous plais. Regardez-moi. Je ne suis pas venu pour faire la guerre, mais pour faire l'amour.

Elle le regarde. Son entrejambe est caché par la table. Il a du sang séché autour des narines. Elle est à deux doigts d'éclater de rire. C'est absurde, mais elle n'éprouve pas de peur, seulement de la gêne.

— Habillez-vous, dit-elle.

— Enlevez votre chemisier et versez-moi du café. S'il vous plaît. Je veux vous voir marcher vers moi en soutien-gorge, avec à la main une tasse sur une soucoupe. Là, maintenant, c'est mon plus grand rêve.

— Vous êtes fou.

— Je suis juste sincère.

— Et si Nick rentre ?

— Il ne va pas rentrer tout de suite.

Don a peut-être dit ça comme ça, mais il se trouve qu'il a raison. Nick est occupé à courir après une chimère. Ava repense à la Wonder Wheel, au risque qu'elle a pris là-haut et à ce qu'elle a ressenti après. En quoi serait-ce si mal de s'abandonner à Don, de se relâcher un peu, de s'amuser ? Ils s'amusaient, Anthony et elle. Ils jouaient à leurs petits jeux. Un soir, il lui avait même offert un vibromasseur qu'il avait acheté à Manhattan, dans une de ces boutiques réservées aux adultes. Il le lui avait donné après une séance au cinéma Benson Twins, bien enveloppé à l'intérieur d'une jolie boîte, tel un bracelet en diamants. En le déballant elle avait eu un choc, elle avait plaqué sa main sur sa bouche. Il lui avait confié qu'il avait hâte de la voir s'en servir. Elle s'était sentie ridicule avec cette chose en forme de missile qui vrombissait entre ses jambes, mais la regarder avait eu l'air de procurer à Anthony pas mal de satisfaction. Elle, étendue sur leur lit. Lui, assis dans l'angle, sur le vieux banc de couturière de la mère d'Ava. Ça s'était produit plusieurs fois. Nick était lycéen, à l'époque, et le week-end il sortait presque tous les soirs. Elle avait pris de plus en plus de plaisir, au point qu'Anthony avait commencé à trouver qu'elle en prenait trop, davantage qu'elle en prenait avec lui, davantage qu'elle en prenait à savoir qu'il la regardait, et il avait décidé de jeter l'appareil dans la benne à ordures de la station Mobil au coin de leur rue.

En y repensant, elle se dit qu'il n'y a rien de mal à s'amuser. Que les êtres humains sont faits pour s'amuser. Et qu'il est grand temps qu'elle s'amuse, nom d'un chien.

Elle défait les premiers boutons.

— Voilà, c'est ça, l'encourage Don.

Sentant son visage s'empourprer, elle ôte son chemisier et reste plantée là, en soutien-gorge et pantalon. À la radio, la voix joviale d'un présentateur parle de la chanson qui vient d'être diffusée ou de celle sur le point de l'être. Ava verse du café dans une de ses jolies tasses en porcelaine, puis la pose sur la soucoupe assortie. Elle l'apporte lentement, précautionneusement à Don, qui l'observe avec une attention si pleine et entière qu'elle se sent vivante d'une façon totalement inédite.

MIKEY BALDINI

À L'ÉPOQUE où *La Fièvre du samedi soir* se tournait dans le quartier, le Twentieth Century était une boîte de nuit. Maintenant, vu de l'extérieur, ce n'est qu'un bâtiment en brique abandonné sur Bath Avenue, niché entre un coiffeur pour hommes et une maison divisée en trois appartements, avec au-dessus de la porte le fantôme d'une enseigne tape-à-l'œil. Le propriétaire n'est autre que Big Time Tommy qui, au dire de tout le monde, s'en sert comme lieu de détente et base d'opérations. Mikey n'est jamais entré, mais il paraît que la piste de danse est recouverte d'un vitrail. Qu'à la grande époque de la boîte toutes sortes de gens célèbres ou rêvant de l'être venaient y faire la fête et se shooter. Qu'une femme s'est jadis pendue à une boule à facettes et qu'aujourd'hui encore elle hante le gang de Big Time Tommy.

Quand il appuie sur la sonnette, Mikey ne sait pas trop à quoi s'attendre. Il a préparé un petit discours à propos de la dette de son père qu'il tient à rembourser et de sa mère qu'il cherche à protéger. Pas besoin de raconter qu'il veut gagner assez d'argent pour se tirer d'ici et démarrer une nouvelle vie ailleurs. Il s'estime déjà heureux que Donna l'ait accueilli à bras ouverts, prête à oublier ce qui s'était passé avec sa mère et partante pour entamer un nouveau chapitre avec lui.

C'est Dice qui ouvre la porte. En voyant Mikey, il sourit – sa lèvre supérieure est encore plus enflée et violacée que la veille.

— Le gamin est là ! crie-t-il par-dessus son épaule.

La voix de Big Time Tommy fuse des profondeurs de la boîte :

— Freak Show Mikey ? Fais-le entrer.

Mikey suit Dice à l'intérieur.

La salle est vaste et humide, on se croirait presque dans un entrepôt. Les plafonds sont assez hauts, très jolis. Il ne reste aucune trace de vitrail sur la piste de danse, mais certains murs au fond sont recouverts de miroirs poussiéreux. D'étroites tablettes en forme de donut, où les gens devaient autrefois poser leurs verres, sont fixées autour des colonnes moquettées qui soutiennent le plafond. Une boule à facettes est suspendue au milieu de la salle par un gros câble électrique. On dirait une planète isolée, dernier vestige d'une sorte de maquette du système solaire. Elle ne réfléchit aucune lumière parce qu'il n'y a aucune lumière à réfléchir ; de toute façon, de nombreuses facettes ont perdu leur petit miroir, et la boule – qui devait jadis émerveiller les danseurs – est criblée de carrés noirs.

Big Time Tommy est assis à un bureau. Posé devant lui, sur un emballage en papier paraffiné, un énorme sandwich à moitié mangé. Brocoli-rave et saucisse, semble-t-il.

Mikey ne voit personne d'autre dans la salle.

— C'est le *kismet**, déclare Big Time Tommy la bouche pleine, un filament de brocoli-rave collé sur le menton. Tu

* "Destin" en arabe et en turc.

sais ce que ça veut dire, *kismet* ? Ça veut dire que c'était écrit, Freak Show.

— Je veux travailler pour vous, annonce Mikey sans perdre de temps. Je veux rembourser la dette de mon père.

— En voilà une excellente nouvelle.

Big Time Tommy attrape un morceau de saucisse coincé entre les deux tranches de pain et le mâche bruyamment.

— Mais la situation est soudain devenue beaucoup plus intéressante.

— Qu'est-ce que vous voulez dire ?

— Ramène une chaise pour notre ami, dit Big Time Tommy à Dice.

Dice prend une chaise pliante contre le mur à côté de l'entrée, l'apporte devant le bureau de Big Time Tommy et la déplie. Mikey s'assoit.

— J'ai un problème, dit Big Time Tommy. Et toi, tu as des démons dont tu ignorais l'existence. Je vais tout t'expliquer. On va pouvoir s'entraider.

— Je veux juste rembourser la dette de mon père. Et peut-être gagner un peu d'argent.

Big Time Tommy lève les mains.

— Je comprends. Mais ton père, mon p'tit, a été victime d'initiatives indépendantes de ma volonté. J'ai demandé une chose, une autre s'est produite. J'ai évité de dénoncer lesdites initiatives dans le but de protéger ma propre réputation, mais les coupables ne méritent plus le sursis que je leur ai accordé.

Mikey est perdu.

— Je ne comprends pas.

— Cet ex-flic qui t'a pété la gueule, Donnie Parascandolo, lui et ses potes Pags et Sottile bossent pour moi. Mon problème est le suivant : je viens d'apprendre qu'ils gardent pour eux une partie de l'argent qu'ils sont censés collecter pour moi, allant jusqu'à prendre la décision fort peu avisée de s'approprier un butin découvert inopinément chez cette raclure de Duke O'Malley, lui-même étant un arnaqueur plus habile que je ne le croyais. Je tiens ça de M. Natale – c'est lui que Duke a volé. Bon, en résumé, Donnie et ses gars m'ont baisé.

— Je ne comprends toujours pas.

— Il y a deux ans, le soir où tu t'es pris ce coup de batte, ton père est mort.

Mikey se penche en avant.

— C'est Donnie le coupable. Pags et Sottile étaient présents, mais c'est Donnie qui a poussé ton paternel du haut du pont. Je ne leur ai *jamais* donné cet ordre. Je leur avais demandé de lui rendre une petite visite le lendemain. De lui péter les rotules, de lui casser un bras, peu importe, un truc pour l'obliger à me rembourser. C'est la vie. Mais je ne les ai pas autorisés à le buter. Ça, c'est une initiative personnelle de Donnie. Je ne sais pas ce qui l'a motivé. Je ne sais pas si c'est à cause de ce qui s'est passé avec toi. Crois-moi, ça ne m'intéressait pas du tout de faire de ta mère une veuve et de toi un orphelin de père. Je l'aimais bien, ton vieux. C'est pour ça que je n'ai pas voulu trop vous brusquer, Rosemarie et toi.

— Donnie Parascandolo a assassiné mon père ? dit Mikey qui n'en croit pas ses oreilles.

Si quelqu'un lui avait demandé de relier Donnie à Giuseppe d'une quelconque manière, il s'en serait montré incapable, ne voyant pas quand et comment ces deux-là auraient pu se croiser. On peut vivre toute sa vie dans ce quartier sans faire la connaissance de la plupart de ses milliers d'habitants. Mikey n'aurait jamais imaginé que l'incident avec Donnie puisse être autre chose qu'une coïncidence.

— Écoute, je ne suis pas psychiatre. Le suicide de son gamin a vraiment fait partir Donnie en vrille. J'éprouve de la compassion pour ce type… jusqu'à un certain point. Parce que maintenant il va devoir payer. Je t'offre l'occasion d'obtenir la vengeance que tu mérites.

Les pensées de Mikey se bousculent si vite dans sa tête qu'il a failli louper ça : *Le suicide de son gamin a vraiment fait partir Donnie en vrille.* Non. Putain. Pas possible.

— Le fils de Donnie s'est suicidé ? Comment il s'appelait ?

— Attention de pas te laisser émouvoir, dit Big Time Tommy.

— Je ne me laisse pas émouvoir. J'ai juste besoin de savoir.

— Gabe.

— Gabe Parascandolo, dit Mikey.

Ils ont été mariés, Donnie et Donna. Pendant seize ans, elle a dit ? Putain de Dieu. Ajoutez ça au fait que son père ne s'est pas suicidé, qu'en réalité il a été assassiné arbitrairement par ce type, l'ex-mari de la femme dont il vient de tomber amoureux. Il se retrouve au cœur d'un putain de soap-opéra. Il nage dans le sang d'un putain de soap-opéra.

— Tu le connaissais, ce gamin ? demande Big Time Tommy.

— Non.

Big Time Tommy termine son discours en même temps que son sandwich.

— Ce que je veux, c'est simplement que tu te venges de Donnie. Tue-le et la dette de ton père sera effacée. Ta mère et toi vous ne me devrez plus rien.

— Je vais le tuer à mains nues, dit Mikey, bouillonnant de colère des orteils à la pointe des cheveux.

Il imagine Donnie qui pousse son père par-dessus la rambarde du pont. Il imagine Donnie au lit avec Donna.

— J'étranglerai cet enculé jusqu'à ce que ses yeux lui sortent de la tête.

— J'apprécie ton enthousiasme, dit Big Time Tommy, mais je pense que tu devrais prendre une arme. (Il se tourne vers Dice.) Sors la malle pour Freak Show.

Dice disparaît dans ce qui devait être le vestiaire de la boîte et revient en tirant derrière lui une malle-cabine, qu'il ouvre devant Mikey. Elle est remplie de pistolets, de couteaux, d'épées, de coups-de-poing américains, de nunchakus et d'autres armes dont Mikey ignore le nom.

Avant que Mikey choisisse, Dice lui donne une paire de gants noirs – des gants de batteur de base-ball – et lui dit :

— Fais-lui bien sa fête de ma part à cet enfant de salaud.

Mikey n'y connaît rien aux pistolets. Il n'en a jamais même tenu un. Avec la chance qu'il a, il suffirait qu'il le braque sur Donnie pour que ce putain de truc lui explose dans la main.

Il jette son dévolu sur une machette. Elle a un manche noir d'une quinzaine de centimètres, une lame qui doit bien mesurer le triple et un fourreau en cuir noir. De quoi aura-t-il l'air, en train de marcher dans la rue avec une machette ? D'un forcené échappé de l'hôpital psychiatrique. Peu importe.

Ce qui compte, c'est de s'occuper de Donnie. Puis de réaliser son rêve de s'enfuir, de partir vivre ailleurs avec Donna, et dans les faits c'est possible, maintenant, même si une fois son crime commis il ne devra pas traîner dans les parages. Tant mieux. La vie en cavale, ça pourrait être génial, à partir du moment où sa mère est déchargée du fardeau de cette dette et où Donna se trouve à ses côtés. Il n'en veut pas à Donna de ce qu'a fait Donnie. Il est triste pour elle, qu'un tel sac à merde ait été son mari, que ce pauvre Gabe l'ait eu pour père.

Il tire la machette de son fourreau et contemple la lame argentée, qui reflète le scintillement de la boule à facettes.

— Très bon choix, dit Big Time Tommy. Que Dieu t'accompagne.

DONNA ROTANTE

ASSISE À LA TABLE de sa cuisine, sa tête entre ses mains, Donna se sent complètement déboussolée. Ça lui est déjà arrivé – à cause de Gabe, bien sûr, et aussi de Donnie, souvent –, mais là c'est différent. Sa vie telle qu'elle est aujourd'hui n'a plus rien à voir avec ce qu'elle était hier, tout ça parce que, par hasard, elle a rencontré un garçon.

Un garçon – c'est exactement ce qu'il est. Il lui a présenté sa mère comme s'ils comptaient se rendre ensemble au bal de fin d'année. C'est ce qu'on fait quand on a l'âge de Mikey – coucher ensemble moins de vingt-quatre heures après s'être rencontrés, tomber amoureux –, pas quand on a presque quarante ans. Il faut croire qu'elle perd la tête. Pour ne pas devenir folle après la mort de Gabe, elle s'était évertuée à maintenir un équilibre délicat entre le désespoir et la routine. Et maintenant le désir de changement, l'envie de vivre viennent tout chambouler.

Le sac à dos de Mikey est par terre, à côté des disques de Donna. Ce n'est pas un manipulateur ; en revanche, elle pense qu'une partie de lui voulait provoquer cette réaction chez sa mère, voulait que cette dernière ne lui laisse d'autre choix que de partir, par principe. Encore un comportement typique d'un garçon de vingt et un ans.

Quelle horreur, cette femme ! Sa façon de regarder Donna. Sa façon de lui cracher devant les pieds. Donna aimerait se montrer compréhensive – il s'agit d'une veuve, après tout –, mais c'est impossible. Son attitude, sa manière d'agir avaient quelque chose de démoniaque. Voilà pourquoi Donna en est encore malade. Rosemarie aurait très bien pu prendre Mikey à part pour lui dire : "C'est quoi, cette histoire ? Elle est trop vieille pour toi." Ce numéro digne de *L'Exorciste* n'était pas nécessaire. Donna a pris un gros risque en accompagnant Mikey, en faisant confiance à cet élan qui les portait, et devoir encaisser un rejet aussi violent l'a dévastée.

Elle n'en veut pas à Mikey. Jamais elle ne lui en voudra. Même si elle ne sait pas trop quoi attendre de sa relation avec lui, c'est une vraie humanité qu'elle voit dans ses yeux. Se lassera-t-il d'elle au bout d'une semaine, d'un mois ? Et elle, se lassera-t-elle de lui, ce gamin qui jette son sac à dos par terre ?

Mais c'est ça, la différence entre une femme qui a tout perdu et n'est pas prête à prendre le moindre risque, et une femme qui suit ses envies, ouverte à l'aventure et à la nouveauté. Elle a déjà essayé cette première voie. Peut-être devrait-elle essayer l'autre.

Mikey parle de partir, de quitter ce quartier. C'est une bonne idée. Elle a une voiture. Quand il sera prêt, ils n'auront qu'à foncer. Pourquoi pas ? Qu'est-ce qu'elle a à perdre ? Maintenant qu'il n'y a plus ni Gabe ni ses parents, qu'est-ce qui la retient ici ? Certainement pas son boulot.

Elle s'imagine à bord de sa vieille Mercury Lynx merdique, roulant sur l'autoroute avec Mikey tandis que le soleil fait scintiller l'asphalte et que les montagnes se dressent à l'horizon. Elle n'a rien vu de ce pays. Avec Mikey, elle peut habiter dans une chanson de Springsteen. Vivre à cent à l'heure, ne jamais ralentir, l'amour comme seul carburant.

Pourraient-ils mener ce genre de vie longtemps ? *On s'en fout ! Tente le coup.*

La dette que Mikey a mentionnée, il doit s'agir d'une dette de jeu de son père, contractée auprès de Big Time Tommy. Elle se demande combien ils doivent. Ça paraît injuste que Mikey et sa mère aient hérité de cette dette, surtout si Giuseppe s'est suicidé précisément pour cette raison, pour les en libérer. Mikey a dit qu'il connaissait un moyen de gagner de l'argent et rembourser Big Time Tommy. C'est sûrement ça qu'il est parti régler. Pourvu qu'il ne soit pas en train de faire quelque chose de stupide. Il est si impulsif. Au point de se mettre en tête de cambrioler une maison ou même une banque ? Peut-être essaie-t-il juste de trouver un arrangement avec Big Time Tommy.

Elle prend une serviette en papier dans un distributeur sur la table et se tamponne le coin des yeux ; la légère couche de mascara qu'elle a mise noircit le papier blanc. Elle baisse la tête, regarde sa robe. Aucun regret : elle lui va bien, elle lui va même très bien. Et dire que Rosemarie l'a traitée de pute. Elle, une pute ? Mikey n'est que le troisième type avec qui elle ait couché, ce qui est dingue, quand on y pense. Lorsqu'il franchira la porte, elle l'embrassera avant même qu'il puisse prononcer le moindre mot.

Elle inspire profondément et se dirige vers la platine. *Ghost Writer* est resté dessus. Elle pose l'aiguille au début de la face B. Les premières notes de *Lift Me Up* retentissent.

Alors qu'elle se tient là, à attendre le retour de Mikey dans sa jolie robe, cette chanson sur l'amour qui vous élève plus haut que tout ne lui a jamais semblé aussi romantique. C'est exactement ce qui lui arrive. Elle s'élève au-dessus de ce quartier, de ces maisons, de ces trottoirs et avenues bondés où vivent les larmes et le chagrin. Lentement, lentement, lentement, elle monte de plus en plus haut avec Mikey, jusqu'à ce que le vent les emporte loin d'ici. C'est chouette de rêver comme un gosse.

On frappe à la porte, des petits coups rapides. Est-ce possible que Mikey soit déjà de retour ? Où est-il allé ? Elle imagine les bêtises qu'il pourrait faire, les ennuis qui risqueraient de le poursuivre où qu'ils aillent.

Elle soulève le bras de la platine – un geste trop nerveux, l'aiguille gratte le disque –, plongeant l'appartement dans un silence brisé seulement par les coups à la porte.

— Qui est-ce ? demande Donna.

Pas de réponse.

Elle regarde autour d'elle, cherche de quoi se défendre. La clé à molette dont elle s'est servie tout à l'heure pour réparer l'évier est toujours posée sur l'enceinte. Elle la saisit et la tient devant sa poitrine.

— Qui est là ? demande-t-elle à nouveau, soudain terrifiée.

Dans sa tête, ça s'emballe. Elle se retrouve mêlée aux problèmes que le père de Mikey a légués à son fils.

Pourquoi la personne qui frappe ne répond-elle pas ?

Donna tente de ramener à la raison son imagination enflammée. Peut-être est-ce quelqu'un d'âgé qui n'entend pas bien ? De temps à autre, il arrive que des vieux de l'église St Mary's passent voir Suzette et se trompent d'étage.

Baissant le bras qui tient la clé à molette, elle s'approche de la porte, tourne le verrou, appuie prudemment sur la poignée et ouvre.

À la grande stupéfaction de Donna, c'est la mère de Mikey. Elle n'a pas changé de tenue, toujours ce chemisier noir à paillettes et ce pantalon noir qui conviendraient mieux à une veillée funèbre qu'au déjeuner – ou dîner, peu importe – d'anniversaire de son fils. Un sac à main doré lui pend à l'épaule, le genre de contrefaçons vendues pas cher dans les boutiques miteuses de la 86e Rue. L'étiquette du prix est encore accrochée à la bandoulière.

— Qu'est-ce que vous faites ici ? demande Donna.

— Je peux entrer ? dit Rosemarie.

— Certainement pas.

— Mikey est là ?

— Non, il n'est pas là.

— On peut se parler entre femmes ?

— Je n'ai pas envie de vous parler.

— Où est Mikey ?

— Je ne sais pas.

Le regard de Rosemarie contourne Donna, plonge dans l'appartement et remarque le sac à dos de Mikey par terre.

— Je connais Suzette Bonsignore, dit Rosemarie. Votre propriétaire, si j'ai bien compris. Peut-être que je devrais aller lui parler.

Plutôt que de se soucier de ces menaces en l'air, Donna plaque contre le chambranle sa main qui tient la clé à molette, comme si elle s'apprêtait à lui dire d'aller au diable.

— C'est quoi, cette clé ? demande Rosemarie en s'avançant.

Ses petits pieds franchissent le seuil.

— Vous comptez m'assommer avec ?

— Je ne savais pas qui frappait à la porte. Vous ne répondiez pas. Alors autant être prête.

— Je me suis dit que vous ne m'auriez pas ouvert, si vous aviez su que c'était moi

— En effet.

— Je suis désolée d'avoir réagi comme je l'ai fait.

— Vraiment ?

— Accordez-moi cinq minutes, s'il vous plaît. Je m'inquiète pour mon fils, c'est tout.

Sur ce, malgré sa méfiance, Donna décide de laisser cette femme entrer chez elle.

Rosemarie s'assoit sur le canapé et promène son regard dans la pièce, s'attardant sur les caisses de disques.

Donna repose la clé sur l'enceinte.

— Et donc ?

— Il a toute sa vie devant lui, mon fils, et il ne sait pas encore quoi en faire. Depuis combien de temps vous le fréquentez ? Il ne me parle de rien.

— On vient de faire connaissance.

— Et vous venez dîner chez nous pour son anniversaire ? Vous n'êtes pas une petite ado écervelée. Vous avez quoi, trente-cinq, quarante ans ? Mettez-vous à ma place. Rien qu'à voir votre appartement, je sais que vous n'avez pas de gosses. C'est sûr que, sans gosses, on ne mène pas le même genre de vie.

Une fois de plus, Donna est au bord des larmes. S'il était en vie, Gabe n'aurait que quelques années de moins que Mikey. Comment réagirait-elle si son propre fils débarquait chez elle en compagnie d'une femme deux fois plus âgée ? Elle ne le saura jamais, puisqu'il a disparu pour toujours.

Si Gabe était en vie, Donna ne serait pas la même femme. J'avais un fils, hésite-t-elle à dire. Mais elle se tait. Elle ne doit rien à la mère de Mikey. Elle ne veut pas la laisser entrer aussi loin.

— Je ne vous connais pas, poursuit Rosemarie, je ne connais pas votre histoire, mais ça n'empêche qu'on peut se mettre d'accord : vous devez vous éloigner de mon fils avant que ça devienne trop sérieux. Moi, je dois tenir mon rôle de mère. Je dois lui serrer la bride, reprendre le contrôle. Ce que je fais, toutes les mères le font. Nous, les mères, on n'agit pas comme vous.

Donna ne lui répond pas. Elle se tourne vers la platine, essuie la poussière à la surface du disque avec un chiffon orange qu'elle garde toujours à proximité. Surtout, ne pas polémiquer. Elle n'aurait pas dû laisser entrer cette femme.

— Vous avez raison, dit-elle à Rosemarie qui se trouve dans son dos. Vous ne savez rien de moi.

— Il faut que mon fils se ressaisisse. Pas question que je le laisse suivre la même voie que son père.

Donna se retourne et découvre le pistolet que Rosemarie braque sur elle. Sa première réaction consiste à éclater de rire. Ça paraît tellement irréel. Les femmes comme Rosemarie ne débarquent pas chez vous armées d'un flingue, bon sang. C'est une mère surprotectrice, dominatrice, voilà tout. En plus, elles ne se connaissent que depuis quelques heures. Comment peut-elle accuser Donna d'être responsable des errances de Mikey ? Peut-être veut-elle juste lui faire comprendre qui commande. Une sale bonne femme qui montre les griffes. Le pistolet n'est probablement même pas chargé.

— C'est une blague, j'espère, dit Donna.

— Je ne blague pas.

— Vous m'avez vue cinq minutes. Même pas.

— Mon frère m'a apporté ça pour que je puisse me protéger de Big Time Tommy, dit Rosemarie en effleurant le pistolet du regard. Mais une coïncidence pareille, c'est pas un hasard. Il devait sentir que j'en aurais besoin. Mon frère possède un sixième sens, je l'ai toujours dit.

— Vous êtes folle.

— Parfois les mères doivent l'être.

— Je vais aller décrocher le téléphone et appeler la police. Vous n'avez qu'à me tirer dessus si ça vous chante, OK ?

Donna fait deux pas en direction de la cuisine.

Rosemarie se lève et le sac à main sur ses genoux tombe par terre – s'en échappe une enveloppe où le nom de Mikey est écrit en gros. Les bras tendus devant elle, Rosemarie braque désormais le pistolet avec ses deux mains, serrées autour de la crosse, l'index de la droite tremblant sur la détente.

— J'y crois pas, dit Donna. Ça doit être un cauchemar. Je me suis endormie. Je suis en train de rêver.

L'espace d'une seconde, elle arrive à se convaincre que c'est le cas, allant jusqu'à se demander si elle a vraiment rencontré Mikey, s'il a trouvé la lettre de Gabe et la lui a rapportée. Un rêve est-il nécessairement limité ? Ne peut-il pas couvrir des années, une vie entière ? Si rien de tout ça n'est réel, peut-être Gabe n'est-il pas mort, peut-être n'y a-t-il jamais eu de Gabe, peut-être n'a-t-elle jamais épousé Donnie. Peut-être est-elle encore jeune. Peut-être qu'on est en 1970 et qu'elle vient de se rêver un avenir possible. Peut-être. Ça ne signifie pas nécessairement qu'elle a rêvé toutes les années entre-temps. Il suffit qu'elle ait rêvé une année précise, mettons 1993, et le passé qui va avec.

Arrête ça. Rosemarie est indéniablement réelle. Elle est là, devant Donna, et ses mains tremblent de plus en plus fort.

— Croyez-moi, j'ai pas envie de vous tirer dessus. Je veux juste que vous me promettiez de ne plus revoir mon fils. Je vais prendre son sac et partir. S'il revient, vous n'ouvrez pas. S'il téléphone, vous ne répondez pas. Il vous oubliera. Il passera à une autre fille.

— D'accord.

— Je vous crois pas. Vous êtes une vipère. Vous dites une chose et vous en ferez une autre. Je le vois dans vos yeux. Mikey va revenir et tous les deux vous allez bien vous moquer de sa mère la pauvre folle. À cause de vous je ne le reverrai plus.

— Je pense que vous avez besoin d'aide.

Rosemarie avance, le pistolet se rapproche un peu plus. Donna profite de ce léger déséquilibre pour plonger vers l'enceinte et saisir la clé à molette. Elle en est sûre, Rosemarie s'apprête à appuyer sur la détente. C'est la conclusion logique de ce mouvement, et que se passera-t-il si l'arme est bel et bien chargée ? Que se passera-t-il si Rosemarie est dingue à ce point ? En admettant qu'elle soit assez folle pour tirer sur Donna, peut-être que cette folie lui permettrait aussi d'échapper aux conséquences de son acte.

Voilà ce qui traverse l'esprit de Donna quand elle abat la clé sur la tempe de Rosemarie.

Une plaie s'ouvre entre son sourcil et la naissance de ses cheveux. Du sang jaillit. Rosemarie a l'air hébétée, puis cassée, comme une horloge dont le tic-tac s'est arrêté. Le pistolet tombe de sa main et elle suit, s'écroulant dessus, gisant inerte aux pieds de Donna tandis que les fins rayons de lumière qui s'infiltrent à travers les interstices des rideaux font scintiller les paillettes de son chemisier.

— Oh mon Dieu, dit Donna.

Elle regarde la clé, sa fourche marbrée de rouge. Elle la repose sur l'enceinte – si seulement elle n'y avait pas touché –, puis se penche au-dessus du corps. Une véritable rivière de sang se forme sur le grand tapis. Le sol n'est pas plat, mais elle n'avait jamais remarqué à quel point il penchait avant que le sang se mette à couler vers le canapé. Bêtement, elle pense au magasin sur la 86e Rue où elle a acheté ce tapis tressé en s'installant ici, et au prix qu'elle l'a payé après avoir négocié une ristourne de cent dollars avec le vendeur.

Elle touche l'épaule de Rosemarie et essaie de la retourner pour voir son visage.

— Rosemarie ?

Elle pense à Mikey. À ce qu'elle va devoir faire – appeler les secours, faire venir une ambulance, la police. Mikey a dit qu'il ne reviendrait peut-être pas avant la fin de la journée. Elle n'a aucun moyen de le contacter. Elle répète encore le nom de cette femme, cette inconnue qui s'est pointée chez elle pour la menacer avec un pistolet. Elle n'a pas eu tort de se défendre.

Rosemarie a dit qu'elle se protégeait, mais de quoi ? En réalité c'est Donna qui a dû se protéger. D'une bonne femme armée d'un putain de flingue.

Les minutes passent. Rosemarie ne réagit toujours pas.

Donna ferme les yeux. *Effacez tout ça. S'il vous plaît. Faites que ce ne soit qu'un rêve.*

Elle ne parle pas à Dieu. À qui, alors ?

La voilà qui tremble. Pire que Rosemarie tout à l'heure. Elle appuie sur l'épaule de Rosemarie et laisse le tremblement de sa main se transmettre aux paillettes du chemisier, dans l'espoir qu'une espèce de choc électrique la réveille. Et maintenant ? Doit-elle s'excuser de l'avoir assommée avec une clé à molette ? Ça vaut quand même mieux que l'inverse.

— Allez, Rosemarie. S'il vous plaît, ne soyez pas blessée.

Le sang épais qui se répand par terre indique tout le contraire. Rosemarie est blessée. Voire pire. Putain de merde.

Donna rejoue la scène dans sa tête. Rosemarie s'apprêtait à appuyer sur la détente, non ? C'est pour ça que Donna l'a frappée. Voilà comment les choses se sont enchaînées. Pas le choix.

Elle regarde le téléphone fixé au mur de la cuisine, puis écoute le silence de l'appartement. Un grincement en haut – sans doute Suzette qui règle son fauteuil inclinable. Assise devant la télé, Suzette a-t-elle entendu la chute de Rosemarie ? Ce genre de bruit se propage-t-il vers le haut ? Peut-être les murs ont-ils tremblé quand Rosemarie s'est écroulée ?

Le pistolet traîne sur le tapis, à quelques centimètres de tout ce sang. Si ce que Rosemarie a dit est vrai, Donna maudit l'horrible frère de cette femme de le lui avoir apporté. Dès que l'arme a fait son apparition, Rosemarie a perdu la tête. Elle l'a vue comme un moyen de reprendre le contrôle.

Donna connaît quelqu'un – connaissait quelqu'un – qui était bon dans les mauvais moments. Malgré ses nombreux défauts, Donnie se débrouillait toujours pour agir, peu importe la gravité de la situation. Que ce soit un simple verre brisé, un accident de voiture ou des choses plus secrètes et plus sombres dont elle ignorait presque tout, on pouvait compter sur Donnie. Quand Tony Pagnanelli ou Ralph Sottile l'appelaient parce qu'ils avaient besoin d'aide ou de quelque chose, il rappliquait en un clin d'œil. Et ses potes lui rendaient la pareille. Et elle avait droit aux mêmes égards.

Un jour, il y a des années, au centre commercial Kings Plaza, quelqu'un l'a suivie alors qu'elle regagnait sa voiture. Elle s'est arrêtée à un téléphone public, a appelé Donnie, et Dieu merci dix minutes plus tard il déboulait en compagnie de Tony et Ralph. Elle n'en revenait pas qu'ils aient fait si vite.

Pour Gabe, c'est lui qui a dû prendre en charge tout l'aspect pratique : l'église, la veillée, le cimetière. Elle était incapable de gérer ça. C'est Donnie qui a réglé les factures, signé les formulaires, serré les mains qu'il fallait serrer. En partie à cause de son expérience de flic. En partie à cause de sa personnalité.

Mais l'appeler maintenant, quelle idée stupide ! Sauf que la situation est dingue. Il saura l'accompagner, lui donner les conseils dont elle a si désespérément besoin.

Admettons qu'elle se décide à l'appeler : l'aidera-t-il comme il l'aurait fait au temps de leur mariage ? Fera-t-il preuve de la même loyauté ?

Elle n'a pas envie de l'appeler mais, ne sachant quoi faire d'autre, elle se dirige vers le téléphone. À chaque pas ses tremblements empirent. Elle compose le numéro de Donnie, qu'elle partageait autrefois avec lui et n'a pas oublié. Elle pense au sous-sol. Elle pense à Gabe. L'idée d'entendre la voix de Donnie la remplit d'appréhension.

Mais ce n'est pas lui qui décroche.

C'est Tony Pagnanelli. Pags.

— Donna ? dit-il, de la stupéfaction dans la voix.

Elle fond en larmes.

— Qu'est-ce qui se passe ? demande-t-il.

Les mots restent bloqués dans la gorge de Donna.

— Donnie est là ? parvient-elle à dire.

— Il est sorti. Explique-moi ce qui ne va pas. Je vais t'aider.

— Je ne sais pas quoi faire.

— Dis-moi ce qui se passe, ma chérie.

Elle lui raconte tout – a-t-elle seulement le choix ? Il lui dit de ne pas bouger, de n'appeler personne, de n'ouvrir à personne sauf à lui, il arrive. Elle dit d'accord, raccroche le combiné et s'assoit à la table de la cuisine en tournant le dos à Rosemarie.

DONNIE PARASCANDOLO

AVA ÔTE SON ALLIANCE et la pose dans un bol en plastique bleu sur le plan de travail. Elle se lave les mains avec du liquide vaisselle puis reste plantée devant l'évier, les yeux rivés sur la bonde. Quand elle se retourne vers lui, elle pleure. Pas des gros sanglots, mais ses joues sont humides et son menton tremble. Elle se sent coupable, à cause de ce qu'ils viennent de faire.

— T'as pas trouvé ça chouette ? demande Donnie.

— Si. Je suis désolée.

— Tu semblais apprécier.

— Ça n'a rien à voir avec toi.

Elle prend un torchon pendu à un crochet et le lui lance.

Il s'essuie puis s'approche, toujours aussi nu, et jette le torchon dans l'évier. S'appuyant contre le plan de travail, il tend les bras et touche la poitrine d'Ava. Elle a un soutien-gorge noir, uni, avec des petites peluches accrochées aux bretelles.

— J'aimerais bien les voir, ces deux-là.

— Don…

Il baisse les bretelles le long des bras d'Ava. Elle ne l'arrête pas. Il aime la voir comme ça, débordant à moitié de son soutien-gorge. Pour une femme de plus de cinquante ans, elle a de sacrés nibards.

Elle remonte les bretelles, remet tout bien en place.

— Je dois aller dans la salle de bains. Je reviens tout de suite. Les vêtements que je t'ai apportés sont là. Habille-toi, au cas où Nick rentre.

Il hoche la tête, attrape le jean.

Ava disparaît dans sa chambre et ferme la porte.

Il enfile le jean, sans se soucier de remettre son caleçon qui traîne par terre, roulé en boule. Puis il enfile le T-shirt, un truc ridicule rapporté d'Atlantic City. Un peu trop serré. Il devait être du genre maigrichon, cet Anthony.

Donnie se penche au-dessus de l'évier et boit de l'eau au robinet. Il se lave les mains avec une giclée de liquide vaisselle, puis s'en frotte sur le menton et se rince sous le jet.

Le téléphone sonne à nouveau.

— Laisse sonner, lui crie Ava.

Mais comme il parie que c'est son fils, il va décrocher.

— Ouais ?

— Putain mais c'est qui, là ? dit Nick à l'autre bout de la ligne.

Donnie n'a pas passé beaucoup de temps avec lui, mais il n'a aucun mal à reconnaître sa voix, même si Nick articule mieux maintenant que l'effet de l'alcool s'est estompé.

— Putain mais c'est *qui*, là ? l'imite Donnie.

— Où est Ava ? Je l'ai appelée au boulot, ils m'ont dit qu'elle était rentrée à la maison. Elle va bien ?

Donnie couvre le téléphone avec sa main, parle tout près du combiné :

— Ava va super bien, mon pote. Ça fait longtemps qu'elle s'est pas autant éclatée. Je lui ai bouffé la chatte jusqu'à ce qu'elle hurle.

— Nom de Dieu. Barrez-vous tout de suite de chez nous.

— Pas question. T'as un beau-papa maintenant, p'tit merdeux.

Donnie éclate de rire et raccroche.

Il retourne près de la table, sort un biscuit arc-en-ciel de la boîte et l'enfourne. La pâte est tendre, fraîche. Putain, quel délice…

Il s'assoit sur la chaise où toute la scène s'est déroulée, se rapproche de la table et regarde le néon au-dessus de sa tête. Ça lui fait des points verts dans les yeux. Quand il était petit, il pensait que fixer longtemps une lumière comme ça le doterait d'une sorte de vision laser. Il voulait voir à travers les murs, à travers les vêtements. Il voulait voir le whiskey coincé dans la chaussette de la bonne sœur qu'il aimait le moins à l'école. Il voulait voir de la chair nue. Il voulait voir de la chaleur. Ça et la capacité d'arrêter le temps, c'étaient les deux grands fantasmes de son enfance.

Ava réapparaît en peignoir de bain. Elle ne s'assoit pas. Elle s'approche de l'évier et remet son alliance.

— Tu as répondu au téléphone ?

— Oui.

— Qui c'était ?

— Je ne sais pas. La personne a raccroché. Elle a probablement pensé qu'elle s'était trompée de numéro.

— Si c'est important, elle rappellera. C'est sûrement le boulot. Sans moi ils n'arrivent à rien.

Elle regarde de quoi il a l'air, vêtu du jean et du T-shirt de son défunt mari.

— Ces vêtements te vont bien.

— Un peu serrés, mais ça fait l'affaire.

— Je peux te trouver autre chose.

— T'embête pas.

Le téléphone sonne à nouveau. Donnie est sûr qu'il s'agit de Nick, en revanche il ne sait pas exactement ce qui va se passer, ce que Nick va dire et comment Ava va réagir.

— Allô ? dit Ava dans le combiné.

De toute évidence, ce n'est pas Nick. Elle écoute, et Donnie l'écoute écouter.

— Je sais, Alice, dit Ava, roulant des yeux pour signifier à Donnie qu'elle doit gérer ça. Encore un projet absurde. Il ne t'a pas donné de nouvelles ? (Un silence.) Dès qu'il rentre, je lui dis de t'appeler. Non, je ne sais pas ce qui lui a pris.

Elle raccroche.

— Qui c'était ?

— La petite amie de Nick. Alice. Il me semble que j'en ai parlé hier.

— Ah, oui.

— Elle le cherche. Il… peu importe.

Elle pointe du doigt le café qu'elle lui a préparé, la tasse qu'elle lui a apportée sur une soucoupe après avoir ôté son chemisier.

— Ça doit être froid, dit-elle. Laisse-moi réchauffer la cafetière et te verser une autre tasse.

— OK. Si ça te dérange pas trop.

Honnêtement, même si en fin de compte ce n'était pas Nick au bout du fil, il est étonné qu'Ava ne le flanque pas à la porte.

Au contraire, elle semble plutôt contente. Ses quelques larmes, c'était seulement à cause de l'alliance. Il se demande si elle considère qu'elle a trompé son mari. C'est ce que penseraient certaines femmes. Elles sont étranges, les femmes.

— Tu n'as pas besoin de la porter, dit-il.

— Pardon ?

— L'alliance. Tu n'as plus besoin de la porter.

— On me l'a déjà dit.

— Tu ne l'as pas trompé. Tu ne peux *pas* le tromper. On s'est juste un peu amusés. Inutile de te sentir coupable.

— Ça ne me ressemble pas d'aller aussi vite. Je n'aurais pas dû. Ce n'est pas bien. (Elle tripote sa bague.) Pauvre Anthony, il doit se retourner dans sa tombe.

Elle rallume le gaz sous la cafetière, vide le café froid de Donnie dans l'évier et lui rince sa tasse.

— Moi, en tout cas, j'ai passé un super moment, annonce Donnie en souriant. Je peux t'avouer un truc ?

— Quoi ? demande Ava sans le regarder.

— Tu me fais quelque chose. Ça m'était plus arrivé depuis longtemps. Avec mon ex-femme, ça s'est arrêté assez tôt. Tu as de la classe, de l'intelligence. Ta manière de fumer. Ta voix. Tu sais à qui tu me fais penser ? Susan Sarandon. L'actrice. Tu la connais ? Elle est à moitié italienne. Sa mère s'appelait Criscione. Tu as vu *La Fièvre d'aimer* ? Elle est super sexy dans ce film. La quarantaine bien tassée, mais y en a pas une qui lui arrive à la cheville.

— Je suis plus âgée que Susan Sarandon, dit Ava, indéniablement flattée.

— Quelques années de plus ou de moins, et alors ? Tu es belle.

— J'ai l'air fatiguée.

— Allons dans ta chambre. Je vais te montrer à quel point t'es belle. Aucun problème pour remettre le couvert, suffit que tu demandes.

Petit sourire d'Ava. Qu'est-ce qu'elle a sous ce peignoir, si elle a gardé son soutien-gorge et sa culotte ou si elle est toute nue. Il s'attendait à ce qu'elle se soit entièrement rhabillée – histoire de faire comme s'il ne s'était rien passé – et à ce qu'elle décide finalement de retourner travailler.

Quand la cafetière gronde à nouveau, elle coupe le gaz et remplit deux tasses qu'elle apporte à table. Pas de soucoupe, cette fois-ci, juste des serviettes en papier qu'elle dispose telles des cartes à jouer. Elle s'assoit en face de lui, arrache des petits bouts de la croûte d'un *cannoli*.

— Je ne comptais pas manger, dit-elle.

— Mais ça t'a mise en appétit.

Il attrape un autre biscuit arc-en-ciel, n'en fait qu'une bouchée puis boit une gorgée de café brûlant.

— Mange-le en entier, dit-il. Tu l'as mérité. Je veux te voir lécher la crème.

— Don ! Tu es incroyable. Avec toi tout est sale.

— Pas tout, non.

Mais elle pose le *cannoli* sur sa paume, grignote la croûte comme une souris puis plonge sa langue dans la crème tandis que ses lèvres se couvrent de sucre glace.

— Voilà, ça c'est sexy, dit Don.

— C'est tellement bon.

Elle ne peut pas s'arrêter. Ses bouchées sont de plus en plus grosses et bientôt c'est fini, il ne reste que quelques miettes au creux de sa main. La bouche encore pleine, les yeux fermés, elle mâche en sollicitant tous les muscles de son visage, puis boit un peu de café pour faire descendre le gâteau.

— Regardez-moi ça, dit-il.

— Quel goinfre je suis ! Je sens que c'est allé directement dans mes fesses.

— Reprends-en. Regarder une femme manger, j'aime ça.

— Tu serais pas un peu malade, des fois ?

— Peut-être.

— Je vais juste goûter un de ces biscuits en forme de S. Le tremper dans mon café.

— C'est ça, bonne idée.

Elle trempe le biscuit et le porte à sa bouche en veillant à ne pas en mettre sur la table – le café l'a rendu spongieux, il menace de s'effriter. Elle mord, engloutit la moitié du biscuit tandis que l'autre tombe au creux de sa paume. Ça la fait rire. Elle dévore cette moitié restante, imbibée de café, comme si elle se trouvait sur une île déserte et qu'elle voyait de la nourriture pour la première fois depuis des mois. Elle rit tout en mâchant.

— Je suis dégoûtante, dit-elle, la bouche pleine de bouillie de biscuit.

— J'adore. Surtout ne t'arrête pas.

— Je vais exploser !

— Continue, c'est bien de vivre dangereusement.

Elle sort un *pignoli* de la boîte.

— Excellent choix, dit Donnie. Ils fondent dans la bouche.

— Anthony les aimait beaucoup, lui confie Ava qui semble le regretter aussitôt. Pardon, je n'ai pas besoin de te raconter tout ce qu'Anthony aimait ou n'aimait pas.

— Pas grave. Cette texture, c'est ce qu'y a de mieux, dit Donnie en secouant la tête. Allez, avale-nous ça. Pose-le sur ta langue comme une hostie.

— C'est du blasphème !

— Ah oui ? Je parie que le corps du Christ a exactement ce goût-là.

— Ne dis pas des choses comme ça.

Ava a un mouvement de recul ; ses épaules s'affaissent, elle semble sincèrement blessée.

— Je blaguais. Désolé, mon cœur.

— Ne m'appelle pas *mon cœur.*

— Dis pas ci, dis pas ça. À croire qu'on en est à la fin plutôt qu'au début.

— Ça fait seulement deux choses que je t'ai demandé de ne pas dire. Deux.

Ava sort une Viceroy et l'allume.

— Laisse-moi t'expliquer ce que j'ai contre "mon cœur".

— C'est une marque d'affection.

— Pas dans la bouche de la plupart des hommes. Ils te sortent ça à longueur de putain de journée. Pardon, je n'aime pas jurer : à longueur de journée. *Mon cœur* par-ci, *mon cœur* par-là. "Qui tu appelles *mon cœur* ?" Voilà ce que j'ai envie de leur demander. Tu es l'homme de ménage. Tu es je-ne-sais-qui.

— Laisse l'homme de ménage tranquille. Il en bave. Sa mère vient de clamser. Sa femme baise un gangster surnommé Barreau-de-chaise.

Ava tire une longue bouffée de cigarette et le regarde d'un air perplexe.

— De quoi tu parles ?

— J'imagine la vie de l'homme de ménage. Il s'appelle Luis.

— Il ne s'appelle pas Luis, le type dont je parle. Il s'appelle Ted. Ted Nowak. C'est un Polaque.

— OK, OK, dit Donnie, levant les mains en signe de capitulation. On l'oublie, l'homme de ménage.

— Si ce n'était que lui, mais il y a les autres. Les types qui se prennent pour quelqu'un. Les médecins. C'est eux, les pires.

— Compris, j'arrête les *mon cœur*.

— Je peux te demander quelque chose ?

Sa cigarette coincée au bout des doigts, Ava s'appuie sur son coude et se penche en avant. Son alliance semble étinceler.

— Aïe, dit Donnie. Je ferais peut-être bien de manger un autre biscuit.

Il prend un biscuit en forme de S, le plonge dans son café et le mange exactement comme elle, recueillant les miettes spongieuses dans sa main.

— OK. Je suis prêt.

— Ce qui s'est passé, comment tu l'as vécu ?

Il regarde autour de lui, les murs, la lumière au plafond, à la recherche du sens de sa question. Elle veut parler de ce qu'il a *fait* ?

— J'ai beaucoup apprécié, Ava. On est bien, entre tes gambettes, il fait chaud. C'est chouette d'explorer ta cavité. Je me suis pris pour un écureuil.

— Non, pas *ça*.

— Bah de quoi tu parles, alors ?

— De ton fils.

Donnie se penche en arrière. *Ça*. Comment elle sait ? Ce genre de chose se sait, faut croire. Un quartier comme le leur, les nouvelles s'ébruitent. Ou plus probable, elle ne savait pas elle, du moins n'avait pas fait le rapprochement et c'est son fils qui s'en est souvenu, qui lui a déballé tout ce qu'il avait entendu raconter.

Ava recrache sa fumée en évitant de viser Donnie.

— Tu as cherché de l'aide à l'église ? lui demande-t-elle.

— Pourquoi ?

— Peut-être que tu devrais. Le père Borzumato, à St Mary's, c'est un type bien. Je lui ai beaucoup parlé après la mort d'Anthony.

— Les curés et moi, on est pas super potes. Tu veux entendre l'histoire du père Pepe et de monsignor Vallone qui me battaient jusqu'au sang quand j'étais enfant de chœur ?

— Je me souviens du père Pepe et de monsignor Vallone. Ils étaient gentils.

— Ouais, si être gentil c'est se cuiter puis nous tabasser, moi et mes camarades. Et avec les garçons efféminés, Vallone poussait la déviance encore plus loin.

— Qu'est-ce que tu racontes ?

— Pourquoi tu crois qu'ils l'ont nommé ailleurs en toute discrétion ?

— Non… Pas ça, quand même…

— Tu fais confiance à ces salopards. Mais eux, ils ont autre chose en tête. Ce qui intéresse certains, c'est de baiser leurs copines les bonnes sœurs. Les autres préfèrent les garçons. Mais ils ont jamais essayé de me baiser, moi. Je tiens à ce que ce soit clair.

Ava écrase sa cigarette dans la boîte de conserve vide, enlève un brin de tabac sur sa lèvre.

— Comment ça se fait que je ne me souvienne pas de t'avoir croisé, à l'époque ? demande-t-elle.

— Peut-être parce que t'es un peu plus âgée.

— Je devais être en cinquième quand tu as commencé l'école. Tu avais sœur Bernadette en maternelle ?

— La pire de toutes. Elle avait une tête de rat.

— Je l'aimais bien, sœur Bernadette. Je l'ai vue y a pas longtemps à l'église.

— Elle doit avoir deux cents ans.

— Elle se souvenait de moi. Elle m'a dit que j'étais une de ses élèves préférées.

Donnie prend une cigarette. Ava la lui allume.

— Il te resterait pas un peu de scotch ?

— Contentons-nous de bavarder, dit Ava. Il y a une année que tu as plus aimée que les autres ?

— J'ai pas trop détesté le CE1.

— Avec qui tu étais ?

— Mlle Schwartz.

— Je ne vois pas qui c'est.

— Une dame juive qui enseignait dans une école catholique, c'est dingue, non ? Elle n'a tenu que deux ans. Elle habitait tout près de l'école. Vraiment gentille, cette dame. Des cheveux noirs de chez noir. Elle n'était pas comme les bonnes sœurs. Un jour je l'ai vue, assise sur le perron de son immeuble, en train de cirer une paire de chaussures en écoutant de la musique. Elle m'a fait un énorme sourire et m'a salué de la main. C'est un de mes plus beaux souvenirs d'enfance. Je me suis senti important.

— C'est tellement triste, dit Ava.

— Qu'est-ce qu'y a de triste ?

— Tous les enfants devraient avoir des tas de beaux souvenirs. Pas juste une inconnue qui vous salue de la main.

— Ce n'était pas une inconnue.

À son tour de tirer profondément sur sa clope. Puis il plisse le front, regarde la radio derrière Ava et regrette qu'elle ne soit plus allumée. Tout ce putain de bavardage.

— J'ai des bons souvenirs avec mes parents, mes tantes, mes oncles. Les gros repas du dimanche. Prendre le métro avec mon vieux pour aller voir les Yankees dans le Bronx.

Une minute de pur silence. Rien que le bruit de leurs bouffées de cigarette. Le tic-tac à peine audible d'une horloge dans une autre pièce – le minuscule battement du cœur de la maison. Il ne l'avait pas encore remarqué.

— Flic, ça n'a pas dû être un métier facile, finit par dire Ava.

— C'était ce que c'était. J'ai commencé jeune.

— Parle au père Borzumato. Discute un peu avec lui. Ça ne t'engage à rien.

— J'ai pas envie, Ava.

ANTONINA DIVINO

ANTONINA ATTEND Ralph à l'endroit habituel sur Bay 32e Rue. Elle est surprise de le voir arriver à pied, essoufflé, portant un sac de sport et transpirant à grosses gouttes dans son polo serré et son chino froissé. Il regarde autour de lui, inquiet que quelqu'un puisse l'observer, puis dit :

— Pags a pris ma voiture. Une urgence.

Antonina hoche la tête. C'est étrange de se retrouver avec lui sur ce trottoir. Dans le Bronx, elle se sent à l'aise. Dans la voiture de Ralph sur la Belt Parkway, elle se sent à l'aise. Ici, dans leur quartier, elle se sent exposée. Elle a dessaoulé depuis les quelques verres de cet après-midi, et ses nerfs sont à vif, ce qui n'aide pas.

— Désolé, dit Ralph.

— Pas de souci.

— Je voulais te donner ça sans attendre. (Il lui tend le sac.) Peut-être qu'on peut se revoir plus tard, quand j'aurai récupéré la voiture, et aller faire un tour dans le Bronx ?

— Qu'est-ce que c'est ? demande-t-elle.

Elle inspecte l'extérieur du sac, un de ces petits sacs cylindriques, noir avec des poignées blanches. Des traces rondes et grisâtres sur le tissu – la poussière qui s'est incrustée.

— J'ai touché un peu de pognon aujourd'hui, chuchote Ralph. Plus que ce dont j'ai besoin. Je veux t'en donner une partie. Pour ton avenir. Peut-être que ça t'aidera, pour payer l'université et le reste.

Antonina le croit, pas besoin d'ouvrir le sac.

— Y a combien ?

— Dix mille.

Voilà qu'elle panique. Elle se tient sur Bay 32e Rue avec un flic ripou et dix mille dollars dans un sac de sport qu'il vient de lui donner. Dieu sait où il les a dénichés. Elle pense à plein de choses qu'elle a envie de lui dire. *Je ne peux pas accepter. Pourquoi moi ? D'où vient cet argent ? Est-ce que quelqu'un est mort dans cette affaire ?*

— Merci, dit-elle simplement.

— Il en reste encore, et j'ai pas besoin de tout, dit Ralph. Je suis un solitaire. Toi, tu n'es pas une fille comme les autres. Je veux que tu aies le maximum d'opportunités.

Avec de l'argent, l'avenir paraît différent. Et si elle allait à l'université, en effet ? Maintenant qu'elle a de quoi payer. Qu'elle n'est plus dépendante de ses parents. Elle peut s'inscrire dans une université d'État et apprendre à réaliser des films, par exemple. Elle peut quitter ce quartier, cette ville avec ses trottoirs fissurés, ses bus qui grognent, ses délinquants, ses habitants qui se font tuer dans le métro pour une paire de tennis, et elle peut s'en aller voir des arbres, des lacs, des montagnes et d'autres trucs dans le genre. Mikey lui avait raconté combien il appréciait New Paltz, comme c'était sympa, au printemps, de partir dans les bois avec juste un sac de couchage et une bouteille de vin et de dormir par terre.

Ralph tend la main et prend une des mèches d'Antonina entre ses doigts.

— Je t'ai déjà dit qu'il t'allait bien, ce rose ?

Elle a envie de changer. La dernière fois qu'elle est passée au salon Manic Panic à Manhattan avec Lizzie, Antonina s'est acheté une coloration baptisée Psychedelic Sunset.

— Je dois filer, dit Ralph. Je t'appelle plus tard. On ira dans le Bronx deux soirs de suite. Ce soir, on va fêter ça. On va porter un toast à ton avenir.

Honnêtement, elle ne sait pas quoi lui répondre. Elle hoche la tête et sourit.

Ralph part, s'éloigne en direction de Benson Avenue.

Antonina se dépêche de retourner chez elle. Sa mère n'est toujours pas rentrée ; elle se précipite dans sa chambre, verrouille sa porte puis ouvre le sac et vide l'argent sur le lit. Dix mille dollars, elle s'attendait à ce que ce soit plus impressionnant. Dix liasses de dix billets de cent dollars. Elle caresse le bord des billets, réfléchit au meilleur endroit pour les cacher. Dans sa penderie ? Sous le lit ? Louer un coffre à la banque, peut-être ? Non, c'est une idée stupide. C'est de l'argent sale, la banque aurait les moyens de le détecter. Elle s'imagine en train d'acheter une voiture chez Flash Auto en liquide, de régler ses frais de scolarité à la fac en liquide, de se payer un tas de colorations chez Manic Panic et de films chez Kim's Underground.

Elle fourre l'argent dans une grande boîte de tampons à moitié vide, la planque sur l'étagère du haut de sa penderie et garde trois cents dollars pour s'amuser un peu. Puis elle glisse le sac de sport sous son lit – ne sachant pas à qui il appartenait, elle n'a pas envie de le voir traîner. Il ne faudra surtout pas qu'elle oublie de le jeter.

Elle prend son téléphone et appelle Lizzie, qui décroche au bout de quatre sonneries.

— Une virée à Manhattan, ça te dit ? lui demande Antonina.

— Tes parents vont pas gueuler ?

— Y a personne à la maison. J'ai de l'argent. On pourrait se payer un ciné, se mettre une cuite, aller écouter de la musique.

Elle pense à Ralph : ce serait cruel de ne pas être là quand il appellera, mais elle a bien le droit de vivre.

— C'est parti ! dit Lizzie. Je te retrouve à la station Bay Parkway.

Antonina sort sur l'escalier de secours ; quand sa mère rentrera et verra que sa porte est verrouillée, elle se dira que sa fille n'est pas en forme et ne s'inquiétera pas plus que ça.

Elle allume une cigarette. Dans quelques minutes, elle descendra l'échelle et filera rejoindre Lizzie à la station de métro.

NICK BIFULCO

NICK REGARDE le téléphone public du Spanky's Lounge et secoue la tête, refusant d'y croire. Donnie chez eux ? Avec Ava ? Il a dû être victime d'une sorte d'hallucination auditive. Ce genre de chose existe, il en a entendu parler. Ce n'est pas un mythe. Il a appelé, Ava n'était pas à la maison et, pendant que le téléphone sonnait dans le vide, il a imaginé cette conversation avec Donnie.

Non, cette conversation a eu lieu, évidemment.

Juste avant, il est parvenu à joindre Phil Puzzo. Ils ont prévu de se retrouver chez Nick dans une heure ou deux – Phil doit une visite à ses parents et, en plus, les bons petits plats de sa mère lui manquent. Il a annoncé qu'il resterait un quart d'heure max, le temps qu'elle termine de préparer le repas. Nick lui a résumé rapidement son idée, et Phil a répondu qu'il connaissait l'histoire de Donnie Parascandolo mais doutait qu'il y ait de quoi en tirer ni scénario, ni livre, ni quoi que ce soit. Donnie est un type banal, a-t-il dit, et les gens s'en battent les couilles des petits mélodrames de ce quartier de merde. Nick allait devoir creuser un peu plus. N'empêche, peut-être que Nick pourrait tirer profit des conseils que lui – Phil Puzzo, dieu du quartier – savait prodiguer.

Un échange assez déroutant, donc, mais Nick ne veut pas louper l'occasion de rencontrer Phil, qui a quitté la maison de ses parents il y a plus de vingt ans et ne repasse pas souvent dans le coin. Nick sait qu'il a les bases d'une vraie histoire, et peut-être que les conseils de Phil le mettront sur la bonne voie pour l'écrire.

Avec sa dernière pièce de vingt-cinq cents, Nick appelle ensuite Alice, qui doit être rentrée du lycée.

Les sonneries s'enchaînent. Rien. Nick récupère sa pièce. Il réessayera dans un moment, une fois qu'Alice aura eu le temps de poser ses affaires.

Il repense à ce qu'a dit Donnie. Ça lui paraît hautement improbable que cet imbécile ait fait un cunni à sa mère. Il cherchait juste à contrarier Nick, à lui vriller le cerveau.

Mais maintenant Nick a dans la tête une image qu'il ne peut pas chasser, sa mère sur son lit à baldaquin, les jambes écartées, Donnie agenouillé devant elle, la tête enfouie entre les cuisses d'Ava. Nick ne veut pas y penser, mais ne peut s'en empêcher. Il ne cesse de voir le visage, le cou, les mains d'Ava, ses vêtements jetés par terre, roulés en boule comme ça n'arrive que lorsqu'on se déshabille avec un empressement fiévreux. Il pense aux cuisses d'Ava, à ses fesses écrasées contre le matelas. Il sait dans quel état Alice se met quand il s'occupe de son entrejambe, comment elle se mord la lèvre et agrippe les draps, comment elle s'empoigne parfois les seins, comment ses yeux semblent simultanément fermés et ouverts. Et maintenant il visualise Ava dans le même état. Jamais il n'a pensé à sa mère en train de se mordre la lèvre ou d'agripper ses draps. Il a pensé à ses seins, mais uniquement de la manière dont les hommes pensent aux seins de leur mère – il pourrait aussi bien s'agir de cuillères en bois dans la cuisine. Jamais ils ne lui sont venus à l'esprit à un moment inopportun.

Et ce *chatte* employé par Donnie. Nick n'avait jamais associé ce mot à sa propre mère. Pas vraiment. Aux mères de ses copains, oui, bien sûr. C'est comme ça qu'il avait commencé, d'ailleurs, en rêvant à Mme Torregrossa, à Mme Loverde, à Mme Telesco. Même à Mme Angilletta avec sa terrible odeur d'aisselles. Il avait rêvé à ce qui se trouvait entre leurs jambes et ce qui ne s'y trouvait pas, avant même de posséder la moindre connaissance certaine à ce sujet. C'était différent des seins, qui s'imposaient à vous dès le départ. Qui étaient des institutions, comme le Soleil ou la Lune. Les garçons s'intéressaient forcément à eux. Mais en dessous, ça restait un mystère. Nombre de discussions de cour d'école, entre deux bras de fer, consistaient à spéculer sur les parties intimes des femmes. Se pouvait-il qu'elles soient équipées de dents ou de griffes ? Certains garçons, aiguillés par des frères plus âgés, chuchotaient le mot *buisson*. Ça, autant qu'il s'en souvienne, c'était en CE2. D'autres garçons avaient des sœurs, alors ils possédaient quelques vagues éléments d'information, qui se transformaient aussitôt en folles rumeurs frisant l'hystérie. Un gamin prénommé Edmund était arrivé à la conclusion que les femmes avaient des étoiles de mer collées là-dessous, des étoiles de mer que seuls leurs maris pouvaient décoller. Un autre gamin, Lucas, qui plus tard devint un obsédé du reniflage de culotte, racontait des histoires d'épaisse couche de glace qu'il fallait creuser avec un marteau pour atteindre une mare de sirop d'érable.

Mais il y avait quand même eu cet épisode avec Ava. À l'époque, Nick était en CM2. De retour à la maison après avoir joué au basket avec ses amis, il était en nage. Il avait envie d'un sandwich au beurre de cacahouètes et à la banane. Son ballon sous le bras, il ouvrait la porte de derrière quand il avait entendu des gémissements. Il s'était figé. Puis il avait reculé d'un pas tout en gardant la porte entrouverte. Son père avait pris un jour de congé ou était rentré plus tôt que d'habitude. Quoi qu'il en soit, il pressait son corps contre celui d'Ava. Appuyée contre l'évier de la cuisine, tout alanguie, elle se penchait contre l'épaule de son mari. Ce dernier agitait la main qu'il avait glissée dans le pantalon de sa femme. Ils n'avaient pas vu la porte s'entrouvrir, pas entendu le grincement de la poignée ni les pas sur le seuil. Et maintenant Nick les regardait s'adonner à cet étrange rituel.

— Tu es trempée, avait dit son père.

Ava avait ri et gémi puis répondu :

— C'est toi qui me fais mouiller comme ça.

Nick se souvient que toute cette humidité l'avait rendu perplexe. C'étaient les années 1970, les gamins comme lui n'accédaient pas à la pornographie aussi facilement qu'aujourd'hui, où il suffit d'entrer dans un vidéoclub, de pousser les portes battantes de la petite pièce séparée, de choisir une de ces cassettes dans leurs gros boîtiers puis de la déposer sur le comptoir telle une miche de pain. Dans son souvenir, on ne trouvait même pas de revues pornos chez les marchands de journaux du quartier. Son ami Cal lui avait passé un roman intitulé *Serveuse topless*, un truc cochon avec une super couverture. Nick l'avait feuilleté vite fait avant de le planquer en bas de sa penderie. Il ne l'avait jamais vraiment lu ; des caractères trop petits et trop serrés, des pages qui se décollaient, seule la couverture semblait valoir le coup. Et maintenant son père disait à sa mère qu'elle était trempée et celle-ci lui répondait entre deux gémissements que c'était sa faute. Nick avait trouvé ça très étrange. Parlaient-ils de l'évier, de la douche, d'une histoire de toilette ou de vaisselle ? Le pantalon d'Ava gênait le père de Nick, qui avait fini par s'interrompre pour le lui baisser autour des cuisses. Puis il lui avait baissé sa culotte, s'était léché la main et la lui avait de nouveau glissée entre les jambes. Ava était presque assise sur le plan de travail et Nick avait pu apercevoir ses parties intimes. Battant en retraite dans le jardin, il avait laissé la porte se refermer avec un chuintement, jeté le ballon par terre et tenté de calmer sa respiration.

Après ça, son éducation était passée à la vitesse supérieure. On lui avait filé d'autres livres, et même des magazines. Et il ne se contentait pas de regarder les couvertures et les photos, il lisait. Quand ils pouvaient, ses potes et lui allaient voir des films X à Times Square. Ils se branlaient tous pendant la séance, mais bien sûr n'en parlaient pas après. La première relation sexuelle de Nick, ce fut avec une pute dans un hôtel sinistre au-dessus d'un magasin de vins et spiritueux près de la gare routière Port Authority. La pute s'appelait Provenance, sans déconner.

Nick a son histoire. Tout le monde a son histoire. Ava doit avoir la sienne, elle aussi, une longue histoire qui – comme tant d'autres – commence avec un mélange de curiosité et de honte, d'émerveillement et de peur. Ses premières explorations sous les draps. Se frotter contre quelque chose. De longues douches. Des prêtres, des bonnes sœurs et des mères qui vous dressent une liste d'interdits. Y a-t-il eu un garçon avant le père de Nick ? Y a-t-il eu des banquettes arrière ? Y a-t-il eu des hommes depuis la mort de son père ? Des ébats effrénés dans les cagibis de Sea Crest ? Maintenant il y a Donnie et, que ce dernier ait bluffé ou non, Nick ne peut s'empêcher d'y croire.

C'est étonnant qu'il se soit si peu interrogé sur les désirs d'Ava. Il l'a vue comme une mère, une veuve, quelqu'un qui se tue au travail. Mais, au-delà des cigarettes, il ne s'est jamais demandé ce qui est – ou pourrait être – synonyme de plaisir pour elle. Si Donnie n'était pas Donnie, Nick serait peut-être heureux pour elle. Il s'en veut d'avoir rendu visite à ce type, de l'avoir encouragé à s'intéresser à Ava, tout ça afin de se rapprocher de lui pour le bien de son scénario. Qu'Ava ait besoin d'un petit ami, OK. Mais pas ce type.

Il retourne au comptoir et commande une autre canette de Schaefer. Regardant le flipper, il s'attend presque à voir Antonina courbée au-dessus du plateau. Elle n'est pas là, bien sûr, mais il a l'impression qu'elle a laissé comme une empreinte thermique.

Il repart vers le téléphone, compose à nouveau le numéro d'Alice. Cette fois-ci elle décroche, le souffle court.

— Nick ? Mais où tu es, bon sang ?

— Tu peux venir me chercher au Spanky's Lounge ?

— Je viens de parler à Ava.

— C'est vrai ? Elle va bien ?

— Oui, pourquoi ? Qu'est-ce que tu fais dans ce bar pourri ?

— C'est une longue histoire. Je réfléchis. J'ai pas envie de rentrer à pied.

— Sechiano n'était pas content.

— Je m'en fiche, de Sechiano. Les choses ont changé.

— Comment ça “les choses ont changé” ?

— Je vais tout te raconter. Viens me chercher.

— Tu as des ennuis ?

— S’il te plaît, prends ta voiture et viens me chercher. Tu te souviens du Spanky’s, non ?

— Dis-moi ce qui t’arrive.

— Ava, s’il te plaît, viens me chercher… Pardon, pardon, je voulais dire Alice, mais j’ai un milliard de trucs en tête en ce moment. Je vais tout t’expliquer, promis.

Une pause pour faire durer le suspense. Elle semble avoir éloigné le téléphone de son oreille, le temps de prendre sa décision.

— D’accord, dit-elle d’un ton franchement sardonique.

Alice vient de passer de l’inquiétude à la colère. Premièrement : il lui demande un grand effort. Elle n’aime pas prendre sa voiture. Elle n’aime même pas vraiment conduire. Il l’imagine à l’endroit de la Belt Parkway où les voitures déferlent de la rampe d’accès du pont Verrazano et où, quand elle se trouve sur la voie du milieu – c’est presque toujours le cas –, elle se met à paniquer, ne sachant pas si elle doit céder le passage ou coller au véhicule devant. Deuxièmement : il a déjà fait ce lapsus, l’appeler Ava au lieu d’Alice, et elle déteste ça. Un soir, chez elle, il faisait la vaisselle après le dîner et il était arrivé derrière elle, ses mains toutes savonneuses : “C’était délicieux, Ava”, avait-il dit en la serrant contre lui. Elle s’était retournée et l’avait regardé comme si un cafard venait de sortir de sa bouche. Nick s’était défendu en affirmant qu’une telle erreur était compréhensible, vu que les deux prénoms commençaient par un A. Quand ça s’était reproduit, ils passaient un week-end dans un hôtel à Atlantic City, où ils étaient venus pour jouer dans les casinos et voir un spectacle. Ils prenaient une douche ensemble, elle lui taillait une pipe sous le puissant jet d'eau. Il ne pensait pas du tout à Ava. Il n'avait aucune raison de s'inquiéter pour sa mère à ce moment-là. Détendu au possible, il avait lâché : "Oh, Ava." C'était sorti tout seul, le choquant tellement qu'il en avait eu le souffle coupé.

De toute évidence, cette offense-là était bien plus grave que la précédente, et Alice avait interrompu ce qu'elle faisait pour se précipiter hors de la douche.

— Tu veux baiser ta mère, espèce de malade ?

— Non, bien sûr que non.

Il avait supplié, imploré, mis ça sur le compte de son cerveau qui lui jouait des tours, qui voulait gâcher ce beau moment : il se souvenait combien Alice avait été contrariée la première fois, et soupçonnait son inconscient de l'avoir poussé à dire exactement les mots qu'il ne fallait pas. Dans le langage de la psychologie, on qualifiait un tel comportement d'auto-sabotage. Malheureusement, c'était une tendance très forte chez lui.

Alice avait semblé se laisser convaincre, la tension était retombée et il n'y avait plus eu d'incident de ce genre. Jusqu'à aujourd'hui. C'est drôle, lui qui vient de dresser le constat qu'il n'a jamais perçu Ava comme un être sexuel, voilà qu'il refait ce lapsus.

— Excuse-moi, Al, dit Nick au lourd silence à l'autre bout de la ligne.

Alice pousse un soupir désespéré.

— Je serai là dans un quart d'heure, dit-elle avant de raccrocher.

Il apporte sa bière à la table où il s'était assis avec Antonina et la boit à toute vitesse. Puis il en commande une autre et demande qu'on lui fasse la monnaie d'un dollar en pièces de vingt-cinq cents, histoire d'aller défier le flipper et ses lumières scintillantes. Sa canette posée sur la vitre du plateau, il n'arrive pas à la cheville d'Antonina.

AVA BIFULCO

QUAND AVA CONVAINC DON d'aller se promener avec elle – prendre l'air lui fera du bien –, elle ne lui dit pas qu'elle a une destination en tête. Elle enfile un jean et un T-shirt qu'elle a acheté dans un bazar de la 86e Rue il y a quelques années, juste au début de la guerre du Golfe. Sur le T-shirt sont imprimés la phrase CE SCUD EST POUR TOI* en gros caractères verts et un dessin de Saddam Hussein avec un missile vert qui lui sort des oreilles, un peu comme un serre-tête couteau. Ce T-shirt lui vaut un compliment de Don, tandis que Nick se moque toujours d'elle quand elle le met.

Lassée des chaussures qu'elle porte au travail, elle glisse ses pieds dans des tennis. Au moment où ils sortent de la maison, elle prend Don par le bras et le sent trembler à cause du manque d'alcool.

Ils remontent la 7e Rue Ouest, tournent à gauche sur Bay Parkway, passent devant le cinéma Marboro puis font

* "*This scud's for you.*" Clin d'œil au slogan publicitaire des bières Budweiser : "*This Bud's for you.*"

le tour du parc Seth Low tels des lycéens qui surjouent la timidité. C'est comme ça qu'elle voit les choses, en tout cas. Elle ne sait pas trop comment Don les voit, lui. Ce qui est sûr, c'est qu'il a des ténèbres très très profondes à l'intérieur. Tout à l'heure, avec lui, elle s'est laissé emporter. C'est compréhensible. Elle ne peut pas s'en vouloir pour ces désirs aussi désespérés que soudains. Dieu lui pardonnera d'avoir agi de façon irrationnelle. Toute sa vie durant elle s'est comportée dignement. Un peu d'indécence ne va pas tout ruiner.

Ava observe le décor autour d'elle. Des vieux qui font une partie d'échecs. Des gamins sur une cage à poules, qui jouent au basket, qu'on pousse sur des balançoires. Une femme vêtue d'un grand chapeau rose, assise sur un banc à l'ombre d'un arbre aux fleurs roses, jetant des bouts de pain rassis aux pigeons. Ava se souvient qu'elle amenait Nick ici lorsqu'il était petit. Elle s'asseyait sur un banc et fumait en le regardant jouer. Souvent, les autres gamins l'embêtaient. Elle tâchait de ne pas intervenir. Peut-être qu'elle aurait dû.

— On pourrait aller dans un bar, dit Don. J'en connais un bien sur Kings Highway, à deux pas d'ici.

— Bof.

— Alors quoi ? On se balade, c'est tout ?

— Oui. Ça ne te va pas ? Tous ces gâteaux que j'ai engloutis. Je dois brûler ces calories.

— OK, ça me va.

Ils quittent le parc et prennent Stillwell Avenue. Ava compte prendre à droite sur la 23e Avenue, passer devant l'école St Mary's – où ils ont tous deux été élèves, à quelques années d'intervalle – pour raviver davantage de souvenirs, puis tourner sur la 85e Rue et s'arrêter devant l'église.

Ava s'y rend chaque samedi soir et chaque jour férié ; elle a fait ça toute sa vie. Le bâtiment d'origine a brûlé quand elle avait une vingtaine d'années. Pendant deux ans, alors qu'ils reconstruisaient, la messe a eu lieu dans l'auditorium. Anthony l'accompagnait toujours. Il avait son propre chapelet. Une bonne décennie durant, il a été placeur. Don, lui, ne va plus à la messe, elle le sait. Elle veut juste qu'il voie l'église. Vous avez beau vous tenir à distance de tout ça pendant très longtemps, il suffit de vous approcher à nouveau pour raviver la flamme. C'est ce qu'elle pense, en tout cas. Il suffit de regarder les vitraux, de sentir les odeurs, de voir la croix, et forcément ça vous remue. Elle n'insistera par pour que Don parle de son fils au père Borzumato. Peut-être essayera-t-elle seulement de le convaincre d'entrer et d'allumer un cierge ou de s'agenouiller pour réciter une petite prière silencieuse. Et voilà qu'elle a cette chanson dans la tête. *I say a little prayer for you.*

— Je peux te demander quelque chose ? dit Don.

— Oh là là, quoi ? J'appréhende ta question, mais vas-y.

— Tu as dit hier qu'à part cette ville tu ne connais que le New Jersey.

— Exact.

— Ça te dirait de partir en voyage avec moi ?

— En voyage où ?

— Je sais pas, quelque part. Je viens de toucher un peu de fric. Pourquoi pas l'Italie ? Tu disais que tu voulais voir la mère patrie.

Ava s'arrête de marcher et le regarde.

— L'Italie ?

— Ouais.

— Tu es sérieux ? On se connaît à peine, toi et moi.

— Tu me plais, c'est pas un scoop. Et à nos âges, un jour ça compte presque autant qu'une année, t'as dû t'en apercevoir. J'ai pas besoin d'en apprendre plus sur toi. Tu me plais. Je veux me tirer d'ici. Et je veux que tu viennes avec moi.

— Je ne sais pas…

Le regard d'Ava se pose sur les fils téléphoniques, sur un pigeon perché en haut d'un réverbère.

— À mon tour de te demander quelque chose, reprend-elle. Tu as dit que tu avais une relation intermittente, n'est-ce pas ? Qui c'est, cette femme ?

Don l'a mentionnée hier et Ava s'étonne de n'y repenser que maintenant. Si elle se souvient bien, il n'a pas prononcé son nom.

— Elle n'est rien pour moi. Oublie-la.

— Tu as dit que vous n'étiez pas ensemble en ce moment ?

— Non, et on ne le sera plus jamais. Elle n'a aucune importance pour moi. Elle n'en a jamais eu.

Ils tournent à droite sur la 23e Avenue. Sans qu'il s'en rende compte, elle le guide. C'est sûr qu'il doit vraiment l'apprécier pour l'inviter en Italie. Et lui acheter une voiture. D'ailleurs c'est complètement fou, quand on y songe. Que des occasions de partir à l'aventure se présentent à l'improviste, ça doit parfois arriver aux gens, mais ça ne lui était jamais arrivé à elle. Sa vie s'est limitée au quartier. Elle se dit que ce n'est pas un hasard si Don a croisé son chemin. Sa voiture qui tombe en panne sur la Belt, Don qui vient à sa rescousse, c'était peut-être le destin. Elle y croit, en tout cas. Dieu a un projet pour eux. Don a besoin d'elle, et elle a besoin de lui. Don et Ava. Ça sonne bien. Elle les imagine attablés dans un restaurant chic, une nappe blanche entre eux, Don un peu plus élégant que d'habitude, Ava tirée à quatre épingles. Ils pourraient former un beau couple. Ils pourraient vivre des aventures. Elle pourrait l'aider à se reprendre en main. Perdant le fil de ses pensées, elle se dit que ce qu'il lui a fait tout à l'heure dans la cuisine, il pourrait le lui faire tous les jours – lui faire du bien. Nick est adulte. Qu'il apprenne un peu à se débrouiller seul. Qu'il demande Alice en mariage, tiens. Si sa mère et Don se mettent ensemble, peut-être qu'il abandonnera son idée de scénario stupide. Quant à elle, au boulot il lui reste plein de vacances à poser. Passer quinze jours en Italie, ce serait réaliser un rêve.

— Tu ne te moques pas de moi, au moins ? demande Ava. Ne te moque pas de moi, s'il te plaît.

— Je suis sérieux.

Elle essaie de ne pas trop penser à ce qu'Anthony dirait de Don. Oh, il le détesterait, il détesterait son côté fier-à-bras. Anthony n'était pas du genre bavard, et encore moins du genre fanfaron. Personne n'était plus direct que lui. Elle le voit bien traiter Don de crétin. S'étaient-ils croisés, d'ailleurs ? Sous le métro aérien ? À la pizzeria ? À n'en pas douter, elle-même a dû croiser Don auparavant, dans un des supermarchés de la 86e Rue, dans une file d'attente chez Meats Supreme, ou encore chez Augie's au moment d'acheter des jeux à gratter.

— T'as vu où on est ? dit Don. Tu te souviens de ce qui s'est passé ici ?

Ils se trouvent sur la 23e Avenue entre la 82e et la 83e Rue, devant une grille couverte de pancartes ATTENTION AU CHIEN.

— Qu'est-ce qui s'est passé ? demande-t-elle.

— Gros règlement de comptes. Les Brancaccio ont descendu Vin Volpe. C'était en 1983.

— Oui, bien sûr, je m'en souviens. Il était assis dans sa voiture, non ?

— Il attendait sa maîtresse. Elle habitait dans l'appartement 2C, juste là. (Don pointe une porte rouge au rez-de-chaussée d'une maison divisée en trois appartements.) Stacey Lombardozzi. Elle avait dix-huit ans. Son titre de gloire, c'était d'avoir baisé Travolta. Soi-disant. Pardon, de s'être *tapé* Travolta. Désolé d'être si grossier.

Ava lui donne une petite claque sur le bras.

— Tu te crois drôle. Je me souviens du *Daily News* le lendemain. Cette photo de lui dans sa voiture. Je travaillais. Sinon je serais probablement venue rejoindre la foule qui s'est rassemblée ici.

— Je l'ai gardée un moment, cette édition. "Fin sanglante pour Vin Volpe".

— Tu étais en service à ce moment-là ?

— Je ne bossais pas dans le quartier, je dépendais d'un commissariat d'East New York. Une putain de zone de guerre, là-bas.

— Oui, je me rappelle.

Les voilà devant l'école St Mary's, qui occupe tout le pâté de maisons entre la 84e et la 85e Rue. Ava s'arrête et contemple la brique rouge et les vitraux sombres du couvent. Le bâtiment est moins haut que dans son souvenir ; petite, elle pensait que c'était le plus grand édifice du monde. Il faut dire qu'avec ses deux étages, il n'avait pas beaucoup de rivaux au sein de la vingtaine de pâtés de maisons qui constituaient l'univers d'Ava. Elle s'imaginait que les sœurs habitaient au sommet et surveillaient tout. Vêtue de sa robe-chasuble écossaise, de sa cravate croisée et de ses chaussettes montantes, elle avait coutume d'attendre ici même, sur ces vieilles marches grises et usées, que sœur Maura ouvre soudain les portes. Son monde était si petit. Et il l'est resté.

— Tu te souviens ? demande-t-elle à Don. Quand on attendait ici, le matin, avant l'ouverture des portes ?

— J'étais souvent en retard. Sœur Maura me tapait sur le cul avec une règle en bois quand je sonnais après la fermeture des portes.

C'est étonnant comme deux personnes peuvent avoir des souvenirs si divergents d'un même lieu. Pour elle, ces marches évoquent l'insouciance, la jeunesse, un corps qui grandit et se transforme au fil des rentrées scolaires, les bons moments avec ses amies, les parties de marelle et de *skully**, les délicieuses rumeurs chuchotées au creux de l'oreille, les petits mots échangés en classe, l'*egg cream* qu'on rêve de boire après l'école.

— Le mercredi après-midi, on se donnait rendez-vous ici pour assister à des bagarres, dit Don. C'était marrant.

— Des bagarres ?

— On désignait deux gars, comme ça, au hasard. On imitait les vrais matchs de boxe. L'un d'entre nous faisait l'arbitre, un autre brandissait une pancarte avec le numéro de chaque round en se dandinant comme une nana sexy. En général ça ne traînait pas, un des deux gars se retrouvait vite par terre. Moi, j'étais un des meilleurs. Onofrio Scotto, il m'a fallu un seul coup de poing pour le mettre K.-O. Après ça tout le monde s'est barré.

* Jeu populaire dans certaines grandes villes américaines, en particulier New York. Les enfants le pratiquent dans les rues ou les cours d'école, à même le macadam où l'on dessine le plateau à la craie.

— Les sœurs ne sont jamais sorties pour mettre le holà ?

— Une ou deux fois. À cette heure, elles étaient probablement remontées dans le couvent auprès de leurs bouteilles de whiskey. Un jour, j'ai vu sœur Eleanor qui nous regardait en mangeant du pop-corn. Tu te souviens d'elle ? Y a pas à dire, les plus méchantes étaient les plus marrantes.

— Elle a soulevé mon amie Marisa par l'oreille. Marisa avait les pieds qui gigotaient une bonne trentaine de centimètres au-dessus du sol. Elle a eu mal à l'oreille pendant une semaine. J'ai cru que sœur Eleanor allait la lui arracher.

— Une vraie pro, cette sœur Eleanor.

— Tiens, passons devant l'église.

— Alors c'était ça, cette promenade ? Un stratagème pour me faire entrer à l'église ? Ta, ta, ta. Qui se moque de qui, en vrai ?

— Je veux juste que tu la voies.

— J'ai vu cette putain d'église toute ma vie. Elle est moche. Tu crois que Jésus va m'apparaître tout d'un coup et me dire : "Reviens à moi. Dis-moi sincèrement ce que tu ressens depuis la mort de ton fils" ?

Moqueur, Don imite un prêtre en train de bénir quelque chose d'invisible.

— Oui, dit Ava, je le crois.

— Putain, c'est bien ma veine. Je tombe sur la femme de mes rêves et c'est une grenouille de bénitier.

N'empêche, il se laisse conduire par le bras jusqu'à la 85e Rue et les marches de l'église.

Don s'appuie contre le garde-corps. L'église a la forme d'une cloche et des portes en verre qui, un jour d'été comme celui-ci, scintillent tels des miroirs. Les murs du bâtiment sont presque entièrement incrustés de vitraux. Ava adore ces vitraux. Elle a passé une grande partie de sa vie à méditer sur ce qu'ils représentent, s'agenouillant devant eux, allumant des cierges, glissant des billets d'un dollar dans les troncs fixés sur les colonnes en béton qui les séparent. Elle se souvient de sœur Lena qui, l'ayant un jour vue lever les yeux vers ces vitraux après la confession, l'a prise à part pour lui demander si elle savait qui était Frau Ava, et si on ne lui avait pas donné ce prénom en son honneur. Non, a répondu Ava, pas autant que je sache. En réalité on ne lui avait pas donné ce prénom en l'honneur de qui que ce soit. Sa mère aimait ce prénom à cause d'Ava Gardner, mais il ne s'agissait pas d'honorer Gardner, qui avait brisé le cœur de Sinatra. Sœur Lena lui a expliqué que Frau Ava était une poétesse et une anachorète il y a bien longtemps. C'est tout ce dont Ava se souvient. Elle n'a jamais cherché à en apprendre plus sur Frau Ava ni sur les anachorètes. Pourtant elle se souvient très nettement du mot *anachorète*, et de s'être sentie importante parce que sœur Lena ne doutait pas qu'elle en connaissait le sens.

Ava lève la tête vers le clocher et regarde la croix dorée qui scintille au soleil. Elle adore cette croix, adore la voir surplomber le métro aérien et les lignes téléphoniques. Comment quelqu'un pourrait-il la regarder et ne pas voir ou sentir Jésus ? La foi d'Ava n'a jamais vacillé, malgré la mort d'Anthony, malgré l'agnosticisme de Nick. Quand elle se trouvait à l'hôpital auprès d'Anthony, quand elle lui tenait la main et lui rafraîchissait la tête avec un gant de toilette humide, quand il s'agitait et se plaignait de la douleur, elle parlait à Jésus, et elle jure même qu'une fois elle L'a vu, assis en face d'elle dans la chambre, Son apparence celle qu'elle avait toujours imaginée. Un être radieux. Des yeux qui disaient à Ava qu'après la souffrance il y aurait la paix.

Ni la croix ni les vitraux ne semblent particulièrement impressionner Don. Aucun bon souvenir de l'église ne semble lui revenir. Des cendres appliquées sur le front. Une confession qui vous permet de vous sentir purifié.

— Alors ? demande Ava. Rien ?

Don se fige, fixe les portes de l'église.

— Je le vois ! Il est là, sur les marches ! Il me regarde !

Il éclate de rire.

— Ce n'est pas gentil, dit Ava. Pas gentil du tout.

— Où est le père Borzumato ? C'est bien ça, son nom ? Tu veux que je lui parle ? (Don frappe dans ses mains.) Je vais lui parler. Je vais lui raconter deux ou trois choses. Tu crois que ça le dérangera si je l'appelle Borz ? Ou Borzy ? Comme si on était de vieux potes, lui et moi.

— Arrête.

Don se tourne vers elle.

— Écoute, Ava. Oublie ces histoires. Je viens d'avoir une idée. Il y a ce qui est réel, et ce qui l'est pas. Je veux me tirer d'ici un moment. Je veux me tirer de ma maison et de ce quartier. L'Italie, je t'ai parlé de l'Italie. Viens avec moi. J'ai cet argent, on voyagera comme des rois. On va à JFK ou à LaGuardia et on prend le premier vol. On décolle et on regarde plus en arrière. On oublie tout le reste aussi longtemps que ça nous chante.

— Je ne sais pas, dit Ava, braquant de nouveau son regard sur l'église. Laisse-moi le temps de réfléchir.

— On y va. On part maintenant.

— Tu viens de m'acheter une voiture. J'ai à peine eu l'occasion de m'en servir.

— Laisse-la chez toi. Elle sera encore là à notre retour. Fais une valise, si tu veux. Ou n'en fais pas – on pourra s'acheter plein de vêtements neufs en Italie. Partons à l'aventure. La plupart des gens, ils arrivent à la fin de leur vie et ils ne sont jamais partis à l'aventure, pas une seule fois.

— Tu es fou, dit Ava.

Mais elle a l'impression qu'il lit dans ses pensées. Ce désir d'aventure. Ce désir de vivre une nouvelle vie et d'expérimenter de nouvelles choses pendant que c'est encore possible. L'Italie. Elle ne dit rien, mais elle meurt d'envie de lui dire oui.

DONNA ROTANTE

PAGS SAISIT LA GRAVITÉ de la situation dès son arrivée. Il demande à Donna d'aller se doucher, lui dit qu'il s'occupe de tout. Et, bien qu'elle ne sache pas vraiment ce qu'il compte faire, elle l'écoute.

Dans la douche, elle finit par comprendre. Pags va effacer toute trace de ce qui a eu lieu. Et c'est ce qu'elle veut. C'est exactement pour ça qu'elle a appelé Donnie. Donnie n'était pas disponible, alors Pags s'en charge. Il a toujours eu un faible pour elle, et paraît heureux de lui venir en aide.

Parfois, on peut faire en sorte que ce qui s'est produit semble ne jamais s'être produit. Donna le sait. Mais ça ne marche pas tout le temps. Pas avec Gabe, bien sûr.

L'eau refroidit très vite. Elle a déjà pris une douche, avant de partir chez Mikey et de déclencher ces événements. Suzette va se plaindre que Donna utilise trop d'eau chaude. Utiliser toute l'eau chaude, dans ces circonstances, en voilà un drôle de luxe. Elle ne supporte pas l'idée d'être devenue une meurtrière. N'en revient pas que frapper Rosemarie avec la clé à molette ait suffi à la tuer.

Ses mains en tremblent encore. Sa nouvelle réalité va consister à vivre comme s'il ne s'était rien passé, ce qui s'annonce difficile.

Une fois douchée, elle se change, met un T-shirt et un short de gym rouges puis prend la jolie robe qu'elle venait tout juste d'étrenner et la fourre dans un sac en plastique.

Pags frappe à la porte de la chambre.

Elle a les cheveux mouillés et l'impression d'être nue malgré le T-shirt et le short, mais elle lui ouvre.

— Ça va aller ?

Donna hausse les épaules.

— Pas sûr.

— J'ai pas besoin de savoir ce qui s'est passé. C'était un accident. Ne laisse pas ça te détruire.

Elle jette un coup d'œil derrière Pags, dans le salon, et aperçoit le tapis qu'il a enroulé. Le corps doit se trouver à l'intérieur. Le tapis a dû absorber tout le sang. Rosemarie n'existe plus.

— Je vais aller chercher la voiture de Sottile et la garer dans l'allée, poursuit Pags. Je sortirai le tapis par la porte de derrière, je le mettrai dans le coffre et voilà, le tour est joué. Ne t'inquiète pas, d'accord ? Ce genre de conneries arrive. On a un type à Brownsville qui fait tout disparaître. Il dispose d'un bâtiment entièrement vide, d'une baignoire et de kilos de soude caustique. T'as pas besoin de connaître les détails. Tout ce que tu dois savoir, c'est que tu peux dormir tranquille.

Elle hoche la tête. Comment vivre avec ce qu'elle a fait ? Après ça, comment regarder Mikey – ou qui que ce soit d'autre – dans les yeux ?

Pags brandit la clé à molette et le pistolet.

— Je les emporte tous les deux. Ils vont faire un petit plongeon dans le canal Gowanus. Y a autre chose dont tu veux te débarrasser ?

Elle lui tend le sac en plastique qui contient la robe.

— Interdit de me remercier, d'accord ? poursuit-il. Tu fais toujours partie de la famille, quoi qu'il arrive. Dans la famille, on s'entraide. Alors sois tranquille : ici, aujourd'hui, il ne s'est rien passé. Tu as fait un mauvais rêve, c'est tout.

Elle hoche à nouveau la tête.

Il quitte l'appartement avec le pistolet, la clé à molette et la robe. Deux minutes plus tard, elle entend la voiture s'engouffrer dans son allée, puis s'arrêter derrière la maison. La Lynx de Donna est garée dans la rue parce que Suzette préfère qu'on ne bloque pas l'allée. D'ailleurs il se pourrait qu'elle regarde par la fenêtre pour tenter de comprendre ce qui se passe, mais tout ce qu'elle verrait c'est un homme qui charge un tapis dans un coffre.

Pags entre par la porte de derrière, qu'il bloque avec un parpaing trouvé dans le jardin. Donna entend le moteur de la voiture juste à l'extérieur, au bout de l'allée.

Pags a mis des gants. Il se penche au-dessus du corps.

— Une fois que je suis parti d'ici, c'est fini. On n'en parle plus. Je ne le dirai ni à Donnie ni à personne, jamais. Tu peux me faire confiance.

— Je ne sais pas comment ça a pu se produire.

— T'inquiète, c'est pas grave. Tu es quelqu'un de bien. Ne va pas t'effondrer pour ça.

Il soulève le tapis, le cale sur son épaule. Elle a peur que du sang dégouline par un des deux bouts, laisse une traînée du salon à la voiture en passant par la cuisine. Mais rien ne semble couler. Peut-être a-t-il pris des précautions.

Il a du mal à faire passer le corps à travers l'embrasure de la porte, le cogne plusieurs fois, d'abord contre le mur, puis contre le chambranle, puis contre le battant.

Parvenu dehors, il enfourne le tapis dans la Cadillac de Sottile. Donna aperçoit la bâche en plastique qui protège le fond du coffre. Pags doit un peu plier et écraser le tapis, mais ça finit par rentrer et il referme le coffre. Elle a suivi toute l'opération depuis le seuil, comme si elle surveillait un déménageur.

Il se tourne vers elle et se frotte les mains pour chasser la poussière.

— Fastoche, dit-il.

À l'intérieur de Donna, c'est le grand vide. Semblant comprendre ce qu'elle ressent, il monte dans la voiture et s'en va, longe lentement l'allée puis accélère dans la rue.

Et voilà, il a disparu. Rosemarie a disparu.

Donna pousse le parpaing et referme la porte. Elle ouvre le placard sous l'évier, sort de l'essuie-tout et un produit nettoyant, un mélange qu'elle a concocté elle-même. Le seau est toujours là, sous le tuyau qui fuit, mais elle l'a mal placé et certains rouleaux d'essuie-tout sont mouillés.

Elle scrute le sol devant la platine et découvre une tache de sang près du sac à dos de Mikey. Elle l'essuie, n'en voit pas d'autre.

Ce qu'elle voit – et n'en revient pas de n'avoir pas vu avant le départ de Pags –, c'est le sac à main doré de Rosemarie, tombé par terre à côté du canapé. L'étiquette indique un prix de cinq dollars. Apparemment neuf, ce sac est en matière synthétique, presque caoutchouteuse. Donna est persuadée que Rosemarie l'a acheté dans le seul but de transporter le pistolet.

Mais il y a aussi cette enveloppe avec le nom de Mikey. À part ça, le sac est vide. Donna déchire l'enveloppe, s'attendant à trouver une lettre de Rosemarie suppliant son fils de recouvrer la raison. À sa grande surprise, la lettre est signée Antonina Divino. Les Divino habitaient juste derrière la maison où elle vivait avec Donnie. Hormis un bonjour de temps à autre, Donna ne lui a jamais parlé. Antonina va au lycée Bishop Kearney. Normalement, elle vient de terminer sa première. Les sœurs lui pourrissent la vie parce qu'elle n'arrête pas de changer de couleur de cheveux. Donna s'étonne qu'Antonina connaisse Mikey, elle qui avait deux ans de moins que Gabe.

Elle lit la lettre, sans bien saisir de quoi Antonina parle. Mais se perdre dans des suppositions l'occupe temporairement, l'empêche de penser à Rosemarie et à toute cette situation désastreuse.

Elle déchire la lettre, fourre les morceaux dans le sac à main, enfile ses tongs et sort en tenant le sac serré contre sa poitrine. Le ciel est incroyablement lumineux. Elle s'attendait à ce qu'il soit beaucoup plus tard. Arrivée à l'angle du pâté de maisons, elle prend à gauche.

Au croisement de la 86e Rue et de la 24e Avenue se trouve un McDonald's. Devant, il y a des gamins avec des skateboards à leurs pieds et des écouteurs sur les oreilles, qui mordent dans des burgers et laissent tomber les emballages jaunes sur le trottoir. Elle file discrètement sur le parking à l'arrière, où trône une benne à ordures. Elle jette le sac à main dans la benne, s'attendant à ce que ça fasse du bruit, mais l'atterrissage est amorti par un amas de sacs-poubelles.

Donna rentre chez elle et met *No Secrets* de Carly Simon sur la platine. Elle sort la lettre de suicide de Gabe de la poche du blazer qu'elle portait hier, s'assoit sur le canapé et la relit plusieurs fois en écoutant le disque. Elle a peur de perdre son souffle et de ne pas arriver à le reprendre, peur que la réalité lui interdise de se mentir à elle-même. Elle inspire et expire profondément. Hésite à déchirer aussi la lettre de Gabe, mais se retient de le faire. La met dans la poche de son short. Dans sa tête, une phrase tourne en boucle : *Je ne raconterai rien à Mikey parce qu'il n'y a rien à raconter. Je ne raconterai rien à Mikey parce qu'il n'y a rien à raconter. Je ne raconterai rien à Mikey parce qu'il n'y a rien à raconter.*

MIKEY BALDINI

MIKEY SE TROUVE dans la cour de l'école P.S. 101. Il n'était pas revenu là depuis ce fameux soir avec Antonina. À travers la clôture grillagée, il observe la maison de Donnie de l'autre côté de la rue. Une voiture est garée dans l'allée. À part ça, la maison ne lui révèle rien. Il faut qu'il s'approche.

Il sort de la cour, traverse la chaussée et, la machette à la main, se dissimule derrière un poteau téléphonique.

Conscient de respirer fort, quand il lèvera les yeux il s'attend à voir Donnie en train de le fixer entre les rideaux de la fenêtre. Au lieu de battre en retraite, il s'approche du portail de la maison et soulève le loquet le plus silencieusement possible, du bout des doigts. Puis il ouvre le portail en réussissant à ne le faire ni crisser ni grincer et en veillant à ne pas heurter la poubelle en métal près de la clôture. Une fois dans le jardin, il referme le portail sans baisser le loquet, au cas où il doive s'enfuir en vitesse.

Contournant la voiture, une Tempo, il se faufile le long de la maison, où il se sent momentanément à l'abri des regards. Il passe devant le compteur électrique, devant une échelle de secours accrochée juste au-dessus de sa tête, puis devant une porte cadenassée qui, pense-t-il, mène au sous-sol où Gabe s'est donné la mort. Beaucoup de vieilles maisons ont ce genre de portes. La peinture verte de celle-ci s'écaille et le cadenas est rouillé.

Sur ce côté de la maison, il n'y a que deux fenêtres, dont une au premier étage – petite, en verre dépoli – semble correspondre à une salle de bains. Celle au rez-de-chaussée est plus grande ; Mikey ne sait pas de quelle pièce il s'agit, mais elle est plongée dans l'obscurité. La maison a un revêtement extérieur vert – de l'amiante dont la poussière colle à sa veste quand il s'y frotte. Sous le toit, les gouttières sont obstruées par des débris.

Mikey fait le tour par l'arrière et s'accroupit sous une fenêtre à guillotine. Dans la cour, le sol en ciment est balafré par de nombreuses fissures. À côté d'une baignoire en fonte remplie d'eau sale, un barbecue en brique à moitié écroulé. Mikey essaie de distinguer quelque chose à travers le rideau de la fenêtre. On dirait la cuisine. Une petite table sur la gauche. Aucun mouvement, aucune ombre qui se déplace. Il s'assoit en dessous, appuie son dos contre le revêtement en amiante.

Face à lui, l'arrière de la maison des Divino.

Antonina qui fume sur l'escalier de secours. Une salopette, des cheveux roses. Elle n'a pas vu Mikey. Elle jette son mégot et emprunte l'échelle pour descendre dans sa cour encombrée de parpaings, de tréteaux, de bâches bleues et de jardinières vides, puis elle disparaît à l'angle de la maison.

Perchés sur le grillage abîmé qui sépare la cour de Donnie du jardin touffu attenant à la maison derrière la sienne, des pigeons s'envolent brusquement. De ce jardin émane une odeur de figues pourrissantes, de grains de raisin écrasés et de plants de tomates, qui parvient jusqu'aux narines de Mikey. À travers les losanges du grillage, il aperçoit les pétales dorés des fleurs de courge.

Mikey se relève et jette un autre coup d'œil par la fenêtre. Ne voyant toujours rien bouger dans la cuisine de Donnie, il tente de la soulever avec ses deux mains. Par chance, elle n'est pas verrouillée. Il la fait coulisser tout en haut et pose la machette à l'intérieur, toujours aussi silencieusement.

Il se hisse sur le rebord, s'engouffre à travers l'encadrement et le voilà dans la cuisine de Donnie. La barquette vide d'un plat à emporter, renversée sur la table en formica à côté de la fenêtre. De la vaisselle sale, empilée dans l'évier. Au-dessus, un placard entrouvert révèle des pots d'épices poussiéreux qui ont l'air plus vieux que lui. Il ouvre le réfrigérateur et une odeur de ketchup rance le saisit à la gorge.

La maison est parfaitement silencieuse. Aucune voix, aucun bruit.

Mikey s'empare de la machette et s'engage dans le couloir. Par terre dans le salon, des boîtes de protections urinaires Depends. Brunissant le parquet, une petite traînée de sang mène de ces boîtes à la porte d'entrée.

Errer dans cette maison ne le met pas à l'aise. En chemin, il a essayé d'incarner un personnage – un homme avec une machette, venu se venger –, mais maintenant il se rend compte qu'il n'est que lui-même, et son appréhension est extrême.

Il monte et trouve la salle de bains. La lunette des W-C est relevée. Des poils pubiens noirs collent au rebord de la cuvette. Mikey pose la machette sur le carrelage bleu, jonché de feuilles de papier toilette, de bouchons de dentifrice et de rasoirs rouillés. Pris d'une envie de vomir, il s'agenouille devant ces toilettes dégueulasses, fixe la cuvette et se dit : Ce sont les poils pubiens de l'homme qui a tué mon père.

Il ne vomit pas. Il se contente de rester dans cette position un moment.

Puis il se lève et regagne le couloir du premier étage. Trois autres portes. Il en ouvre une : un placard rempli d'édredons déchirés et de serviettes de toilette qui ont l'air toutes rêches.

La porte suivante s'ouvre sur une pièce où il fait froid. Mikey entre et referme la porte derrière lui.

C'est la chambre de Gabe, il s'en rend compte presque instantanément. Un matelas nu, un bureau, une vieille commode usée, une penderie pleine de vêtements de lycéen, un calendrier sur le mur.

Il touche les vêtements dans la penderie, les blousons, les sweat-shirts, les pantalons.

Puis il pose la machette sur le lit et se met à fouiller le bureau. Dans le tiroir du haut, il découvre une photo en noir et blanc de Donna adolescente. Ça ne le surprend pas, Gabe devait adorer imaginer sa mère au lycée. Mikey ne possède pas de photo de Rosemarie jeune. En fait, il n'a jamais vu une photo d'elle au lycée ou même avant son mariage.

Il étudie la photo de Donna. Elle devait avoir quatorze ou quinze ans à l'époque, ce qui signifie que ça remonte à près de vingt-cinq ans. À la fin des années 1960, probablement. Un chignon, une robe pull en tricot. Elle rit. Mikey ne peut s'empêcher de se demander qui a pris la photo. Donna semble vraiment heureuse. À n'en pas douter, c'est pour ça que Gabe aimait autant cette photo. Et la gardait.

C'est le genre de photo qui vous communique de la joie. Du bout du doigt, Mikey caresse le jeune visage de Donna. Il se sent proche d'elle, proche de Gabe.

Il glisse la photo dans la poche de la veste de son père, et réalise à quel point il a eu chaud dans la rue, à quel point cette veste en velours l'étouffait. C'est agréable d'être dans cette pièce froide, de sentir la transpiration sécher sur son front. Il s'assoit sur le matelas nu, face à la porte de la chambre, dégaine la machette et la pose sur ses cuisses. Il va attendre Donnie ici.

NICK BIFULCO

ALICE FOUDROIE NICK du regard tandis qu'il monte sur le siège passager de sa Hyundai Sonata merdique. Alice est belle. Elle a cet éclat d'après les cours. Une robe d'été en tricot, sans manches, à pois. Une queue-de-cheval.

— Qu'est-ce qui t'a pris ? demande-t-elle. Tu vas te faire virer. Sechiano va te passer un savon terrible. C'est ça que tu veux ?

Nick remue sur son siège, cherchant une position confortable, puis attache sa ceinture.

— Laisse-moi souffler une seconde, Alice, OK ?

— Tu as bu ? Et tu ne t'es même pas changé ? Ton haleine pue et tu as une dégaine de clochard.

— Tu n'y vas pas avec le dos de la cuillère !

— Tiens donc, tu emploies des clichés maintenant ? Toi qui détestes les clichés.

— Ça te tuerait d'être contente pour moi ?

— Contente de quoi ?

Il se lance dans une longue tirade où il est question de son idée de scénario, de Donnie Parascandolo secourant Ava lorsque sa voiture est tombée en panne, de Mikey et

Antonina, de Phil Puzzo avec qui il a pris contact. Il lui raconte son coup de fil à Ava, quand Donnie a décroché, mais omet les verres bus en compagnie d'Antonina au Spanky's Lounge. Il n'est pas sûr d'être très clair. Et pendant ce temps ils n'ont toujours pas bougé de la Hyundai garée sur Cropsey Avenue ; les vitres sont baissées, les passants défilent sur le trottoir.

— Nom de Dieu, soupire Alice. Je suis inquiète pour toi.

Nick la regarde et la trouve belle, mais il ne peut s'empêcher de repenser à Antonina penchée au-dessus du flipper *K 2000*, décoinçant une boule d'un coup de hanche.

— Hé-ho ? Nick ? Tu es là ? demande Alice en lui tapotant sur l'épaule. Je te dis que je suis inquiète pour toi.

— On va à la maison, OK ? Phil me retrouve là-bas. Il vient en métro.

— Et Ava est là-bas avec ce Donnie, c'est ça que tu disais ?

Nick hoche la tête :

— C'est fou, non ? On verra bien. J'emmènerai Phil dans ma chambre pour lui parler. J'ai besoin de quelques minutes avec lui en privé, c'est tout.

Alice embraie et les voilà qui filent le long de l'avenue. Le trajet jusque chez lui est si court que Nick n'a pas le temps de calmer ses nerfs. Il a hâte de parler à Phil. Il sait que Phil sera en mesure de le conseiller, de le guider. Nick a toujours voulu que quelqu'un comme Phil Puzzo le prenne sous son aile. Inutile de s'inquiéter pour Ava. Donnie le faisait marcher. D'ailleurs, peut-être est-ce une bonne chose si ce dernier est là, si Phil le rencontre.

Dès qu'ils se rangent devant la maison, Nick remarque la voiture inconnue garée dans l'allée. Une Olds Cutlass

Cierra. À qui appartient-elle ? Alice lui demande si c'est la voiture de Donnie. A priori non, lui répond Nick, à moins qu'il en possède une autre.

— Est-ce qu'Ava sort avec ce type ?

— Quand je l'ai eu au bout du fil, il m'a dit qu'il venait juste de… (Nick s'interrompt, cherche les mots les moins choquants.) Il m'a dit qu'il venait juste de lui faire un cunnilingus.

— Bon sang mais c'est quoi cette journée de dingue ? Ava ? *Ava ?* D'accord, elle est jolie, c'est sûr, mais elle paraît si glaciale. Je m'attendais à ce qu'elle passe le reste de sa vie à pleurer ton père.

Nick hausse les épaules.

— Je ne sais pas. C'est ce que je pensais, moi aussi.

Ils entrent. La lumière est allumée dans la cuisine. Sur la table, des tasses de café vides, une boîte à moitié pleine de gâteaux et de biscuits de chez Angelo's – comme si Ava avait reçu du monde. La boîte de conserve Cento est remplie de mégots.

Alice s'assoit, se penche sur les biscuits. Nick fait le tour de la maison.

Dans la chambre d'Ava, il remarque qu'elle a jeté son peignoir sur le lit. Ça ne lui ressemble pas. Il repense à ce que Donnie lui a dit au téléphone : *Je lui ai bouffé la chatte jusqu'à ce qu'elle hurle.* Néanmoins le lit n'a pas l'air d'avoir servi. Les draps ne sont pas froissés. À l'exception du peignoir, tout est en ordre. Imaginer Donnie en train de lécher Ava le fait frémir. Peut-être que ça s'est bel et bien produit. Par terre ou dans la cuisine.

Dans sa chambre aussi, tout est en ordre. Il attrape son exemplaire du livre de Phil Puzzo sur l'étagère au-dessus de son lit. *La Véritable Histoire des meurtres du Diamond Den*. La couverture est superbe, un contour à la craie sur le sol réfléchissant du Diamond Den, ce vieux club malfamé de Bay Ridge. Et cette photo de Phil sur la jaquette : cure-dents dans la bouche, yeux plissés, regard dur. Nick coince le livre sous son bras. Pourquoi ne pas en profiter pour obtenir une dédicace du grand homme ?

De retour dans la cuisine, Nick prend un *pignoli* et le mange debout. Alice est en train de manger un arc-en-ciel. Lui, ces biscuits-là, il les dévore en une seule bouchée. Mais Alice les grignote petit bout par petit bout, et ça l'agace.

— Et maintenant ? demande-t-elle.

— On attend Phil.

— Tu penses qu'Ava est encore avec ce Donnie ?

Nick hausse les épaules, termine son *pignoli* et en prend un autre. Baissant la tête, il s'aperçoit que sa chemise et sa veste sont couvertes de miettes. Il se frotte pour les faire tomber, puis va dans la salle de bains et se brosse les dents avec le doigt. Il devrait se changer, mais y renonce et se vaporise du déodorant pour rafraîchir un peu ses vêtements. Bien qu'il ne soit pas fan du déo en spray, parfois c'est pratique. Il contemple son visage dans le miroir. Des yeux injectés de sang. Des cheveux en bataille, qu'il tente de coiffer avec sa main avant de retourner dans la cuisine.

Alice commence à s'impatienter.

— Tu crois qu'il va faire quoi pour toi, Phil Puzzo ? demande-t-elle. Ç'a beau être le fils de tes voisins, tu l'avais jamais rencontré, pas vrai ? Tout ce que tu as, c'est une idée. Tu peux être sûr que dans son entourage tout le monde a une idée à lui soumettre. À la fac, je connaissais un écrivain très doué, un type qui s'appelait Nathan. Il a sorti un livre juste après qu'on a eu notre diplôme. Après ça, tout le monde venait le voir pour lui parler d'idées de livres génialissimes.

Nick la fixe.

— C'est qui, ce Nathan ?

— Quoi ? Tu es jaloux, maintenant ?

— Comment ça se fait que tu ne m'aies jamais parlé de lui, depuis le temps ? C'est un écrivain, moi aussi je suis écrivain. Tu es sortie avec lui ?

— Un petit moment, oui, répond Alice en évitant le regard de Nick. Écoute, ne le prends pas mal. Tu te dis écrivain, mais je ne t'ai jamais vu écrire une ligne.

— Je suis constamment en train de prendre des notes dans ma tête. J'attendais juste la bonne histoire. Ça y est, je la tiens, et c'est de la dynamite. (Il brandit le bouquin de Phil.) Tout ce qu'il me faut maintenant, c'est un petit coup de pouce. Quelqu'un qui ait des relations. Phil est un gars incontournable.

Alice secoue la tête.

— Tu as tellement de bonnes choses juste devant tes yeux. Moi. Ton poste au lycée. Mais tu n'as d'yeux que pour un rêve idiot et inatteignable.

— Tu ne me crois pas capable d'écrire ce scénario, de trouver quelqu'un pour produire ce film ?

À nouveau elle secoue la tête.

— Non. Désolée.

Il serre la mâchoire, puis se fend d'un sourire.

— Tu vas voir. Je vais te surprendre.

On sonne à la porte.

— Phil est là, dit Nick en se précipitant vers l'entrée. Il a fait vite.

Nick ouvre la porte et découvre un homme qui n'est pas loin de ressembler à celui sur la jaquette. La photo du livre doit dater de plusieurs années. À l'époque où il était gosse et où Phil passait plus souvent chez ses parents, Nick l'a vu une fois ou deux devant leur maison, mais jamais de près. Phil doit approcher de la cinquantaine. *La Véritable Histoire des meurtres du Diamond Den* a paru quand Nick était à l'université. Depuis, Phil a rasé son crâne dégarni et s'est un peu empâté. Sa peau a un bronzage floridien et on dirait qu'il a mis du brillant sur ses lèvres. Quant à sa tenue, elle est pour le moins ringarde : une chemise à fleurs, un pantalon en lin, des sandales de moine. Il a l'air de débarquer d'une croisière pour connards.

Phil ne s'embarrasse pas de salutations.

— Écoute, gamin, dit-il d'une voix qui fait penser à Kathleen Turner presque autant que celle de sa mère. J'ai pas beaucoup de temps.

Nick brandit son livre.

— Je suis un grand fan.

— Super, répond Phil qui a déjà entendu ça mille fois.

— Entrez, je vous en prie.

Phil suit Nick dans la cuisine. Ses yeux s'illuminent quand il voit Alice.

— Mais qui est cette demoiselle ?

— Ma petite amie.

Alice se lève et tend la main.

— Bonjour, je suis Alice.

Avec une tendresse presque brutale, Phil saisit sa main et la porte à ses lèvres grasses pour l'embrasser.

— Phil Puzzo. Tout le plaisir est pour moi.

— Asseyez-vous, dit Nick. Vous voulez un biscuit ?

Phil n'a pas fini d'admirer Alice.

— C'est *ta* petite amie ? Sans vouloir te vexer, cette fille joue en première division. Et toi, tu me sembles pas encore tout à fait prêt à évoluer à ce niveau-là.

Nick choisit d'en rire.

— Mon idée de scénario est bonne, non ? Donnie risque d'arriver avec ma mère d'un instant à l'autre. Je suis curieux de savoir quel effet il vous fera. En tout cas c'est un super sujet de…

— Je t'arrête tout de suite, dit Phil. Je parlais à Bobby l'autre jour – Bobby De Niro, qui est un bon pote. On discutait d'un projet sur lequel il bosse mais qu'il a bien envie d'abandonner. Le type qui réalise ça est un gros toquard. Il croit connaître Brooklyn, il croit connaître la mafia, tu parles. Bobby s'en veut d'avoir signé. Du coup je lui dis, je dis à Bobby : "Quelqu'un aurait dû décourager ce type y a longtemps." Ça le fait rire, Bobby. "T'as raison", qu'y me répond.

— Je ne comprends pas, dit Nick.

— Je suis ici pour te décourager. Non seulement ce Donnie est un mauvais sujet, c'est même *pas* un sujet. Tu ne sais pas faire la différence entre de la merde et du cirage. Des histoires, moi j'en ai. Les gars que j'ai rencontrés. Les gars que j'ai étudiés. Gaspipe Casso, Stacks Brancaccio. Tu ferais bien de m'écouter, gamin, d'autant plus que le conseil est gratuit. J'avais envie d'un repas préparé par ma mère, c'est pour ça que je suis là.

Nick est blessé. Un nœud se forme dans sa poitrine. Tout le monde pense que son idée ne vaut rien. C'est encore pire de l'entendre de la bouche de Phil, ça signifie qu'il ne voit pas en lui un artiste, un de ses pairs, mais plutôt un toquard qui se la raconte.

— Quoi qu'il en soit, reprend Phil, je suis ravi d'être venu parce que j'ai eu l'immense plaisir de rencontrer Alice.

Nick regarde Alice. Il n'imagine pas qu'elle puisse être flattée par ce genre d'attention. En revanche, elle a l'air de faire semblant d'apprécier, rien que pour se venger de la désinvolture de Nick à son égard.

— Ça vous tenterait de venir manger un bon repas chez Mama et Papa Puzzo, Alice ? demande Phil. Ma mère est en train de préparer sa fameuse sauce au jus de viande, et les *manicotti* de mon père sont entièrement faits maison.

Alice se tourne vers Nick, puis se lève et s'approche de Phil. Nick s'attend à ce qu'elle foute une sacrée gifle à ce type.

— Pourquoi pas, après tout ? dit-elle. Allez, je vous accompagne.

— Quoi ? dit Nick.

— Peut-être que ça te servira de leçon, lui claque Alice.

— Fais pas ça.

Phil passe son bras autour des reins d'Alice et l'emmène dans le couloir. Ils franchissent la porte d'entrée ; Alice ne jette pas le moindre regard en arrière.

Nick s'assoit à la table et se prend la tête entre les mains. C'en est trop, putain. Il a envie de pleurer. C'est là qu'un vrai artiste sortirait sa machine à écrire et sublimerait cette douleur dans son scénario. Il mettrait sur la page toutes les façons dont ce foutu quartier essaie de le briser depuis des années, trouverait les mots pour exprimer comment cet endroit refuse de le lâcher, tel un virus dans son sang. Mais il ne bouge pas. Il ne sait même plus où est sa machine. Peu importe, il ne saurait pas par où commencer, comment commencer, surtout maintenant qu'Alice l'a abandonné.

Même si c'est juste pour prouver quelque chose, ça fait mal. L'imaginer là-bas avec Paulie, Nina et leur fils, à se remplir la panse de *manicotti* sous le regard lubrique de Phil.

Nick mange encore deux biscuits puis balance son exemplaire de *La Véritable Histoire des meurtres du Diamond Den* en direction de la poubelle, qu'il rate largement. Il reste encore assis comme ça quinze, vingt minutes, vaincu, un minable qui a perdu ce qu'il n'avait même pas.

Quand Ava rentre, vêtue – à la grande surprise de Nick – de son stupide T-shirt scud, d'un jean et d'une paire de tennis, elle sort les griffes avant même qu'il ait dit quoi que ce soit.

— Je m'amuse un peu, c'est tout. Je n'ai pas besoin de me justifier. Si je veux partir, je pars.

— Hé, doucement, dit Nick.

— Je pars avec Don. Je fais ma valise et on s'en va passer quinze jours en Italie.

— Quoi ?

— Tu m'as entendue.

Nick secoue la tête, croit rêver.

— Où est Don, Donnie, peu importe ?

— Il est dehors, il m'attend. Je comptais te laisser un mot. Je suis contente que tu sois là, pour te dire au revoir en personne.

— Vous allez vous pointer à l'aéroport et acheter des billets pour l'Italie ? Sans rien préparer avant ? Sans réserver aucun hôtel ? Sans louer une voiture ? Je ne suis pas un globe-trotter, mais je ne crois pas qu'on puisse procéder comme ça.

— C'est une aventure. Des tas de gens partent à l'aventure, non ? Au moins une fois dans mon existence, je mérite de vivre une aventure. Trop longtemps je suis restée enfermée chez moi.

Nick éclate de rire. Entre Alice qui se barre avec Phil Puzzo cinq minutes après l'avoir rencontré, et Ava qui proclame qu'elle est libre et mérite de partir à l'aventure au moins une fois dans sa vie, franchement que peut-il faire d'autre ?

— Pourquoi tu ris ? demande-t-elle.

— J'ai pas le droit ?

Ava disparaît dans sa chambre, apparemment pour remplir une valise. Nick se lève et va ouvrir la porte d'entrée. Donnie est là, adossé à la clôture tel l'homme le plus libre de toute cette putain de planète. Nick reconnaît les vêtements de son père. Le T-shirt Atlantic City qu'il portait tout le temps à la maison. Nick se souvient de son père regardant un match des Yankees dans son fauteuil inclinable, effectuant une réparation au fer à souder sur sa table au sous-sol, préparant un sandwich composé de pain à la semoule, de provolone et de coppa. Ce T-shirt est un peu serré pour Donnie, qui par ailleurs semble avoir pris un coup sur le nez. Quelle histoire derrière cette blessure ? A-t-il dû défendre l'honneur d'Ava ?

Donnie lève les yeux et sourit à Nick.

— Salut, petite merde.

— Vous partez en voyage, tous les deux ? demande Nick.

— J'ai déjà emmené Ava sur la lune. Je me dis qu'on pourrait enchaîner avec l'Italie.

— Qu'est-ce que vous lui voulez ?

— On s'amuse, gamin. Relax. Et toi, qu'est-ce que tu me veux ? C'est ça, la vraie question. T'as une idée derrière la tête.

Nick regarde cet homme, cette figure qu'il voulait mettre au cœur de son scénario. Comment a-t-il pu s'imaginer une chose pareille ? Alice et Ava avaient raison. Par où commencer ? Voilà une question toujours pas résolue. Il a lu deux livres sur la technique scénaristique, achetés à Staten Island, dans une librairie B. Dalton Booksellers, et un ami acteur au lycée lui a filé un exemplaire du scénario de *Cobra*, écrit par Stallone, mais il ne voit pas comment construire son histoire. Mettons qu'il commence par la cour de l'école, Donnie qui frappe Mikey avec sa batte. Et après ? De toute façon, il abandonnera vite. Il écrira une dizaine de pages et le projet perdra de son attrait. Il s'en laissera détourner. Alors autant ignorer la question de Donnie. Oui, il avait une idée en tête, mais il n'en reste plus rien. Plus rien que la fumée d'un feu qu'il n'a pas su contrôler.

Nick plonge son regard un peu plus loin dans la rue, du côté de la maison des Puzzo. Aucun signe d'Alice. Elle doit être à l'intérieur, et bien s'amuser à le torturer de la sorte.

— Je parie que tu veux savoir où on va en Italie.

— Est-ce que vous le savez seulement ?

— On compte improviser. Retrouver la famille de ta mère, peut-être. Ou la mienne. Il y a la Calabre, la Sicile. Potenza, Bari. Beaucoup de possibilités.

— Comment vous allez financer ça ? Vous êtes riche ?

— Je viens de faire fortune.

Ava les rejoint dehors quelques minutes plus tard. Elle s'est changée – chemiser blanc, jupe bleue, ballerines – et tient une petite valise.

— C'est fou. Je ne sais pas ce qui m'a pris. J'ai appelé le boulot et je leur ai dit de retenir leur souffle, ils allaient devoir se passer de moi pendant quinze jours. (Elle embrasse Nick sur la joue et pointe du doigt l'Olds Cutlass Ciera dans l'allée.) Tu as vu la nouvelle voiture ?

— Une nouvelle voiture ?

— Don me l'a achetée chez Frankie et Sal. C'est gentil de sa part, n'est-ce pas ? Les clés sont dans le plat sur la table. N'hésite pas à t'en servir. La Nova ne sera pas prête avant deux jours. Quand Frankie appellera, il faudra que tu ailles la chercher. Laisse l'Olds dans l'allée. Tu n'auras qu'à garer la Nova dans la rue, après tout. Si quelqu'un veut la voler, qu'il se fasse plaisir. Et ne plante plus tes élèves, OK ? Manquerait plus qu'on te vire. Ah, j'oubliais, tu peux sortir le linge de la machine et l'étendre dans le jardin ? Pense à le rentrer quand il sera sec, s'il te plaît. (Elle reprend son souffle.) C'est fou. L'Italie ! Incroyable, non ?

— Tu devrais réfléchir, Ma.

— Je réfléchis trop, fiston. Beaucoup beaucoup trop.

Elle l'embrasse sur la joue encore une fois et dévale les marches pour rejoindre Donnie, qui lui passe un bras autour de la taille et lui prend sa valise.

— Tu es prête, ma chérie ? dit Donnie.

Nick ne supporte pas d'entendre cet enfoiré appeler sa mère *ma chérie*. Comment passe-t-on de se faire secourir par un inconnu sur la Belt Parkway à s'enfuir avec lui en Italie ? *Ma chérie*, c'est comme ça que le père de Nick appelait Ava. *Il nous reste du vermouth, ma chérie ? Ces* braciole *sont délicieuses, ma chérie.*

— Prends bien soin de cette vieille bicoque, dit Ava à Nick. Je t'enverrai une carte dès notre arrivée.

Et sur ce elle s'éloigne le long du trottoir avec Donnie.

Nick est seul dans la maison. Il ne s'est peut-être jamais senti aussi seul. Lui reste l'espoir qu'après son déjeuner avec

Phil, Alice revienne et lui dise : *Tu vois comme c'est facile pour moi de me trouver un autre mec ? Réveille-toi, idiot.* Si elle ne revient pas, qui sait ce qu'il fera. Alors comme ça, sur un coup de tête, Ava part en Italie avec Donnie Parascandolo ? Nom de Dieu, comment ont-ils pu en arriver là si vite ?

DONNIE PARASCANDOLO

ILS RETOURNENT chez Donnie à pied. Ava est surexcitée. Lui aussi, pour être honnête. Ce genre d'excitation, on l'éprouve rarement après l'adolescence. Plus on vieillit, moins on s'imagine pouvoir tout abandonner pour partir. Mais c'est comme si Donnie et Ava s'étaient juré que, ensemble, ils allaient se sentir aussi libres que des gosses.

— J'ai des cousins, dit Ava alors qu'ils s'engagent dans la rue de Donnie. Je ne sais pas comment on va les retrouver, mais on va les retrouver.

— Moi aussi j'ai des cousins là-bas. Ils vont avoir droit à une sacrée surprise.

— Les miens, il y en a certains que je n'ai pas revus depuis mon mariage. Ils ne savent même pas qu'Anthony est mort.

— Si tu veux je peux me faire passer pour lui. Je porte déjà ses vêtements.

— C'est pas drôle.

Ouvrant sa porte, Donnie est soulagé de constater que le silence règne dans la maison. Sottile a dû déposer chez Flash Auto l'argent de Big Time Tommy, aucun souci à se faire. Pags, c'est une autre histoire. Il est désolé de l'avoir foutu en rogne, mais le partage était juste. Quoi qu'il en soit le fric de Pags n'est plus là, ce qui prouve qu'il s'est fait une raison.

— Eh ben, lâche Ava en posant son regard sur les lieux pour la première fois. Tu vis vraiment comme un célibataire.

Donnie hausse les épaules.

— Pour toi je ferai un effort, je le jure.

Ava se penche et touche le rabat d'une des boîtes de couches.

— T'es incontinent ? demande-t-elle en riant.

— Je rangeais des vieux trucs.

— On appelle pour réserver un vol ?

— Autant aller direct à l'aéroport. Il y a forcément un avion qui décolle ce soir.

Ava s'assoit, secoue la tête.

— Je viens de penser à quelque chose. Qu'est-ce qu'on est bêtes !

— Quoi ?

— Les passeports. Je n'ai pas de passeport. Tu en as un, toi ?

Don rit.

— Qu'est-ce que j'aurais bien pu foutre d'un passeport ? Merde, y a toujours trop d'obstacles dans cette putain de vie. T'as envie d'aller en Italie, tu devrais pouvoir y aller. Le sang italien dans mes veines, c'est ça mon passeport.

— Je suis bien de ton avis, mais je doute qu'ils nous laissent monter dans l'avion.

— Alors allons en Californie. Prenons un vol de nuit pour San Francisco. Allons voir un match des Giants. Là-bas ils ont leur propre Little Italy. North Beach, ça s'appelle. J'en ai entendu parler dans une émission à la télé l'autre jour.

— Pourquoi pas ? Là, tout de suite, je serais prête à t'accompagner presque n'importe où. Tant que je peux passer quinze jours loin d'ici.

— T'as raison, on s'en fout de la destination. En arrivant à l'aéroport, on n'aura qu'à lancer une fléchette au hasard sur le tableau des départs. J'ai juste envie de me terrer dans un chouette hôtel avec toi, de sortir dîner et de ne plus penser à New York.

Ava l'embrasse sur la joue.

— On fait un beau duo, je trouve, toi et moi.

— Rends-moi service. Va dans la cuisine et appelle un taxi. Dis-leur que c'est pour se rendre à JFK. Il y a le numéro d'une société de la 21e Avenue scotché sur le téléphone. Ils nous enverront quelqu'un illico presto. En attendant je monte me changer – te vexe pas, surtout – et faire ma valise.

Il pense à l'argent sous le plancher, se demande s'il devrait tout emporter. Peut-être prendre juste la moitié, laisser le reste si vraiment ils ne s'absentent que quinze jours. Pourquoi risquer de perdre une telle somme ? D'un autre côté, pourquoi ne pas mener la belle vie ? Ils pourraient louer un putain de penthouse, se faire livrer leurs repas ou sortir dans les meilleurs grills de la ville.

Ava disparaît dans la cuisine pour téléphoner.

Donnie prend son étui à cigarettes posé près du canapé et monte dans sa chambre. Il contemple son visage dans le miroir. Ava a fait du bon boulot. Son nez est un peu amoché et assez douloureux, mais ce n'est pas ça qui va le ralentir. Il sort trois comprimés du flacon d'Ibuprofen sur sa commode et les avale en les faisant descendre avec sa salive. Puis il se déshabille, abandonne par terre les vêtements du défunt mari d'Ava.

Il enfile un caleçon propre, un bermuda et une chemise hawaïenne qu'il boutonne en se regardant dans le miroir. Un homme qui part en vacances. Il sera bien, dans l'avion. Il boira du scotch et se détendra.

Il remplit un sac en toile. Caleçons, T-shirts, chemises habillées, chaussettes dépareillées, deux jeans probablement une taille trop petits. Il glisse aussi l'étui à cigarettes pour être sûr de ne pas l'oublier. Puis il écarte le tapis, soulève la latte, sort presque tout le fric et le met dans le sac. Qu'est-ce qu'il en a à foutre, après tout ? On ne vit qu'une fois et ils vont mener la grande vie, Ava et lui. Peut-être qu'après San Francisco il la convaincra de le suivre à Vegas, ou peut-être qu'ils iront à La Nouvelle-Orléans pour bouffer comme des rois. Il ne sait pas encore ce qu'il lui dira pour l'argent, mais il inventera une explication crédible. Et il prendra le sac avec lui dans la cabine, pas question de le quitter des yeux. Une fois arrivés à destination, ils se trouveront un hôtel chic et aussitôt il le planquera dans le coffre. Il n'y connaît pas grand-chose en hôtels chics, mais il sait que leurs chambres ont des coffres.

Il laisse quand même quelques milliers de dollars dans le trou, au cas où il en aurait besoin à son retour. Il se doute bien que Big Time Tommy finira par lui demander des comptes, et qu'il devra trouver une parade – à moins de ne pas revenir dans cette ville avant longtemps. Il remet la latte et le tapis en place.

De toute façon, cet argent n'appartient pas vraiment à Big Time Tommy. Tout comme l'argent que Donnie a longtemps prélevé au passage – rien que de la petite monnaie – ne lui appartenait pas vraiment, non plus. Tommy se sentira peut-être insulté, mais il demandera à Donnie de se racheter en bossant dur pour lui, ça n'ira pas plus loin. Il ne le suspendra pas du haut d'un toit ni rien de ce genre. Et quand bien même il voudrait, Donnie n'en a rien à foutre de Big Time Tommy et de sa bande de crétins. C'est pas cette espèce de pelure de bite de Dice qui va l'effrayer.

Emportant le sac ouvert, il quitte la chambre. Que lui reste-t-il à faire avant de boucler la maison pour plusieurs semaines ? Vu qu'on est en été, il n'a pas à se soucier du gel. Vérifier que les fenêtres sont bien fermées, oui, sortir les poubelles, peut-être, et c'est à peu près tout.

En passant devant la chambre de Gabe, il entend du bruit.

Des pas.

Il s'arrête et pose le sac par terre, très doucement. Impossible qu'il ait entendu ce qu'il a cru entendre. C'était probablement Ava, au rez-de-chaussée, qui marche dans la cuisine en parlant au type de la société de taxis. Il n'a pas l'habitude d'avoir de la compagnie, à tort le bruit lui aura semblé venir d'ici, à l'étage.

Sauf qu'il l'entend à nouveau. Des pas, c'est sûr, et qui proviennent de la chambre de Gabe.

Il appuie sa tête contre la porte. L'idée lui était déjà venue que le froid dans cette chambre pouvait indiquer la présence du fantôme de Gabe, et maintenant il en est convaincu. Et, bien sûr, c'est logique que Gabe choisisse de se manifester maintenant, pile au moment où Donnie s'apprête à partir à l'aventure avec Ava. Qu'est-ce que Gabe veut de lui ? Avec ces pas, il doit essayer de lui dire quelque chose.

— Gabe ? C'est toi ? C'est Papa, Gabe.

Il colle son oreille contre le battant, n'entend plus les pas, seulement du silence. *Regarde-toi*, se dit-il. *En train de parler au fantôme de ton fils décédé. Tu perds la tête. Pauvre malade, va. T'as rien entendu du tout. Va retrouver Ava avec ton sac plein de fric et pars te la couler douce quelque part.*

Il a vu suffisamment d'émissions sur les revenants pour savoir que la meilleure chose à faire, c'est de leur demander ce qu'ils veulent.

— Gabe, mon grand, qu'est-ce que tu veux de moi ?

Silence toujours.

Qu'est-ce qu'un garçon mort pourrait vouloir de son père ? Entre eux, tout ne coulait pas de source. Gabe était différent de lui, très différent, ressemblait beaucoup plus à Donna, et ça n'a pas plu à Donnie. Il n'a pas fait toutes ces choses qu'un père est censé faire. Il ne lui a pas montré d'affection. Il ne lui a pas permis de se sentir aimé. Et c'est ça qui a conduit Gabe à jeter l'éponge. Si Donnie avait été un papa un tant soit peu valable, peut-être que Gabe aurait eu envie de vivre.

Ava serait contente, tiens. Pour la première fois, il se confronte à la perte de Gabe sans se voiler la face. Elle voulait qu'il parle à un enfoiré de prêtre, mais c'est un fantôme qu'il lui fallait.

— Je suis désolé, Gabe, dit-il, pensant que la meilleure approche consiste à demander pardon. Comme père, j'ai pas été terrible, je sais.

Un bruit derrière la porte. On dirait une main sur la poignée. Peut-être est-ce tout ce que Gabe attendait, ce *je suis désolé*, et maintenant la porte va s'ouvrir, il fera chaud dans la chambre et Donnie saura que son fils est en paix.

Mais quand la porte s'ouvre, c'est Mikey Baldini qui se trouve sur le seuil. Il porte une veste en velours que Donnie reconnaît – celle de Giuseppe – et des gants de batteur de base-ball et il tient une machette. Avant que Donnie puisse prononcer le moindre mot, la machette fonce sur lui. On dirait que le gamin ne sait pas comment s'en servir, il se contente de la pousser vers Donnie. Elle pénètre dans son ventre, profondément. Il y a un bruit, c'est Donnie qui fait ce bruit, comme si tout l'air s'échappait de lui.

Les mains de Donnie se referment autour de la lame, tentent en vain de l'arracher, puis il s'écroule sur le côté, sa tête dans la chambre de Gabe, son corps dans le couloir, la lame comme une excroissance terrible qui aurait poussé au milieu de lui.

En bas, Ava l'appelle.

— Don, ça va ?

Donnie parvient à lever les yeux vers Mikey, qui l'enjambe.

— C'est pour mon père, dit Mikey.

Recroquevillé au sol avec la machette qui lui sort des entrailles, Donnie voit Mikey qui remarque le sac en toile et les billets. Au moment où il ramasse le sac, Mikey se change en Gabe. C'est Gabe qui touche l'argent, plonge la main pour évaluer la somme à l'intérieur du sac, semble stupéfait. C'est Gabe qui s'éloigne calmement le long du couloir, descend l'escalier. Il est content que Gabe ait pris l'argent. Non, c'est Mikey Baldini. Donnie entend la porte d'entrée s'ouvrir et se refermer. Les portes d'entrée font un bruit très spécifique.

À nouveau Ava l'appelle :

— Don, c'est toi ? La société de taxis ne décroche pas, ils m'ont mise en attente. Je vais peut-être en essayer une autre. Tu as le numéro de celle sur Benson Avenue ?

Les mains de Donnie remontent le long de la lame, atteignent le manche. Le sang s'accumule sous lui. La douleur dans son ventre, il n'a jamais connu rien de tel. Comme si un météore s'était écrasé sur lui. Il ferait mieux de ne pas retirer la machette, il le sait, mais comment bouger avec une lame aussi longue fichée dans son ventre ? S'il arrive à l'enlever, il va devoir s'envelopper avec quelque chose. Comme au cinéma. Descendre dans la cuisine, s'entourer le ventre de film plastique tandis qu'Ava – complètement paniquée, évidemment – appellera une ambulance. Lui ne peut pas parler.

Il parvient à se redresser sur ses genoux, à l'entrée de la chambre de son fils. La pièce est toujours aussi froide. Il regarde son sang se répandre par terre. Tente d'extirper la machette, n'y arrive pas. N'a tout simplement plus la force. Retombant sur le côté, il a l'impression de tomber au fond d'un gouffre, et tout devient noir.

ANTONINA DIVINO

À BORD DU MÉTRO qui les conduit à Manhattan, Antonina parle à Lizzie des places que Ralph va leur obtenir pour le concert de Madonna. Assises côte à côte sur les sièges orange, elles sont seules dans le wagon.

— Trop bizarre, dit Lizzie en riant.

Elle est si jolie. Une mère chinoise, un père italien. Des cheveux noirs parfaits. Pendant qu'elles bavardent, Lizzie se met des tonnes de maquillage sur le visage. Sa mère ne l'aurait jamais laissé sortir avec une tête pareille, tout cet eye-liner et ce rouge à lèvres noir. Quant à sa tenue : chemise pour homme en flanelle, jean déchiré et Doc Martens qu'elle a recouvertes de paillettes dorées.

Renonçant au film qu'elles comptaient voir à l'Angelika, elles décident de se rendre directement au Keyhole Cocktail Lounge sur St Mark's, où le vieux barman ukrainien les servira autant qu'elles voudront en ne leur faisant payer qu'un verre sur deux. Elles lanceront des chansons sur le juke-box et danseront.

Lizzie sort avec un dénommé Chip, un type qui vit à Manhattan. Il est plus âgé qu'elles et son groupe, Kill

Chariot, se produit tout le temps au Coney Island High et au Mercury Lounge. Antonina les a vus plusieurs fois.

— Un peu plus tard ce soir, dit Lizzie, le groupe du pote de Chip joue au Coney Island High. Blessed Mother of Fuck, ils s'appellent. Je sais pas s'ils sont plutôt punk ou métal, mais je parie qu'ils en mettent plein les tympans. Chip propose qu'on dorme chez lui. Tu crois que ça peut le faire, pour toi ? J'ai dit à ma mère que je dormais chez toi.

— Pas de problème.

Le métro est en train de franchir le pont de Manhattan. À travers la vitre rayée, Antonina regarde les reflets sur l'East River, l'essaim de voitures sur la FDR Drive en contrebas. Elle s'imagine déjà au Keyhole, en train de descendre de l'alcool fort, puis au Coney Island High, au milieu d'une forêt de cuir et de jean, se perdant dans la musique, n'importe quelle musique.

Si ensuite elles vont chez Chip, Antonina se demande qui sera également de la partie. Ils feront la fête toute la nuit, c'est sûr. La dernière fois, elle n'en revenait pas, il s'est shooté juste devant elle, assis sur une chaise pliante. Il faut dire que le mobilier de son loft est composé uniquement de chaises pliantes.

Antonina compte dépenser tout l'argent qu'elle a emporté avec elle, jusqu'au dernier cent. Elle n'en a même pas parlé à Lizzie. Peut-être qu'elle leur achètera de la drogue. Des pilules ou de l'herbe. Ou peut-être qu'elles se shooteront avec Chip. Lizzie l'a fait une fois ; selon elle, c'était le paradis.

Elle repense au téléphone qui sonnera tout à l'heure dans sa chambre. Ralph l'appellera et elle ne sera pas là pour répondre. Cela le mettra-t-il très en colère ? Ira-t-il quand même dans le Bronx tout seul ? Lui fera-t-il la gueule ? Elle se demande quel bobard elle pourra bien lui raconter. L'argent qu'il lui a donné mérite qu'elle lui sorte une bonne excuse. Mais, pour l'heure, elle veut juste pouvoir se comporter en gamine et faire la folle avec Lizzie.

— Ce soir, on va bien se bourrer la gueule, dit Lizzie en détachant les syllabes des derniers mots, presque comme si elle les chantait.

Elle termine de se maquiller et regarde vers la vitre pour se faire une idée du résultat.

— Je suis bien comme ça ?

— T'es super, répond Antonina.

Elle sourit et, par-dessus l'épaule de Lizzie, aperçoit son propre reflet dans la vitre. Elle y voit ensuite la porte qui relie leur wagon au précédent s'ouvrir et un corps massif s'engouffrer tant bien que mal à travers l'encadrement. Elle se retourne. Ralph. Il ne peut pas s'agir d'une coïncidence. Elle a déjà parlé de lui à Lizzie, bien sûr, mais n'a jamais envisagé qu'ils puissent se rencontrer.

Ralph sourit, lève la main pour lui adresser un petit salut, puis s'assoit en face d'elles. Des taches de sueur sombres sous ses bras, des gouttelettes sur son front.

— Tu m'as suivie ? demande Antonina.

— "Suivie", le mot est fort.

Lizzie se détourne du miroir et dévisage Ralph. Elle a dû deviner, mais elle ne dit rien – pour le moment.

— C'est la fameuse Lizzie ? demande Ralph.

— Qu'est-ce qu'il fout là, Ant ? marmonne Lizzie.

— Pourquoi tu m'as suivie ? demande Antonina.

— Je ne t'ai pas suivie. Bon, si, mais pas exactement. Au départ ce n'était pas mon intention. Je t'ai vue sur Bay

Parkway et je me suis dit : "Tiens, si je la rattrapais." C'est tout. Vous allez à Manhattan, les filles ?

— Mec, tu fous les jetons, dit Lizzie.

— Antonina t'a parlé des places pour Madonna ? demande Ralph à Lizzie. (Puis à Antonina :) T'as dit que ça s'appelait le "Girlie Show", c'est bien ça ?

— Laisse Lizzie, s'il te plaît. Qu'est-ce que tu me veux ? Ce n'est pas le bon moment.

— Vous allez où, les filles ? Au cinéma ? À un concert ?

— Quel âge vous avez ? lui demande Lizzie. Vous essayez de la baiser, ou quoi ?

— Lizzie, *arrête*, dit Antonina.

Soudain, elle leur en veut à tous les deux, se sentant prise entre ces deux mondes qui se percutent, ne sachant pas quoi faire avec Ralph ou si après ça Lizzie va la regarder différemment. Elle imagine bien ce que Lizzie est en train de penser : *Tu te barres de chez toi en catimini pour aller dans un* diner *du Bronx avec ce gros tas de merde couvert de sueur ?*

— Je ne sais pas ce que j'avais en tête, dit Ralph avant de sortir un mouchoir de sa poche pour s'essuyer le front. Et si je vous invitais à prendre un bon dîner quelque part, les filles ? Vous avez un restau préféré ? On n'a qu'à y aller. Un indien, peut-être ? On n'en trouve pas dans notre quartier. Vous connaissez Little India, sur la 6e Avenue Est ? Y a plein de bons restaus là-bas.

— Vous êtes un type triste, pas vrai ? dit Lizzie.

Ralph ne prête pas attention à elle.

— Je peux te parler seule une seconde ? demande-t-il à Antonina. J'ai mérité que tu m'accordes au moins ça, non ?

Antonina hoche la tête. Elle pose une main sur le genou de Lizzie.

— Laisse-moi quelques minutes avec lui.

— On descend dans deux minutes à Broadway-Lafayette, lui rappelle Lizzie.

— Je sais.

Lizzie se lève, s'éloigne d'environ trois mètres et, telle une passagère lambda, se plante devant un plan du métro pour étudier son reflet sur la vitre couvrant les lignes multicolores qui sillonnent les *boroughs* de la ville.

— Qu'est-ce que tu veux ? demande Antonina à Ralph.

Il a franchi une ligne que dès le départ elle s'attendait à ce qu'il franchisse, avant de finir par croire que ça n'arriverait jamais. En tout cas pas de cette façon, dans ces circonstances-là. Devant Lizzie. Elle est gênée, contrariée. De quoi ça a l'air, que ce soit lui – plus moche, plus vieux, plus minable que tous les pères qu'elles connaissent –, le type qu'Antonina retrouve régulièrement. Elle a bien senti le dégoût de Lizzie.

— Ce que je *veux* ? dit Ralph. Je ne sais pas. L'argent t'a fait plaisir ? Il t'est utile ?

Alors c'est ça que tu as acheté avec cet argent ? pense Antonina. Mais elle dit :

— Je dois descendre bientôt.

Ralph hoche la tête.

Quand la rame quitte la station Grand Street, Antonina se lève. Elle se dirige vers Lizzie, tout en tendant le bras en arrière pour signifier à Ralph de rester assis, de continuer jusqu'à Midtown ou plus loin, de les laisser tranquilles. Mais il se lève, lui aussi, et elle sait qu'il va descendre à l'arrêt Broadway-Lafayette avec elles et les suivre dans l'escalier. Que se passera-t-il ensuite ? Lizzie va-t-elle l'abandonner ? Antonina va-t-elle se retrouver seule avec Ralph ?

Broadway-Lafayette, *ding*, les portes s'ouvrent, Antonina et Lizzie bondissent sur le quai. Derrière elles, Ralph sort d'un pas pesant.

— Ça fout vraiment les jetons, dit Lizzie en lançant un regard par-dessus son épaule tandis qu'elles gravissent l'escalier menant vers le hall de la station.

— Il est inoffensif, l'assure Antonina.

— Je sais que tu es persuadée qu'il essaie pas de te baiser, mais je te garantis qu'il essaie de te baiser. Je devrais m'arrêter pour appeler Chip.

— Et il ferait quoi, Chip ? Ralph est flic. En plus, il ne s'est jamais comporté comme ça avant. Peut-être qu'il y a un problème.

Antonina regarde en arrière ; Ralph gravit les marches en soufflant, sans la quitter des yeux.

Elles franchissent les tourniquets, grimpent une dernière volée de marches et sortent à l'angle de Lafayette et East Houston.

— On n'a qu'à le semer, dit Lizzie. Impossible qu'il nous rattrape.

Antonina est soulagée que Lizzie soit restée à ses côtés.

— OK, dit-elle. Allons-y, courons.

Elles filent le long de Lafayette Street, direction Bleecker Street. Ça fait du bien de courir. Antonina lance un dernier regard vers Ralph. Plié en deux près d'un stand de fast-food halal, essoufflé, il lui fait au revoir de la main.

AVA BIFULCO

TROUVER DON dans le couloir à l'étage a été le plus grand choc de sa vie. Au début, elle a cru à une plaisanterie. Cette énorme machette. Sa chemise hawaïenne. Tout ce sang, comme dans un film d'horreur. Puis elle a admis que c'était réel, vraiment réel.

Ne cherche pas à comprendre, s'est-elle tout de suite dit. Ne cherche ni comment ni qui. Pas le temps, pas le moment.

Elle s'est précipitée au rez-de-chaussée pour appeler les secours, son doigt tremblant tandis qu'elle composait le 911 sur le cadran du téléphone. Après avoir donné l'adresse à l'opérateur et lui avoir expliqué que Don s'était fait poignarder, elle est retournée auprès de lui, s'est agenouillée et a récité un *Ave Maria*.

Puis elle a regardé autour d'elle, inquiète à l'idée que l'agresseur se trouve encore dans les parages.

Mais la maison est demeurée silencieuse. Le bruit de la porte, tout à l'heure, c'était celui du coupable prenant la fuite.

L'ambulance est arrivée en provenance de l'hôpital Victory Memorial. Elle a mis sept minutes. Ava le sait parce que, penchée au-dessus de Don, une main sur son épaule, répétant encore et encore son prénom et le regardant lutter pour respirer, elle a compté les secondes.

Puis elle a entendu les secouristes entrer dans la maison, l'appeler. Ils sont montés avec un brancard et le reste de leur équipement. Sans perdre une seconde, ils ont commencé à faire leur travail. Quand ils se sont rendu compte à quel point ce serait difficile de déplacer Don avec la lame dans son ventre, ils l'ont retirée et l'ont abandonnée par terre. Ils ont tenté d'arrêter le saignement. L'un des deux secouristes, un homme, semblait effrayé. L'autre, une femme à la mâchoire serrée, était tout à sa tâche. Les flics sont arrivés au moment où ils emportaient Don.

Et maintenant Ava se trouve avec lui dans l'ambulance. Elle reste assise tandis que les secouristes pompent, tirent, coupent, font ce qu'ils ont à faire. Elle ne sert à rien. Elle a du sang sur ses mains, du sang sur son chemisier blanc.

Elle ferme les yeux et revoit Don en train de lui venir en aide sur la Belt Parkway. Elle sent tous les virages que l'ambulance prend brutalement, toutes les secousses de la route. Les sirènes lui transpercent la tête. Elle pense à sa valise dans le salon de Don. Elle pense à Nick censé pendre les vêtements de Don dans leur jardin. Elle se demande quelle destination ils auraient choisie s'ils étaient parvenus à l'aéroport. Elle n'en revient pas qu'ils aient rêvé d'Italie sans réfléchir une seule seconde à cette histoire de passeport.

La personne qui a fait ça, c'est sûrement pour se venger.

Pendant leur promenade, Don lui a dit qu'il avait touché un peu de fric. Et c'est là qu'il a embrayé sur l'Italie. Alors quoi ? Il l'a rencontrée, elle lui a plu et peut-être qu'il a descendu quelqu'un pour se procurer de l'argent et pouvoir l'impressionner avec une voiture puis un voyage en Italie, à San Francisco ou ailleurs. Peut-être que tout est la faute d'Ava. Si sa Nova de merde n'était pas tombée en panne sur la Belt, Don aurait continué à vivre sa vie normalement, à survivre comme il avait su le faire avant de croiser son chemin.

Sonnerie du moniteur électronique, Ava rouvre les yeux. L'encéphalogramme de Don est plat. Paniqués, les secouristes sortent le défibrillateur.

Autour d'elle à Sea Crest, les gens meurent tout le temps. Des vieux en bout de course, certains qui rendent l'âme tout seuls, d'autres entourés par leur famille. Elle se trouvait avec Anthony quand il est mort. C'était difficile, mais pas du tout de la même façon. Ce jour-là, une partie d'elle a disparu à jamais. Quant à ses parents, elle a eu la chance d'être avec eux quand ils sont partis ; dans les deux cas elle a pu leur tenir la main, leur dire combien elle les aimait et quel bonheur c'était d'être leur fille.

Don est un inconnu sans être un inconnu. C'est dur de penser qu'à peine quelques minutes ou même secondes ont séparé le moment où ils étaient excités à l'idée de voyager ensemble du moment où il lui est arrivé ce qu'il lui est arrivé. Son agresseur devait l'attendre patiemment.

Elle rejoue la scène dans sa tête. La chambre à l'entrée de laquelle Don se trouvait était sans doute celle de son fils. Jamais elle n'aura de réponse. On lui posera des questions, et elle n'aura pas de réponse. Elle retournera à sa vie d'avant. Ce sera comme si elle n'avait jamais rencontré Don.

— C'est fini, dit la femme. Je suis désolée.

Ava déglutit, hoche la tête, referme les yeux. Elle s'entraîne à prononcer une phrase qu'assurément elle saura bientôt par cœur :

— Je ne le connaissais pas si bien. On s'est rencontrés hier.

MIKEY BALDINI

Mikey frappe à la porte de Donna. Au bout de son bras, le sac en toile de Donnie. Il s'est arrêté en chemin pour le fermer, en profitant pour jeter les vêtements de Donnie et vérifier combien d'argent il contient. Non seulement il va pouvoir rembourser la dette de son père, mais ça y est, il a de quoi financer son nouveau départ. Il n'a pas compté chaque billet, mais ça fait une belle somme. Qui va lui servir à se tirer d'ici. Pourvu que Donna accepte de l'accompagner… Impossible d'attendre. Il doit la convaincre en quelques mots, avant que les ennuis ne le rattrapent. Donnie n'était pas seul dans la maison, il y avait une femme. Elle a peut-être vu Mikey s'enfuir. Avec un peu de chance, abandonner la machette sur place ne portera pas à conséquence. Il avait mis ces gants de batteur de base-ball, qu'il enlève et met dans le sac pour éviter que Donna ne les voie. Il se sent vivant, électrique, libéré.

La porte ne s'ouvre pas. Où est Donna ? Il lève la tête et aperçoit une femme – Suzette Bonsignore, sûrement – qui le fixe à travers des stores noircis par la poussière. Quelle heure peut-il être ? On est encore loin de la tombée de la nuit. Mikey frappe à nouveau.

Assis dans la chambre de Gabe, il doutait de pouvoir aller au bout. Mais quelque chose a pris possession de lui et il a pu agir. C'est Donnie qui est venu à lui. Il a suffi à Mikey de penser à son père sur ce pont.

S'ils partent immédiatement, peut-être que Donna n'apprendra jamais ce qu'il a fait à Donnie. Ce serait le plus simple.

Il n'a pas besoin de retourner chez sa mère. Elle va s'en sortir. Après une plus ou moins longue période d'adaptation, elle se rendra compte que Mikey est adulte et qu'il mérite de vivre sa propre vie, même si ce n'est pas celle qu'elle aurait choisie pour lui. De toute façon, mieux vaut pour Rosemarie qu'elle ne sache pas où il se trouve. Mettons que la police parvienne jusqu'à elle. Ils pourront la cuisiner tant qu'ils voudront, elle n'aura rien à leur dire. Avec un peu de chance, elle lui saura gré d'avoir remboursé la dette de son père. Avec un peu de chance, Big Time Tommy passera lui raconter toute l'histoire, ce que Donnie a fait et comment Mikey les a vengés. Peut-être comprendra-t-elle enfin son fils. Peut-être le respectera-t-elle. Dans quelques mois, ou dans un an, quand les choses se seront calmées et qu'il se sentira hors de danger, il lui enverra une carte pour lui donner des nouvelles.

Quand enfin Donna ouvre la porte, elle a les larmes aux yeux.

— Qu'est-ce qu'il y a ? demande Mikey.

— Rien. Et toi, ça va ?

Il lance un regard derrière lui.

— Je dois filer. Je ne peux pas t'expliquer pourquoi, mais je dois partir tout de suite. Tu viens avec moi ?

— Entre.

Il ouvre le sac pour qu'elle voie l'argent.

— Où tu as trouvé ça ?

Dieu merci, elle n'a pas reconnu le sac.

— C'est à moi maintenant, dit-il. À nous. On peut aller où on veut.

Elle hésite, balaie son appartement du regard, s'attardant sur sa platine et ses disques.

— OK, dit-elle. Allez. On y va. On part pour une nouvelle vie.

À l'intérieur, Mikey récupère son sac à dos. Il remarque que le tapis a disparu. Donna fourre des vêtements et des affaires de toilette dans un sac. Elle veut emporter la platine et certains de ses albums préférés. Elle en sélectionne toute une ribambelle, puis attrape ses clés de voiture sur un crochet fixé au mur. Ils font un premier voyage jusqu'à sa Mercury Lynx, garée dans la rue sous un platane, et chargent le coffre avec la platine, les enceintes, une caisse de disques et le sac plein de fric de Donnie.

De retour à l'intérieur, ils prennent leurs sacs et elle jette un dernier coup d'œil à la pièce.

Mikey l'embrasse.

— Tu es sûre que tu ne veux rien d'autre ? demande-t-il.

— Je m'en fous du reste.

Ils quittent l'appartement, ferment la porte derrière eux sans même se soucier de la verrouiller. Avec son short de gym, son T-shirt et ses tongs, elle est si mignonne.

Mikey s'assoit sur le siège passager de la Lynx, jette son sac à l'arrière, prend celui de Donna et le pose à côté du sien.

Elle grimpe derrière le volant et démarre. La radio se met en marche automatiquement. Des pubs. Donna insère une cassette de Van Morrison, regarde Mikey et lui demande :

— Nord ? Sud ? Ouest ?

Il hausse les épaules.

— Pourquoi pas ouest ? Le plus à l'ouest possible.

ÉPILOGUE

QUINZE JOURS AVANT NOËL – 1994

NICK BIFULCO

AVA EST À L'HÔPITAL depuis une semaine, depuis qu'elle a glissé sur du verglas près de la pizzeria Genovese et s'est fracturé la hanche en heurtant le trottoir. Dans sa chambre au deuxième étage de Victory Memorial, Nick est assis en face d'elle – il vient tous les jours après le lycée. Sur la table de nuit, une carte de vœux premier prix envoyée par le père Borzumato pour lui souhaiter un prompt rétablissement.

Ça fait maintenant dix-sept mois qu'Ava ne va plus très bien. L'angoisse de tomber malade la rend paranoïaque et elle ne parle que d'une chose, sa crainte de la mort. L'élément déclencheur a été l'assassinat de Donnie. Acte de violence gratuite ou vengeance préméditée ? La police n'a jamais percé le mystère. Quoi qu'il en soit, cet événement a bouleversé Ava, l'a fait vieillir d'un coup. Désormais, elle se complaît dans la peur.

Nick porte sa tenue de prof. Un exemplaire du *Daily News* ouvert sur ses genoux, il est assis sur une chaise verte pour le moins inconfortable et regarde Ava qui essaie de manger l'espèce de bouillie qu'on lui a servie.

Elle est écœurée, et on la comprend. Dans sa chemise de nuit, elle paraît petite et âgée. Ses traits sont tirés. Sa hanche a été opérée avec succès, mais le moindre mouvement exige un grand effort de sa part.

— Il faut que tu manges, dit Nick.

— Manger cette merde ? J'aimerais t'y voir.

— Tu veux que j'aille t'acheter quelque chose en face ? Du minestrone ?

— Laisse tomber.

Nick brandit la page qu'il est en train de lire. Un article sur Phil Puzzo.

— T'as vu ça ?

— Vu quoi ? Où est-ce que je l'aurais vu ? Je passe mes journées clouée dans ce lit. De quoi il s'agit ?

Nick lit, furieux :

— “Ce soir, Philip Puzzo, l'enfant du pays, est de retour dans le quartier pour présenter son nouveau livre. *Le Mauvais Samaritain* raconte l'histoire de Donnie Parascandolo, ancien policier du NYPD devenu homme de main de la mafia locale. Après le suicide de son fils, Parascandolo a très mal tourné, finissant par se faire éventrer dans ce qui ressemblait fort à un règlement de comptes, bien que beaucoup s'interrogent sur le rôle de son ex-femme, portée disparue depuis le meurtre. Puzzo dessine le portrait d'un homme plein de contradictions, capable malgré tout de générosité et de sincérité. C'est une œuvre à la fois modeste et complexe, à l'instar de son sujet, et Puzzo est à la hauteur du défi, dépeignant la chute de Parascandolo avec en toile de fond un Brooklyn en lutte contre lui-même. Un livre qui laisse des traces. Fortement recommandé. Séance de dédicaces à l'auditorium de St

Mary's demain soir à 6 heures." Nom de Dieu, Ava! Il t'a parlé, pour son bouquin?

— Je ne m'en souviens pas.

— Tu ne te souviens pas si tu as parlé à Phil Puzzo de Donnie Parascandolo?

— C'était pour rendre service à Nina. Un soir, il est passé me voir à Sea Crest après le boulot. On est allés s'asseoir sur la promenade.

— Alice était avec lui?

— Non.

Le jour où Alice est partie avec Phil Puzzo a sonné le glas de la vie de Nick, d'une certaine façon. Elle est tombée sous le charme de Phil, qui – dopé par la confiance qu'il doit à son âge et à son succès – n'a pas ménagé ses efforts pour la conquérir. Moins d'un mois plus tard, il lui déclarait sa flamme; moins d'un mois après ça, il la demandait en mariage. Alice a dit oui. Un peu avant la rentrée scolaire, elle a démissionné d'Our Lady of the Narrows et a emménagé dans le *brownstone* de Phil à Boerum Hill. Nick l'a recroisée quelques fois, mais elle a toujours refusé de lui adresser la parole. C'était terrible pour Nick. Il a bien essayé de l'appeler, jamais elle n'a décroché. Alors bien sûr, il a abandonné son scénario avant même d'en avoir écrit le premier mot.

Que Phil lui pique son idée n'a pas semblé déranger Alice. Nick ne connaît pas très bien le monde de l'édition, mais pour que *Le Mauvais Samaritain* paraisse déjà, Phil a dû l'écrire assez vite. Nick n'a pas encore lu le bouquin, mais il lui paraît évident que Phil ne s'est pas fatigué, qu'il a préféré inventer plutôt qu'effectuer des recherches sérieuses sur Donnie. Peu importe. Ce soir, à St Mary's, Nick achètera un exemplaire. Il fera bien plus que ça.

Le journal date d'hier. Nick est au courant pour le livre depuis plusieurs semaines. Sa colère a déjà eu amplement le temps de grandir. En revanche, ce qu'il ignorait avant de lire l'article, c'est que Phil aurait le culot de participer à une rencontre dans le quartier. Du jamais vu : il n'y a pas de librairies, ici. Mais quelqu'un – probablement un attaché de presse – a eu l'idée de génie d'organiser une séance de lecture et de dédicaces dans l'auditorium de l'école où Phil a été élève. Certaines des enseignantes de son enfance – des bonnes sœurs décrépites que Nick et Ava ont eux aussi eues comme profs – seront là pour l'applaudir. À n'en pas douter Alice sera présente. À moins qu'elle ait l'intelligence de se tenir à l'écart.

Nick bouillonne. Il va se rendre à cette rencontre, oh oui. Il va faire la queue et obtenir une dédicace de Phil, et saluer Alice chaleureusement s'il la voit.

Mais il va apporter l'arme qu'il s'est procurée en début d'année. En février, dans un accès de désespoir hivernal, il a acheté ce pistolet afin de se suicider. Le gamin qui le lui a vendu – le sortant d'un coffre de voiture dans une ruelle à côté du Spanky's Lounge – s'appelait Ray Boy Calabrese et bossait de temps en temps pour M. Natale. Ray Boy allait à Our Lady of the Narrows, mais Nick ne l'avait jamais eu comme élève, ne le connaissait que de réputation. Ray Boy n'a pas cillé lors de leur petite transaction dans la ruelle ; à croire que la tête de Nick ne lui disait rien. Peu après, Ray Boy s'est retrouvé derrière les barreaux pour avoir provoqué la mort de ce pauvre Duncan D'Innocenzio – qui lui était un ancien élève de Nick –, renversé par une voiture sur la Belt Parkway, juste à côté de l'endroit où Donnie a secouru Ava.

Nick n'a pas eu le cran de se tirer une balle comme il n'avait pas eu le cran de se lancer dans l'écriture de son scénario.

Mais maintenant il va s'en servir, de ce flingue. Voilà pourquoi il l'a acheté. Voilà à quoi cette arme était destinée. Dès que Phil Puzzo aura apposé sa signature sur la page de garde, Nick sortira le pistolet et fera sauter la cervelle de cette saloperie de voleur. Qui l'en empêchera, les bonnes sœurs ?

Un coup d'œil à l'horloge. Quatre heures et demie. Tout juste le temps de rentrer à la maison, de prendre le flingue et de se changer. Il veut avoir l'air classe au cas où Alice serait là.

— À quoi tu penses ? lui demande Ava.

— À rien, je réfléchis.

Elle palpe quelque chose sur sa mâchoire.

— Tu veux bien toucher ça ? J'ai l'impression de sentir une drôle de bosse. Tu crois qu'on peut avoir une tumeur à cet endroit-là ?

— Tu es à l'hôpital. Demande à un médecin.

— Ah, ces médecins. Tous pires les uns que les autres. Impossible d'obtenir une réponse claire.

— Tu n'es pas en train de mourir. Tu n'as pas de tumeur. Tu vas vivre jusqu'à quatre-vingt-quinze ans.

— Pitié mon Dieu, faites que je ne vive pas aussi vieille.

— Mais tu veux quoi, alors ? Tu veux mourir quand ?

— Quatre-vingt-cinq ans, ce serait pas mal.

— OK, tu mourras à quatre-vingt-cinq ans.

Nick se lève, glisse le journal replié sous son bras et s'approche du lit pour embrasser la joue d'Ava.

— C'est tout ? dit-elle. Tu pars déjà ?

— J'ai quelque chose de prévu ce soir.

— Tu as un rendez-vous galant ?

Nick hoche la tête.

— Qui c'est ?

— Tu ne la connais pas. Une femme du lycée.

— Une Italienne ?

— Bien sûr.

Ava semble satisfaite.

— Tu as pu demander à quelqu'un s'ils allaient bientôt me laisser sortir ?

— Demain ou après-demain, ils t'enverront en centre de rééducation. Probablement à Sea Crest.

— Je n'ai pas besoin de rééducation. Et pas question que j'aille là-bas. J'irai partout sauf là-bas.

— Je sais que tu penses que tu n'en as pas besoin. Mais bon.

Nick l'embrasse à nouveau, cette fois sur le front, puis il quitte la chambre, longe le couloir et attend devant l'ascenseur.

Il repense à l'article. Les conjectures sur le rôle de Donna – l'ex-femme de Donnie – dans son assassinat, il les a entendues. Et aussi celles sur une éventuelle implication de Mikey Baldini et de sa mère, Rosemarie. Certes, c'est étonnant que Donna, Mikey et Rosemarie aient tous trois disparu le jour même de la mort de Donnie, mais en fin de compte on ne peut rien conclure de ces deux maisons vides, de cet appartement vide, de toutes ces choses qu'ils ont laissées derrière eux. Nick parie que Big Time Tommy Ficalora a des réponses, mais personne ne pourra lui tirer les vers du nez, pas même Phil Puzzo malgré sa prétendue proximité avec la mafia.

En sortant de l'hôpital, il découvre une contravention sur le pare-brise de la Nova, qu'il a garée trop près d'une bouche d'incendie. Heureusement qu'on ne l'a pas emportée à la fourrière. Tout son plan serait tombé à l'eau.

Il rentre en empruntant les rues plutôt que la Belt Parkway, trop congestionnée à cette heure-ci. Bien qu'il fasse encore froid et humide, le verglas de la semaine dernière a en grande partie fondu et les trottoirs sont couverts de gadoue. Les piétons sont affublés de lourds manteaux et de bonnets en laine. La 86e Rue brille de mille feux, maintenant qu'on a installé les décorations de Noël, et le macadam crasseux reflète des lumières rouges et vertes.

Par chance, Nick trouve une place juste devant sa maison. Il se gare, fonce dans sa chambre et se change. Il enfile sa plus belle tenue, un complet qu'il a acheté chez JCPenney pour le mariage de son ami Nino. Nino enseigne l'histoire. Nick est allé à son mariage avec Alice. C'est elle qui avait choisi le complet.

Il se coiffe, s'asperge d'eau de Cologne puis ouvre le tiroir tout en bas de sa commode et sort le pistolet, enveloppé dans un mouchoir bleu. Il ne saurait même pas dire de quel type de pistolet il s'agit, mais il sait qu'il est chargé.

Il le glisse dans la poche de sa veste et décide de se rendre à St Mary's à pied – l'air froid lui fera du bien. Ce n'est pas loin, surtout quand on marche d'un bon pas, et il arrive juste au moment où les cloches de l'église sonnent six heures.

Quelques personnes se tiennent devant les portes de l'école. Il leur sourit et entre.

Nick n'a pas mis les pieds dans l'auditorium depuis ses treize ans. Dans son souvenir, c'était une salle immense, caverneuse. Or elle est petite. À force d'usure, le parquet a pris une couleur chair. Les chaises sont disposées en rangées et presque toutes occupées. Un drapeau américain est accroché sur le mur au fond de la scène. À côté du drapeau, un crucifix imposant, suspendu par un fil métallique.

Phil est assis sur scène, derrière une petite table pliante supportant deux piles de livres. Il porte une grosse veste en cuir par-dessus un pull rouge, un pantalon en velours noir et des chaussures noires brillantes. Il a désormais une chevelure bien dense – sûrement une perruque.

Alice est assise au premier rang. Nick reconnaîtrait son dos n'importe où, à n'importe quelle distance.

Posté derrière le dernier rang, il regarde autour de lui, aperçoit quelques visages familiers. Le deuxième rang est occupé par des religieuses qu'il a connues dans son enfance. Sœur Maura, sœur Eleanor et sœur Lena. Près de la porte se tient la vieille sœur Bernadette, les bras croisés, l'air agité, ses boucles argentées relevées sur sa tête. Il ne se rappelle plus à quel ordre elles appartiennent, mais cet ordre ne les oblige pas à mettre un costume de nonne. Elles sont accoutrées de vêtements classiques de vieilles dames ennuyeuses.

Hormis ces femmes, il ne reconnaît que Sonny et Josephine Divino, sagement assis et déjà totalement captivés. Nick se demande où en est Antonina. Il l'imagine à la fac, en train de fricoter avec un joli garçon dans sa petite chambre bien confortable. Qu'est-ce qu'il regrette de ne plus être étudiant !

C'est sœur Thomasine – elle non plus, Nick ne l'a pas oubliée – qui se charge de présenter Phil Puzzo. Elle dit quelques mots au sujet du livre, insistant sur le fait qu'il s'agit d'un travail “difficile mais nécessaire”, puis résume le beau parcours de l'auteur.

Phil se lève. Il explique qu'il a mis de côté l'écriture d'un livre sur les Brancaccio pour se lancer dans *Le Mauvais Samaritain*.

— Quand une histoire vous semble aussi urgente que celle-ci, on ne peut pas l'ignorer, déclare-t-il.

Il lit le premier chapitre du livre. Putain, Donnie qui porte secours à Ava sur la Belt. C'est Ava elle-même qui a raconté tout ça à Phil.

Nick est si furieux que sa vision se trouble. Il ne veut pas attendre, acheter le livre puis seulement après descendre Phil. Il veut buter cet enfoiré tout de suite, pendant qu'il lit ses conneries. Il veut le voir tomber à la renverse, un trou dans la tête, la perruque arrachée. Il veut qu'Alice trouve romantique qu'il ait tué ce connard au nom de l'amour et de l'honneur.

Il sort son pistolet et le braque sur Phil. Nick tremble, mais ça ne peut pas être bien difficile ; Phil n'est pas une cible minuscule. Personne ne voit Nick parce qu'il se tient au fond de la salle. La seule qui pourrait l'apercevoir d'où elle se trouve, c'est sœur Bernadette, et elle a au moins quatre-vingt-dix ans.

Phil, lui, ne se rend compte de rien. Le regard rivé sur la page, il est absorbé par la magnificence de ses propres mots.

Nick s'apprête à tirer quand, du coin de l'œil, il voit que sœur Bernadette fonce sur lui.

— Il a une arme ! crie-t-elle.

Un frémissement parcourt la foule, les gens se retournent pour regarder derrière eux ou baissent la tête pour se protéger.

Putain, Nick n'en revient pas. Mais il a encore le temps d'agir.

— Espèce de saloperie de voleur ! hurle-t-il à Phil.

Au moment même où il appuie sur la détente, sœur Bernadette le pousse avec ses vieux bras décharnés.

Nick s'écroule par terre, le pistolet glisse sous les chaises devant lui.

Il faut lui accorder ça, sœur Bernadette possède une force impressionnante. Jamais il n'aurait soupçonné qu'elle soit capable de le faire vaciller, encore moins tomber. Il lève la tête pour voir s'il a touché Phil. Hélas non. Phil est recroquevillé derrière la table pliante tel le lâche qu'il est. La balle de Nick a atteint le crucifix à côté du drapeau ; la croix tangue, Jésus a perdu un bout de son bras.

— Toi, tu ne bouges pas d'un pouce, lui ordonne sœur Bernadette.

Nick lance un coup d'œil vers la porte. La voie est libre. Il pourrait probablement s'enfuir. Il a peur de se tourner à nouveau vers la scène. Peur de croiser le regard d'Alice, peur de la voir se pencher vers un de ses voisins et chuchoter : *Quel putain de loser, ce type !*

— Oui, sœur Bernadette, dit-il. D'accord.

ANTONINA DIVINO

ANTONINA SUIT son amie Janice le long de North Front Street alors qu'elles passent devant la pâtisserie The Bakery puis traversent North Chestnut Street. Janice marche en sautillant, tout excitée. C'est la première amie qu'Antonina s'est faite ici, à New Paltz, dès la semaine du mois d'août consacrée à l'accueil des nouveaux étudiants. Janice vient de New Rochelle, mais sa famille est originaire du Bronx. Elle porte son habituel jean l.e.i., une marque dont Antonina n'avait jamais entendu parler avant de la rencontrer, un sweat-shirt à capuche *tie and dye*, un manteau en laine bordeaux acheté pour cinq dollars à l'Armée du Salut, un bonnet tricoté par son amie Luna enfoncé sur sa tête jusqu'aux sourcils. Dans son Walkman, il y a toujours cette compil qu'un ex-petit ami lui a faite – Joni Mitchell, les Allman Brothers et Richie Havens. À l'instant elle ne l'écoute que vaguement, son casque ne lui couvrant qu'à moitié les oreilles. Janice n'est pas la meilleure amie à laquelle Antonina s'attendait, mais elle est super, libre, drôle et prête à tout.

Antonina elle-même a changé depuis son arrivée ici. Ses cheveux ont retrouvé leur châtain naturel et, suivant le conseil de Janice, ça fait un mois qu'elle ne les a pas lavés. Elle les frotte avec une espèce d'huile de hippie que son amie lui a donnée, songe à se faire des dreadlocks et ne s'est pas non plus rasé les jambes depuis un mois. Aujourd'hui encore, elle porte ses rangers et une salopette ; de ce côté-là rien n'a changé, hormis les sous-vêtements chauds sous la salopette et le blouson d'aviateur pour homme dont Janice ne voulait plus. Elle n'a rien sur la tête. Ses oreilles sont glacées.

Hier, elle a réussi haut la main son dernier examen du trimestre. Un premier trimestre assez agréable, somme toute. Ses cours lui ont plu, surtout l'anglais et l'histoire de l'art. Trois soirs par semaine, elle travaille au Sleeping Turtle, un café où des groupes de hardcore donnent parfois des concerts. Lizzie étudie à Boston et elle est déjà descendue rendre visite à Antonina deux fois, parce que Boston lui fait péter les plombs. Antonina retourne à Brooklyn dans quelques jours. Son père viendra la chercher quand les résidences universitaires fermeront pour les vacances de Noël.

Elle a embrassé dix personnes depuis le début de l'année scolaire – non qu'elle tienne un compte précis. Sept types et trois filles. Elle a couché avec deux d'entre eux, un type et une fille. Le type se prénomme Lane. Il vient de la banlieue de Syracuse et il est membre de Jan's Long Crawl, un des groupes qui jouent au Sleeping Turtle. Elle a couché avec lui plusieurs fois, en fait. Un garçon un peu idiot qui fume beaucoup d'herbe. Quant à la fille, elle s'appelle Celeste, elle a environ vingt-cinq ans et elle travaille à l'épicerie Earth Goods sur Main Street. Un soir, elles ont bu beaucoup de vin avant de monter chez Celeste, un meublé sous les combles d'un immeuble de Church Street. Elles y ont passé un très bon moment.

Antonina n'en revient pas d'avoir atterri dans l'université de Mikey. Du reste elle se demande ce qui a bien pu lui arriver, à Mikey. Après le meurtre de Donnie, il a disparu. Difficile d'imaginer qu'il ne soit pas mêlé de près ou de loin à la mort de Donnie, même si personne n'a l'air de s'en soucier. Elle ne pense pas que Mikey ait pu tuer quelqu'un, mais apparemment il y a beaucoup de gens comme ça, qui semblent incapables de faire une chose jusqu'à ce qu'ils la fassent. Elle voudrait déjà vivre dans le futur et qu'il existe un moyen de voir où il est, à quoi il s'occupe. D'après la mère d'Antonina, une rumeur circule selon laquelle Donna Parascandolo – ou Rotante, peu importe – aurait engagé Mikey pour tuer son ex-mari. Ils auraient eu une liaison et se seraient enfuis ensemble, un truc à la Pamela Smart qu'elle a du mal à croire. Antonina a souvent croisé Donna au lycée Bishop Kearney, et cette dernière n'avait rien d'une Pamela Smart. Ceci dit, elle a disparu, elle aussi.

Au cours de son année de terminale, Antonina a beaucoup vu Ralph, à qui l'assassinat de Donnie avait foutu un gros coup. Elle n'a jamais découvert s'il savait quelque chose, car il n'a jamais évoqué le sujet. Il semblait particulièrement stressé, mais au moins il était en vie, lui. Il se félicitait qu'elle ait choisi une université d'État pas trop éloignée de New York. Se réjouissait qu'elle consacre l'argent à ses études. Il a pris l'habitude de l'appeler une fois par semaine. Sa coloc, Sky Suarez, trouve bizarre que ce vieux bonhomme qui n'est pas son père l'appelle constamment. C'est vrai que c'est bizarre. Ralph veut venir lui rendre visite, mais ce serait encore plus bizarre.

Elle s'est montrée assez raisonnable avec l'argent, s'en servant principalement pour les frais de scolarité et les livres.

Elle dispose aussi de son salaire du café, et le trimestre prochain elle aura un job payé directement par l'université. Pour peu qu'elle fasse attention et continue de travailler, elle pourra peut-être éviter de demander une bourse.

Elle s'est montrée raisonnable avec l'argent, oui, si l'on excepte les drogues qu'elle se paie de temps à autre. Comme ce soir. Ces champignons hallucinogènes dans sa poche, achetés à Eric, un ami de Lane, et qu'elle partagera avec Janice. Elles se dirigent vers Huguenot Street où elles pourront les manger dans l'obscurité et triper parmi toutes ces maisons et tombes du XVIIe et du XVIIIe siècle. Peut-être emprunteront-elles le Rail Trail – le sentier de l'ancienne voie ferrée – pour aller s'asseoir sur les rives de la Wallkill.

Il fait déjà nuit. Elle aime qu'il fasse nuit tôt. Ici, dans le nord de l'État, la nuit ne lui procure pas la même sensation. Plutôt que de stagner au-dessus de vous, elle vous enveloppe d'une façon agréable.

Quand les filles arrivent à destination, sous un réverbère en plein cœur du silence de Hughenot Street, Janice baisse son casque et dit :

— OK, c'est parti.

Antonina fouille dans sa poche et sort le petit sac de champignons qu'elle vide dans sa paume. Ça ressemble à des bouts d'écorce. Janice les divise en deux parties égales et prend une des moitiés. Puis elles les introduisent dans leur bouche au même moment et les mâchent frénétiquement.

Antonina attend que quelque chose d'excitant se produise, que l'obscurité s'anime, que des corps sortent de terre ou que les maisons s'envolent. C'est sa première expérience avec des champignons. Janice, elle, en a déjà mangé. Elle lui affirme qu'ils vont bientôt faire de l'effet, que ça va être la nuit la plus incroyable de toute sa putain de vie. Antonina se tient prête.

Mais il ne se passe rien. Et ça dure, une heure au moins. Elles remontent la rue, longent une série de maisons plongées dans la pénombre, et tout paraît parfaitement normal et ennuyeux.

— Tu t'es fait arnaquer, dit Janice.

— Sans blague. Je vais péter la gueule d'Eric.

— Je serais lui, j'aurais peur. Je ne déconnerais pas avec une fille comme toi.

Retournant vers le campus, elles s'arrêtent sur Main Street pour caresser un chien attaché à l'extérieur du Main Street Bistro. Antonina est furieuse. Elle espère encore qu'un basculement s'opère et que ça, ce sentiment que rien ne se produira jamais, se révèle en être les prémices. Mais non, rien ne change.

Elles bifurquent sur Plattekill Avenue, longent la caserne des pompiers, coupent par Peace Park. Une fois qu'elles sont arrivées devant la résidence d'Antonina, Bouton Hall, Janice la serre dans ses bras et lui dit :

— On vivra la nuit la plus incroyable de notre vie la prochaine fois.

Antonina pénètre dans le hall, jette un coup d'œil à sa boîte aux lettres et y découvre une carte de Noël que mamie Divino lui a envoyée en avance. Son écriture est illisible. Elle a inclus un billet froissé de cinq dollars et deux jeux à gratter.

La chambre d'Antonina se trouve au deuxième étage. En montant, elle croise un garçon qui suit le même cours de sociologie qu'elle – "Questions sociales et vie étudiante" – et une fille qu'elle a rencontrée à "Reprenons la nuit !", un rassemblement contre les violences faites aux femmes.

Rebecca, la responsable de l'étage, a décoré la section réservée aux filles. On se croirait dans une école maternelle. Des soldats en bois et des ménorahs découpées dans du papier cartonné, deux ou trois couronnes de Noël, un grand tableau sur lequel les mots JOYEUSES FÊTES sont collés avec des paillettes.

Quand Antonina franchit le seuil de leur chambre, Sky est assise sur son lit, en train de manger un sachet de chips en regardant *Edward aux mains d'argent* pour la quatre-vingt-dixième fois.

— Alors, c'était comment ? demande Sky.

— Un bide total.

— Eric t'a entubée ? Je t'ai dit qu'on pouvait pas compter sur lui.

— Je sais pas. Faut croire. Ça nous a fait zéro effet.

— Ton homme a appelé.

— Ralph ?

— Qui d'autre ?

— Il a dit ce qu'il voulait ?

— Il a dit qu'il rappellerait. Et il a rappelé deux fois déjà.

Antonina s'assoit à son bureau et caresse du doigt le bord d'une pile de CD et de cassettes posée à côté de ses manuels. Pourquoi Ralph est-il si pressé de lui parler ? Il n'y a pas eu d'autre incident depuis qu'il les avait suivies à Manhattan, Lizzie et elle, mais Antonina a toujours peur que ça arrive.

Sans surprise, deux minutes plus tard le téléphone sonne. Elle décroche.

— Salut ma chérie, dit-il, et elle entend dans sa voix que quelque chose cloche. Ça fait un moment que j'essaie de te joindre.

Antonina regarde par terre. Elle sent les yeux de Sky se détourner de Johnny Depp pour se fixer sur elle – pas question de rater ça.

— J'étais sortie, dit-elle dans le combiné.

— Laisse-moi deviner, avec Janice ? C'est une chouette amie, non ? En revanche, Sky, je sais pas trop. Elle n'est pas très gentille avec moi.

— Qu'est-ce qui se passe ? Qu'est-ce que tu veux ?

— Je suis au *diner*. Tu peux m'y retrouver ?

— Dans le Bronx ? C'est impossible.

— Non. À New Paltz. Juste en face du cinéma. Je ne sais pas comment il s'appelle, ce *diner*.

— Tu es ici ?

Antonina ne lève pas les yeux, mais elle entend Sky se redresser et s'agiter.

— Tu peux venir ? Je suis dans la merde. Pags et moi, jusqu'au cou. Je veux juste te dire au revoir.

— De quoi tu parles ?

— Je t'en prie, Antonina.

— OK, j'arrive.

Elle raccroche.

— C'est quoi ces conneries ? dit Sky. Il est à New Paltz ? Ça craint. T'as dix-huit ans. Il en a quoi, quarante, cinquante ?

— Je dois y aller, dit Antonina sans hésiter. Je peux emprunter ta voiture ?

— Les clés sont à côté de la télé.

Antonina se lève et va prendre les clés de la petite Camry pourrie que Sky a héritée de son frère. Elle repense à tout ce que Ralph a fait pour elle. Même si elle ignore pourquoi il l'a choisie, elle, pour être cette sorte de substitut de la fille qu'il n'aura jamais, elle lui doit bien ça. Et jamais elle n'avait entendu un désespoir pareil dans sa voix.

— Comment ça se fait qu'il te tienne de cette façon ? demande Sky. J'ai connu des filles qui avaient des macs, elles se comportaient exactement comme toi.

— C'est difficile à expliquer, répond Antonina.

— Tu ne devrais pas lui donner de faux espoirs.

— Ça va pas de me dire un truc aussi tordu ?

Elle ouvre la porte et s'en va.

La Camry est garée sur le parking de la résidence. Après l'avoir cherchée dans toutes les allées, Antonina la trouve et se glisse derrière le volant. Dès qu'elle met le contact, la radio braille. Cette musique de merde que Sky écoute. Le genre de truc qu'on entend dans des boîtes où Antonina ne mettrait jamais les pieds.

Elle quitte la place en marche arrière, puis sort du parking. À pied, le trajet jusqu'au Plaza Diner aurait été assez long, mais en voiture ça ne lui prend que trois minutes. Remonter South Manheim, tourner à droite sur Main. Le *diner* fait partie d'une petite zone commerciale en face du cinéma où, au moins une fois par semaine, elle va voir les dernières sorties.

En s'engouffrant sur le parking, elle remarque la Cadillac de Ralph, isolée tout au bout. Le moteur tourne mais, malgré la buée sur les vitres, il ne semble pas se trouver à l'intérieur. Pourquoi ne pas avoir coupé le moteur, alors ?

Elle se gare loin de la Cadillac, près de l'entrée, et descend de la Camry. Il lui arrive de venir dans ce *diner*, quand elle passe une nuit blanche. Le café est correct et l'atmosphère lui plaît. Peut-être que ce qui lui a tout de suite plu, en réalité, c'est que cet endroit lui rappelle le *diner* du Bronx où Ralph l'emmenait. La déco de celui-ci est moins tape-à-l'œil, mais l'ambiance est la même.

Dedans il n'y a pas foule. Cinq étudiants – une bande de garçons – occupent une table à côté de la cuisine. Vêtu d'un bleu de travail couvert de taches de peinture, un type est installé au comptoir devant un sandwich grec et un verre de soda.

Ralph est assis dans un box près de la fenêtre, face au parking de façon à pouvoir surveiller la Cadillac. Il a mauvaise mine. Jamais il ne lui a paru aussi fatigué. Il transpire abondamment, comme le jour où il l'a suivie à Manhattan. Il porte un costume gris qui semble maculé de taches de gras et une chemise jaune. Courbé au-dessus de sa tasse de café, il croise les bras sur sa poitrine comme pour s'étreindre lui-même.

Antonina s'assoit en face de lui.

— Tu as laissé tourner le moteur de ta voiture.

— Ça fait tellement du bien de te voir, dit Ralph.

— Qu'est-ce qui se passe ? Pourquoi tu es ici ? Il y a un problème ?

La serveuse dépose un menu pour Antonina. Une femme d'un certain âge aux cheveux gris un peu poisseux et aux lunettes rouges réparées avec du Scotch, elle lui demande si elle souhaite du café.

Antonina hoche la tête, repousse le menu.

— J'ai quelque chose à te dire, annonce Ralph. Je veux être franc avec toi. Il se peut que mes intentions n'aient jamais été claires.

— Tu n'as vraiment pas l'air bien.

— Pour moi c'est la fin du voyage, ma grande. Pour Pags aussi. Il est dans la voiture. On a commencé à déconner il y a longtemps et on n'a jamais arrêté. Ça nous a finalement rattrapés, comme ça a rattrapé Donnie.

Antonina lance un regard vers la Cadillac.

— Pags est dans la voiture ?

— Ce qui reste de lui. Je ne sais pas où on va, mais on s'enfuit. Fallait que je te voie, que je te dise au revoir. Je t'ai aidée, non ? Je t'ai bien traitée ?

Elle essaie de distinguer quelque chose à travers les bras croisés de Ralph. S'est-il pris une balle ? Assis ici avec elle, est-il blessé, mourant ? Qu'est-elle censée faire ?

La serveuse apporte le café d'Antonina et, sans lever les yeux de son calepin, lui demande si elle souhaite manger quelque chose. Antonina secoue la tête et la femme s'en va aussi sec, remontant ses lunettes sur son nez.

— Il y a un téléphone public, je vais appeler les secours, dit Antonina.

— Non, dit Ralph.

Il tend un bras par-dessus la table, lentement, et pose sa main sur celle d'Antonina.

Il y a une tache de sang sur la manche de sa veste. Et une autre, plus grande, sur sa chemise jaune à hauteur de son ventre.

— Peut-être que je suis déjà mort, poursuit-il. Peut-être que c'est ça, le paradis. Un *diner* avec toi.

— Ralph, dit Antonina sans savoir quoi ajouter.

Elle oriente ses jambes vers la salle, prête à bondir du box pour courir jusqu'au téléphone, mais finalement ne bouge pas.

Tout d'un coup Ralph serre les dents. Puis, quand la douleur s'est estompée :

— Je ne t'ai jamais rien demandé en retour, pas vrai ? Eh bien maintenant je te demande de n'appeler personne. Je voulais juste voir ton joli visage encore une fois. (Un silence.) Tu connais la chanson *This Is All I Ask* ? Gordon Jenkins l'a écrite. Beaucoup de gens l'ont chantée, mais l'interprétation de Sinatra dans *September of My Years* est la meilleure.

— Je ne la connais pas, dit Antonina.

D'une voix qui se brise, guère plus qu'un murmure, Ralph chante :

— *Beautiful girls, walk a little slower when you walk by me. / Lingering sunsets, stay a little longer with the lonely sea. / Children everywhere, when you shoot at bad men, shoot at me*[*].

Il s'interrompt et tousse dans sa main. Sur la table, les tasses vacillent.

Antonina ne l'avait jamais entendu chanter. Ni dans la voiture en route vers le Bronx ni nulle part. Jamais elle n'oubliera ça, cette chanson qui ne sonne pas du tout comme une chanson. Qui sonne comme la mort. Elle se demande si elle ne délire pas.

Ralph parvient enfin à maîtriser sa toux.

— Je n'ai jamais tenté aucun truc déplacé avec toi, c'était pas mon but. Je veux que tu le saches. Je t'aime comme ma propre fille. Un jour une femme a perdu un bébé, puis quelques jours plus tard elle est morte elle aussi. C'est une histoire vraie. Ce bébé, c'était le mien. Une petite fille. Mort-née. Nicole Raffaella. Cette femme, c'était la mienne. Danila. Notre mariage aura duré trois mois ; ça remonte à une éternité. J'ai toujours voulu une fille à gâter, chouchouter, tu comprends ? Je regrette de ne pas avoir plus d'argent à te donner avant de tirer ma révérence.

* Vous les jolies filles, ralentissez le pas quand vous passez près de moi./ Vous les couchers de soleil, tenez encore un peu compagnie à la mer. / Vous les enfants, quand vous tirez sur les méchants, tirez sur moi.

— Je suis désolée.

— Le passé appartient au passé, dit-il en balayant tout ça d'un geste de la main.

— On t'a tiré dessus ?

— Un peu, répond-il avec un sourire, s'efforçant de prendre ça à la légère.

— Un peu ? Comment ça, un peu ?

Il hausse les épaules.

— Deux des sbires les plus cons de Ficalora nous ont tendu une embuscade. On aurait dû se méfier. De l'eau a coulé sous les ponts depuis la mort de Donnie, on pensait être à l'abri. Qu'est-ce que tu veux y faire ? Pags a pris encore plus cher que moi.

— Tu vas le laisser mourir comme ça, dans la voiture ?

— C'est fini pour nous. On n'est personne. On n'a personne. Je m'en fiche de tout le monde, sauf de toi. Je voulais juste te souhaiter beaucoup de bonheur.

Antonina n'arrive pas à croire à ce qu'elle est en train de vivre. Elle se rend compte qu'elle pleure. L'humidité sur ses joues la surprend, elle ne s'y attendait pas.

Ralph s'extirpe péniblement du box. La plupart des traces de sang sont cachées par sa veste, ce qui explique qu'il ait pu s'installer dans le *diner* sans attirer l'attention. Il se penche et lui touche à nouveau la main.

— T'inquiète, je vais pas essayer de t'embrasser ni rien. Je pue et j'ai pas envie que cette odeur soit ton dernier souvenir de moi.

— Tu pars ? Tu t'en vas comme ça ?

— Au revoir, ma grande. Bonne chance pour tout.

Après une dernière pression sur la main d'Antonina, il se traîne jusqu'à la porte du *diner*.

Par la fenêtre, elle le regarde descendre les marches du perron, se tenant à la rampe tel un vieillard fragile, puis se diriger vers la Caddy et monter dedans.

La voiture quitte sa place en marche arrière, sort lentement du parking et tourne à gauche en direction de la Thruway.

Antonina reste assise. Boit une gorgée du café qu'elle n'avait pas touché et se sèche les joues à l'aide d'une serviette en papier. Regarde la banquette qu'occupait Ralph il y a encore quelques instants, le skaï déchiré, rafistolé avec de l'adhésif rouge. Cherche une trace de lui, des gouttes de sang, quelque chose. Fixe la tasse de Ralph et laisse échapper un soupir. Imagine si c'est ça, le paradis, pense-t-elle.

MIKEY BALDINI

MIKEY NE SAIT PAS à quel moment précis Seattle est devenu leur destination, mais ça fait environ un mois qu'ils sont là. Auparavant, ils ont séjourné à Detroit et Chicago, puis ils sont descendus dans le sud. Memphis d'abord, puis Oklahoma City, Albuquerque et Phoenix. Ils sont arrivés sur la côte ouest et se sont attardés dans plusieurs villes californiennes – San Diego, Los Angeles, Salinas et San Francisco –, avant de décider de poursuivre vers le nord. Ils ont traversé l'Oregon en prenant leur temps, et c'est là qu'ils ont tranché pour Seattle. Enfin, Mikey a tranché. C'est idiot, mais il a une image très cool de Seattle depuis qu'il a vu *Singles*, à l'époque où il vivait à New Paltz. Il a parlé à Donna de la super scène musicale de cette ville. Elle a approuvé ce choix.

L'essence, les motels et la nourriture, tout ça revient cher, mais ils étaient partis avec une belle somme. La Lynx les a lâchés à Phoenix. Ils ont dû acheter une nouvelle voiture qui leur a coûté un bras, surtout parce qu'ils n'ont pas pu l'acquérir par des voies traditionnelles. Au bout du compte, ils se sont retrouvés avec une Pontiac Grand Prix 1987. L'autre truc qui leur a fait mal : payer la caution, le premier et le dernier mois de loyer de cet appartement à Seattle. Mais c'est un logement agréable, dans un quartier qui s'appelle Ballard. À quelques minutes de marche on trouve un disquaire, un cinéma et même un joli point de vue sur une baie dont il lui reste encore à apprendre le nom. Ils n'ont pas grand-chose, juste un matelas gonflable par terre, la platine et les disques de Donna, les livres de Gabe que Mikey a emportés, un mini sapin de Noël en plastique orné de guirlandes lumineuses et installé sur le comptoir de la cuisine. Comme il ne fume pas, il a mis l'étui à cigarettes, qu'il a trouvé dans le sac en toile de Donnie, à côté du sapin – une décoration supplémentaire. Ça n'a pas posé de problème, car Donna l'avait déjà vu et ne l'avait pas reconnu.

Il leur reste environ quinze mille dollars. Mikey les a planqués au fond d'un seau rempli de matériel de peinture – des pinceaux, des rouleaux sous une bâche bleue roulée en boule –, se disant qu'aucun cambrioleur n'irait regarder là. Voyager avec l'argent tous ces mois durant, le transporter dans le coffre de la voiture ou dans un sac qu'ils trimbalaient partout s'était avéré affreusement stressant.

Et maintenant Mikey se rend à la poste. Pour la première fois depuis des semaines, il s'est rasé, exposant son menton tatoué. Dans les rues de cette ville, on lui épargne les regards auxquels il a eu droit ici ou là. C'est le milieu de l'après-midi. Il n'a pas dit à Donna où il allait. Vêtue de leggings et d'un sweat-shirt Seattle SuperSonics tout neuf, elle est restée à l'appartement pour monter la bibliothèque qu'ils viennent d'acheter.

Pour la première fois depuis un petit moment, il pense à sa mère. Après avoir tué Donnie, il s'est concentré uniquement sur l'avenir. Pas question de jeter un coup d'œil à un quotidien new-yorkais, pas question de guetter sa photo en première page. Sa vie sur la route avec Donna, il l'a placée sous le signe de l'oubli et de l'abandon. Il n'a jamais mentionné Donnie, même pas pour lui dire qu'il savait qui était son ex-mari. Le type qui, en 1991, l'a frappé au visage avec une batte de base-ball. Le type qui, selon Big Time Tommy, a tué son père en le précipitant du haut d'un pont – pas parce qu'il en avait reçu l'ordre, mais par pure cruauté. Après avoir entendu Donnie présenter ses excuses au fantôme de son fils, Mikey en a déduit que ce que Donnie avait fait à son père était le résultat de sa propre souffrance. Puisqu'on lui avait infligé une telle douleur, lui aussi l'infligerait aux autres. Voilà comment il en était venu à s'attaquer à Mikey ce soir-là. Donnie ne rêvait pas de baiser Antonina, comme il l'avait d'abord soupçonné. Donnie voulait simplement s'en prendre à un gamin qui avait toute sa vie devant lui.

Mikey espère que sa mère va bien. Ça ne doit pas être facile pour elle, depuis que son fils est parti sans la moindre explication. Ce qu'elle sait, ce qu'elle ne sait pas, il n'en a aucune idée. Au moins, il a la conscience tranquille : il s'est vengé et a remboursé la dette de son père. Peut-être Rosemarie ne se doute-t-elle toujours pas que Donnie a tué son mari et qu'en retour son fils a tué Donnie – dans ce monde, vous n'avez souvent que les infos dont vous avez besoin pour survivre. Si elle l'apprenait, elle appellerait ça la main de Dieu. Lui, il n'a pas vraiment de nom pour ça.

En revanche, il est temps qu'elle sache que son fils est vivant et qu'il l'aime. Peut-être est-ce une mauvaise idée d'envoyer la carte postale qu'il a dans sa poche, mais il n'a pas le choix. Il le lui doit.

Parvenu au bureau de poste, il achète un timbre et le colle sur la carte. Au recto, une photo de la Space Needle, le monument emblématique de Seattle. Au verso, sous le timbre, Mikey a écrit le nom et l'adresse de sa mère. Il repense à leur vieille baraque, à la vie qu'il menait là-bas, à la vie qu'elle continue de mener là-bas. Aujourd'hui, cette maison doit paraître terriblement vide à Rosemarie. Il n'ose pas imaginer la tristesse qu'elle a éprouvée, mais espère que ça s'est arrangé au fil du temps.

Chère Ma, je t'aime et tu me manques.

M.

C'est tout ce qu'il a écrit sur la carte. Pas d'adresse d'expéditeur. Il la glisse dans la boîte aux lettres et quitte le bureau de poste en se sentant soulagé d'un poids.

Il ne peut pas parler à Donna de sa mère. Il l'a évoquée une fois ou deux, et aussitôt Donna a changé de sujet. Leur unique rencontre, brève mais intense, l'a profondément choquée.

Sur le trajet du retour, il sort le portefeuille en peau de serpent turquoise qu'il a acheté au Nouveau-Mexique, dans un stand au bord d'une route. À l'intérieur, il conserve la photo de Donna adolescente qu'il a découverte dans la chambre de Gabe. Souvent il la regarde quand il se balade, parce qu'il ne peut pas la regarder en présence de Donna. Elle ne sait pas qu'il l'a et, il l'espère, ne le saura jamais. Ça l'obligerait à mentir pour ne pas avouer où il l'a trouvée – dans un des livres de Gabe, insisterait-il – ou alors à lui révéler la vérité. Mais il est content de posséder cette photo. Ça le rend heureux d'admirer le rire de cette jeune version de Donna, tout comme ça devait rendre Gabe heureux. Juste avant de tourner dans leur rue, il range la photo.

Dans l'appartement, Donna a terminé de monter la bibliothèque. Le meuble est large et profond et Donna a aligné les livres de Gabe sur l'étagère du haut. Elle dit qu'elle a envie de lire davantage. À côté des bouquins, il remarque qu'elle a posé la lettre froissée de Gabe.

— Qu'est-ce que tu en penses ? demande-t-elle.

— C'est super que tu saches aussi bien bricoler. Moi je suis vraiment trop nul.

— Je t'aime comme tu es.

Mikey attire Donna contre lui et l'embrasse. Jusqu'ici, à tous points de vue, ils ont eu beaucoup de chance. Il a l'impression que c'est parti pour durer.

REMERCIEMENTS

MERCI À Nat Sobel, Judith Weber, Siobhan McBride, Sara Henry, Kristen Pini et Adia Wright. À Katie McGuire, Claiborne Hancock, Jessica Case, Sabrina Plomitallo-González et toute l'équipe de Pegasus Books. À François et Benjamin Guérif, Simon Baril, Oliver Gallmeister, Marie Moscoso, Clotilde Le Yaouanc et toute l'équipe des éditions Gallmeister. À Ion Mills, Geoffrey Mulligan et toute l'équipe de No Exit Press. À Wolfgang Franßen et toute l'équipe de Polar Verlag en Allemagne. À Richard et Lisa Howorth, Cody Morrison, Lyn Roberts, Bill Cusumano, Slade Lewis, Katelyn O'Brien et toute l'équipe de Square Books. À Megan Abbott, Jack Pendarvis, Theresa Starkey, Ace Atkins, Angela Atkins, Jimmy Cajoleas, Alex Andriesse, George Griffith, David Swider, Tom Franklin, Beth Ann Fennelly, Laurent Chalumeau, Chris Offutt, Melissa Ginsburg, Lee Durkee, Michael Farris Smith et Tyler Keith. À mon épouse Katie Farrell Boyle, l'âme la plus généreuse du monde (qui, ayant lu une première version du début de ce roman, a compris quelle direction je prenais et m'a conseillé d'en prendre une meilleure), et nos enfants

Eamon et Connolly Jean, ma source de lumière. Et pour tant de choses, trop pour les énumérer, merci à Geraldine Giannini, ma mère au cœur immense et indestructible.

Comme toujours, j'ai une dette envers un nombre incalculable d'écrivains, de musiciens et de réalisateurs dont le travail me guide et m'inspire. Parmi mes films préférés, quatre ont été très importants pendant que je travaillais sur ce livre : *Choose Me* et *Wanda's Café* d'Alan Rudolph, *City of Hope* de John Sayles, *Mikey & Nicky* d'Elaine May. Et je suis particulièrement reconnaissant envers Garland Jeffreys pour ses albums qui tournaient en boucle sur ma platine.

DERNIÈRES PARUTIONS

Lance Weller, *Le Cercueil de Job*
Kate Reed Petty, *True Story*
Helene Bukowski, *Les Dents de lait*
Kathleen Dean Moore, *Sur quoi repose le monde*
S. Craig Zahler, *Dédale mortel*
Keith McCafferty, *Le Baiser des Crazy Mountains*
James McBride, *Deacon King Kong*
Claire Holroyde, *La Comète*
Amity Gaige, *Sous nos pieds l'océan*
Piergiorgio Pulixi, *L'Île des âmes*
David Vann, *Komodo*
James Carlos Blake, *Vies et morts de Stanley Ketchel*
Giulia Caminito, *Un jour viendra*
Peter Swanson, *Huit crimes parfaits*
Rye Curtis, *Kingdomtide*
David Heska Wanbli Weiden, *Justice indienne*
Edward Abbey, *En descendant la rivière*
Larry McMurtry, *Les Rues de Laredo*
Elliot Ackerman, *Le Passage*
Benjamin Whitmer, *Les Dynamiteurs*
Andy Davidson, *Dans la vallée du soleil*
Tiffany McDaniel, *Betty*
Keith McCafferty, *La Vénus de Botticelli Creek*
William Boyle, *L'amitié est un cadeau à se faire*
Alex Taylor, *Le sang ne suffit pas*
John Farris, *Furie*
Joe Wilkins, *Ces montagnes à jamais*
Lea Carpenter, *Rouge, blanc, bleu*
Peter Swanson, *Vis-à-vis*
Mesha Maren, *Sugar Run*
James Crumley, *Le Canard siffleur mexicain*
Craig Johnson, *Dry Bones*
James McBride, *Le Vent et le lion*
Pete Fromm, *La Vie en chantier*
Mark Haskell Smith, *Coup de vent*
Kent Wascom, *Les Nouveaux Héritiers*

*Cet ouvrage a été imprimé sur du papier
dont les fibres de bois proviennent
de forêts durablement gérées*

IMPRIM'VERT®

CET OUVRAGE A ÉTÉ COMPOSÉ PAR ATLANT'COMMUNICATION (VENDÉE)

ACHEVÉ D'IMPRIMER SUR ROTO-PAGE
PAR L'IMPRIMERIE FLOCH À MAYENNE
EN JUILLET 2021
POUR LE COMPTE DES ÉDITIONS GALLMEISTER
13, RUE DE NESLE
75006 PARIS

DÉPÔT LÉGAL : SEPTEMBRE 2021
1re ÉDITION
N° D'IMPRESSION : 98646
IMPRIMÉ EN FRANCE